HEYNE <

Ninni Schulman

Das Mädchen im Schnee

Kriminalroman

Aus dem Schwedischen
von Susanne Dahmann

WILHELM HEYNE VERLAG
MÜNCHEN

Die Originalausgabe
Flickan med snö i håret
erschien 2010 bei Forum, Stockholm

MIX
Papier aus verantwortungsvollen Quellen
FSC® C014496

Verlagsgruppe Random House FSC-DEU-0100
Das für dieses Buch verwendete FSC®-zertifizierte Papier
Holmen Book Cream liefert Holmen Paper, Hallstavik, Schweden.

2. Auflage
Vollständige deutsche Erstausgabe 10/2012

Published in the German language by arrangement with Bonnier
Group Agency, Stockholm, Sweden
Printed in Germany 2013
Redaktion: Nike Müller
Umschlaggestaltung: Eisele – Grafikdesign, München
Satz: Fotosatz Amann, Aichstetten
Druck und Bindung: GGP Media GmbH, Pößneck
ISBN: 978-3-453-40944-6

www.heyne.de

für Signe und Sven

Er musste nur den Kofferraum aufmachen, das Seil um ihre schmalen Handgelenke binden und auf die Hütte zeigen, schon ging sie den Hügel hinauf. Kein Protest. Kein Weinen.

Wahrscheinlich hatte sie schon aufgegeben. Oder sie konnte nicht mehr schreien.

Die Dämmerung fiel schnell. Der See, den man, daran erinnerte er sich, vom Schuppen aus zwischen den Birken durchschimmern sah, war nicht mehr zu sehen, doch hörte er die Scooter draußen auf dem Eis. Mindestens zwei mussten es sein, die da kreuz und quer über den See fuhren. Damit hatte er nicht gerechnet.

Kleine Schneeflocken landeten auf ihrem Pferdeschwanz, und er merkte, dass es ihr schwerfiel, mit den hinter dem Rücken gefesselten Händen das Gleichgewicht zu halten. Obwohl sie so mager war, brach sie mehrmals im Schnee ein, aber sie sagte nichts, sondern stöhnte nur leise.

Einmal wandte sie den Kopf und suchte seinen Blick, doch er brachte es nicht über sich, ihr zu helfen. Stattdessen stieß er sie vorwärts. Er musste das zu Ende bringen, ehe jemand kam.

Obwohl es so kalt war, dass ihm der Atem weiß und dick vor dem Gesicht stand, spürte er den Schweiß in seinen Achselhöhlen und sah sich immer wieder um, obwohl er dadurch auch selbst fast das Gleichgewicht verlor.

Wie soll ich das schaffen?

Ein paar Meter vor der Hausecke sank sie erneut ein, diesmal bis an die Oberschenkel. Da holte er die Pistole heraus. Seine Hände zitterten, als er den dicken Fäustling abzog und zielte.

Ein Knall.

Sie fiel nach vorn, landete mit dem Gesicht nach unten im Neuschnee und blieb ganz still liegen. Nur ein seltsames Gurgeln kam aus ihrem Mund.

Um nicht sehen zu müssen, wie das Blut stoßweise aus ihrem Hinterkopf quoll, ging er mit großen Schritten durch den Schnee zum Auto zurück.

Jetzt nur keine Panik!

Als er den Spaten aus dem Kofferraum nahm, zitterte er, als hätte er Schüttelfrost. Unter seinem Pullover war er klebrig verschwitzt.

Nachdem ihm klar geworden war, was er tun musste, hatte er lange darüber nachgedacht, wo er die Leiche verstecken sollte. Die beste Lösung, die ihm einfiel, war, sie zunächst an einem sicheren Ort zu verstecken und sie dann, wenn der Boden nicht mehr gefroren war, im Wald zu vergraben. In der Nacht war ihm das völlig logisch vorgekommen – jetzt nicht mehr. Wie sollte er es schaffen, noch einmal hierherzukommen, da reinzugehen und ...?

Aber es gab keine andere Möglichkeit mehr. Das Mädchen war bereits tot.

Die Schneedecke vor dem Erdkeller am Waldrand war dicker, als sie zunächst ausgesehen hatte, und es dauerte viel länger als geplant, die Tür freizuschaufeln. Als er endlich damit fertig war, lag der Neuschnee wie eine dünne Puderschicht auf dem kleinen Körper am Haus.

Er lehnte den Spaten sorgfältig ans Haus, schlug den dicken Haken los und zog die Tür auf. Dann schlich er zu ihr hin, ganz vorsichtig, als könnte sie sich plötzlich aufsetzen und ihn ansehen.

Ihre Beine waren im Schnee festgefroren, und er fing an, mit den Händen an den Oberschenkeln entlang zu graben. Die Schneekante scheuerte an seinen Handgelenken, und ihm fiel ein, wie sie als Kinder Iglus gebaut hatten. Als das Loch groß genug zu sein schien, packte er sie unter den Achseln und zog sie hoch. Das Blut, dick und schwarz, war bereits in ihrem Haar festgefroren, und ihr rechtes Auge starrte an ihm vorbei in die Bäume.

Als er die Tote aus dem Loch gehievt hatte, fing er an, sie auszuziehen. Die Kleidungsstücke legte er hinter sich auf einen Haufen. Sie war zu mager, dachte er. Unter den runden Jungmädchenbrüsten konnte man deutlich die Rippen erkennen.

Während er die schwarzen Müllsäcke und die lange Plastikschnur rausholte, hörte er die Scooter immer näher kommen.

Verdammt!

Ohne nachzudenken, packte er die dünnen Handgelenke und schleifte das Mädchen in den Keller. Da drinnen roch es nach Kühle und Erde. Als Kind hatte er sich nie hineingewagt, weil er schreckliche Angst vor Spinnen hatte. Der Boden war sauber gefegt, und an der einen Wand stand ein niedriges Regal, das bis auf zwei vergessene Krabbendosen leer war.

Er zog die Leiche so weit wie möglich ins Dunkel und beeilte sich dann, in der Hocke durch die Tür zu kommen. Er musste hier weg.

Die Scooter wurden immer lauter, jetzt mussten sie direkt am Ufer sein. Er dachte an das Blut im Schnee und an das Auto, das er unten auf dem Weg abgestellt hatte.

Unter der Kellertür hatten sich Schnee- und Eisklumpen verkeilt, sodass sie nicht mehr zuging.

Leise fluchend hackte er mit dem Spaten drauflos.

Als nur noch ein zehn Zentimeter breiter Spalt blieb, gab er auf. Verärgert bemerkte er, dass er trotz aller Vorsicht große Blutflecken auf der Jacke hatte, sowohl auf der Brust als auch auf den Ärmeln.

Er warf ein paar Schaufeln Schnee über die Blutlachen an der Hausecke und raffte die Kleider des Mädchens zusammen. Gegen die lange, rosafarbene Spur im Schnee, die bis zur Kellertür führte, konnte er nichts ausrichten. Das war jetzt wenigstens erledigt, dachte er, während er so schnell wie möglich zum Auto zurückstapfte.

Jetzt war es endlich vorbei.

1

Magdalena Hansson prostete ihrem Spiegelbild in der dunklen Fensterscheibe zu.

»Also denn, ein gutes neues Jahr. Ein gutes verdammtes neues Jahr.«

Sie lächelte ironisch, trank einen Schluck und blickte dann wieder sich selbst in die Augen, als wäre sie auf einem Fest. Dann erstarrte das Lächeln, und sie blieb wie angewurzelt stehen. Das ungewaschene Haar hatte sie zu einem Pferdeschwanz gebunden, damit es sie nicht störte, wenn sie sich über die Umzugskartons beugte. Sogar im Fensterglas waren die Ringe unter ihren Augen und die Farbflecke auf dem alten Trainingsanzug zu sehen.

Draußen fielen unablässig Schneeflocken, federleicht und so groß wie Kokosmakronen. Magdalena schaltete die Bodenlampe aus, um über den Hof sehen zu können. Der See war nicht zu erkennen, der Steg auch nicht. Hinten an der Grundstücksgrenze stak eine lange Himbeerhecke aus dem Schnee. Zwei Apfelbäume und ein paar Beerensträucher konnte sie auch erkennen, aber sie hatte vergessen, was für Beeren es waren. Als sie den Vertrag für das Haus unterschrieben hatte, war ihr der Sommer so unendlich fern vorgekommen. In jeder Hinsicht.

Ich muss einen Schneeschieber kaufen, dachte sie. Wenn ich morgen überhaupt noch hier rauskomme!

Sie schaltete das Licht wieder ein, nahm einen kleinen Schluck vom Wein und stellte das Glas auf dem nächsten erreichbaren Umzugskarton ab.

Das kleine Ausziehsofa in der Ecke sah verloren aus. Magdalena versuchte, sich einen schlafenden Nils im Spiderman-Schlafanzug vorzustellen, aber es ging nicht. Also fuhr sie fort, Kinderbücher in Regale zu stellen, und bemühte sich, die Gedanken auf einem ruhigen, handhabbaren Niveau zu halten. Sie hatte fast einen ganzen Umzugskarton geleert, als sie auf dem Boden des Kartons das Album aus Hanoi entdeckte.

Langsam nahm sie es heraus und strich mit der Hand über den wattierten Einband, den sie im ersten Winter genäht hatte, wenn Nils seinen Mittagschlaf hielt. Sie knotete das Stoffband auf und setzte sich auf den Fußboden.

Da war er, ihr schöner, kleiner Junge. Im gelben Frotteestrampler in einem Gitterbett im Kinderheim, schrecklich weinend im Hotelzimmer in der ersten Nacht und dann, wahrscheinlich völlig ermattet, schlafend, das Himmelfahrtsnäschen an Ludvigs Hals gedrückt.

Sie bemerkte die Tränen erst, als sie auf eines der Bilder von der Heimreise fielen.

In dem Augenblick klingelte das Telefon.

Magdalena fuhr hoch, wischte sich mit dem Pulloverärmel übers Gesicht und lief auf der Suche nach dem schnurlosen Telefon von Zimmer zu Zimmer. Sie fand es schließlich in einem Haufen Post auf dem Küchentisch.

»Magdalena.«

»Hallo, Magda, hier ist Gunvor. Gunvor Berglund.«

»Ja, hallo«, antwortete Magdalena und schluckte gegen die Tränen an. »Wie schön, dich zu hören.«

»Störe ich dich?«

»Nein, nein, gar nicht.«

»Das kommt jetzt vielleicht ein wenig überraschend, aber ich habe gesehen, dass bei dir Licht brennt, und da wollte ich fragen, ob du nicht Lust hast, rüberzukommen. Wo wir jetzt doch Nachbarn sind und so.«

Magdalena war erstaunt über die Erleichterung, die sie verspürte.

»Danke, das wäre super. Eigentlich sollte ich natürlich hier ein bisschen Ordnung reinbringen, aber ich komme gern.«

»Wie schön. Nichts Besonderes, nur wir drei. Übrigens habe ich Bengt zu dir rübergeschickt, damit er ein bisschen Schnee schippt. Allein heute Abend sind über zwanzig Zentimeter Neuschnee gefallen.«

Magdalena lehnte sich über den Küchentisch und schaute hinaus. Und tatsächlich, auf der langen Garageneinfahrt stand Bengt, die Pudelmütze über die Stirn hochgeschoben. Sie klopfte ans Fenster und bedankte sich pantomimisch.

»Dann komm doch so gegen acht Uhr«, meinte Gunvor.

»Gern, bis dann.«

Magdalena legte auf, zog einen Küchenstuhl vor und setzte sich.

»Und es wird gut werden«, sagte sie.

Diesmal glaubte sie es fast selbst.

Ernst Losjö stand vorm Spiegel in dem großen Schlafzimmer und band sich mit geübten Bewegungen den Schlips. Gabriella würde an seiner Wahl bestimmt etwas auszusetzen haben und sagen, dass ein anderer Schlips viel besser zu ihrem Kleid passen würde. Natürlich hätte er sie zuerst fragen sollen, aber er hatte keine Kraft mehr, sich darum zu kümmern.

Er musste ihr bald sagen, dass es einfach nicht mehr ging. Dass alles, ihr ganzes Leben zusammen, sinnlos war. Aber jetzt war erst mal Silvester.

Er zog den Schlipsknoten zurecht und warf sich das Jackett über, kämmte das inzwischen fast völlig graue Haar mit ein paar schnellen Bewegungen und steckte dann den Kamm in die Innentasche zurück.

Dann blieb er stehen und betrachtete ihr Schlafzimmer, als wäre er zum ersten Mal dort. Das hohe Doppelbett mit dem weißen Giebel, der hellgraue Holzfußboden, die eigens angefertigten Raffrollos aus Leinen. Er wunderte sich immer wieder darüber, wie oft man ein ganzes Haus umdekorieren konnte. Gabriella konnte sich endlos damit beschäftigen, unmoderne Tapeten und abgenutzte Korkbeläge abzureißen oder Holzfußböden zu schleifen und zu lackieren. Alles sollte möglichst *authentisch* werden, möglichst *echt*, und doch war das Ergebnis nie mehr als eine Kulisse.

Ich nehme das Wichtigste mit und gehe für ein paar Nächte ins Hotel, dachte er. Dann suche ich mir in der Innenstadt von Hagfors eine Wohnung. Hedda kann bis auf Weiteres mit Gabriella im Haus wohnen bleiben.

Doch erst würden sie noch eine Charade spielen, und er würde sich dabei von seiner besten Seite zeigen. Gabriella hatte die Silvestereinladung lange vorbereitet, und die wollte er ihr nicht ruinieren. Unten auf dem Esstisch standen Platten mit fünf oder sechs Sorten Schnittchen, daneben die Sektgläser. Nein, er war schließlich kein Unmensch. Solche Sachen regelt man anständig, dachte er.

Ernst verließ das Schlafzimmer und ging die breite, zurzeit weiß lackierte Treppe hinunter. Unten im Eingang sah er, wie Gabriella Kerzen in den Lämpchen anzündete, die er zu ihrer großen Freude von Opa Wilhelm geerbt hatte. Sie trug das Seidenkleid mit dem Ausschnitt und hatte ihre langen Haare auf außerordentlich kunstvolle Weise hochgesteckt. Früher hatte er es geliebt, sie so zu betrachten, und dann später in der Nacht alle Haarnadeln herausziehen zu dürfen und das Haar über ihren Rücken fallen zu sehen. Jetzt fand er, dass sie eher einen tragischen Eindruck machte.

»Wie schön du dich gemacht hast«, sagte er.

Ich bin schließlich kein Unmensch.

»Danke.«

Gabriella blies das Streichholz aus und drehte sich zu ihm um. Die Falte zwischen ihren Augen vertiefte sich.

»Dein Schlips. Ich dachte ...«

»Jetzt habe ich aber diesen hier an.«

Ernst ging an ihr vorbei ins Wohnzimmer, wo noch mehr Kerzen brannten und das Kaminfeuer prasselte. Wie konnte ich nur mein Einverständnis zum Kauf dieses Eisbärenfells geben?, dachte er. Wenn ich ihn wenigstens selbst geschossen hätte. Obwohl, nein, auch dann wäre es nicht in Ordnung gewesen.

Gabriella kam mit einer weiteren Platte auf ihren hohen Absätzen angestöckelt.

»Wie es Hedda wohl geht?«, sagte sie und stellte die Platte auf dem Esstisch ab. »Wie schön, dass sie endlich mal auf eine Party geht.«

»Ja, das ist schön«, antwortete Ernst. »Bei wem ist sie noch gleich?«

»Irgendeine Klassenkameradin, glaube ich. Nur gut, dass Samuel sie fährt.«

»Holt er sie eigentlich heute Nacht auch ab?«

»Nein, sie übernachten bei der Klassenkameradin.«

Ernst nickte und sah aus dem Fenster. »Umso besser – wir kriegen anscheinend noch schlechteres Wetter.«

Er griff sich eines der Schnittchen und stopfte es ganz in den Mund. Er wusste, wie ärgerlich Gabriella darüber sein würde, aber gerade deshalb konnte er den Impuls nicht unterdrücken.

Und tatsächlich, Gabriella runzelte wieder die Stirn.

»Ernst, hör auf! Siehst du nicht, dass es so ungerade Reihen gibt?« Verärgert fing sie an, mit ihren manikürten Fingern die dekorierten Häppchen neu zu ordnen.

In ihrer Gegenwart bin ich zu einem störrischen Kind geworden, dachte Ernst, zu einem widerspenstigen Halbwüchsigen, der ständig seinen eigenen Willen demonstrieren muss.

Es klingelte. Gabriella zuckte zusammen und stöckelte zur Küche, während sie gleichzeitig die Schürze ablegte.

»Mach schon mal auf. Ich komme gleich!«

Ernst öffnete die Haustür mit einem, wie er hoffte, fröhlichen, etwas verschmitzten Lächeln, seiner Standardmiene für festliche Gastgeberanlässe.

Magdalena blieb auf dem Weg vor Gunvors und Bengts Haus stehen. Der Zugang war perfekt geschippt, kein einziger kleiner Schneeklumpen war von den Flanken der Wechten gerollt, im Fenster hingen die Weihnachtsgardinen, und unterhalb der Treppe flackerten zwei Lämpchen im Wind.

Magdalena umklammerte die Pralinenschachtel, die sie in ihrer Speisekammer gefunden hatte. Weiter unten auf dem Weg konnte man Lachen und Silvesterkracher hören.

Die Dusche hatte ihre Laune verbessert. Sie hatte zwar nichts wirklich Festliches gefunden, doch in sauberen Jeans, einer frisch gebügelten Tunika und mit etwas Parfüm kam sie sich so schick vor wie lange nicht mehr. Sie versuchte sich etwas aufzurichten, als sie die Treppe hinaufstieg.

»Wie schön, dass du so kurzfristig kommen konntest, Magda.«

Gunvor öffnete die Haustür. Sie trug eine rote Schürze mit gekräuselten Flügelchen auf den Schultern. Ihr kurzes Haar sah frisch frisiert aus.

»Danke«, sagte Magdalena, streifte sich die Schuhe ab und trat in den Flur.

Vorsichtig umarmte sie Gunvor, die viel kleiner und dünner war, als sie sie in Erinnerung hatte. Die Daunenjacke reichte sie Bengt, der in Hemd, Pullover und Schlips mit einem Kleiderbügel bereitstand.

»Nein, was seht ihr schick aus! Und ich komme einfach so daher.« Magdalena überreichte die Schokoladenschachtel. »Was auch immer ihr vorhabt – zieht bloß nie um!«

»Kriege ich denn keine Umarmung?«, fragte Bengt gespielt vorwurfsvoll.

»Doch, natürlich«, sagte Magda und schmiegte sich kurz in seine Arme. »Und vielen Dank fürs Schneeschippen; das war wirklich nötig.«

Magdalena ließ Bengt los und sah sich im Flur um. An der Wand neben der Treppe zum ersten Stock waren ein paar Hirschgeweihe dazugekommen, ansonsten war alles ganz genau so wie immer. Nicht einmal der typische Geruch nach Gummistiefeln und Kernseife hatte sich in den fünfzehn Jahren verändert.

Gunvor goss gerade die Kartoffeln ab, als Magdalena in die Küche kam. Auf einer großen Vorlegeplatte lagen schon dünn geschnittenes Elchfleisch und kleine gekochte Mohrrüben.

»Ich habe gedacht, wir essen im großen Zimmer«, sagte Gunvor über die Schulter zurück, während sie die Kartoffeln in eine Schüssel füllte. »Die Gelegenheit bietet sich schließlich nicht so oft.«

Magdalena stellte fest, dass auch das Küchensofa an genau derselben Stelle stand wie immer. Wie oft hatten Tina und sie da gesessen, Käsebrote in kalten Kakao gestippt und sich gegenseitig Vokabeln abgehört, geredet und getratscht.

»Meine Güte, da stehe ich hier und träume. Kann ich dir mit irgendwas helfen, Gunvor?«

»Nein, nein, nicht nötig; ist schon alles fertig. Wenn du nur die Soße reintragen könntest.«

Bengt hatte sich schon am Tisch niedergelassen, der mit einem weißen Tuch und dem Möwenservice gedeckt war. Er sah fast ein wenig verloren aus, fand Magdalena, als sie die Soße auf dem Tisch abstellte und sich setzte.

»Wer hätte das gedacht, dass wir Nachbarn werden«, sagte Bengt und nahm sich von den Kartoffeln.

Magdalena lächelte, sie wusste nicht recht, was sie antworten sollte.

»Also, wir finden das wirklich sehr schön«, fuhr Gunvor fort, und hielt ihr die Platte mit dem Fleisch hin.

»Und wenn du bei irgendetwas Hilfe brauchst, dann sag es.«

»Das ist richtig nett von euch. Papa fand es, glaube ich, ein wenig unnötig, ganz allein hierherzuziehen und so ein großes Haus zu kaufen, aber ich konnte einfach nicht widerstehen.«

»Da hast du aber ein gutes Haus bekommen«, sagte Bengt. »Und nochmals herzlich willkommen daheim in Hagfors.«

Sie stießen vorsichtig an, ehe sie tranken. »Vielen Dank«, sagte Magdalena, trank einen kleinen Schluck und stellte das Glas ab.

Was für ein Glück, dass Ludvig nicht dabei war. Er hätte sich ein herablassendes Lächeln über dieses Anstoßen nicht verkneifen können – *das macht man einfach nicht* –, und hinterher, wenn sie allein gewesen wären, hätte er sicherlich alles kommentiert, das wulstige Ledersofa und Gunvors Puppensammlung in der Vitrine. So konnte sie einfach lockerlassen und die Wärme und das Gefühl, richtig zu Hause zu sein, genießen.

»Was machen Peo und Kerstin heute Abend?«, fragte Gunvor.

»Es hieß, Kerstins Kinder würden kommen. Papa wollte, dass ich auch komme, aber ich hatte keine Lust hinzufahren und zu versuchen, nett zu sein.«

»Genau, hier kannst du so unnett sein, wie du willst«, warf Bengt ein und zwinkerte ihr zu.

Magdalena lachte und merkte, wie sie sich allmählich entspannte.

Gunvor reichte ihr das Schälchen mit Gelee, und Magdalena tat sich etwas davon auf ihren Teller.

»Und dass du dann auch noch eine Arbeit hier gefunden hast, eine richtige Arbeit«, sagte Gunvor. »Das ist heutzutage so schwer für die jungen Leute. Die meisten müssen wohl oder übel wegziehen.«

»Den Politikern ist es völlig egal, dass halb Schweden entvölkert wird«, fuhr Bengt fort. »Sollen wir vielleicht alle in Stockholm leben? Das kann ja wohl nicht der Sinn der Sache sein!«

Magdalena wurde klar, dass dieses Gesprächsthema hier genauso oft an der Tagesordnung war wie zu Hause bei Papa und Kerstin.

»Ja, das ist traurig«, antwortete sie. »Aber Christer wohnt doch noch hier, oder?«

Gunvor nickte.

»Ja. Er hat das Glück gehabt, gleich nach der Polizeiakademie hier eine feste Anstellung auf dem Revier zu bekommen.«

Magdalena betrachtete die Schulfotos von Tina und Christer, die schräg übereinander neben dem Fenster hingen. Tina mit gefärbten und sorgfältig hochtoupierten Haaren und Christer mit hellen Bartstoppeln und runden Backen.

»Hier in Hagfors wird jede zweite Nacht in irgendeinem Laden eingebrochen, und die Geschäftsleute macht es wahnsinnig, wenn die Polizei da nichts ausrichtet«, sagte Bengt und zeigte mit der Gabel auf Magdalena. »Darüber wirst du schreiben dürfen, Magda.«

Magdalena verspürte wenig Lust, über den neuen Alltag oder über sich selbst zu reden. »Ist Tina denn noch in Göteborg?«, fragte sie.

»Ja, sie wohnt jetzt seit neun Jahren dort«, erwiderte

Gunvor. »Ihr kleiner Xerxes ist gerade ein Jahr alt geworden. Aber du hast doch auch einen kleinen Jungen, oder? Ich habe das Taufbild in der Zeitung gesehen, das ist aber schon ein paar Jahre her. Auf jeden Fall war er süß wie eine Puppe.«

Magdalena schluckte und nahm Anlauf.

»Er heißt Nils. Im Sommer ist er sechs Jahre alt geworden. Im Grunde bin ich auch seinetwegen wieder nach Hause gezogen. Ich will, dass er in einer ruhigeren Umgebung aufwächst, aber manchmal habe ich das Gefühl, das ist ein bisschen …«

Eigentlich hatte sie »naiv« sagen wollen, aber irgendwie fühlte sich das falsch an. Stattdessen sagte sie:

»Ja, vielleicht habe ich das nicht so richtig durchdacht.«

»Du machst genau das Richtige«, sagte Bengt und verlieh seinen Worten durch mehrere Handkantenschläge durch die Luft Nachdruck. »Genau. Das. Richtige. Selbstverständlich soll der Junge nicht mit Autoverkehr, Abgasen und Kriminalität aufwachsen. Hier kennt sich jeder. Hier passieren keine hässlichen Sachen.«

Gunvor drehte ihr Glas in der Hand, als würde sie über etwas nachdenken. Dann blickte sie auf.

»Ist er heute Abend bei seinem Papa?«

Magdalena musste wieder schlucken.

»Er sitzt im Flugzeug, auf dem Heimweg nach Schweden. Sie waren über Weihnachten in Indien, und ich habe seit Heiligabend nicht mit ihm gesprochen.« *Verdammte Scheiße.* Magdalena versuchte, die Tränen wegzublinzeln. »Das ist ein wenig – anstrengend. All das. Mit der Scheidung und so. Entschuldigt bitte.«

Sie faltete ihre Serviette zu einem Päckchen zusammen und drückte es sich an die Wimpern.

Bengt legte das Besteck auf dem Teller zusammen und sah auf seine Armbanduhr.

»Ich glaube, jetzt fängt ›Dinner for One‹ an«, sagte er und erhob sich.

»Und ich setze Kaffee auf«, sagte Gunvor und stellte die Teller zusammen. »Du trinkst doch Kaffee, Magda?«

Magdalena nickte und brachte ein Lächeln zustande.

»Ach, du«, sagte Gunvor und tätschelte ihre Hand, »das wird schon alles in Ordnung kommen – du wirst schon sehen.«

Als Magdalena allein am Tisch zurückblieb, legte sie die Stirn in die Hände.

Vielleicht, dachte sie. Vielleicht wird es das.

Ernst Losjö ließ sich mit dem Whiskyglas in der Hand auf dem Sofa nieder. Er seufzte tief und zog den Schlipsknoten mit dem Zeigefinger auf. Endlich war das Spektakel vorbei.

Gabriella stand am Fenster, die Arme um den Oberkörper geschlungen. Die Festfrisur war in sich zusammengesunken, und eine lange Haarsträhne hing ihr über die eine Schulter.

Obwohl es schon fast vier Uhr morgens war, regneten immer noch einzelne Feuerwerksraketen über den See nieder. Sjökvists hatten offensichtlich groß zugeschlagen.

Ernst musste daran denken, wie viele angeschossene, unterkühlte Silvesterfeierer im Laufe der Nacht in die Notaufnahme von Torsby kommen würden. Die Kollegen dort hatten sicher alle Hände voll zu tun.

»Seltsam, dass sie auf meine SMS nicht geantwortet hat«, sagte Gabriella.

»Findest du? Bestimmt hat sie Lustigeres zu tun, als mit ihren alten Eltern zu simsen. Außerdem ist das Netz um diese Zeit sicher überlastet.«

Ernst trank einen Whisky und schloss die Augen.

»Glaubst du, dass sie sich betrunken hat?«, fragte Gabriella, die ihm immer noch den Rücken zugewandt hatte.

»Nicht ganz unwahrscheinlich«, meinte Ernst. »Sie wird bald siebzehn. Und ich bin nicht so naiv anzunehmen, unsere Hedda wäre in diesem Punkt eine Ausnahme.«

Gabriella drehte sich langsam zu ihm um. In der einen Hand hielt sie ein halbvolles Sektglas, dessen Rand ein Lippenstiftabdruck zierte.

»Den ganzen Herbst über habe ich mir Sorgen gemacht, weil sie immer nur hier in ihrem Zimmer gehockt hat, und jetzt finde ich es furchtbar, dass sie nicht da ist.«

»Daran müssen wir uns gewöhnen«, sagte Ernst und erhob sich aus dem Sofa. »Morgen kommt sie wieder nach Hause.«

»Ja, so ist es«, sagte Gabriella und lächelte verkrampft.

2

Tore Andersson schaltete das Radio ein und ließ sich am Küchentisch nieder. Während der Percolator auf der Spüle blubberte und zischte, holte er den Kalender heraus, der auf ein paar Rabattcoupons und dem *Värmlandsblad* von gestern lag. Das kleine, schwarze Buch ließ sich nur schwer öffnen.

Das digitale Thermometer, ein Weihnachtsgeschenk von Jeanette, das zwischen zwei Usambaraveilchen am Fensterrahmen lehnte, zeigte minus siebzehn Grad. Tore nahm den Kugelschreiber und fing an zu schreiben. Als er fertig war, betrachtete er skeptisch sein zittriges Gekrakel.

Und das, wo ich in der Schule immer so für meine Schrift gelobt worden bin, dachte er. Aber das war lange her. Vor dem Stahlwerk. Er klappte das Buch zu, blieb noch ein Weilchen sitzen und zeichnete das Blumenmuster des Wachstuchs mit einem krummen Zeigefinger nach.

Ein neues Jahr, dachte er. Noch eins. Und jetzt sollte er auch noch umziehen. Passend zum neunzigsten Geburtstag im März.

Der Brief vom Wohnungsamt war in der ersten Adventswoche gekommen. Das Haus wurde abgerissen, das war jetzt endgültig. Die meisten der Nachbarn hatten bereits bei verschiedenen Angeboten für neue Wohnungen angebissen, doch nicht so Tore. Er hatte sich nicht dazu durchringen können, die Wohnung zu verlassen, die seit über fünfzig Jahren sein Zuhause war. Seines und Weras und das der Kinder.

Die zwei Mietshäuser, die direkt am Wald gestanden hatten, waren schon vor Jahren abgerissen worden. Nur ein paar Straßenlaternen am alten Parkplatz wiesen noch auf die frühere Bebauung hin. Jetzt ragten die schiefen Masten sinnlos aus dem Schnee. Ein Stück weiter stand mitten im Birkengestrüpp ein Schaukelgestell ohne Schaukeln.

In schlaflosen Nächten empfand Tore die Dunkelheit und das fast leere Haus manchmal als unbehaglich, doch tagsüber dachte er nicht so viel an die Einsamkeit, auch wenn er Birger vermisste, der in der Wohnung gegenüber gewohnt hatte. Und Gösta.

Ansonsten blieb er für sich. Das hatte er schon immer so gemacht. Aber er war dankbar, dass wenigstens die Wohnung über ihm bewohnt war und immer noch Menschen ein und aus gingen.

Der Espressokocher verstummte.

Gerade als Tore sich mit seiner Tasse Kaffee wieder an den Tisch setzte, war von oben ein heftiges Rumsen zu hören. Dann ein Mann, der brüllte, und eine helle Stimme, die etwas Unverständliches jammerte.

Tore sah zur Decke und wartete auf eine Fortsetzung, doch es war nichts weiter zu hören.

Ein Zank unter Liebenden, dachte er. Das gehört zum Leben.

Dann nahm er einen Schluck Kaffee, rückte in einer unbewussten Bewegung seinen Morgenmantel zurecht und schlug die Zeitung vom Vortag auf.

Ernst Losjö drehte sich im Bett herum, schob sich das Kissen unter den Nacken und schloss die Augen. Das Geklapper von Glas und Porzellan unten in der Küche verursachte ihm Kopfschmerzen.

War sie wütend? Er horchte noch einmal etwas konzentrierter. Ja, war sie. Jedes Klirren, jede Schranktür, die zugeschlagen wurde, war eine wütende Zurechtweisung, eine wortlose Kommunikation über mehrere Stockwerke hinweg, eine Hier-räume-ich-alles-alleine-auf-während-du-da-oben-pennst-Botschaft.

Das Schlafzimmer war noch dunkel. Es roch nach

Schlaf, Alkohol und Parfüm. Ernst sah auf den Radiowecker. 11:03. Widerwillig schob er die Beine über die Bettkante und setzte sich auf.

Jetzt wurde unten der Staubsauger angeworfen. Gabriellas Wut saß offensichtlich tief, stellte er fest, als er hörte, wie die Düse hart an Fußleisten und Tischbeine schlug.

Ernst warf den marineblauen, dicken Weihnachtsgeschenkmorgenmantel über, zog die Rollos halb hoch und sah hinaus. Der Himmel war hellgrau, und es schneite immer noch stark. Für Weihnachten wäre das Wetter passend, dachte er. Da hätte es heimelige, versöhnliche Gefühle erzeugt. Doch der Neujahrstag hatte etwas Forderndes an sich, das ihm die Laune verdarb. Mit der Ruhe war es vorbei.

Was sollte mit dem Haus geschehen? Gabriella würde es nie schaffen, allein hier zu wohnen. Doch dass er selbst hier wohnen blieb, war genauso undenkbar. Es war nicht sein Haus, war es nie gewesen. Der Hof war Gabriellas Lebensprojekt, er selbst war sich mehr wie ein Teil des Inventars vorgekommen. Und Hedda? Was würde aus ihr werden?

Als Ernst die Treppe hinunterging, war der Staubsauger verstummt, stattdessen hörte er den Fernseher. Das Neujahrskonzert aus Wien.

Gabriella hatte im Wohnzimmer das Bügelbrett aufgestellt und Haushaltspapier auf das große Leinentischtuch von Klässbols gelegt. Jetzt schob sie das Bügeleisen konzentriert hin und her. Wachsflecken. Wie oft hatte er sie nicht Freunden und Bekannten von diesen *fantastischen Hausfrauentipps* erzählen hören.

»Guten Morgen«, sagte sie, ohne ihn anzusehen.

»Guten Morgen«, antwortete er und ignorierte den sarkastischen Tonfall. »Hast du etwas von Hedda gehört?«

Gabriella stellte das Bügeleisen ab, um das Papierstück auf den nächsten Fleck zu legen.

»Nein«, antwortete sie, immer noch, ohne ihn anzusehen. »Ich habe wieder und wieder angerufen, aber sie hat das Handy nicht an.«

»Bestimmt schläft sie«, sagte er bemüht unbekümmert.

»Wie ihr Vater also.«

Ernst seufzte lautlos, ging in die Küche und ließ sich ein großes Glas kaltes Wasser ein.

»Bei wem wollte sie noch gleich übernachten?«, rief er und stellte das Glas auf die Spüle.

»Stell das Glas in die Spülmaschine. Irgendeine Nora. Ich glaub, sie hieß Nora Vallgren. Oder Vallström.«

»Nie gehört.«

»Ich auch nicht.«

Nein, kein Problem, sagte er zu sich selbst. Alles ist ganz so, wie es sein sollte.

Magdalena bog auf den Norr Mälarstrand ein und dann auf die St. Eriksgatan. War es die siebte oder die achte Runde? Sie hatte das Zählen schon aufgegeben. Die erleuchtete Västerbron spiegelte sich im schwarzen Wasser des Riddarfjärden. Hier und da trieben große, graue Eisschollen wie Mosaikplatten, und darüber fuhren einzelne Autos durch den Winternebel.

Das ist schön, dachte Magdalena wehmütig. Sehr schön. Das lässt sich nicht leugnen.

»Gibt es hier denn keinen einzigen Parkplatz?«, murmelte sie vor sich hin.

Endlich entdeckte sie auf der Baltzar von Platens gata eine Lücke zwischen einem anderen Audi und einem Volvo Cross Country. Da würde sie ein Stückchen laufen müssen, aber das half nichts. Sie war schon spät dran.

Als Magdalena das Auto eingeparkt hatte, war sie außer Atem, und ihr war heiß. Sie trat auf die Straße, zog die Daunenjacke über, hängte sich die Tasche über die Schulter und schloss den Wagen ab. Sie war die ganze Strecke ohne Halt durchgefahren, hatte einfach keine Ruhe gehabt.

Schmutziges Eis säumte in langen Streifen den von Schneematsch bedeckten Bürgersteig. Magdalena blickte zu den hohen Fenstern auf der anderen Straßenseite hoch. Stilvolle Adventsbögen und gemusterte Sterne in langer Reihe. Wie wohl die Wohnungen drinnen aussahen? Lamino-Sessel und dicke Teetassen aus dem Designladen. Schöne, selbstsichere Frauen mit Schals über den Schultern und Nachnamen, die einen erschauern ließen.

Ihr war klar, dass sie diese Bilder aus irgendeinem Einrichtungsmagazin hatte, doch sie hatte solche Wohnungen schon oft auch in der Wirklichkeit gesehen. Eine andere Klasse, dachte sie, und begriff gleichzeitig, wie altmodisch sie selbst war. Wer sprach denn heute noch von Klassenunterschieden? Während ihrer Jahre in Stockholm hatte sie das manchmal erwähnt, hatte versucht, das Gefühl zu beschreiben, war aber immer verständnislosen Blicken begegnet. Wie bitte? Solche Kategorien spielten heute keine Rolle mehr. Und mit seiner Herkunft aus der Arbeiterklasse zu kokettieren sei einfach nur albern, sagte man ihr. Als wäre ein Bahnarbeiter etwas Exotisches oder Romantisches, etwas, das es nicht wirklich gebe.

Magdalena rannte das letzte Stück bis zur Tür. Der Fahrstuhl war bereits unten. Sie trat hinein und schloss die Gittertür hinter sich. Unter Quietschen und Rasseln setzte sich der Aufzug in Bewegung.

Als sie sich im Fahrstuhlspiegel sah, traten ihr die Tränen in die Augen. Ihre Augen waren blutunterlaufen, die Haut fast grau und die Lippen vom Winter aufgesprungen. Das rotblonde Haar hing in schlaffen Strähnen herab.

Sie holte einen Lipgloss aus der Handtasche und unternahm einen sinnlosen Verschönerungsversuch. Bevor sie die Fahrstuhltür öffnete, schnitt sie sich selbst eine Grimasse.

Kaum hatte sie an der Tür geklingelt, hörte Magdalena schon Nils' Rufen und seine galoppierenden Schritte. Im nächsten Moment war er im Treppenhaus und in ihren Armen.

»Ach, mein Kleiner, ich hab dich ja so vermisst«, flüsterte sie.

Sein frisch geschnittenes Haar duftete nach einem Shampoo, das sie nicht kannte. Wenn sie ihm mit den Fingern über den Nacken fuhr, war es, als würde sie einen Welpen streicheln.

»Mama«, sagte er, »Mama, Mama, Mama ...«

»War es schön in Indien?«

Magdalena hörte ein leises »Mhm« und spürte das Nicken an ihrer Wange.

»Davon musst du mir nachher erzählen. Ich will absolut alles wissen.«

Als Magdalena aufsah, stand Ludvig in der Tür, braun gebrannt, in einem hellblauen, kurzärmeligen Piqué-Hemd mit einem Lyle&Scott-Adler auf der Brust. Das sonnengebleichte Haar sah lässig zerzaust aus, doch sie wusste, dass er jeden Morgen eine ganze Weile brauchte, um es so hinzukriegen.

»Hallo. Wie war die Fahrt?«

»Gut, danke«, antwortete Magdalena und wich seinem Blick aus.

Wie lange würde es noch weh tun, ihn zu sehen?

»Du ... Willst du nicht kurz reinkommen?«

Magdalena stand auf mit Nils, der seine Arme um ihren Hals und seine langen Beine um ihre Taille geschlungen hatte.

»Nein, danke.«

»Also, Ebba ist nicht da. Ich dachte, wir könnten noch was besprechen.«

»Und ich dachte, wir hätten schon alles besprochen, aber von mir aus.«

Ludvig zog sich in die Wohnung zurück, um ihr Platz zu machen. Magdalena musste Nils loslassen, um ihre Wildlederstiefel ausziehen zu können, die Matschpfützen hinterließen. Als sie fertig war, legte sie Nils die Hände auf die Wangen und küsste ihn auf die Stirn.

»Ich bin so froh, dich wiederzusehen. Ich hab die ganze Zeit immer an dich gedacht. Das weißt du doch, oder?«

Nils nickte.

»Mama, bist du traurig?«

Magdalena schüttelte den Kopf und lächelte, immer noch mit den Händen um Nils' Gesicht. Sie strich mit den Daumen über seine Schläfen und die weichen Ohren.

»Nein, ich bin nicht traurig. Es ist so schön, dich endlich wiederzusehen. Deshalb kommen mir die Tränen.«

Von irgendwo weit oben hörte Magdalena Ludvigs Stimme.

»Äh ... Kann ich dir irgendwas anbieten? Espresso? Latte? Vielleicht ein Wasser?«

»Nein, danke«, antwortete sie, ohne ihn anzusehen.

Er ist auch nervös, dachte sie, stand auf und nahm Nils an die Hand. Aus irgendeinem Grund machte der Gedanke sie ein wenig ruhiger. Ehe sie die Küche betrat, holte sie nochmals tief Luft, als würde sie sich auf eine lange Schwimmtour unter Wasser vorbereiten. Ich werde das hier schaffen, sagte sie zu sich selbst. Das Schlimmste ist schon vorbei. Bald sind wir auf dem Weg nach Hause.

Magdalena setzte sich auf den Küchenstuhl, der am nächsten zur Tür und Ludvig gegenüber stand, und nahm Nils auf den Schoß.

»Du, Nils, Mama und ich müssen mal kurz was alleine besprechen«, sagte Ludvig. »Du kannst so lange rübergehen und fernsehen.«

Nils seufzte.

»Es dauert nicht lange. Versprochen.«

Widerwillig rutschte Nils von Magdalenas Schoß und schlurfte aus der Küche.

»Wie geht es dir?«, fragte Ludvig, als sie allein waren.

»Sehr gut, danke.« Magdalena hörte, dass sie sarkastischer klang als beabsichtigt und fuhr fort: »Woher die plötzliche Fürsorge?«

Ludvig drückte mit dem Zeigefinger auf ein paar Brotkrümel auf dem Tisch und sagte:

»Du meinst vielleicht, dass mir das egal ist, aber das stimmt nicht. Für mich ist es ja auch nicht leicht.«

»Du Armer.«

»Magda, bitte, kannst du nicht damit aufhören?«

»Womit denn?«

»Mit diesem Ton, den du immer anschlägst.«

Magdalena sah ihn an. Wie jämmerlich er doch ist, dachte sie.

»Du wolltest doch was besprechen.«

Ludvig wich ihrem Blick aus und schaute an die Wand hinter dem Küchentisch. Dann sah er sie doch an.

»Ja. Zum Beispiel die Sache mit deinem Umzug. Ganz ehrlich, ich versteh nicht, was du dir dabei gedacht hast.«

»Und was genau verstehst du nicht? Dass ich meinem Sohn eine stressfreie, schöne Kindheit im Grünen ermöglichen will? Dass er rausgehen und mit seinen Freunden vor dem Haus Ball spielen kann, ohne Gefahr zu laufen, überfahren zu werden? Dass er auch, ehe er fünfzehn Jahre alt ist, allein von der Schule nach Hause gehen kann?«

Ludvig schüttelte den Kopf.

»Die Wohnung in Kristineberg, die du gekauft hast, war doch total in Ordnung. Das ist doch eine gute Gegend.«

»Das kann man ja wohl nicht vergleichen.«

»Trotzdem solltest du einsehen, dass diese Kehrtwende ein bisschen schwer nachzuvollziehen ist. Du bist doch ein Stadtmensch, Magda.«

Magdalena antwortete nicht, und so fuhr Ludvig fort:

»Und was ist mit dir selbst? Was glaubst du, wie lange du es aushalten wirst, über geschlossene Dorfschulen und Hundeausstellungen und Rotkreuz-Sitzungen zu schreiben?«

»Jetzt hör aber auf. Ich schreibe lieber über Dinge, die mit dem Alltag der Menschen zu tun haben, als über Hollywood-Starlets und die neuesten Modetrends.«

»Wenn du meinst. Ist schließlich deine Karriere, die du ruinierst, aber das kommt mir alles nicht richtig durchdacht vor.«

»Deine Fürsorglichkeit ist wirklich rührend, Ludvig.«

»Du musst doch auch an Nils denken. Er wird jedes zweite Wochenende stundenlang in einem Bus sitzen müssen. Glaubst du, das wird ihm Spaß machen? Er ist erst sechs Jahre alt.«

Magdalena stand auf und rief zur Küchentür hinaus.

»Nils, Papa und ich sind fertig, jetzt fahren wir. Lauf und hol deine Jacke.«

Ludvig räusperte sich.

»Magda, ehe du fährst. Da ist – noch was, was ich dir erzählen wollte.«

»Ja?«

»Ebba und ich erwarten ein Kind.«

Magdalena stützte sich auf der Stuhllehne ab. Plötzlich hatte sie das Gefühl, als würde sich der Küchenfußboden unter ihren Füßen absenken.

»Was sagst du da?«, flüsterte sie.

»Ebba ist schwanger. Im April kriegt Nils ein Geschwisterchen.«

Magdalena ging in den Flur hinaus. Ihre Arme waren bleischwer und steif, und als sie versuchte, die Stiefel anzuziehen, schienen ihre Hände jemand anders zu gehören. Sie sah die Finger, die versuchten, den Reißverschluss zu greifen und hochzuziehen. Sie verlor das Gleichgewicht und fiel gegen eine der Schranktüren, doch als sie Ludvigs Hand auf ihrem Oberarm spürte, riss sie sich los.

»Lass mich!«

Ludvig wirkte fast ein wenig besorgt.

»Ich verstehe ja, dass das hart für dich ist …«, setzte er an.

»Du glaubst, dass du dich kümmerst und dass du viel verstehst, aber in Wirklichkeit hast du von nichts eine Ahnung. Du sagst, ich würde nur an mich selbst denken, aber was ist denn mit dir? Du bist ein egoistischer Scheißkerl!«

Die Tränen rannen ihr schon den Hals hinunter, bis sie die Tür aufbekam und die zwei Koffer von Nils ins Treppenhaus schob. Sie waren so schwer, dass sie sie kaum anheben konnte.

»Komm, Nils, jetzt fahren wir.«

Nils zog sich bedächtig die Spiderman-Mütze über den Kopf und schaute hin und her zwischen Magdalena mit den Koffern und Ludvig, der nervös neben der Garderobe stand.

»Ich kann dir tragen helfen«, murmelte Ludvig. »Wo hast du das Auto?«

»Wir kommen schon allein klar, nicht wahr, Nils? Und du geh meinetwegen zum Teufel!«

Magdalena knallte die Tür zu. Nils sah sie schweigend an. Sein Kinn zuckte, wie immer, wenn er gleich anfing zu weinen.

Magdalena schluckte. Ich muss lernen, mich zusammenzureißen, dachte sie. Egal, was passiert. Ich bin eine schlechte Mutter.

Als sie im Erdgeschoss aus dem Fahrstuhl gestiegen waren und Magdalena die Koffer rausgezerrt und die Türen geschlossen hatte, nahm sie Nils auf den Arm. Er versteifte sich zunächst, entspannte sich dann aber immer mehr, als sie ihn hin und her wiegte.

»Es tut mir leid, mein Kleiner. Natürlich kriegst du Angst, wenn ich so wütend und traurig bin.«

Nils antwortete nicht, sondern schlang nur seine Arme etwas fester um ihren tränennassen Hals.

Magdalena setzte sich mit Nils auf dem Schoß auf eine der Treppenstufen vor dem Eingang. Dort blieben sie lange sitzen, ohne etwas zu sagen.

»Du, übrigens«, sagte Magdalena schließlich, »ich habe im Auto eine Überraschung für dich. Eine echt schöne Überraschung.«

Nils wischte sich mit dem Handrücken über die Augen und sah sie an.

»Ein Weihnachtsgeschenk?«

»Nein – die Weihnachtsgeschenke sind zu Hause. Das hier ist ein zusätzliches Geschenk, könnte man sagen. Wollen wir?«

Nils nickte und schob seine Hand in ihre.

Ganz unten in ihrer Tasche fand Magdalena ein zerknülltes Päckchen Papiertaschentücher. Sie zog eines heraus, breitete es aus und hielt es Nils über die Nase.

»Schnaub mal.«

Dann nahm sie noch ein Taschentuch und schnäuzte sich selbst.

Als das Gepäck im Kofferraum verstaut war und sie sich im Seven Eleven auf der Handverkargatan eine Tüte Bonbons, Erdbeersaft und Mineralwasser gekauft hatten, machte Magdalena die Tür zum hinteren Sitz auf. Dann holte sie das Päckchen heraus, das in einer Tüte auf dem Boden vor Nils' Kindersitz lag.

»Spring rein und setz dich hin, dann darfst du aufmachen«, sagte sie.

Nils kletterte auf seinen Platz und nahm das Päckchen. Seine schmalen Finger fuhren rasch über das glitzerblaue Papier und die silberne Schnur, die Magdalena extra locker geknotet hatte, damit er sie leicht würde abziehen können.

»Was ist das denn?«, fragte Nils und drehte und wendete den Karton. »Sieht aus wie ein Computer.«

»Das ist ein kleiner DVD-Spieler, damit kannst du im Auto Filme kucken. Wir können auch Kopfhörer dafür besorgen, dann kannst du ihn auch benutzen, wenn du mit dem Bus zu Papa fährst. Dann vergeht die Zeit vielleicht schneller.«

Nils sah sie an und lächelte.

»Im Flugzeug habe ich einen Jungen gesehen, der so einen hatte. Cool.«

»Freust du dich?«

»Total. Danke.«

Während Magdalena den Apparat aus seiner Styroporverpackung holte und den kleinen Bildschirm an der Nackenstütze festmachte, durfte Nils Päckchen Nummer zwei aufmachen.

»Niko! Der ist super.«

»Ach, hast du ihn schon gesehen? Der ist jetzt ganz neu auf DVD rausgekommen.«

Papa, Ebba und ich haben ihn im Kino gesehen«, sagte Nils, ohne den Umschlag der DVD anzuschauen.

»Ach so.«

»Ja. Aber ich will ihn noch mal sehen.«

Den ganzen Tag war Ernst Losjö schon unruhig gewesen. Jetzt riss er die Kühlschranktür auf, ohne die geringste

Ahnung zu haben, wonach er suchte. Einen Moment lang blieb er vor der sorgsam mit Plastikfolie bedeckten Platte mit den übrig gebliebenen Schnittchen stehen. Vorsichtig hob er die Folie hoch und legte sich ein paar Pumpernickelscheibchen mit Cheddarkäse auf die Hand.

Es war Viertel nach vier, und sie hatten immer noch nichts von Hedda gehört. Draußen war es stockdunkel, und es war noch kälter geworden. Ab und zu fuhr ein Auto vorbei, doch ansonsten war alles still. Keine Hunde bellten, niemand war draußen unterwegs. Es war, als hielte das ganze Dorf den Atem an.

»Ich rufe jetzt mal bei Skogs an und frage, ob Stina nach Hause gekommen ist«, sagte Gabriella.

»In Ordnung«, antwortete Ernst, obwohl er es eigentlich nicht gut fand. Anzurufen hieß, der Sorge freien Lauf zu lassen, sich einzugestehen, dass etwas nicht in Ordnung war.

»Hast du die Folie wieder richtig drübergemacht?«, fragte Gabriella mit einem Blick auf die Schnittchen in seiner Hand.

Sie wählte schnell die Nummer, fast ohne auf das Telefon zu sehen, und fing dann an, in der Küche auf und ab zu gehen. Wie oft hatten sie in den letzten Jahren diese Nummer gewählt? Hedda und Stina waren schon immer beste Freundinnen gewesen, und auch wenn die beiden in der letzten Zeit den Kontakt über ihre eigenen Handys gehalten hatten, kannten sie Stinas Nummer immer noch auswendig.

An Gabriellas plötzlich angespannter Haltung konnte Ernst erkennen, dass jemand rangegangen war.

»Hallo, Lena, hier ist Gabriella. Ich hoffe, ich störe nicht.

Gutes neues Jahr, euch auch. Ja, wir hatten gestern ein paar Freunde zu Besuch, das war wirklich schön. Ich wollte eigentlich nur mal nachfragen, ob Stina schon nach Hause gekommen ist. Wir haben seit gestern Abend nichts von Hedda gehört ... Ach, war sie nicht?«

Gabriella suchte Ernsts Blick.

»Aber Hedda hat gesagt, dass Stina auch zu der Party gehen würde, und dass Samuel sie fahren würde. ... Also, jetzt verstehe ich gar nichts mehr.«

Gabriella legte die Hand auf den Hörer und wandte sich Ernst zu:

»Stina war gestern auf keiner Party. Lena fragt sie jetzt, ob sie etwas weiß.«

Gabriella nahm die Hand vom Hörer und drehte ihm den Rücken zu.

»Sie weiß nichts? Ja, dann weiß ich auch nicht, was wir machen sollen. ... Ja, bestimmt. Viele Grüße an Stina. Ist lange her, dass sie hier war. Wir vermissen sie, Ernst und ich.«

Gabriella setzte sich an das kurze Ende des Küchentischs und legte die Hände auf die Tischplatte.

»Was hat sie gesagt?«, fragte Ernst, der immer noch alle Schnittchen auf der Handfläche hatte.

»Dass Stina nichts von einer Party weiß und dass Samuel gestern niemand nach Hagfors gefahren hat.«

Die Panik schlug zu wie eine durch den ganzen Körper fahrende Druckwelle.

Magdalena reckte den Hals und warf im Rückspiegel einen raschen Blick auf Nils. Sein Gesicht war von dem flimmernden Licht des Bildschirms erhellt, und er wirkte ruhig und konzentriert. Ab und zu, wenn auch in immer größeren Abständen, hörte sie die Bonbontüte rascheln.

Während der Fahrt durch Stockholm-Västerort hatten sie geschwiegen.

Nils hatte aus dem Fenster geschaut, aber nichts gesagt, als sie an der Schwimmhalle Åkeshov, an der Schwimmschule und an der Sporthalle vorbeigefahren waren. Auch als sie an seiner alten Vorschule am Ängbyplan vorbeigekommen waren, hatte er nichts gesagt. Als würde er begreifen, dass sie das nicht ausgehalten hätte.

Doch als sie die Lichter in dem kleinen, hellgelben Haus am Bergslagsvägen gesehen hatten, hatte er gesagt:

»Können wir mal Tage besuchen?«

»Aber sicher. Und er kann ja auch zu uns kommen.«

Magdalena hatte das Lenkrad so fest umklammert, dass ihre Finger anfingen wehzutun. Tage und Nils, unzertrennlich in der Tagesstätte. Immer die schmutzigsten. Immer klatschnass. Und vielleicht am glücklichsten, wenn sie beide ihre Blixten-McQueen-Pullover anhatten. Nils hatte einen grünen, Tage einen braunen.

Am Islandstorget musste Magdalena an der roten Ampel halten, und Nils hatte sich ans Fenster gelehnt und in die Baumkrone vor dem Lampengeschäft geschaut, in der Hunderte von Glühbirnen wie ein funkelndes Feuerwerk glitzerten. Seit seinem ersten Weihnachtsfest hatte er die bunten Spielsachen, den Schneemann und die Rentiere mit den Schlitten dort oben geliebt. Ja, und Magdalena ebenso. Zwar hatte sie manches Mal über die Stromkosten für den Lichterschmuck nachgedacht, doch später hatte sie sich hauptsächlich an dem Gefunkel erfreut.

Erst als sie an dem rotierenden »V« am Vällingsbyrondell vorbeigefahren waren, hatte Nils sich wieder seinem Film zugewandt.

Die Beleuchtung der Schnellstraße hatte jetzt schon lange aufgehört, und Magdalena konnte endlich den Tränen freien Lauf lassen. Lautlos.

Pastellfarbene Fantasien tauchten in ihrem Kopf auf. Ebbas runder Schwangerenbauch im Profil. Ludvig, der in einem schwach erleuchteten Kreißsaal Ebbas Kreuzbein massiert. Ludvig mit Babytragebeutel auf dem Bauch, eine Hand über einem flaumigen Köpfchen.

Magdalena reckte den Hals und warf noch einen Blick in den Rückspiegel. Nils war mit offenem Mund und in unbequemer Haltung eingeschlafen. Sie tastete nach dem richtigen Knopf und schaltete den DVD-Spieler aus.

Ich muss mich zusammenreißen, dachte sie. Mich wie eine Erwachsene verhalten. Mich um Nils kümmern. Um uns. Ich muss das hinkriegen.

Sie trank ein paar Schlucke Mineralwasser, stellte die Flasche in den Halter neben dem Sitz zurück und wischte sich mit der Hand über die Wange.

Hatte Ludvig vielleicht doch recht? War sie egoistisch? War es falsch, Nils aus allem Gewohnten herauszureißen? Aber sie hatte ja schließlich nicht angefangen, sie war nicht diejenige, die sich scheiden lassen wollte und alles kaputt machte, was sie zusammen gehabt hatten. Jetzt saß Ludvig da in seiner schicken Wohnung, lud zu Familiengemütlichkeit samt Geschwisterchen ein und ließ sie wie ein naives Landei dastehen.

Damit der Babyfilm in ihrem Kopf nicht noch einmal abgespielt wurde, versuchte Magdalena an Nils' frisch gestrichenes Zimmer zu Hause zu denken, mit der Spiderman-Borte mitten an der Wand. Zwei Tage lang hatte sie gestrichen und in ihrem neuen Heim alles so schön gemacht, wie sie nur konnte. Mit der Hilfe ihres Vaters hatte sie auch die meisten Möbel im Haus an ihren vorgesehenen Platz bringen können.

Sie musste an Nils' Slalomski denken, die sie zwischen den Jahren im Schlussverkauf zum halben Preis erstanden hatte. Drei Jahre zuvor waren sie zum Skifahren in Åre gewesen. Nils war damals eigentlich noch zu klein, aber sie hatten ihm für einen Tag Leihski besorgt. Magdalena erinnerte sich noch an Nils' glückliches Johlen, als Ludvig ihn zwischen seinen Beinen hielt und mit ihm davonpflügte. Schade, dass der Lift am Värmullsåsen nicht mehr in Betrieb war. Aber es gab schließlich noch den am Ekesberget.

Endlich verspürte sie ein wenig Zuversicht. Doch, natürlich war es das Richtige. Nils würde in eine kleine Schule gehen können, würde von Ruhe und Stille, Wald und Seen umgeben sein. Er würde kommen und gehen können, wie er wollte, ohne dass sie sich Sorgen machen musste. Sie kannte alle hier, und alle kannten sie. Und sie selbst würde Zeit finden, ihre Wunden zu heilen und neue Lebenslust zu entwickeln.

Wir sind auf dem Weg nach Hause, dachte sie. Nach Hause.

Heddas Zimmer war leer und dunkel, und zum ersten Mal seit langer Zeit war das Bett gemacht. Sogar der weiße Bettüberwurf lag da, glatt und schön. Es sieht genauso aus wie vorher, dachte Ernst. Vor der Verwandlung.

Wo war sie bloß? Als Ernst auch noch die alten Kuscheltiere dicht beieinander über dem Kopfkissen sitzen sah, begann er sich ernstlich Sorgen zu machen.

Er ging zu dem weißen Schreibtisch am Fenster. Sogar hier herrschte vorbildliche Ordnung. Langsam ließ er den Blick über das Bücherregal neben dem Schreibtisch gleiten.

»Glaubst du, dass sie einen heimlichen Freund hat, bei dem sie ist?«, fragte Gabriella, an den Türrahmen gelehnt.

Ernst zuckte mit den Schultern.

Im Laufe des Herbstes hatte sich ihr fröhliches, braves Pferdemädchen in einen garstigen und immer müden Teenager verwandelt. Sie schlief eigentlich die ganze Zeit. Am Wochenende kam sie manchmal, mit der Decke um den Leib gewickelt, gegen halb zwei Uhr nachmittags die Treppe heruntergetappt. Gabriellas säuerliche Spitzen über Langschläfer kümmerten sie nicht, wie sie ihre Eltern ohnehin kaum eines Blickes würdigte.

Ein paar Mal hatte er versucht, mit ihr zu reden, hatte sie gefragt, ob sie Probleme im Gymnasium habe, oder ob sie sich mit Stina gestritten habe, hatte aber nur Gemurmel und abwesende Blicke geerntet.

Und jetzt war sie verschwunden.

Da war das Schuljahrbuch. Vorsichtig zog er es aus dem Regal. Dann legte er es auf den Schreibtisch und begann zu blättern.

1 NB. Hedda stand ganz unten auf der rechten Seite in einer rosa karierten Kapuzenjacke und gehorsam lächelnd.

»Was hast du gesagt, wie sie hieß? Nora?«, fragte Ernst während er alle Namen unter den Fotos durchschaute.

»Ja.«

Gabriella hatte sich neben ihn gestellt.

»Hier ist keine Nora.«

»Was?«

Gabriella beugte sich über die aufgeschlagene Seite. Ernst las die Namen sicherheitshalber noch einmal, aber nein, in Heddas Klasse gab es keine Nora.

»Bist du sicher, dass sie Klassenkameradin und nicht Schulkameradin gesagt hat?«

»Ganz sicher.«

Trotz der Antwort blätterte Ernst das ganze Buch durch, fand aber keine Nora. Gabriella sank auf dem Bett zusammen und schlug die Hände vors Gesicht.

»Ich kenne sie nicht mehr«, schluchzte sie. »Ich weiß nicht ... Ich weiß nicht, wer meine eigene Tochter ist.«

Ernst setzte sich auf den Schreibtischstuhl und nahm ein perfekt eingebundenes Chemiebuch in die Hand. Immer wieder fuhr er mit dem Daumen über die eine Ecke, sodass die Seiten durchgeblättert wurden.

»Was sollen wir jetzt tun?«

Gabriella antwortete nicht. Stattdessen nahm sie Heddas altes Lieblingskaninchen Frasse vom Bett und begann, die abgenutzten Ohren zu streicheln.

Ernst erinnerte sich noch, was für einen Aufstand es gegeben hatte, als Frasses Nase abgefallen war. Gabriella und er hatten gemeinsam das ganze Haus durchsucht, waren auf dem Fußboden herumgekrochen, hatten unter Teppichen, Sofas und Betten gesucht, ohne die runde, schwarze Nase irgendwo finden zu können. Am Ende hatten sie die Situation einigermaßen retten können, indem sie ihm ein großes Pflaster aufgeklebt hatten.

»Ich fühle mich hier drin wie ein Eindringling«, sagte Gabriella, ließ Frasses Ohren los und sah ihn an. »Sie würde ausflippen, wenn sie uns hier sitzen sähe.«

»Wir müssen die Polizei anrufen«, sagte Ernst. »So kann es nicht weitergehen.«

Die Übelkeit durchfuhr sie in Wellen, schwappte durch den Magen, den Brustkorb und die Speiseröhre. Sie legte die Stirn an die kühle Autoscheibe und versuchte, die Kälte einzuatmen.

War sie hier schon einmal gewesen? Vielleicht. Die Häuser sahen alle gleich aus. Dreistöckige Mietshäuser in hellen Farben mit Reihen von Autos dazwischen. In fast allen Fenstern leuchteten Sterne. An den Wegrändern lagen weich und reinweiß hohe Schneewehen, die unter den Straßenlaternen glitzerten, als ob jemand sie mit winzigen Edelsteinen bestreut hätte.

Kosta fuhr an den Straßenrand und schaltete den Motor aus. Als sie aus dem Auto kam, atmete sie die eiskalte Luft ein, bis es ganz hinten in der Nase wehtat. Kosta hielt sie, wie er es jetzt immer tat, an einem Ellenbogen fest und führte sie durch die Eingangstür. Oben im Treppenhaus war monoton dröhnende Musik zu hören. Ihr wurde schon wieder übel.

Als Kosta auf die Klingel drückte, wurde die Musik runtergedreht. Nun hörte man mehrere Männer lachen.

Der Mann, der öffnete, war neu. In der einen Hand hielt er ein Glas, in der anderen eine Zigarette. Das Hemd, das zu Beginn des Abends wahrscheinlich einmal gebügelt und sauber gewesen war, hing auf einer Seite aus dem Hosenbund. Er grinste, als ob jemand gerade etwas sehr

Witziges gesagt hätte, und als er sah, wer da vor der Tür stand, vollführte er mit der Zigarettenhand eine höfliche kleine Hereinspaziert-Geste und rief gleichzeitig etwas in die Wohnung hinein.

Kosta schob sie in die Wohnung und machte hinter sich die Tür zu.

3

Magdalena zog sich die Mütze über die Ohren und bohrte das Kinn so tief sie konnte in den Schal.

»Komm, Nils, steig mal ab und lauf stattdessen mit mir. Es ist viel zu kalt, um still zu sitzen.«

»Okay.«

Nils stieg bereitwillig vom Schlitten und nahm ihre Hand.

»Es ist ja nicht mehr weit«, sagte Magdalena.

Auf der Storgatan fuhren vereinzelte Autos fast völlig geräuschlos an ihnen vorbei, so wie es nach tagelangem Schneefall ist. Dass es so still sein kann, dachte Magdalena. Das hatte ich fast vergessen.

In der Nacht hatte es aufgehört zu schneien, und der Morgen war sternenklar. Über den Tannen konnte man den Rauch vom Stahlwerk sehen.

»Frierst du, mein Kleiner?«

»Nicht so schlimm.«

»Bist du aufgeregt?«

Nils schüttelte den Kopf. Er sah etwas verbissen aus.

»Es wird alles ganz wunderbar werden hier.«

»Ja, das hast du schon ungefähr tausendmal gesagt.«

Wahrscheinlich bin ich die Aufgeregtere von uns beiden, dachte Magdalena und drückte seine Hand.

Sie wollten gerade durch das Tor gehen, als sie auf der anderen Straßenseite eine Frau rufen hörten.

»Magda! Hallo!«

Erst als die Frau auf ihre Seite gelaufen war und direkt vor ihnen stand, sah Magdalena, wer es war.

»Jeanette? Du bist es! Ich habe dich erst gar nicht erkannt.«

Magdalena umarmte sie.

»Bist du wieder nach Hause gezogen? Vor ein paar Tagen habe ich deinen Namen in der Zeitung gesehen und konnte es kaum glauben.«

»Ja, wir sind hierhergezogen, Nils und ich.«

Magdalena zog Nils vor sich und legte ihm die Hände auf die Schultern. Jeanette ging in die Hocke, sah dem Jungen in die Augen und lächelte.

»Hallo, Nils. Ich heiße Jeanette, und deine Mama und ich sind zusammen in die Schule gegangen, als wir klein waren. Wie alt bist du?«

»Sechs«, antworte Nils leise.

»Er wird in die Vorschule kommen, wenn das Schuljahr losgeht. Heute geht er zum ersten Mal in die Tagesstätte. Das ist ein bisschen aufregend.«

Jeanette sah auf die Uhr und stand auf.

»Also, ich muss los. Aber supernett, dich mal wieder zu sehen, Magda. Und du weißt ja, wo du mich findest, Salon Frisserian, wie immer. Komm vorbei – du kriegst Rabatt.«

»Das war jetzt leichtsinnig von dir. Ich lasse von mir hören.«

Magdalena nahm Nils an der Hand, und sie gingen zusammen durchs Tor.

Magdalena schloss die Tür zur Redaktion auf, trat an der Wand davor den Schnee von den Schuhen, sammelte Zeitungen und Werbeblätter ein, die auf der geriffelten Plastikmatte lagen, und trat ein. Sie legte den Papierstapel auf den Empfangstresen, ging dann in ihr verglastes Zimmer und knipste die Schreibtischlampe an.

Als sie die Handschuhe auszog, sah sie, dass ihre Finger von der Kälte ganz weiß waren. Die Jacke hängte sie über die Stuhllehne; dann schaltete sie den Computer ein, der mit einem leisen Surren hochfuhr.

Kaffee, dachte sie und ging zur Teeküche, die ganz am Ende der Redaktion lag, mit einem Fenster zum Parkplatz hinter dem Haus. Im Licht von dem Lichterbogen auf dem Fensterbrett fand sie die Kaffeedose und die Filtertüten im Schrank.

Das hier ist die beste Zeit des Tages, dachte Magdalena, während sie die Kaffeemaschine einschaltete. Ruhe, Frieden und Einsamkeit.

Die ersten Arbeitstage waren schnell vergangen. Es war zwar nicht unbedingt viel los gewesen, aber sie war über den sanften Start froh gewesen. So hatte sie das Passwort zum Computer und eine Mailadresse anlegen können, sie hatte ein paar Runden durchs Rathaus gedreht, und sich bei den Angestellten der Stadt vorgestellt, die da zwischen den Jahren arbeiteten und mit denen sie in Zukunft zu tun haben würde, und am dritten Tag hatte sie Zeit für die Einweisung in das Redaktionsfahrzeug gehabt.

Als Magdalena irgendwann in einem anderen Leben in

einer anderen Zeit einmal bei dieser Zeitung ein Sommerpraktikum gemacht hatte, da war ihr die Ehre zuteilgeworden, das nagelneue Auto bei einer Firma in Karlstad abzuholen. Damals hatte es kaum zehn Kilometer auf dem Tacho gehabt, und war das großartigste Auto gewesen, das sie je gefahren war. Das war jetzt nicht mehr so.

Sie setzte sich mit ihrer Kaffeetasse an den Schreibtisch. Die Finger tauten langsam auf, während sie durch das *Värmlandsbladet* und die *Länstidningen* blätterte.

Als sie fertig war, holte sie Schere, Klebstoff und ein leeres Blatt Papier heraus. Es gehörte zur täglichen Routine, die Artikel auszuschneiden, die zu ihrem eigenen Arbeitsgebiet gehörten. Moa Axelsson, die Kollegin aus Torsby, hatte über Neujahr gearbeitet und unter anderem über die Revue in Munkfors berichtet. Magdalena schnitt den Artikel, der eine ganze Seite bekommen hatte, aus, und klebte ihn auf, schrieb das Datum drauf und tat das Blatt in den Ordner. Sie fand auch noch ein paar Polizeimeldungen.

»Ah, du bist ja schon da.«

Barbro Holmgren, die Empfangsdame der Lokalredaktion, nahm vorsichtig ihre Pelzmütze ab und legte sie auf die Hutablage vor der Teeküche.

Die Kaffeetasse in beiden Händen, fuhr Magdalena auf dem Drehstuhl herum und lächelte Barbro an, die ihr Halstuch zusammenfaltete, glatt strich und neben die Mütze legte.

»Åke hat nie so früh angefangen«, fuhr Barbro fort. »Ich kann mich nicht erinnern, dass er jemals vor Viertel nach neun hier gewesen wäre.«

»Ach so. Ja, so ist jeder anders.«

Magdalena trank einen Schluck von dem Kaffee, der jetzt fast kalt war.

»Aber natürlich hat Åke abends länger gearbeitet«, sagte Barbro, während sie einen Bügel in ihren dunkelblauen Mantel schob und ihn an die Garderobe hängte.

Åke, Åke, Åke, dachte Magdalena. In den vergangenen Tagen war Barbro kaum ein Satz über die Lippen gekommen, in dem nicht der Name des pensionierten Lokalredakteurs vorgekommen wäre. Allerdings hatten die beiden auch über zwanzig Jahre in der Redaktion zusammengearbeitet – da sollte sie wohl etwas Toleranz zeigen.

Magdalena winkte Barbro mit ihrer Tasse zu und sagte: »Es ist auch für dich welcher da.«

»Danke, das ist nett von dir.«

Barbro hatte ihre Pumps angezogen, richtete ihr gefärbtes Haar und die Perlenkette und verschwand in der Teeküche.

Magdalena rollte mit dem Stuhl zur Wiedervorlage an der Schmalseite des Schreibtisches. In der Tagesmappe lag eine ausgeschnittene Anzeige für eine Laienspielaufführung, die am Freitagabend im Guttemplerkino bei Ekshärad Premiere hatte. Die Existenz dieser Anzeige in der Wiedervorlage an diesem Tag interpretierte Magdalena so, dass Åke der Meinung gewesen war, dass hier ein Ankündigungsartikel angebracht wäre.

Magdalena sah in die Mappe des nächsten Tages. Sie war leer.

Würde sie es wirklich ertragen, so zu arbeiten? Vielleicht hatte Ludvig nicht unrecht. Die Saure-Gurken-Zeit war eine Sache, so was konnte sie aushalten, aber würde sie sich in einer Einmannredaktion wohlfühlen, wo der einzige Kontakt zu den Kollegen in der Lokalredaktion aus einer Telefonkonferenz am Mittwochmorgen um zehn Uhr und ein paar Konferenzen jährlich bestand? Sie war schließlich ein sehr sozial eingestellter Mensch. Eigentlich. Sie hatte Spaß am rauen Reporterjargon und an Redigierspäßen. Und über Barbro konnte man alles Mögliche sagen, aber ein Spaßvogel war sie wohl eher nicht.

Magdalena rollte zum Schreibtisch zurück, zog sich das Telefonbuch heran und schlug die Nummer vom Salon Frisserian auf.

Ihre Zunge war so trocken, dass sie fast hören konnte, wie es knisterte, wenn sie den Mund aufmachte und versuchte, sich die Lippen zu befeuchten. Sie hielt die Augen immer noch geschlossen, lag zusammengekauert da, die Decke fest um den Körper gewickelt.

Da hörte sie hinter sich etwas, das wie Atmen klang.

Langsam faltete sie die Hände und presste sie an die Stirn.

»Guter Gott«, flüsterte sie. »Ich weiß, dass alles meine Schuld ist, von Anfang an, aber du kannst doch trotzdem Ana zurückkommen lassen. Du kannst mich nicht hier so liegen lassen. Ich schaffe das nicht. Vergib mir, lieber Gott. Lieber Gott, bitte vergib mir.«

Schließlich drehte sie sich um und öffnete die Augen. Aber das Bett auf der anderen Seite des Zimmers war immer noch leer. Die Enttäuschung ließ sie nach Luft ringen.

Ana, wo bist du nur?

Sie blieb im Dunkeln mit den Füßen auf dem kalten

Boden sitzen. Dann stand sie auf, ging zum Fenster und schob die Jalousie ein wenig beiseite.

Die Sonne strahlte hell über dem Hof, und der Schnee lag immer noch sauber und weich da.

Wie spät es wohl war? Es musste mitten am Tag sein.

Sie hörte, wie die Tür da unten zuschlug, und dann sah sie den kleinen, alten Mann, über seinen Rollator gebeugt, ankommen und hinter den hohen Büschen am Parkplatz verschwinden.

Wie lange war Ana jetzt schon weg? Natürlich waren sie auch früher schon manchmal getrennt gewesen, eine Nacht oder zwei, aber nie so lange. In den ersten Tagen hatte die Sorge sie zerrissen, und sie hatte nicht schlafen können, ganz gleich, wie viel sie getrunken hatte. Jetzt fühlte sie sich mehr wie ausgeschaltet, als hätte jemand einen Schalter in ihrem Kopf umgelegt.

Die Übelkeit kam ohne Vorwarnung. Sie wandte sich vom Fenster ab, rannte aus dem Zimmer und in die Toilette. Sie schaffte es gerade noch, den Klodeckel hochzuklappen, ehe ihr Mageninhalt in lang anhaltenden Krämpfen ausgepumpt wurde. Als nichts mehr kam, blieb sie, an die gekachelte Wand gelehnt, sitzen.

»Was machst du da drin?«

Sergej klopfte an die Tür.

Als sie nicht antwortete, kam er rein und hockte sich neben sie.

»Was machst du hier, du kleine Fotze?«

Als sie seinen Zigarettengeruch wahrnahm, überkam sie wieder die Übelkeit, und sie warf sich nach vorn über das Klo.

»Äh, igitt.«

Sergej stand auf und ging rückwärts zur Tür hinaus. Draußen hörte sie ihn lachen. Es war das böse Lachen, das immer dasselbe bedeutete.

Die Einsicht machte sie frieren.

Je weiter nach Norden sie kamen, desto höher türmten sich die Schneewehen auf, während das Thermometer auf dem Armaturenbrett immer weiter nach unten kroch. Minus zweiundzwanzig Grad.

»Wann ist das Mädchen verschwunden?«, fragte Christer Berglund.

»Vorgestern. Am Silvesterabend. Du, mach mal langsam hier. Diese Kurve ist eine komplette Fehlkonstruktion.«

Petra Wilander nickte in Richtung auf die Wegweiser, die in etwa hundert Meter Entfernung an der Y-Kreuzung standen. Gustafsfors nach links und Tyngsjö nach rechts.

»Ja, Mama«, grinste Christer, bremste demonstrativ und schlich dann durch die Kurve.

Dies war eine Prozedur, die sie in den Jahren ihrer Zusammenarbeit jedes Mal wiederholt hatten, wenn sie diese Kreuzung passierten, und das waren inzwischen über zehn Jahre.

»Also, diese Kurve ist wirklich falsch berechnet; was für ein Glück, dass du das vorher gesagt hast«, sagte Christer manuskriptgetreu.

»Ja, wer weiß, was sonst passiert wäre.«

»Am Silvesterabend«, fuhr Christer fort. »Ist es nicht ein bisschen spät, uns jetzt erst anzurufen?«

Der Wald öffnete sich, und auf beiden Seiten der Straße breiteten sich Äcker aus. Leichter Schnee trieb über den See hinter den Höfen. Kein Mensch war zu sehen.

»Das könnte man meinen. Da vorne ist es.«

Petra zeigte auf ein herrensitzähnliches rotes Gebäude auf der rechten Seite.

Christer schaltete herunter, fuhr auf den Hof und hielt vor dem Eingang.

Als sie aus dem Wagen stiegen, schlug ihnen die Kälte ins Gesicht. Die Äste der kahlen Birken am Wegesrand sahen aus, als wären sie aus Kunstglas.

Noch ehe sie klingeln konnten, wurde ihnen die Eingangstür geöffnet, und ein Mann in grünen Chinos, mit aufgeknöpftem Hemd und einem schwarzen Pullover mit V-Ausschnitt sah heraus. Das musste der Vater sein.

»Kommen Sie herein, ehe Sie erfrieren«, sagte der Mann und gab ihnen die Hand. »Ernst Losjö. Ich habe Sie angerufen.«

Christer und Petra stellten sich nacheinander vor.

»Meine Frau ruht sich auf dem Sofa aus, deshalb setzen wir uns erst mal in die Küche.«

Sie folgten Ernst Losjö durch einen auf beiden Seiten von Glasschränken gesäumten Flur und nahmen an einem Tisch am Fenster Platz, dessen Vorderseite heruntergeklappt war. Ernst Losjö setzte sich ihnen gegenüber.

»Es geht um Ihre Tochter, nicht wahr?«, sagte Petra und holte Stift und Notizblock heraus. »Sie ist verschwunden?«

Der Mann begann zu weinen. Es war ein krampfhaftes Schluchzen. Um ihre Blicke zu vermeiden, senkte er den Kopf.

»Kein Problem«, sagte Petra und berührte mit der Hand leicht seine Schulter. »Nehmen Sie sich die Zeit, die Sie brauchen.«

Nach ein paar Minuten hatte Ernst Losjö sich wieder fangen. Er ging zur Spüle und schnäuzte sich in ein Stück Küchenkrepp.

»Ja«, sagte er schließlich, »unsere Tochter Hedda hat uns erzählt, sie würde am Silvesterabend zusammen mit einer Freundin hier aus Gustava bei einer Klassenkameradin in Hagfors feiern, aber das stimmte nicht. Es gab keine Party, es gibt nicht einmal eine Klassenkameradin mit dem Namen, den sie uns genannt hat. Wir haben sie immer wieder auf ihrem Handy angerufen und Nachrichten hinterlassen. Das ist alles völlig unbegreiflich.«

Petra machte Notizen.

»Wie alt ist sie?«

»Sechzehn, im April wird sie siebzehn. Natürlich hätten wir Sie schon längst anrufen sollen, aber wir haben irgendwie gedacht, es gäbe eine harmlose Erklärung.«

»Ist sie schon mal einfach so verschwunden?«, fragte Christer.

Er saß kerzengerade und hatte die Hände auf den Tisch gelegt.

Ernst schüttelte den Kopf.

»Nein, nein, eigentlich noch nie. Aber man will natürlich die Hoffnung nicht aufgeben.«

Christer nickte.

»Wie war Ihre Tochter denn in letzter Zeit so aufgelegt?«, fragte Petra und lockerte ihren Schal, ohne dabei Ernst Losjö aus dem Blick zu verlieren. »Hatten Sie Streit zu Hause? Hat sie sich mit einer Freundin gestritten?«

»Sie meinen, ehe sie verschwand?«

»Ja.«

»Eigentlich war sie den ganzen Herbst müde und

schlecht gelaunt«, sagte der Vater und ließ sich auf einen Stuhl sinken. »Die meiste Zeit ist sie in ihrem Zimmer geblieben.«

»Aber Sie hatten jetzt keinen aktuellen Streit?«

Losjö schüttelte den Kopf.

»Könnte es sein, dass sie depressiv ist?«, fragte Petra.

Er sah zur Decke und dachte nach.

»Das kommt häufiger vor, als man glaubt«, fuhr Christer fort, als keine Antwort kam.

»Ja, ich weiß. Ich bin Arzt«, sagte Losjö. »Aber warum ist man nicht genauso aufmerksam, was seine eigenen ...«

»Sie sollten sich keine Vorwürfe machen«, sagte Petra. »Halbwüchsige können ganz schön schwierig sein. Die Dinge verändern sich manchmal sehr schnell, und als Eltern fällt es einem schwer, im selben Tempo mitzuhalten.«

»Haben Sie auch Kinder?«, fragte Ernst Losjö.

»Ja, zwei«, sagte Petra. »Vierzehn und siebzehn.«

Es wurde still in der Küche, nur noch das Brummen des Kühlschranks war zu hören.

»Glauben Sie, sie könnte sich etwas angetan haben?«, fragte Losjö plötzlich.

Weder Christer noch Petra wollten darauf antworten.

»Haben Sie das Haus gut durchsucht?«, fragte Christer stattdessen. »Den Keller, den Dachboden? Sie haben ja auch mehrere Schuppen.«

Heddas Vater nickte.

»Welche Kleidung trug sie, als sie verschwand?«, fragte Petra.

»Was sie genau anhatte, weiß ich nicht, aber wahrscheinlich Jeans, schwarze Stiefel und eine rote Daunenjacke. Fjällräven. Leider ist es absolut unwahrscheinlich, dass sie eine Mütze aufgehabt hat.« Ernst Losjö lächelte schief.

»Irgendwelche besonderen Kennzeichen?«, fuhr Christer fort.

»Was meinen Sie?«

»Narben, Tätowierungen, Muttermale?«

»Sie ... Es ist nicht sicher, dass sie tot ist.«

»Natürlich nicht; das ist reine Routine«, sagte Christer und sah rasch zu Petra. »Wenn jemand verschwindet, dann sammeln wir so schnell wie möglich viele Informationen, um alle Fakten in einem überregionalen Register zusammenstellen zu können.«

Ernst Losjö holte tief Luft und sagte dann:

»Sie hatte ein paar größere Muttermale auf einem Schulterblatt, doch die habe ich vor ein paar Jahren von einem Kollegen wegmachen lassen, nachdem zwei von ihnen angefangen hatten, ihre Form zu verändern. Aber ich glaube nicht, dass man die Narben jetzt noch gut sieht.«

»Sonst noch etwas?«

»Nein ... Obwohl doch, als sie drei oder vier Jahre alt war, ist sie einmal in eine zerbrochene Flasche getreten und musste mit fünf Stichen am rechten Fuß genäht werden. Oder war es der linke? Das ist schon so lange her. Auf jeden Fall war es auf Teneriffa, am zweiten Tag unseres Urlaubs. Damit war für sie mit dem Baden erst mal Schluss.«

»Zu welchem Zahnarzt geht sie?«

»Zum Bezirkszahnarzt. In Hagfors.«

Petra klappte den Block zu und sagte:

»Dürfen wir mal ihr Zimmer sehen?«

»Die Treppe hoch und dann die zweite Tür rechts«, sagte Ernst Losjö und zeigte hinauf. »Gehen Sie schon vor, ich seh mal, ob ich meine Frau wecken kann. Diese Ungewissheit setzt uns zu.«

Christer und Petra gingen eine geschwungene Treppe hoch und kamen in einen großen Flur mit einem Teppich in verschiedenen Blautönen. Christer erkannte das Muster von einem Dokumentarfilm auf dem Wissenschaftssender wieder. Hieß die Künstlerin nicht Nääs? Oder Måås. Märta Måås. Ihre Teppiche waren sehr vornehm, das hatte er noch in Erinnerung. Und schweineteuer. *Eine gute Investition*, hatte einer der Experten gesagt. Ja, mein Gott.

»Schickes Haus«, flüsterte Petra und zeigte diskret auf einen nicht allzu bequemen Sessel, der in einer Ecke vor einem niedrigen Regal voller zerlesener Taschenbücher stand.

Da waren fünf weiße Spiegeltüren, alle geschlossen.

»Die zweite rechts war es, oder?«, fragte sie.

Als Christer nickte, drückte sie vorsichtig die Klinke herunter und öffnete die Tür. Warum flüstern wir und schleichen hier herum?, fragte er sich. Flößt uns die Umgebung so viel Respekt ein?

Petra stellte sich auf den Flickenteppich mitten im Zimmer und sah sich um.

»So, so«, sagte sie und trat an den Schreibtisch, auf dem ein Computer und ein Haufen Schulbücher lagen, öffnete ein paar Schubladen und tastete darin herum. »Wenn sie so drauf ist wie ich in ihrem Alter, dann hat sie irgendwo ein Tagebuch.«

Sie griff hinter die Bücher im Regal, durchsuchte systematisch Regalbrett für Regalbrett. Als sie auch dort nichts fand, kroch sie unter das Bett.

In so was ist sie echt gut, dachte Christer. Die Geheimnisse von anderen aufspüren. War das Tagebuchschreiben Mädchensache? Er selbst konnte sich nicht erinnern, jemals ein Tagebuch geführt zu haben. Natürlich hatte er seine Geheimnisse gehabt, wertvolle Dinge, die er in einen kleinen Tresor eingeschlossen hatte, doch der hatte sichtbar neben dem Briefmarkenalbum und seiner kleinen Plattensammlung im Regal gestanden.

»Ich hab's«, sagte Petra aus dem Dunkeln.

Der Flickenteppich schob sich unter ihrem Rücken zusammen, als sie sich wieder herausschlängelte.

»Jugendliche glauben gern, sie seien schlau, aber sie denken doch alle gleich«, sagte sie und winkte mit einem schwarzen Notizbuch. »Zumindest im Prinzip.«

»Ich gehe mal davon aus, dass du deine eigenen Kinder nicht auf diese Weise bloßstellst, so wie die Mutter aus der Hölle oder so.«

»Ich versuche, mich zurückzuhalten. Aber bisher hatte ich zum Glück auch noch keinen Grund.«

Sie verließen das Zimmer, und Christer machte die Tür ebenso vorsichtig zu, wie Petra sie geöffnet hatte.

»Ich nehme das hier mal mit aufs Revier«, sagte Petra zu Ernst Losjö, als sie wieder in die Küche kamen.

Christer stellte fest, dass es Losjö offenbar nicht gelungen war, seine Frau zu wecken. Stattdessen saß er mit den Händen im Schoß da und starrte vor sich hin. Im Grunde fand Christer es etwas komisch, dass jemand lag und schlief, wenn seine Tochter verschwunden war und die Polizei zu Besuch kam.

»Ist das ein Tagebuch?«, fragte Losjö erstaunt.

»Ja«, sagte Petra. »Sicherlich ist es ein seltsames Gefühl, wenn wir jetzt darin lesen, aber es ist durchaus möglich, dass sich die Erklärung hier findet.«

Ernst nickte.

»Wir bräuchten auch noch ein aktuelles Bild von Hedda«, sagte Christer.

»Natürlich«, sagte Ernst Losjö leise. »Das werde ich besorgen. Was passiert jetzt?«

»Wir werden damit beginnen, eine Suchanzeige zu stellen, und dann werden wir hier in der Gegend Suchtrupps aussenden«, sagte Christer. »Aber das Wetter ist natürlich ein Problem.«

Das Thermometer vorm Fenster zeigte sechsundzwanzig Grad minus.

Jeanette warf Magdalena den Plastikumhang um und machte ihn um den Hals fest.

»So eine Kälte! Das ist ja unmenschlich.«

»Ich hatte fast schon vergessen, wie sich das anfühlt«, sagte Magdalena, die von ihrem kurzen Heimweg von der Redaktion immer noch eine rote Nase hatte.

»Was sollen wir denn machen?«, fragte Jeanette und fuhr mit den Fingern durch Magdalenas Haar.

Widerwillig betrachtete Magdalena ihr müdes, blasses Gesicht und fing dann Jeanettes Blick im Spiegel auf. Die Kälte hatte die Haut um ihre Lippen und rissig werden lassen. Es war nur noch eine Frage der Zeit, wann ihre Mundwinkel einreißen würden.

»Ich weiß nicht. Schneid auf jeden Fall die dünnen Spitzen ab. Aber lass so viel wie möglich von der Länge.«

»Vielleicht ein paar helle Strähnchen? Die würden sich in deinem Rotblond gut machen.«

»Gern, aber ich hab nicht genug Zeit.«

»Ach, so lange dauert das gar nicht. Du kannst die Mittagspause doch wohl zwanzig Minuten überziehen, oder?«

Magdalena kalkulierte rasch. Die Runde durch die Stadtverwaltung hatte sie hinter sich, jetzt stand nur noch der übliche Anruf bei der Polizei um fünfzehn Uhr an – wahrscheinlich höchstens ein paar aufgebrochene Garagen –, und dann musste sie noch eine Mini-Umfrage veranstalten: Drei Personen sollten ihr sagen, ob sie schon Windbeutel, das traditionelle Fastnachtsgebäck, gegessen hätten oder nicht. Dafür würde sie schon nicht so lange brauchen.

»Okay, du hast recht. Das machen wir.«

Während Jeanette die Farben zusammenmischte, nahm sich Magdalena eine Zeitung. Als Jeanette, nun in schwarzer Schürze, mit Schale und Pinsel zurückkehrte, legte Magdalena die Zeitung weg, obwohl sie gerade mitten in den Kinostarts vom nächsten Tag war.

Jeanette setzte sich rittlings auf einen hohen Hocker mit dreieckigem Sitz, zog sich einen Wagen heran und nahm ein Stück Folie heraus.

»Mal ehrlich, Magdalena, was hast du dir eigentlich dabei gedacht, wieder in dieses Kaff zu ziehen?«

Magdalena seufzte innerlich, lächelte Jeanette im Spiegel aber an. Wie oft würde sie ihren Entschluss noch rechtfertigen müssen?

»Wahrscheinlich wollte ich zurück zur Verwandtschaft, zu der Ruhe hier.«

Jeanette legte das Folienstück unter eine lange Haarsträhne und begann mit hastigen Bewegungen die Farbe aufzupinseln.

»Ruhe? Grabesruhe würde ich das nennen.«

Sie faltete die Folie zu einem Paket und sah dann Magdalena im Spiegel an, ehe sie einen neuen Streifen Folie aus dem Wagen nahm.

»Ich würde alles tun, um mein Leben gegen das eintauschen zu können, das du hattest. Küsschen, Küsschen mit einflussreichen Leuten und Alkohol umsonst. Ich fände das perfekt.«

Magdalena lachte. Jeanettes Begeisterung steckte sie an.

»Das glaube ich sofort.«

Jeanette strich weiter Farbe auf, jetzt nicht mehr mit so aggressiven Bewegungen.

»Na, du wirst schon wissen, was du tust«, sagte sie, teilte mit dem Kammgriff ein paar neue Haarsträhnen ab und fuhr fort: »In zwei Jahren ist Sebastian mit der Schule fertig. Ich sage dir, Magda, dann haue ich ab.«

»Wohin?«

»Ins Ausland.«

»Ach ja?«, fragte Magdalena erstaunt. »Und was sagt dein Sohn, wenn seine Mutter verschwindet?«

»Das weiß er schon seit er vierzehn ist. Und wir haben auch schon viel darüber gesprochen. Er kommt schon klar.«

»Was hast du vor?«

»Ganz egal, nur nicht hier stehen, Strähnchen machen und zuschauen, wie die Jahre vergehen. In einer Bar in Australien jobben oder mich um Straßenkinder in Südamerika kümmern. Keine Ahnung. Hauptsache irgendwas anderes.«

Jeanette arbeitete schnell. Als an Magdalenas Kopf zahllose Folienpäckchen baumelten, sodass sie wie eine kleine Silbertanne aussah, rollte Jeanette die Trockenhaube heran.

»Jetzt kannst du dich ein bisschen von meinem Gequatsche ausruhen.«

Magdalena schloss die Augen und genoss die Wärme und den scharfen Farbgeruch. Sie sollte sich öfter selbst etwas gönnen und es mal etwas langsamer angehen lassen, jetzt, wo sie das schlimmste Umzugschaos hinter sich hatte. Vielleicht einen Yogakurs machen. Oder wieder schwimmen gehen. Tabletten allein würden auf lange Sicht nicht reichen.

Als die Sitzung unter der Trockenhaube beendet war und Jeanette die Farbe ausgewaschen hatte, betrachtete Magdalena das Ergebnis im Spiegel. Weil die Haare immer noch nass waren, konnte man nur schwer einen Unterschied feststellen, doch auf den ersten Blick sah es gut aus. Hell, fast ein wenig sommerlich.

Vorsichtig kämmte Jeanette das lange Haar aus.

»Wie viel darf ich abschneiden? Die Spitzen sind sehr dünn. Fünf Zentimeter?«

Sie maß mit Daumen und Zeigefinger.

»Das ist gut; ich vertraue dir.«

Jeanette hüpfte wieder auf den Hocker und fing an zu schneiden. Schnell war der Boden mit nassen Haarsträhnen bedeckt.

Wahrscheinlich findet sie mich langweilig, dachte Magdalena und musterte Jeanettes dichte, glatte Haarmähne.

Oben kohlrabenschwarz, unten drunter platinblond. Wie eine Tigerente, dachte sie. Nicht mein Stil, aber auf jeden Fall mehr Ausdruck.

»Na, gefällt's dir?«

Jeanette hielt den Handspiegel in verschiedenen Winkeln. Magdalena nickte.

»Superschön. Du kannst das wirklich gut.«

»Übung macht den Meister, sagt man«, antwortete Jeanette leicht sarkastisch. »Übrigens, willst du nicht am Samstag mit ins Florenz kommen? Lisa und ich treffen uns vorher bei mir.«

»Die Pizzeria?«

»Ja. Ante macht da manchmal den DJ, und dann kommen echt massenhaft Leute. Komm doch mit, Magda, das wird lustig.«

Magdalena zögerte.

»Ich weiß nicht ...«

Jeanette nahm aus der Dose auf dem Tisch eine Visitenkarte, drehte sie um und schrieb etwas darauf.

»Denk mal drüber nach. Hier hast du meine Handynummer.«

Sie gab Magdalena die Karte.

»Ich überleg's mir«, sagte Magdalena. »Vielleicht.«

Ernst Losjö ging ins dunkle Wohnzimmer und sank in einen Sessel. Vom Fenster her zog es empfindlich, und der Fußboden fühlte sich eiskalt an, obwohl er die Hausschuhe anhatte. Es sah zu dem Kamin und dem Holz, das daneben aufgestapelt war, doch er wusste, dass er es auch heute Abend nicht schaffen würde, Feuer zu machen.

Der Besuch der Polizisten hatte ihn seine letzte Kraft gekostet. *Zahnstatus. Körperliche Merkmale.*

Das ungekämmte Haar von Gabriella hing über die Armlehne des Sofas. Die Decke hob und senkte sich im Takt mit ihrem langsamen Atem. Was für ein Glück für sie, dass sie nicht hatte dabei sein müssen, dachte er. Und Glück für mich.

Was die Polizistin wohl in Heddas Tagebuch finden wird? Petra Wilander. Scheint eine gute Frau zu sein. Frisch und gesund. Rote Wangen. Schöne Augen. Jetzt wird sie sehen, wie es in der feinen Arztfamilie in Wirklichkeit zugeht.

Natürlich wollte Ernst, dass die Polizei alles unternahm, um Hedda zu finden, aber dass jemand anders ihr Tagebuch lesen würde ...

Auch dass ihr Schulfoto an Zeitungen und Fernsehen gegeben werden sollte, erfüllte ihn mit Unbehagen. Seit Kindertagen war es das Schlimmste, was er sich vorstellen konnte, wenn die Leute Mitleid mit ihm hatten. Er war kein Opfer. Jetzt würden das alle denken, würden den Kopf schief legen und ihn trösten, bedauern und nett sein.

Mitleid haben.

Und alle würden erfahren, wie sie als Eltern versagt hatten.

Petra Wilander schob die Tür zu ihrem Arbeitszimmer zu und schaltete die Schreibtischlampe ein. Die Tannen vorm Fenster sahen in der Nachmittagsdämmerung schwarzweiß aus. Die Kopfschmerzen, die sie die letzten Tage mit sich herumgeschleppt hatte, hatten endlich nachgelassen.

Das Tagebuch von Hedda Losjö lag auf der Schreibtischunterlage. Schwarz, ohne Schloss, gepflegt. Petra klappte es vorsichtig auf.

Obwohl sie Polizistin war, und – wie sie Losjö erklärt hatte – die Wahrscheinlichkeit groß, dass sie eine Erklärung für das Verschwinden des Mädchens in dem Tagebuch finden würden, spürte sie doch, dass sie mit dem Öffnen und Lesen des Buches eine Grenze überschritt. Und wie immer gelobte sie sich selbst, niemals etwas darüber verlauten zu lassen, außer es ließ sich beim besten Willen nicht vermeiden. Von jetzt an würde es eine geheime Verbindung zwischen ihr und Hedda geben.

Das Tagebuch war fast vollgeschrieben, anfangs mit großzügigen Buchstaben in fröhlichen Farben, gegen Ende mit kleinen, giftigen Versalien in schwarzer Tinte.

3. Mai (grüne Tinte)
Heute hat Papa mich zur Schule gefahren. Wir hatten eine Doppelstunde Mathe und dann Englisch. Durfte ein Stück vorlesen. Mit Stina und Angelica zu Mittag gegessen. In Sport waren wir schwimmen. Erst sollten wir 400 Meter schwimmen, und dann so viel, wie wir in sechs Minuten schaffen würden. Ich habe neun Bahnen geschafft.

16. Mai (grüne Tinte)
Zum Reiten. Beata hat ein Fohlen. Wir waren draußen zum Voltigieren. Jede Menge Mücken. Mama war stinksauer, als ich nach Hause kam.

21. Mai (schwarze Tinte)

Heute wollte ich lernen wie blöd, habe aber kein einziges Buch aufgemacht. War eine Weile bei Stina, bevor wir mit dem Rad in den Stall gefahren sind. Hab mir die Nägel gefeilt und lackiert, hab es aber wieder abgemacht.

Petra zuckte zusammen, als ihr Chef, Sven Munther, an die Tür klopfte, die ein wenig offen stand. Er sah sie an und kam ins Zimmer.

»Wie ist es gelaufen?«, fragte er und lehnte sich an die Wand.

»Tja, schwer zu sagen. Wir haben nur mit dem Vater gesprochen, und der war natürlich sehr besorgt.«

»Was meinst du, Verbrechen oder Freitod?«

»Um ehrlich zu sein, ich habe keine Ahnung. Ich habe gerade angefangen, ihr Tagebuch zu lesen, und man kann, auch ohne Grafologe zu sein, feststellen, dass im vergangenen Jahr einiges in dem Leben des Mädchens passiert ist.«

Petra zeigte ihm schnell zwei Seiten, eine vom Februar und eine vom September.

»Oh, verdammt«, sagte Munther.

Petra lehnte sich im Stuhl zurück.

»Ist die Suchanzeige schon raus?«, fragte sie.

»Ja, ich hab sie gerade im Radio gehört. Hoffen wir mal, dass sie was bringt.«

Munther sah auf das Tagebuch in Petras Händen.

»Wir sollten mal nicht zu viele Hebel in Bewegung setzen, was dieses Verschwinden angeht. Erinnerst du dich an das Mädchen, das vor ein paar Monaten verschwunden ist? Die war nur zu einem Treffen mit ihrem geheimen Freund in Kil gefahren.«

Petra nickte, aber sie spürte, dass die Dinge hier anders lagen.

»Ich sehe das hier auf jeden Fall mal durch«, sagte sie und wedelte mit dem Tagebuch, »und sei es auch nur, um rauszukriegen, wo ihr möglicher Lover wohnt.«

Munther seufzte.

»Ja, wie sagt man so schön? ›Kleine Kinder, kleine Sorgen, große Kinder, große Sorgen‹. Wenn man es recht bedenkt, dann ist zweimal Brechdurchfall plötzlich gar keine große Sache mehr.«

Zum Erstaunen des gesamten Reviers hatte Munther, nach vielen Jahren als Junggeselle und Workaholic, mit sechsundfünfzig Jahren plötzlich geheiratet. Jetzt, im Alter von sechzig Jahren, war er glücklicher Vater von zwei süßen kleinen Mädchen von zwei und vier Jahren.

»Ich gehe heute etwas früher nach Hause«, fuhr Munther fort. »Kajsa ist von der Krankheit völlig geschlaucht und braucht etwas Entlastung. Wenn es was gibt, dann besprich das mit Berglund, ansonsten sehen wir uns morgen.«

»In Ordnung«, sagte Petra.

Wie viele neue Wörter hatte Munther nicht in den letzten Jahren gelernt, dachte sie. *Entlastung. Zeit für sich selbst. Regenhosen.* Kajsa war offensichtlich die geborene Pädagogin, und das nicht nur im Sportunterricht in der Schule.

Petra beugte sich wieder über das aufgeschlagene Tagebuch.

5. August (rote Tinte)
Ich bin VERLIEBT!!! Stina und ich waren gestern im Park. Da waren viele Leute, eine Menge aus meiner Klasse und so. Als wir gerade tanzten (die haben den ganzen Abend echt coole Musik gespielt!), kamen zwei Typen und haben wie im Kreis mit uns getanzt. Erst fand ich sie ziemlich alt, sicher über 25, aber dann hat der eine mich angesehen. Gosh, was für Augen! Ich habe noch nie so schöne Augen gesehen.
Bin fast gestorben. Er hat meinen Blick förmlich in sich reingesogen.
Als sie was Langsames gespielt haben, kam er einfach zu mir her, als ob es selbstverständlich wäre, dass wir zusammen tanzen. Was für ein Körper! Obwohl er ziemlich voll war, hat er himmlisch getanzt. Hat mich genau richtig festgehalten, und ich wollte, dass der Song NIEMALS zu Ende geht. Das Herz hat einfach nur geschlagen wie wild.
(Ich hatte gedacht, Stina hätte mit dem anderen Typen getanzt, aber das hatte sie nicht.)
Als der Song zu Ende war, hat er mich angeschaut, superlang.
»Du bist wahnsinnig schön«, hat er gesagt. Und ich muss rot wie eine Tomate geworden sein.
Und dann hat er sich ganz, ganz langsam vorgebeugt und hat mich geküsst. Wie im Film. Und ich hab echt gedacht, ich sterbe.
Elias hat ja immer mit der Zunge rumgequirlt, aber das hier war etwas ganz anderes. Er hat meinen Mund »probiert«, erst superweich und vorsichtig, und dann eifriger, als könnte er sich nicht beherrschen. Ich hab

versucht, so gut es ging mitzumachen, aber er fand wahrscheinlich, dass ich echt schlecht bin.
Es war ausgemacht, dass Stinas Bruder kommt und uns abholt, und deshalb musste ich mich beeilen.
Als ich sagte, dass ich nach Hause muss, hat er mich wie ein trauriger Hund angeschaut und gefragt, ob er meine Handynummer haben kann. Wahnsinn!
Klar hat er sie gekriegt.
Schon als ich noch im Auto saß, hat er mir eine supersüße SMS geschickt. »Du bist so schön. Hab dich lieb, Fredrik.« Ich war voll gerührt, wollte es Stina aber nicht zeigen. Weiß auch nicht, warum.
Fredrik heißt er. Fredrik.
Er ist echt soooo süß. Genau richtig viele Muskeln.
Kurze blonde Haare mit Ecken vorne an den Schläfen.
Er hat aber keine dünnen Haare oder so; ich finde einfach nur, dass es gut aussieht. Erwachsen und männlich.
Mann, ich kann einfach nicht aufhören, an ihn zu denken.

Petra blätterte weiter.

12. August (rote Tinte)
Fredrik ist das Beste, was mir je passiert ist.
Das Wunderbarste überhaupt!
Gestern hat er mich auf dem Parkplatz vorm Dorfgemeinschaftshaus abgeholt (er wollte nicht reinkommen, und das kann man ja auch verstehen), und dann sind wir zu seinem Wohnwagen gefahren, der am Nain steht.

Ich war so aufgeregt, und ich hatte mich so wahnsinnig gesehnt! Es hat nicht so weh getan, wie manchmal gesagt wird (hat eher nur so gescheuert), aber es kam ganz viel Blut. Zum Glück hatten wir ein Handtuch untergelegt. Ich fand es superpeinlich, dass so viel kam, aber Fredrik war voll lieb und hat gesagt, es würde nichts machen.
Ich werde nie vergessen, wie er mich hinterher angeschaut hat. Er war verschwitzt und hatte rote Wangen, die Haare waren total nass.
»Du bist wunderbar«, hat er gesagt. Sooo sanft.
Ich hatte gehofft, dass wir den ganzen Nachmittag und Abend da bleiben könnten und vielleicht baden und so (genau an der Stelle ist nämlich ein echt schöner Strand), aber Fredrik musste zu irgendeinem Cousin oder so zu einem Verwandtschaftstreffen. Er will wirklich nicht, das hat er gesagt, aber es muss sein. Ich finde es schön, dass er sich um seine Verwandtschaft kümmert.
Gott, was sehne ich mich nach dem nächsten Mal, wenn wir uns sehen können!!! Er hat gesagt, dass er mich irgendwann mal von der Schule abholen wird, wenn die wieder losgeht. Und jetzt freue ich mich plötzlich total auf den Schulanfang. Bald, bald, bald.

27. August (rote Tinte)
Eigentlich müsste ich lernen. Wir haben schon massenhaft Hausaufgaben, obwohl erst eine Woche um ist. In einem Monat müssen wir das GANZE periodische System auswendig können. Das ist doch krank! Papa sagt, das wär doch kein Problem für

mich, und vielleicht ist es das auch nicht. Aber ich KANN mich einfach nicht konzentrieren. Ich kann nur noch an Fredrik denken. Heute habe ich die Fotos von seinem Sohn Liam sehen dürfen, Fredrik hat massenhaft davon auf seinem Handy. Gott, wie süß!! Also, wie sein Papa eben. Drei Jahre ist er. Man merkt, dass Fredrik ihn wirklich liebt. Und er ist nur wegen Liam bei Camilla geblieben, trotz allem, was war. Und sie meckert die ganze Zeit an ihm herum, und sie streiten sich andauernd. Seit Liam auf der Welt ist, haben die auch fast gar keinen Sex mehr. Eigentlich wohnt er da nur.
Ja, Sex. Ich kann das jetzt etwas mehr genießen, und meistens tut es gar nicht weh. Das liegt natürlich daran, was wir machen, nehme mal an, dass man sich dran gewöhnt. Fredrik ist so erfahren und zeigt mir die ganze Zeit neue Stellungen. Manchmal wird er ein bisschen eifrig, nicht grob, aber irgendwie »bestimmt«. Hinterher ist er dann superbesorgt, ob er mir irgendwie wehgetan hat oder so. Das ist so süß! Dass ich ihn dazu bringen kann, so die Beherrschung zu verlieren.
Fredrik hat angefangen, mir so viel zu erzählen. Über seine Kindheit und so. Als ob er ein Bedürfnis hätte zu reden. Er tut mir so WAHNSINNIG leid! Eine Mutter, die fast jeden Tag, wenn er aus der Schule kam, besoffen war, und ein Vater, der fast nie zu Hause war.
Wenn er so was erzählt, dann will ich ihn einfach nur in den Arm nehmen und vor allem Bösen in der Welt beschützen. Manchmal weint er sogar. Da muss ich

dann auch fast weinen. Dieser Einbruch, den er gemacht hat, als er in der Siebten war, das war nur, um vor den älteren Jungs als knallhart zu gelten. In Wirklichkeit hatte er die ganze Zeit tierisch Angst. Und die Misshandlung, wegen der er verurteilt worden ist, das war reine Selbstverteidigung. Irgendjemand hat gedacht, er hätte die Freundin von irgendwem angemacht, und angefangen, sich mit ihm zu schlagen. Er wird einfach von allen sofort abgeurteilt! Aber ich sehe das Warme und Schöne in ihm, und er wirkt so ruhig, wenn wir zusammen sind. Er ist der liebste Typ der Welt. Würde niemandem je etwas zuleide tun.
Ich liebe ihn! Liebe, liebe, liebe!

2. September (schwarze Tinte)
Ich kann nicht mehr atmen!! Fredrik hat vier Tage lang nichts von sich hören lassen. Warum? Ich kapier das nicht! Er antwortet nicht auf meine SMS und geht auch nicht ran, wenn ich anrufe. Was habe ich falsch gemacht???

4. September (schwarze Tinte)
Fredrik will mich nicht mehr sehen!! Ich würde am liebsten STERBEN! Er sagt, er liebt mich, aber er würde mich zu viel lieben und hat Angst, wie das ausgehen wird. Er müsste wegen Liam seine Familie zusammenhalten, und ich würde zu viele Gefühle in ihm wecken. Gott, wie ich ihn liebe! Wie soll ich denn so weiterleben??

Den ganzen September über war das Tagebuch von derselben Verzweiflung geprägt. Anfang Oktober brachen die Einträge plötzlich ab. Warum hatte Hedda nicht weitergeschrieben? Es musste ein neueres Tagebuch geben, dachte Petra. Das brauchte sie. Aber erst würde sie mit Stina sprechen.

Magdalena bog ein zweites Mal in die Kyrkogatan ein. Das frei stehende Geschäftshaus aus Holz war tief verschneit und erinnerte an eine Weihnachtskarte aus den Fünfzigerjahren.

Nachdem sie über eine Stunde auf den Straßen zugebracht hatte, hatte Magdalena doch nur zwei Leute finden können, die auf ihre Umfrage zu den Windbeuteln antworten und sich außerdem fotografieren lassen wollten. Keiner hatte etwas dagegen zu reden, die konnten Vorträge darüber halten, wir schrecklich es sei, dass es schon im Januar Windbeutel gebe, wo die doch eigentlich in die Faschingszeit gehörten, aber wenn sie die Kamera rausholte, hatten sie es alle plötzlich eilig und entschuldigten sich nur noch im Weglaufen.

Magdalenas frisch geföhnte Frisur war unter der Mütze platt gedrückt, und die Zehen taten ihr vom Frost weh. Zweimal hatte sie in die Redaktion zurückgehen und sich aufwärmen müssen.

Vor dem Geldautomaten auf der anderen Straßenseite stand ein Mann in weißen, farbfleckigen Arbeitshosen und blauer Jacke. Sie lief auf die andere Seite hinüber und legte ihr sonnigstes Profilächeln auf.

»Entschuldigen Sie bitte«, sprach sie den Rücken an. »Ich komme von ...«

Als der Mann sich umdrehte, verschlug es ihr die Sprache.

Petter.

»Hallo«, sagte er, nahm die Scheine aus dem Geldautomaten und steckte sie in seine Brieftasche. »Lange nicht gesehen.«

»Ja, doch. Das ist ... Das ist wahr. Ich mache gerade eine Befragung. Für das VB. Ich arbeite jetzt wieder da.«

»Ich weiß.«

Petter sah ihr direkt in die Augen, und Magdalena schluckte. Das braune, schulterlange Haar, das unter der Mütze herausschaute, war lockig wie immer. Die Augen ganz genauso grün, wie sie sie in Erinnerung hatte.

»Äh, könntest du dir vorstellen, darauf zu antworten? Also, ich meine, auf die Frage?«

»Das hängt davon ab, ob es was Kompliziertes ist«, sagte Petter, während er die Brieftasche in eine Seitentasche der Arbeitshose schob.

»Nein, nein, es ist überhaupt nicht kompliziert. Es geht um Windbeutel. Und ob du dieses Jahr schon einen gegessen hast.«

Magdalena merkte, wie sie rot wurde. Was war das eigentlich für eine dämliche Frage?

»In dem Fall lautet meine Antwort: ›Nein, das habe ich leider nicht.‹«

Magdalena blätterte mit steifen Fingern eine neue Seite im Notizblock auf und war dankbar, dass sie etwas hatte, worauf sie den Blick konzentrieren konnte. Aber der Filzschreiber streikte. Ganz gleich, wie viele Kreise sie ins Papier kratzte, es kam keine Tinte.

Das gehörte mit zum Ersten, was sie in der Ausbildung

gelernt hatte, wie wichtig es war, bei kaltem Wetter einen Bleistift dabeizuhaben. Aber in keiner der Redaktionen, in denen sie bisher gearbeitet hatte, hatte es Bleistifte im Lager gegeben.

»Mist!«, zischte sie.

»Nimm den hier«, sagte Petter und hielt ihr einen roten Zimmermannsbleistift hin, den er aus einer seiner Taschen hervorgeholt hatte.

»Danke«, sagte Magdalena und nahm den Stift. »Also, deinen Namen, den kenne ich ja. Und das Alter. Zweiundvierzig, oder?«

Petter nickte.

Wie lange war das her? Zwölf Jahre? Dreizehn?

»Wohnort?«, fragte sie und merkte, wie ihre Wangen heiß wurden.

Bloß nicht rot werden. Das ist doch langsam lächerlich.

»Sunnemo.«

»Jetzt noch den Beruf, dann ist das Verhör beendet.«

»Maler«, sagte Petter und zeigte mit dem Daumen auf einen weißen Lieferwagen mit der Aufschrift »Ahlbom – Maler und Maurer«, der vor dem Schuhgeschäft geparkt war.

»Jetzt muss ich nur noch ein Bild machen«, sagte Magdalena, legte den Block in die Tasche und gab Petter den Stift zurück.

»Behalt ihn ruhig, vielleicht musst du ja noch mehr Leute befragen.«

»Ich bin jetzt fertig. Aber trotzdem vielen Dank.«

Petter steckte den Stift zurück, während Magdalena die Kamera aus der Tasche angelte. Wenn die nur nicht auch noch gegen die Kälte protestierte.

Petter sah sie an, während sie den Autofokus ausprobierte. Doch, die schien besser mit den Temperaturen klarzukommen.

»Muss man lächeln?«

»Das kannst du machen, wie du willst.«

Sie machte in rascher Folge ein paar Bilder, wählte dann das beste aus und zeigte ihm das Display.

»So sieht's aus. Ist das in Ordnung?«

Petter beugte sich vor und sah auf das kleine Viereck.

»Tja, das muss wohl reichen. Schöner wird's nicht werden, leider.«

Magdalena steckte die Kamera in die Tasche zurück.

»Gut, dann musst du morgen mal in die Zeitung schauen.« Sie merkte, wie ihr Blick flackerte und die eine Hand hochfuhr, um die Mütze zurechtzurücken. »Danke, dass du dir die Zeit genommen hast.«

»Keine Ursache. War schön dich zu sehen! Lange her, wie gesagt.«

»Okay, ich muss los«, sagte Magdalena. »Die Pflicht ruft.«

»Verstehe. Geh rein und wärm dich auf – du siehst verfroren aus.«

Magdalena machte kehrt, eilte über die Straße in Richtung Café und dann weiter auf den Parkplatz zwischen Kyrkogatan und Köpmangatan. Jetzt hatte sie kein Gefühl mehr in den Zehen.

»Mein Gott«, murmelte sie. »*Die Pflicht ruft?* Wie peinlich.«

Warum fing sie plötzlich an zu reden, als befände sie sich in einem alten Werbefilm? Aber am peinlichsten war wohl, dass sie so seltsam berührt gewesen war.

Das kleine Stallgebäude lag an einem Ende eines großen Ackers, dahinter und an der einen Seite begann dichter Wald. Aus ein paar Luken schien schwaches Licht, und abgesehen von dem Lichtkegel der Lampe direkt über der Stalltür war es stockdunkel.

Als Petra Wilander vorsichtig den vereisten Parkplatz überquerte, flog in den Bäumen ein Vogel auf. Sie erschrak so heftig, dass sie, fast das Gleichgewicht verlor.

Diese Pferdemädchen dürfen zumindest keine Angst vor der Dunkelheit haben, dachte sie, als sie die knarrende Stalltür aufzog. Das Pferd, das der Tür am nächsten stand, wandte ihr den Kopf zu und blinzelte sie an.

»Hallo?«, rief Petra verzagt.

Vielleicht drehen Pferde durch, wenn man schreit, dachte sie und schlich in dem Stallgang vorwärts. Seit sie als Kind im Slottsskogen von einem Shetlandpony gebissen worden war, hatte sie sowohl Ställe als auch Pferde gemieden. Tiere, die merken, wenn man Angst hat, und es zu ihrem Vorteil ausnutzen, können nicht ganz in Ordnung sein, war ihre Ansicht.

Stina Skog, die allein im Stall zu sein schien, stand mit einer grünen Bürste in der Hand ganz hinten in einer Box. Ein langer, brauner Zopf hing ihr über den Rücken. Ihre Jacke schien eine Nummer zu klein zu sein und spannte über den Hüften. Die Pickel auf dem Kinn hatte sie mit einem hautfarbenen Stift zu übermalen versucht. Als sie Petra kommen sah, hörte sie mit dem Striegeln auf und blieb mit hängenden Armen neben dem Pferd stehen. Petra lächelte und hob die Hand zum Gruß.

»Ich bin Petra Wilander. Ich habe vorhin angerufen. Mach ruhig weiter – wir können uns dabei unterhalten.«

»Es ist so schlimm, dass Hedda einfach verschwunden ist«, sagte Stina und begann wieder, das grau gesprenkelte Pferd mit langen Bewegungen zu striegeln. »Was meinen Sie, was passiert ist?«

»Momentan versuchen wir erst mal herauszubekommen, mit wem sie zusammen war und wie es ihr ging. Ob etwas Besonderes geschehen ist, weshalb sie selbst beschlossen haben könnte abzuhauen, oder ob sie sich mit jemandem gestritten hat.«

Stina bückte sich unter dem Hals des Pferdes durch und kam auf der anderen Seite heraus. Petra machte ein paar Schritte nach rechts, um den Blickkontakt behalten zu können und gleichzeitig einen ausreichenden Sicherheitsabstand zu den Hinterbeinen des Pferdes zu wahren.

»Wir machen nicht mehr so viel zusammen.«

»Woran liegt das?«

Stina zuckte die Schultern.

»Ach ... Ich fand, sie war wahnsinnig anstrengend geworden. Die ganze Zeit hat sie von denselben Sachen geredet. Das war ich wohl leid.«

»Im Sommer hat sie sich mit jemandem getroffen, der Fredrik heißt«, sagte Petra.

Stina erstarrte mitten in der Bewegung und sah Petra an.

»Woher wissen Sie das?«

»Das kann ich leider nicht verraten.«

»Das wussten echt nicht viele Leute. Ihre Eltern haben, glaube ich, nichts davon mitgekriegt.«

»Okay. Wer ist das denn, dieser Fredrik?«

»Er heißt Fredrik Anderberg. Schleimiger Typ.«

Stina verzog das Gesicht.

»Was heißt schleimig?«

»Einfach eklig. Alt. Er ist irgendwie verheiratet und hat ein kleines Kind, hat aber trotzdem mit Hedda rumgemacht. Und sie hat einfach alles geglaubt, was er gesagt hat, hat es aufgesogen wie ein Schwamm. Und sie konnte endlos über ihn reden, hat jeden Satz dreimal rumgedreht und seine SMS so lange interpretiert, bis sie die romantischsten der Welt wurden. Erst hab ich noch versucht, mich für sie zu freuen und so. Und zu sagen, was sie wollte, dass ich sage.«

»Du hast versucht, dich für sie zu freuen?«

»Ja. Wahrscheinlich war ich ein bisschen eifersüchtig. Also, nicht weil sie ihn hatte, obwohl er ziemlich gut aussieht für sein Alter, sondern mehr, weil – weil ich mich ausgeschlossen fühlte.«

Petra nickte und wartete auf die Fortsetzung.

»Wir waren schließlich die ganze Zeit Freundinnen gewesen. Sie war für das Füttern von Wirbelwind zuständig, der dahinten steht.«

Stina zeigte auf ein braunes Pferd auf der anderen Seite des Stallgangs.

Immerhin ist sie so ehrlich, das zuzugeben, dachte Petra und sagte:

»Und was passierte dann?«

»Er fing an, sich komisch zu benehmen, also Fredrik. Wollte sie nicht mehr sehen. Es war schwer, das alles wirklich zu durchschauen. Eines Tages habe ich ihr dann gesagt, was die Wahrheit ist, nämlich dass er ein Schwein ist und sie nur ausgenutzt hat. Da hat sie eine Stinkwut gekriegt und gesagt, ich wär ja nur neidisch.«

»Hattet ihr seither keinen Kontakt mehr?«

»Doch, wir haben uns immer noch gesehen, aber sie wurde immer komischer. Wie besessen. Sie konnte einen ganzen Vormittag schwänzen, einfach nur, um vor seiner Tür auf und ab zu gehen. Einmal hat er sie gesehen und wurde total sauer. Wahrscheinlich hatte er Angst, dass seine Frau sie sehen und alles kapieren würde.«

Petra nickte wieder.

»Außerdem hat sie ziemlich viel vor dem Computer gesessen. Abendelang hat sie dagesessen und auf den Bildschirm gestarrt. Ich fand, dass sie wie immer hierher in den Stall kommen könnte, aber das ging wohl nicht.«

»Was hat sie denn am Computer gemacht? Weißt du das?«

Stina schüttelte den Kopf.

»Nein, aber kurz bevor ich mich dann nicht mehr bei ihr habe blicken lassen, hat sie davon gesprochen, einen eigenen Blog anzufangen. Das war wohl im Oktober oder Anfang November. Genau, in den Herbstferien. Ich weiß nicht so richtig, warum sie mir das überhaupt erzählt hat, denn damals hatten wir schon fast nichts mehr miteinander zu tun.«

Ein Blog, dachte Petra. Die Fortsetzung des Tagebuchs. Natürlich.

»Weißt du, unter welcher Adresse der läuft?«

»Nein, ich weiß nicht einmal, ob sie wirklich einen angefangen hat, sondern nur, dass sie davon gesprochen hat. Es hat mich nicht so wahnsinnig interessiert.«

Stina kletterte aus der Box, warf den Striegel in einen schwarzen Eimer und wandte sich Petra zu.

»Ich vermisse sie. Das klingt alles vielleicht nicht so, aber es stimmt wirklich. Zumindest die alte Hedda.«

»Was meinst du – ist sie aus freien Stücken verschwunden?«

»Ich kenne sie nicht mehr, deshalb kann ich das nicht sagen.«

Petra streckte die Hand aus.

»Danke, dass du alle meine Fragen so gut beantwortet hast. Lass von dir hören, wenn du auf irgendetwas stößt, das uns helfen könnte. Egal was. Frag nach mir.«

»Versprochen«, sagte Stina. »Und Sie sagen mir bitte Bescheid, wenn Sie wissen, wo sie ist. Ich hoffe, sie taucht bald wieder auf.«

Wir müssen Heddas Computer finden, und diesen Fredrik Anderberg, dachte Petra als sie die Stalltür öffnete und in die Kälte hinaustrat.

Magdalena saß vor dem Bild von Hedda Losjö auf dem Bildschirm, ein klassisches Schulfoto mit himmelblauem Hintergrund. Das lockige Haar des Mädchens war mit einem schmalen Metallreifen hochgeschoben. Lange Mascara-Wimpern rahmten die Augen ein, ansonsten sah sie ungeschminkt aus. Sie war süß, fand Magdalena. Auf eine natürliche, etwas schüchterne Weise.

Sechzehn Jahre und vermisst gemeldet.

Magdalena hatte schon Text und Bild an die Zentralredaktion geschickt, hatte die Suchketten der Landwehr um das Zuhause des Mädchens in Gustavsfors beschrieben und den diensthabenden Beamten bei der Polizei in Hagfors, einen Urban Bratt, zitiert, der die Schwierigkeiten bei der Suche aufgrund des Schneefalls der letzten Tage und der schneidenden Kälte, die sich eingestellt hatte, beschrieb. Wegen der Dunkelheit war man bereits gezwungen gewesen, für diesen Tag die Suche abzubrechen, aber man würde am nächsten Morgen weitermachen.

Magdalena hatte keine klare Antwort darauf bekommen können, ob die Polizei ein Verbrechen vermutete, doch wie jener Bratt sagte, habe man »natürlich eine Ermittlung eingeleitet«.

Magdalena schaute in die grünen Augen auf dem Bildschirm, und ihr wurde unbehaglich.

Nach einem raschen Blick auf die Uhr loggte sie sich aus und schaltete den Rechner ab. Es war Zeit, Nils abzuholen. Die Frage war nur, wie sie nach Hause kommen würden. Ich hätte heute Morgen das Auto mitnehmen sollen, dachte sie.

Das Thermometer wollte partout nicht über minus zwanzig Grad steigen, und sie würden beide erfrieren, wenn sie den ganzen Weg nach Hause liefen.

Ich werde Papa anrufen müssen, dachte sie und suchte in der Jackentasche nach dem Handy.

Als Petra in die Garageneinfahrt einbog, war es bereits nach halb acht. Durch das Küchenfenster sah sie Lasse, Hannes und Nellie um den Abendbrottisch sitzen. Nellie und Hannes wie immer auf dem Küchensofa, Lasse auf seinem Stuhl am Fenster. Nellie hatte Spaghetti um ihre Gabel gewickelt, mit der sie nun beim Reden gestikulierte. Wie so oft in letzter Zeit wirkte sie ausgesprochen engagiert. Das knallgrüne Haar leuchtete im Schein der Küchenlampe. Lasse schüttelte in offensichtlicher Skepsis gegenüber ihren Argumenten den Kopf und hielt seinen Teller näher an die Pfanne, um sich noch mehr Hackfleischsoße aufzutun.

Petra konnte Roy drinnen bellen hören, sah, wie Lasse den Hals reckte und etwas zur Haustür rief, was natürlich völlig vergebens war.

Die Szene wärmte ihr das Herz. Wie zerbrechlich doch ihr gemeinsames Leben war, dachte sie und legte unterdessen eine alte Plastikdecke über die Windschutzscheibe, um sich am Morgen das Kratzen zu ersparen, und steckte den Stecker für die Standheizung ein. Nur eine dünne Glasscheibe trennte sie von der Dunkelheit, die draußen herrschte.

Aber sie hatten noch einen Tag gehabt, und noch einen Abend lang würden sie eine Familie sein. Mutter, Vater, zwei Kinder. Zwar waren es inzwischen ziemlich große Kinder, aber doch immer noch Kinder. Keiner von ihnen war je ernsthaft erkrankt, keiner war überfahren oder ermordet worden, keiner war von zu Hause weggelaufen oder spurlos verschwunden. Sie war nie sonderlich religiös gewesen, doch an Tagen wie diesem hatte Petra das Gefühl, einer höheren Macht danken zu sollen, die sie offensichtlich wenigstens noch eine Zeit lang von Unglück verschonen wollte.

Petra machte die Haustür auf und ging in die Knie, kraulte dem Hund das Nackenhaar und fuhr mit den Lippen über seinen weichen Kopf hin und her.

»Da ist noch Essen für dich«, sagte Lasse, und schaute demonstrativ auf die Küchenuhr über der Tür, als sie in die Küche kam.

»Ich weiß«, sagte sie und gab Lasse einen Kuss auf den Mund. »Sag nichts. Ich weiß schon.«

Die anderen waren schon fertig mit dem Essen.

»Hattest du nicht einen guten Vorsatz fürs neue Jahr?«

Lasse kratzte mit dem Messer den letzten Rest auf seinem Teller zusammen und häufte ihn auf die Gabel.

»Ein sechzehnjähriges Mädchen ist von seinen Eltern als vermisst gemeldet worden«, sagte Petra und nahm sich Teller und Besteck. »Ich musste noch ein paar Sachen nachsehen.«

»Wenn doch alle Polizisten so wären wie du. Dann gäbe es in diesem Land keinen einzigen ungelösten Fall.«

Petra setzte sich neben Lasse und streichelte ihm den Oberschenkel.

»Ja, stell dir vor. Das wär doch gar nicht schlecht.«

Petra fasste kurz an die Spaghetti – doch, die waren noch warm genug –, und hob sich mit der Gabel einen Schwung auf ihren Teller.

»Vielleicht kennst du sie ja, Nellie«, fuhr Petra fort. »Hedda Losjö.«

»Die aus Gustava?«

Petra nickte.

»Was, die ist vermisst?«

»Ja, sie ist seit Neujahr nicht nach Hause gekommen, und jetzt haben ihre Eltern Vermisstenanzeige erstattet.«

»Gott, was für eine Scheiße! Eigentlich kenne ich sie überhaupt nicht, aber auf dem Wandertag im Herbst habe ich ein bisschen mit ihr geredet. War nett.«

Nellie fing an, an dem kleinen Silberstab in ihrer Augenbraue zu fingern, und schien ihren eigenen Gedanken nachzuhängen. Petra betrachtete das Schmuckstück und erinnerte sich, wie außer sich sie gewesen war, als Nellie vor einem halben Jahr nach Hause gekommen war und ihr das Piercing gezeigt hatte. Ihre entschiedene Ablehnung war sowohl für Nellie wie auch für sie selbst völlig überraschend gekommen. Normalerweise war sie viel toleranter gegenüber den Ideen der Kinder, doch diesmal nicht. Als sie aber nach einiger Zeit feststellte, dass Nellie immer noch dieselbe war, hatte sie sich wieder beruhigt.

Inzwischen fand sie den Barbell fast schon schön, aber das hätte sie natürlich niemals zugeben.

»Danke fürs Kochen«, sagte Hannes und stand auf.

Auch Nellie erhob sich vom Küchensofa und fing an abzuräumen.

Petra sah sich in der Küche um. Die Weihnachtssterne, die so üppig und schön gewesen waren, als sie sie gekauft hatte, hatten fast alle Blätter verloren. Wann war das denn passiert? Auf dem Fensterbrett lag Staub; das konnte man erkennen, obwohl nur die längliche Kiefernholzlampe über dem Tisch und die Neonröhren hinten über der Spüle an waren.

»Wir sollten uns eine Putzfrau zulegen«, sagte Petra.

»Au ja!«, rief Nellie an der Spüle.

»Nein, Gott bewahre«, sagte Lasse mit Nachdruck.

»Aber hier gibt es so viel zu machen, wir kommen einfach nicht nach. Und es wäre schön, wenn man in seinem bisschen Freizeit nicht auch noch putzen müsste.«

»Aber ich helf doch auch«, sagte Lasse und klang gekränkt.

Diesmal entschied sich Petra dafür, die Formulierung *helfe auch* zu überhören.

»Liebling, du machst wirklich viel im Haushalt, so habe ich das nicht gemeint. Aber ich sehe doch, dass du auch erschöpft bist.«

Lasse fuhr sich mit der Hand durchs Haar und lehnte sich zurück.

»Jeder soll seinen Dreck selber wegmachen – das ist meine feste Überzeugung. Meine Großmutter war in ihrer Jugend Stubenmädchen, und die Zeiten will ich nicht zurückhaben. Was sollen denn die Nachbarn denken? Wir sind doch keine hochherrschaftlichen Leute.«

Petra und Nellie sahen einander in resigniertem Einverständnis an.

Ich hätte es auch gern schön um mich herum, dachte Petra und konnte nicht umhin, ihren vollgestopften Bungalow mit Losjös großzügigem Haus zu vergleichen. Hier dagegen – kaum drehte man den Rücken, wuchs die Unordnung nach.

Als Petra später allein in der Küche war, kamen die Gedanken an Hedda Losjö wieder hoch. Sven Munthers statistisch begründeter Hinweis, dass die meisten, die verschwinden, dies freiwillig tun und quicklebendig zurückkommen, half auch nicht weiter.

Fredrik Anderberg war kein unbeschriebenes Blatt.

Er wird einfach von allen sofort abgeurteilt! Aber ich sehe das Warme und Schöne in ihm, und er wirkt so ruhig, wenn er mit mir ist. Er ist der Liebste der Welt. Würde niemandem je etwas zuleide tun.

Sie musste sich von Munther die Erlaubnis holen, ihn wenigstens zu befragen.

Es war schon ein Glück, dass ihre Kinder wenigstens nicht zu denen gehörten, die von zu Hause abhauten. Wir haben es hier zwar manchmal schmutzig und chaotisch, dachte sie, aber wir können zumindest miteinander reden.

4 Um fünf Minuten vor acht ließ sich Christer Berglund, mit Notizblock und Stift ausgerüstet, an dem länglichen Tisch im kombinierten Kantinen- und Konferenzraum der Polizeistation nieder. Er strich sich vorsichtig mit den Fingerspitzen über den frisch gestutzten Bart. Es fühlte sich immer noch ungewohnt an, aber er würde ihn wohl doch behalten.

»Der steht dir.«

Christer fuhr wie ertappt zusammen, aber Urban Bratt ließ sich unbekümmert auf dem Stuhl ihm gegenüber nieder.

»Jetzt guck nicht so verschreckt. Das war ein Kompliment.«

»Danke – es fühlt sich etwas ungewohnt an«, sagte Christer und befühlte weiterhin sein Kinn.

»Bald wirst du dich ohne wie ein grüner Junge fühlen«, sagte Urban, der selbst sowohl einen Schnauzer als auch einen sauber gestutzten Kinnbart trug.

Er muss Stunden darauf verwenden, dachte Christer. Andererseits muss er ja auch keine Haare waschen.

Punkt acht Uhr schlenderte Petra Wilander herein, zusammen mit ihrem neuen Assistenzanwärter Folke Natt och Dag.

Christer und Petra hatten vor dem ersten Arbeitstag des Assistenten ein paar Witze gerissen und gefragt, ob es an der Polizeischule jetzt eine Quote für ältliche Adelige gebe, und hatten dann noch mehr lachen müssen, als der blonde, hochgewachsene Jüngling auf dem Revier aufgetaucht war.

Christer vermutete ja, dass Folke lieber in einer Großstadt gelandet wäre und Nordvärmland wohl nicht ganz oben auf seiner Wunschliste gestanden hatte. Doch abgesehen von irgendwelchen beruflichen Ambitionen hatte Folke Natt och Dag wie die meisten Anwärter in den ersten Tagen den Ball flachgehalten, hatte zugehört und ohne Einwände oder eigene Initiativen erledigt, was man ihm aufgetragen hatte.

Sechs Minuten nach acht kam, wie immer als Letzter, Sven Munther herein, und knallte zwei Zeitungen auf den Tisch.

»War ein etwas chaotischer Morgen zu Hause«, entschuldigte er sich und setze sich. »Die Vermisstenmeldung für das Mädchen ist ja raus«, fuhr er fort und schob die Zeitungen mit den aufgeschlagenen Artikeln über den Tisch. »Schon irgendwelche Hinweise?«

Alle schüttelten den Kopf.

»Gar nichts? Okay. Na gut, der Tag ist ja noch jung. Petra, wie ist es mit dem Tagebuch?«

Petra versuchte, ein Gähnen hinter vorgehaltener Hand zu verbergen – die Morgenstunden waren noch nie ihre Stärke gewesen –, und berichtete in kurzen Zügen von den Texten, von dem Stallbesuch bei Stina und Heddas kurzer Romanze mit Fredrik Anderberg.

»Ach, du Scheiße. *Der* Fredrik Anderberg. Erinnerst du dich, Berglund, der hatte doch vor sieben, acht Jahren hier ein Abo.«

Christer nickte.

»Genau, war es nicht das eine, dann war es das andere«, fuhr Munther fort. »Diebstahl, Betrug, Schlägereien in alkoholisiertem Zustand. Diese Misshandlungsgeschichte war nicht lustig. Auch wenn es jetzt etwas ruhiger um ihn geworden ist, wäre es ein Dienstfehler, wenn wir ihn nicht aufsuchen würden. Übernehmt ihr zwei das?«

Christer und Petra sahen sich an und nickten.

»Außerdem sollte jemand Heddas Computer holen«, sagte Petra. »Ich habe das Gefühl, dass wir da fündig werden könnten.«

»Bratt, das machst du.«

Urban Bratt hob abwehrend die Hände.

»Ich hab aber noch die Lagereinbrüche. Seit der letzten Einbruchswelle am Wochenende spielen die Einzelhändler völlig verrückt.«

»Das ist mir klar, aber die können wohl noch eine Stunde warten«, sagte Munther. »Danach kannst du dich wieder den Einbrüchen widmen.«

»Wann bin ich hier eigentlich zum Laufburschen befördert worden?«, murmelte Urban in die Tischplatte, aber Munther tat so, als hätte er das überhört, und wandte sich stattdessen an Folke.

»Du kannst mit Bratt fahren. Gut. Dann mal los.«

Der Dalavägen vor der Polizeistation war menschenleer als Christer und Petra die Garage hinter sich ließen und am ziegelsteinfarbenen Rathaus, der Würstchenbude neben dem alten Kino »Fasaden«, dem Bezirkszahnarzt und der Asplund-Schule vorbeifuhren.

»Minus neunzehn«, sagte Christer und schaute aufs Armaturenbrett. »Die reinste Hitzewelle.«

»Wie es wohl heute mit den Suchtrupps läuft? Hast du was gehört?«

Die Grabsteine auf dem Friedhof waren in dem tiefen Schnee kaum zu sehen.

»Vor einer halben Stunde hatten sie jedenfalls noch nichts gefunden. Wie war das jetzt, Fredrik Anderberg hatte also was mit Hedda Losjö am Laufen, oder?« Christer bremste ab und bog im Kreisel bei der Tankstelle nach rechts ab. »Mit einer Sechzehnjährigen?«

»Genau«, sagte Petra. »Allerdings kann man das kaum eine Beziehung nennen. Heddas ehemalige beste Freundin nannte es Rummachen, aber für Hedda war es ernst.«

Christer fuhr weiter den Hügel hinauf, an der Eishalle vorbei, und bog dann zum Värmullsåsen ab. Nach ein paar Minuten auf dem gewundenen Weg waren sie am Ziel.

Abgesehen von einem älteren Mann, der dabei war, einen alten Herd aus dem Kofferraum seines Ford zu wuchten, war die Wiederverwertungsanlage menschenleer. Christer und Petra gingen zu dem roten Holzhaus, das als Büro diente, und traten ein.

»Hallo!«, rief Petra.

Keine Antwort.

Von dem kleinen Flur gingen offene Bürotüren ab, und ganz hinten war etwas, das wie eine Kantine aussah.

»Jemand da?«, rief Christer.

Schritte näherten sich, und ein Mann mit Baseballkappe tauchte auf.

»Ja?«

»Wir suchen einen Fredrik Anderberg«, sagte Christer, »und wie ich sehe, haben wir ihn gerade gefunden.«

Fredrik Anderberg warf einen raschen Blick zu dem Aufenthaltsraum.

»Aha, und was wollen Sie von mir?«

»Wir würden uns gern ein bisschen mit Ihnen unterhalten, am liebsten ungestört.«

Anderberg blinzelte ein paar Mal, als ob er etwas im Auge hätte, dann drehte er sich um und ging auf eine der offenen Türen zu. Petra und Christer folgten ihm.

»Bitte sehr, nehmen Sie Platz«, sagte er und machte die Tür hinter sich zu.

Petra und Christer setzten sich, Anderberg ließ sich hinter dem Schreibtisch nieder.

»Hedda Losjö«, begann Petra. »Erzählen Sie mal, wie Sie sie kennengelernt haben.«

Hektisches Blinzeln.

»Bitte beantworten Sie die Frage«, sagte Christer. »Wie haben Sie Hedda Losjö kennengelernt?«

»Warum ... Wieso fragen Sie das?«

»Sie ist verschwunden.«

»Wie, verschwunden?«

Fredrik starrte die beiden an.

»Sie ist seit Silvester nicht nach Hause gekommen, und ihre Eltern haben sie vermisst gemeldet«, sagte Christer. »Lesen Sie keine Zeitung?«

»Und was hat das mit mir zu tun?«

»Wir möchten gern, dass Sie unsere Frage beantworten«, setzte Petra nach.

Anderbergs Gesicht verschwand hinter der Kappe, als er sich vorbeugte und die Hände um den Schirm der Mütze legte. Wieder und wieder drückte er sie herunter, als wollte er, dass sie für immer auf seinem Kopf bleiben würde.

»War sie nicht ein bisschen zu jung für Sie?«, fragte Christer.

Anderberg schaute auf.

»Wie? Was geht Sie das an?«

Einen Moment lang herrschte Stille. Dann sagte Petra: »Erzählen Sie doch mal, wie das war, als Hedda vor Ihrem Haus stand. War es unangenehm, weil Ihre Frau ...«

»Ich habe keine *Frau*.«

»Okay«, fuhr Petra fort. »War es anstrengend, weil Ihre Lebensgefährtin möglicherweise etwas über Ihre Romanze herausbekommen könnte?«

»Romanze?«, sagte Fredrik Anderberg und lachte, sodass man die Snusportion unter der Oberlippe sehen konnte.

»Im Moment sind Sie der Einzige, der etwas mit ihrem Verschwinden zu tun haben könnte.«

Anderberg starrte sie wortlos an und packte nur noch einmal fest seine Kappe.

»Ich gebe Ihnen mal einen Tipp«, fuhr Christer fort. »Antworten Sie einfach auf unsere Fragen, dann geht das hier alles viel schneller.«

Fredrik Anderberg ließ die Mütze los, sah zur Decke und sagte dann:

»Wir haben uns im Hagforspark getroffen. Und dann ein paar Mal im Herbst.«

»Wo haben Sie sich getroffen?«

»Verschiedene Orte.«

»Zum Beispiel?«

»Meist in meinem Auto.«

»Wann haben Sie sie zuletzt gesehen?«

»Kann mich echt nicht erinnern.«

»Versuchen Sie es«, meinte Christer. »War das vielleicht an Silvester?«

Anderberg schüttelte heftig den Kopf.

»Nein. Seit dem Herbst habe ich überhaupt keinen Kontakt mehr zu ihr gehabt.«

Petra und Christer saßen eine Weile schweigend da und warteten ab, doch es kam nichts mehr.

»Ist es nicht schön, keine nervigen SMS mehr zu bekommen?«, fragte Petra.

Anderberg blinzelte unkontrolliert.

»Jetzt hören Sie aber mal auf! Ich *habe* nichts getan!«

Petra sah ihn schweigend an.

»Was haben Sie an Silvester gemacht?«, fragte Christer.

»Wir waren zu Hause. Haben es uns gemütlich gemacht. Ferngesehen.«

»Sie haben es sich gemütlich gemacht und ferngesehen. Den ganzen Tag? Sie und Ihre Lebensgefährtin?«

»Ja.«

»Okay, lassen wir's erst mal dabei«, sagte Christer und erhob sich. »Aber es kann sein, dass wir noch ein paar Mal wiederkommen.«

Anderberg sagte kein Wort, sondern sah ihnen nur nach, als sie den Raum verließen.

»Die Lebensgefährtin knöpfen wir uns gleich mal vor, oder?«, fragte Petra als sie im Auto saßen.

Christer nickte und ließ den Motor an.

Der Nadelwald stand wie eine dunkle Wand auf beiden Seiten der Straße. Magdalena schien es, als würde sie durch einen Tunnel fahren. Das Autoradio sprang hier an der Grenze ständig zwischen Radio Värmland und Radio Dalarna hin und her. Verärgert stellte sie es leiser. Wie weit mochte es noch bis zur Suchkette sein?

Seit sie als kleines Mädchen einmal beim Pilzesuchen verloren gegangen war, hatte Magdalena Angst vor tiefem Wald. Wie alt war sie damals gewesen? Fünf vielleicht? Damals lebte Mama noch, sie hatte den großen Spankorb getragen, Magdalena ihren eigenen kleinen mit dem Blumenmuster. Papa hatte Pfifferlinge aus dem Moos gedreht und ihr gezeigt, hatte sie daran riechen und sie befühlen lassen.

Dann hatte sie aber ein großes Mädchen sein und selbst pflücken wollen. Sie hatte schon den übervollen Korb vor sich gesehen und wie glücklich Mama und Papa sein würden, aber plötzlich war sie mutterseelenallein im Wald gewesen. Die hohen Fichten knarrten im Wind und schauten auf sie herab. Als der Elch gekommen war, hatte sie solche Angst bekommen, dass sie aufgehört hatte zu weinen. Die Erinnerung schmeckte nach Salz und roch nach feuchtem Moos und Pipi. Wie lange hatte sie gewartet, und wie weit war sie gelaufen? Die Zeit war aufgelöst gewesen.

Magdalena zog den einen Handschuh aus und legte die Hand auf den Lüftungsschlitz neben dem Lenkrad. Die Luft, die herauskam, war kaum lauwarm – kein Wunder, dass sie fror.

Endlich waren am Straßenrand sieben oder acht Autos nebeneinander zu sehen. In einem Graben etwas entfernt brannte ein Feuer. Magdalena stellte sich hinten in die Reihe und machte den Motor aus. Noch ehe sie die Tür aufmachen konnte, kam ein Mann um die sechzig mit leicht zurückgelehntem Gang zum Auto.

»Sind Sie die Reporterin?«, fragte er, als sie ausgestiegen war.

»Ja. Magdalena Hansson.« Magdalena gab ihm die Hand. »Und Sie sind Göte Gustafsson, nehme ich mal an, der Kommandant der Landwehr.«

»Korrekt.«

Der Handschlag von Göte Gustafsson war von der festeren Sorte.

»Wie läuft es bei Ihnen?«

Magdalena nahm Block und Stift aus der Kameratasche - einen gespitzten Bleistift, den sie am selben Vormittag im Supermarkt gekauft hatte. Im Hintergrund konnte man die Rufe des Suchtrupps hören.

»Noch haben wir nichts gefunden. Und das Ganze ist auch ein wenig problematisch.«

»Erzählen Sie.«

»Zunächst einmal«, begann Gustafsson und streckte den Daumen in die Luft, »kann man in einer derartigen Kälte eigentlich keinen Suchtrupp losschicken. Die Männer müssen nämlich andauernd zurückkommen, um sich aufzuwärmen. Zum Zweiten«, jetzt kam der Zeigefinger hoch, »hat es, seit das Mädel verschwunden ist, stark geschneit. Und zum Dritten«, jetzt war der Mittelfinger an der Reihe, »haben wir im Grunde nicht die geringste Ahnung, wo wir suchen sollen. Das Mädchen hat ja keinerlei Hinweise hinterlassen.«

Magdalena schrieb schnell.

»Außerdem ist die Dunkelheit ein Problem für uns«, fuhr der Mann fort und hob den Blick zum Himmel über den Baumkronen. »Etwa in einer Stunde werden wir für heute schon wieder abbrechen müssen.«

»Ich verstehe«, nickte Magdalena. »Wie viele Leute helfen bei der Suche?«

»Im Moment sind wir knapp fünfunddreißig – Leute von der Landwehr und vom Verein für Orientierungslauf. Dazu noch ein paar andere Freiwillige. Außerdem haben wir drei Hunde.«

Magdalena stellte Göte Gustafsson vor das Feuer, machte ein paar Fotos und sagte dann:

»Könnten Sie mich vielleicht anrufen, wenn Sie etwas gefunden haben?«

Sie schrieb ihre Handynummer auf einen Zettel, riss ihn vom Block ab und gab ihn ihm.

»Kann ich machen«, sagte er. »Aber wenn wir sie finden, werden wir keine guten Nachrichten für die Eltern haben, fürchte ich.«

»Trotzdem viel Glück«, sagte Magdalena und sah auf die Uhr.

Wenn sie sich beeilte, konnte sie noch die Eltern von Hedda Losjö aufsuchen, bevor sie Nils abholen musste.

Als Camilla Jonson die Tür aufmachte und Petra und Christer sah, die ihr im Treppenhaus ihre Polizeimarken hinhielten, riss sie die Augen auf und schlug die Hände vor den Mund.

»Was ist passiert? Irgendwas mit Liam?«

»Ihrem Sohn geht's gut«, sagte Petra, »aber wir müssten mal kurz mit Ihnen reden. Dürfen wir reinkommen?«

»Natürlich«, flüsterte Camilla und trat in den Flur zurück.

Sie wich einer bunten Plastikgarage aus, die mitten im Raum stand, ging dann weiter ins Wohnzimmer und setzte sich auf das Ecksofa unter einen großen Fächer, der an der Wand hing. Während Petra und Christer sich auf das kurze Ende der Couch setzten, machte sie mit der Fernbedienung den Fernseher aus. Aus beiden Ärmeln des Collegepullovers ragte eine Stützbandage für die Hände. Die langen Nägel waren mit aufgeklebten Strasssteinchen verziert.

»Wir haben ein paar Fragen zu Fredrik Anderberg und darüber, was er an Silvester gemacht hat«, sagte Petra.

»Darf man fragen, warum?«

Camilla drehte die Fernbedienung in der Hand.

»Ein Mädchen aus Gustavsfors ist vermisst gemeldet, und Fredrik kennt sie. Hedda Losjö. Wissen Sie, ob die beiden in der jüngsten Zeit miteinander zu tun hatten?«

Camillas Mund wirkte plötzlich angespannt, sie setze sich auf und legte sich ein Samtkissen auf den Schoß.

»Davon weiß ich nichts«, sagte sie und sah weg.

»Was haben Sie an Silvester gemacht?«, fragte Petra.

»Wir haben zu Hause gefeiert. Nur wir und Liam. Am Abend hat Fredrik ein paar Raketen vom Balkon abgeschossen, aber Liam bekam furchtbare Angst und fing an zu weinen. Er ist ja erst drei Jahre alt, da muss man sich nicht wundern, aber Fredrik fällt es immer schwer, das zu begreifen.«

»War Fredrik den ganzen Abend zu Hause?«

Camilla saß lange mit dem Kissen auf dem Bauch da, ohne etwas zu sagen. Dann wandte sie sich mit feuchten Augen Petra zu.

»Nein, war er nicht.«

Petra und Christer hatten kaum das Polizeihaus betreten, als Sven Munther im Flur vor ihrem Büro auftauchte.

»Wie war's mit Anderberg?«

»Das ist ein ausgesprochen hinterhältiger Typ«, sagte Christer.

»Er hat zugegeben, dass er eine sexuelle Beziehung mit Hedda Losjö hatte«, fuhr Petra fort. »Aber es ist ja kein Verbrechen, mit jemandem zu schlafen. Und ebenso wenig, mit jemandem Schluss zu machen oder ihn zu kränken, nehme ich an. Aber dann sind wir zu seiner Lebensgefährtin Camilla Jonson gefahren und haben mit ihr gesprochen. Und im Gegensatz zu Anderberg, der behauptet hat, dass er den ganzen Silvesterabend über zu Hause gewesen sei, hat sie erzählt, dass er am Nachmittag ausgegangen sei, um Snus zu kaufen, und fast drei Stunden weggeblieben sei.«

»Verdammt«, sagte Munther. »Und was meint ihr?«

»Ich meine gar nichts«, antwortete Christer, »aber das ist das Einzige, was wir haben, und ich denke, wir sollten ihn unbedingt im Auge behalten.«

Munther nickte. In dem Augenblick klingelte sein Handy. Er nickte weiter, während er ranging und seine Hand zu einer »Dieses-Gespräch-wird-schnell-gehen«-Geste hob. Doch als Christer und Petra klar wurde, dass da seine Frau anrief, ließen sie ihn im Flur stehen. Ein Gespräch zwischen den beiden dauerte selten weniger als fünfzehn Minuten.

Auf dem Weg zurück in ihr Zimmer schaute Petra bei Urban Bratt vorbei, der Seite an Seite mit Folke Natt och Dag vor Heddas Computer saß. Petra musste lächeln, als sie sah, wie Urban sowohl Tastatur als auch Maus dem jungen Assistenten rüberschob, der sofort mit unglaublicher Schnelligkeit zu tippen und zu klicken begann.

Petra klopfte mit dem Zeigefingerknöchel an die Tür. Beide drehten sich kurz um, schauten aber gleich wieder auf den Bildschirm.

»Findet ihr was?«, fragte sie und machte ein paar Schritte ins Zimmer.

»Tja, sie ist bei Facebook drin, war aber nicht sonderlich aktiv«, sagte Urban. »Vierzehn Freunde. Das ist nicht viel. Dann hat sie ein Konto beim Bildertagebuch, aber da war sie auch nicht viel unterwegs.«

»Und der Blog?«

»Den haben wir gefunden. Er heißt ›Schwarze Spur‹. Kannst du ihn mal aufrufen, Folke?«

Folke loggte sich in Heddas Blog ein, der passenderweise einen schwarzen Hintergrund und weißen Text hatte. Ganz oben auf der Seite war ein Bild von einer verwelkten Rose.

»Oje«, sagte Petra, »wann hat sie den denn angefangen?«

»Anfang November.« Folke warf Petra einen schnellen Blick über die Schulter zu. »Der erste Beitrag ist vom dritten November, und der ist nicht sonderlich aufheiternd.«

Folke scrollte rauf und runter. Lange Textpassagen wechselten sich mit dem einen oder anderen Gedicht ab.

Petra ging zu Urbans Schreibtisch und nahm sich von einem gelben Blöckchen einen Post-it-Zettel, dann beugte sie sich vor und schrieb die Blogadresse ab. Das muss ich mir näher anschauen, dachte sie.

»Wie war das mit ihren Mails?«, fragte sie.

»Die haben wir noch nicht ganz geschafft«, meinte Urban. »Aber man kann schon mal festhalten, dass sie erstaunlich viele Mails an die Adresse fredde.anderberg@gmail.com geschickt hat. Können wir davon ausgehen, dass es sich dabei um den besagten Fredrik handelt?«

»Das können wir«, meinte Petra. »Gibt es Antworten?«

»Nicht in derselben Anzahl«, erwiderte Urban.

»Das hab ich mir gedacht.«

Petra ging in den Aufenthaltsraum, goss sich eine Tasse Kaffee ein, die sie mit in ihr Zimmer nahm, setzte sich an den Schreibtisch und schaltete den Computer ein. Den Post-it-Zettel machte sie an der Unterkante des Bildschirms fest und klickte sich dann in Heddas Blog.

Während sie ein paar Schlucke Kaffee nahm, scrollte sie auf dem Bildschirm herunter und konnte schnell feststellen, dass es sich um einen sehr privaten Blog handelte, der wahrscheinlich nicht dazu gedacht war, von vielen gelesen zu werden. Sämtliche Beiträge waren ohne Kommentare, und Heddas Vorstellung ihrer eigenen Person war sehr knapp ausgefallen. Alles, was unter der Rubrik »über mich« stand, war, dass sie weiblich war, sechzehn Jahre und im Sternzeichen Widder geboren.

3. November
Ich erinnere mich an dich.
Wenn ich einschlafe, erinnere ich mich,
an deine Wärme und deinen Blick,
Wenn ich aufwache, erinnere ich mich,
wie es sich anfühlte, als du mich umarmt hast,
mich zusammengehalten hast.
/H

5. November
Warum sieht keiner, wie es mir geht? Warum sieht keiner, dass ich nicht mehr atmen kann, dass ich am Ertrinken bin? Warum geben sich alle mit meinem müden Lächeln und meinen Lügen zufrieden?
Das ist natürlich das Leichteste, aber ich werde es niemals verzeihen.
Wie soll man bloß das ganze lange Leben überstehen? Das sinnlose Leben.
/H

13. November
Komm, grausamer Tod, eines Abends und nimm mich.
Meine Freude ist so klein, meine Trauer so bitterlich.

Betritt das düstre Zimmer, wo im Schein der Lampe nur
ich bedenke das Leben beim trägen Schlag der Uhr.

Schreite leise, dass ich dich nicht höre, geh dicht hinter meinem Rücken,
damit sicher ich entschlafe, musst meine Augen du zudrücken.

Aber schnell, sanft und freundlich, sonst fürchte ich sehr
Dass ein schlimmer Gedanke den Schlaf mir beschwert.

Ja, schnell, wenn ich atme, lass das Herz stehen still
Oh Tod, ich bin dir dankbar – du tust schon, was ich will.

Meine Freude ist so klein, meine Seele so verloren hier.
Komm, grausamer Tod, eines Abends, schleiche leise zu mir.

Wenn es doch so einfach wäre …
/H

Ob es so gewesen war?, fragte sich Petra. Hatte Hedda sich das Leben genommen? Sollte der ganze Blog vielleicht ein einziger Abschiedsbrief sein? Das könnte sein, aber in dem Fall hätte sie doch wahrscheinlich eine Nachricht hinterlassen.

Das arme, unglückliche Mädchen, dachte Petra. Wie sonderbar, dass ihre Eltern nichts gemerkt hatten. So gut kennt man seine Kinder doch, dass man es ahnt, wenn es ihnen nicht gut geht, oder?

19. November
Gestern Abend habe ich eine von Mamas Tabletten geklaut, als sie gerade »Desperate Housewives« geguckt hat. Papa hatte Dienst. Das war, als käme man ins Himmelreich! Ich habe wieder geatmet, der Druck auf der Brust war weg. Möchte wissen, ob sie Überblick über die Tabletten hat, sie kann unmöglich wissen, wie viele in den verschiedenen Dosen sind. Ich werde mich mal schlau machen, wie die verschiedenen Sorten wirken, und dann einen Plan schmieden.
Das könnte meine Rettung sein.
/H

Plötzlich hörte sie Urban Bratt aus seinem Zimmer rufen:

»Petra, komm her! Verdammt, ich glaube, wir haben was gefunden!«

Urban hatte so laut gerufen, dass nicht nur Petra, sondern auch Christer Berglund und Sven Munther sich nun in sein kleines Büro drängten.

»Die Lebensgefährtin von Anderberg heißt doch Jonson mit Nachnamen, oder?«

»Genau. Camilla Jonson.«

»Sieh mal«, sagte Urban und zeigte auf den Bildschirm. »An Heiligabend hat Hedda einen Link zu ihrem eigenen Blog an die Adresse millanjonson@gmail.com geschickt.«

»Hat sie gleichzeitig etwas an Fredrik geschrieben?«, fragte Petra.

Urban wandte sich an Folke, der immer noch am Computer saß.

»Nicht an Heiligabend«, antwortete der Assistent nach ein paar Sekunden. »Aber am ersten Weihnachtstag hat sie ihm eine ungewöhnliche kurze Mail geschickt: ›Frohe Weihnachten. Ich hoffe, ihr habt es gemütlich.‹ Und ein paar Tage später, genauer gesagt am 27. Dezember, hat Hedda eine weitere Mail an millanjonson@gmail.com geschickt.«

»Lass hören«, sagte Munther, der an der Tür stand.

»›Es gibt keine gute Art und Weise, das hier zu erzählen‹«, las Folke laut, »›und auch keinen guten Zeitpunkt, nehme ich an, aber Sie sollen wissen, dass Fredrik Sie seit Ende des Sommers betrügt. Wenn Sie mehr Details möchten, vielleicht einen Beweis für das, was ich schreibe, dann bin ich gern behilflich.‹«

»Oje«, sagte Petra.

»Wir müssen uns Anderberg definitiv noch einmal vornehmen«, sagte Munther.

»Absolut«, stimmte Christer zu. »Er behauptet, keinerlei Kontakt mehr zu Hedda gehabt zu haben, seit er Schluss gemacht hat.«

»Wie bist du bloß so schnell in den Mail-Account reingekommen, Folke?«, fragte Munther. »Ich muss schon sagen, ich bin sehr beeindruckt.«

»Na ja, man könnte sagen, dass das mein Spezialgebiet ist«, antwortete Folke vorsichtig. »Ich habe ein paar Fortbildungskurse absolviert.«

»Eigentlich war das hier ja ein Fall für die IT-Gruppe in Karlstad, aber ich bin froh, dass ich dich drangesetzt habe. Ich sag niemandem, wie kompetent du bist, sonst versuchen die gleich, dich abzuwerben.«

Folke wurde ein bisschen rot.

»Bei allem Respekt für meine tüchtigen Kollegen muss man doch sagen, dass die technische Entwicklung so schnell verläuft, dass ein gewöhnlicher Polizist nicht ohne Weiteres mithalten kann«, sagte Munther. »Sehr gute Arbeit, ihr beiden. Urban, du kannst dich jetzt den Lagereinbrüchen widmen. Und Folke, durchsuch bitte weiter den ganzen Mail-Account. Nimm den Computer mit in dein Zimmer. Wenn du alle Mails durchgeschaut hast, verhören Petra und Christer noch einmal diesen Fredrik Anderberg. Druck alle Mails aus, die du wichtig findest.«

Folke nickte, fuhr den Computer runter und fing an, die Kabel abzumachen.

»Ich helf dir tragen«, sagte Christer und nahm die Tastatur unter den einen Arm, den Bildschirm unter den anderen.

»Danke«, sagte Folke, sammelte die Kabel zusammen und nahm das Laufwerk. »Tschüs dann«, sagte er zu Urbans Rücken, ehe er das Zimmer verließ.

Urban, der schon den Telefonhörer am Ohr hatte, antwortete nicht.

Das Haus von Familie Losjö lag im Dunkeln, sodass Magdalena schon dachte, es sei niemand zu Hause. In einer kleinen Tanne auf der Seite des Hauses war eine Hafergarbe befestigt, vor der untersten Treppenstufe lag ein Bund Reisig als Fußmatte auf der Erde.

Man könnte fast meinen, der Tomte selbst wohnt hier, dachte Magdalena bei sich. Das Haus war schön, ohne protzig zu sein.

Zögernd betrat sie die Veranda. Sie hatte schon immer gefunden, dass es zu den übelsten Seiten ihres Jobs gehörte, sich Angehörigen aufdrängen zu müssen. Es war nie vorauszusehen, wie die Leute reagierten. Manche wollten reden und Fotos zeigen und fanden es gut, dass die Medien sich mit dem Geschehenen befassten. Sich in der Zeitung zu äußern wurde so zu einer Methode, mit Trauer und Schock umzugehen. Andere wieder reagierten schon auf den kleinsten Versuch der Kontaktaufnahme gekränkt. Hier hätten Magdalenas Ansicht nach die Eltern eigentlich daran interessiert sein müssen, dass über ihre Tochter geschrieben wurde.

Magdalena holte ein paar Mal tief Luft und drückte dann auf die Klingel. Ihr Herz schlug laut, als sie Schritte sich der Tür nähern hörte.

Ernst Losjö – so hieß er doch? – erwies sich als hochgewachsener, sehr stattlicher Mann um die fünfundfünfzig.

Sein grau meliertes Haar war zurückgekämmt, und er trug ein hellblaues Hemd, eine dunkle Anzughose und glänzende Schuhe.

Er sieht aus wie ein Experte in der Antiquitätenshow, dachte sie.

Magdalena zog den Handschuh aus, reichte ihm die Hand und stellte sich vor. Losjö sah sie fragend an.

»Ich schreibe über Ihre vermisste Tochter und die Suche nach ihr. Eben war ich beim Suchtrupp, und jetzt dachte ich ...«

Ernst Losjö sagte nichts, doch sein Blick beschämte sie. Plötzlich war sie sich ihrer Daunenjacke bewusst, die sie schon vor langer Zeit in die Reinigung hätte geben müssen. Sie hätte eine andere Farbe als Rot nehmen sollen; da sah man jeden Fleck drauf.

»Ich dachte, dass Sie vielleicht gern erzählen würden, was passiert ist. Aus Ihrer Sicht.«

Losjö rührte sich nicht, machte keine Anstalten, sie hereinzubitten.

»Und wieso sollte ich das wollen?«

Magdalena holte tief Luft.

»Wenn über sie geschrieben wird, dann wird sich vielleicht jemand erinnern, sie gesehen zu haben. Und vielleicht werden noch mehr Leute bei der Suche helfen wollen. Es gibt viele Gründe. Außerdem würde es mir sehr sonderbar vorkommen, über Hedda zu schreiben, ohne Sie zu fragen, ob Sie auch etwas dazu sagen wollen.«

»Das Einzige, woran Sie interessiert sind, ist doch wohl eine Steigerung der Auflage.«

»Es ist so, dass das *Värmlandsbladet* sich hauptsächlich durch Abos finanziert«, entgegnete Magdalena so sanft sie konnte. »Aber natürlich werde ich Ihren Wunsch respektieren. Entschuldigen Sie bitte die Störung.«

Sie wollte gerade die Treppe hinuntergehen, als sie hinter sich ein lautes Schluchzen hörte. Als sie sich umdrehte, sah sie, wie Ernst Losjö in der Tür stand und sich mit dem Handrücken das Gesicht abwischte.

Es machte Magdalena ganz krank, den großen Mann in seinen schicken Kleidern wie einen kleinen Jungen schluchzen zu sehen. Mit Arroganz und Wut konnte sie umgehen, haltlose Trauer war etwas anderes.

»Bitte …«, sagte Ernst Losjö.

Magdalena wartete schweigend.

»Bitte entschuldigen Sie.«

»Das ist vollkommen in Ordnung. Ist doch klar, dass es Ihnen schlecht geht.«

»Ich wollte nicht unhöflich sein, aber ich mache mir solche Sorgen. So wahnsinnige Sorgen.«

»Das kann ich gut verstehen. Ich wollte Ihnen nur die Möglichkeit geben, sich zu äußern.«

Die Tränen rannen über Losjös Gesicht, aber jetzt hatte er ein Taschentuch in der Hand und schnäuzte sich.

»Ich werde die Sache mit meiner Frau besprechen. Sie schläft gerade. Haben Sie eine Visitenkarte?«

»Leider nicht, ich habe gerade erst hier angefangen. Aber ich kann Ihnen meine Nummer aufschreiben.« Zum zweiten Mal an diesem Tag kritzelte Magdalena ihre Telefonnummer auf einen Zettel. »Lassen Sie von sich hören, wenn Sie möchten. Und jetzt alles Gute.«

Magdalena fühlte sich erschöpft, als sie zum Auto zurückging. Das Bild von dem weinenden Ernst Losjö würde sie noch lange begleiten.

»Darf ich nach dem Essen rausgehen und mit Melvin spielen?«

Nils nahm einen Schluck Milch und sah Magdalena über den Rand des Glases hinweg an.

»Es ist zu kalt.«

»Aber wir wollen doch den Iglu fertig bauen.«

»Das ist klar. Morgen wird es wärmer sein, du wirst schon sehen.«

Die beiden Nachbarsjungen würden in dieselbe Klasse kommen und hatten schon viel Zeit auf ihr Bauwerk verwendet, hatten harte Schneeklumpen von den Wechten an der Straße gesammelt und sie auf ihren Schlitten zum Grundstück gezogen. Magdalena hatte lange Zeit am Fenster ihr Spiel beobachtet und endlich einmal innere Ruhe verspürt.

»Wir machen hundert Millionen Schneebälle«, erklärte Nils, »damit wir vorbereitet sind, falls es Krieg gibt.«

»Okay. Dann kann ich mich hier drinnen ja ganz sicher fühlen.«

Nils nickte.

»Darf ich dann drinnen bei Melvin spielen?«

»Lauf rüber und frag Stefan und Diana. Ein Weilchen ist schon in Ordnung.«

Nils trug den Teller mit Glas und Besteck darauf wie ein Tablett zur Spüle. »Danke fürs Essen, auf dem Tisch hat gesessen eine Kuh, die hieß Ruth, und die hat gepupt.«

Als der Reim fertig aufgesagt war, stand er schon im Flur.

»Im Korb sind trockene Handschuhe!«, rief Magdalena ihm nach, doch da fiel schon die Tür ins Schloss.

Magdalena räumte ab und wischte den Tisch ab. Dann holte sie ihre Lieblingstasse heraus, die mit den kitschigen großen Rosen, und füllte ein Tee-Ei mit Sir William, ihrer Spezialmischung aus Stockholm. Es waren nur noch ein paar Löffel in der Tüte. Ich werde jemanden bitten müssen, mir welchen zu kaufen, dachte sie und füllte die Tasse mit kochendem Wasser. Vielleicht kann Ann-Sofie mir helfen.

Sie setzte sich wieder an den Küchentisch und sah sich um. Endlich fing das Haus an, sich richtig wie ihr eigenes anzufühlen. Wenn sie nachmittags nach der Arbeit heimkam, roch es fast schon nach Zuhause.

Die Zeitung lag noch auf der Anrichte. Magdalena befeuchtete ihren Finger und blätterte schnell zu der Befragung mit dem kleinen Foto von Petter vor.

Natürlich hatte er auch als Fünfundzwanzigjähriger schon gut ausgesehen, aber jetzt ... Schon seinem schwarzweißen Blick aus der Zeitung zu begegnen genügte, um sie wieder erröten zu lassen.

Am Abend zuvor hatte Magdalena, als Nils eingeschlafen war, mit dem Laptop auf dem Schoß im Bett gesessen. Erst hatte sie sich eingeredet, sie sei bei Ebay auf der Jagd nach einem charmanten, leicht abgenutzten Küchensofa, das besser in die neue Küche passen würde als die Ameisenstühle, deren Anblick sie inzwischen nicht mehr ertragen konnte. Doch kaum hatte sie den Computer hochgefahren, da hatten die Finger angefangen, ganz andere Sachen zu machen. Klickten auf diverse Suchmaschinen und Facebook. Sogar im staatlichen Personen- und Adressregister hatte sie nachgeschlagen. Auch Malin hatte sie nachgeschaut, die wohnte inzwischen in Uddeholm. Magdalena war erstaunt gewesen, wie sie sich gefreut hatte, als sie das feststellte.

Plötzlich klingelte das Telefon. Als Magdalena Ludvigs Stimme vernahm, lehnte sie sich zurück und schloss die Augen. *Ich kann das nicht!*

»Nils ist bei einem Freund zum Spielen; ich werde ihn bitten, dich anzurufen, wenn er nach Hause kommt«, sagte sie kurz angebunden.

»Schon in Ordnung. Ich wollte eigentlich mit dir über das Wochenende reden.«

»Ja, was denn?«

»Wann kommt Nils am Freitag an?«

Magdalena hatte ihm die Bus-Zeiten schon mehrfach aufgesagt, aber Ludvig schien die Information nicht aufnehmen zu können. Doch da sie das Gespräch so schnell wie möglich abschließen wollte, versuchte sie, ihren Ärger zu verbergen, und sagte nur:

»Der Bus ist um 18 Uhr am Hauptbahnhof und fährt am Sonntag um 14 Uhr wieder Richtung Filipstad ab.«

»Richtung Filipstad?«

Jetzt konnte Magdalena sich nicht länger beherrschen.

»Ludvig, bitte, ich hab dir doch schon mehrfach erklärt, dass der Direktbus nach Filipstad das Schnellste und Einfachste ist.«

»Ich kann mich nicht erinnern, dass du das gesagt hast.«

Magdalena konnte nicht antworten, also fuhr Ludvig fort:

»Ich gehe mal davon aus, dass du in Zukunft für diese Reisekosten aufkommen wirst – schließlich hast du beschlossen wegzuziehen.«

»Keine Sorge. Es wäre doch zu traurig, wenn du, um deinen Sohn zu treffen, pleitegehen würdest. Wenn weiter nichts ist, dann muss ich jetzt auflegen. Bis später.«

Magdalena drückte das Gespräch weg, noch ehe Ludvig antworten konnte.

Ich bin es so leid, das alles leid zu sein, dachte sie. Und wütend zu sein.

Vielleicht sollte sie doch am Samstag mit Jeanette und Lisa ins Florenz gehen, damit sie mal ein bisschen unter Leute kam.

Petra stellte die Zahnbürste ins Glas, wischte sich den Mund ab und verließ das Badezimmer.

»Gute Nacht, Hannes, und schlaf gut«, sagte sie, als sie an seinem Zimmer vorbeikam.

»Gute Nacht!«, rief er.

Umarmungen gab es inzwischen nicht mehr.

Die Tür zu Nellies Zimmer war schon den ganzen Abend lang zu.

»Ja?«, war genervt von drinnen zu hören, als Petra klopfte. »Was gibt's?«

Petra machte die Tür auf und trat ein.

»Ich wollte nur gute Nacht sagen.«

»Okay«, sagte Nellie und klappte den Bildschirm von ihrem Laptop herunter. »Gute Nacht.«

Sie saß im Schneidersitz in Jogginghosen und lila Hemd auf dem nachlässig gemachten Bett. Der Schreibtisch war ein einziges Chaos aus Schulbüchern, Schminksachen und Haarprodukten.

»Was machst du?«, fragte Petra.

»Lernen.«

Sie hatten über die Weihnachtsferien Hausaufgaben bekommen. Da blieb nicht viel von den Ferien, dachte Petra.

»Braucht man dazu nicht Bücher?«

Auf Nellies Bett lag, abgesehen von dem Computer, nichts.

»Hab nur eine Pause gemacht.«

»Es ist schon spät, vielleicht machst du besser mal Schluss.«

Nellie verdrehte die Augen.

»Ja, klar. Gleich.«

Petra war unangenehm berührt. Früher hatte Nellie abends am Küchentisch Tee trinken, abgefragt werden und Sachen *diskutieren* wollen. Diesen Tonfall kannte sie gar nicht von ihr. Ebenso wenig das Augenverdrehen.

Plötzlich wusste sie nicht mehr, was sie sagen sollte.

»Dann schlaf gut, Liebes«, sagte sie und ging aus dem Zimmer.

5

Es war gerade mal halb sieben, als Christer Berglund mit der Sporttasche über der Schulter über den Parkplatz vor dem Polizeihaus schlenderte. Ein paar Mal in der Woche versuchte er, vor dem Dienst eine Runde Sport einzuschieben.

Mit einer in dreizehn Jahren eingeübten Bewegung zog er die Passierkarte durch, tippte den Code ein und betrat die Station.

Als er zur Teeküche ging, um seine Essensbox in den

Kühlschrank zu stellen, sah er, dass in Folkes Zimmer das Licht brannte. Was machte der denn schon so früh hier?

»Guten Morgen«, sagte Christer und blieb in der Tür stehen.

Folke, der tief konzentriert vor Heddas Computer gesessen hatte, fuhr zusammen.

»Hast du mich erschreckt!«, rief er und hielt sich die Hand auf die Brust. »Ich habe dich gar nicht kommen hören.«

»Ich bin nur hier, um ein bisschen zu trainieren. Und was machst du?«

Folke, der immer noch mit der Hand auf der Brust dasaß, atmete langsam durch und sagte:

»Ich schaue Heddas Computer durch. Unverbesserlicher Frühaufsteher, musst du wissen.«

»Aha, so einer also. Wir sind sehr seltene Exemplare.«

»Sieh mal«, sagte Folke und nahm einen Ausdruck vom Schreibtisch. »Diese Mail hat Fredrik Anderberg am Tag vor Silvester an Hedda geschickt.«

Christer nahm das Blatt und las:

»Hedda! Ich sage dir, dass ich alles, was du machst, ganz schön leid bin! Wenn du nicht aufhörst, mich zu verfolgen, dann weiß ich verdammt noch mal nicht, was ich tun werde. Ist das klar?«

»Ein böser Typ. Bist du alle Mails durchgegangen, oder gibt es davon vielleicht noch mehr?«

»Nein, das ist alles. Im Moment gucke ich noch, ob sie in Dayviews und anderen Chatforen was gemacht hat, habe aber bisher noch nichts gefunden.«

»Okay. Ich finde, wir sollten uns Herrn Anderberg noch mal vorknöpfen.«

»Und sein Handy checken«, meinte Folke.

Christer nickte.

Folke lehnte sich jetzt etwas entspannter auf dem Stuhl zurück, streckte die Beine unter dem Schreibtisch aus und schaukelte leicht vor und zurück.

Wie lang ist der eigentlich, fragte sich Christer und sah an den Beinen entlang. Über zwei Meter oder noch drunter? Er sieht aus wie ein Action-Held, ein jüngerer Dolph Lundgren mit etwas schmalerer Kinnpartie, an einem Ort wie diesem völlig deplatziert.

»Und wie geht es dir sonst so?«, fragte er.

»Richtig gut, finde ich. Nur ein bisschen einsam an den Wochenenden.«

»Hier tobt etwas weniger Adrenalin als beim Einsatzkommando in Stockholm, oder?«

»Leute mit dem Schlagstock zu malträtieren ist so gar nicht meine Sache, oder sehe ich vielleicht so aus?«, fragte Folke und lächelte. »Aber warum entschuldigt ihr euch die ganze Zeit dafür, dass ihr hier wohnt?«

»Wie meinst du das?«

»Ich weiß nicht, wie oft ich schon gehört habe, hier in Hagfors sei es öde und langweilig. Das hat was von einem kollektiven Minderwertigkeitskomplex. Ich denke, entweder man wohnt hier, weil es einem gefällt, oder man zieht weg.« Er hustete kurz und sah dann zu Christer hoch. »Wohnst du schon lange hier?«

»Mein ganzes Leben. Abgesehen von der Zeit, in der ich auf der Polizeiakademie war, natürlich. Hab schon ein paar Mal überlegt, mich zu verändern, aber dann ... Ich weiß nicht. Ich hab Mutter und Vater hier und die ganze Verwandtschaft und so. Irgendwann vielleicht.«

Christer merkte, dass er schon wieder dabei war, sich zu entschuldigen und für die Entscheidung zu rechtfertigen, die er eigentlich gar nicht getroffen hatte, sondern die sich einfach so ergeben hatte.

Folke sah ihn an.

»Wenn du so was erzählst, werde ich fast neidisch. Ich hätte auch gern eine Familie, in der man einander nahesteht.«

Christer sah auf die Uhr.

»Oh, jetzt muss ich Richtung Sportstudio. Bis später.«

Er nahm die Sporttasche und ließ Folke vor Heddas Computer sitzen.

Magdalena ließ die Jacke über den Schultern hängen, als sie in die Teeküche ging und sich Kaffee in die größte Tasse einschenkte, die sie im Schrank finden konnte.

Was für ein Morgen, dachte sie und kehrte an ihren Schreibtisch zurück. Fast eine halbe Stunde hatte es gedauert, das Auto unter der dicken Eisschicht freizukratzen, und als das geschafft war, wollte es nicht anspringen. Als sie endlich in die Ferienbetreuung kamen und Nils schon das Gemurmel seiner Kumpel hinter der geschlossenen Tür hörte, hatte er sie vorwurfsvoll angesehen.

Magdalena blätterte eine neue Seite in ihrem Block auf und schrieb mit steifen Fingern:

»Standheizung. Ölkessel kontrollieren.«

Der kleine Kerl.

Ihr Artikel über den Suchtrupp hatte oben auf Seite neun eine halbe Seite bekommen. Absolut okay. »Hedda Losjö immer noch vermisst – Kälte erschwert die Suche«, lautete die Schlagzeile.

Linus Saxberg von der *Länstidningen* hatte einen fast identischen Artikel, aber ein etwas besseres Bild.

Als es Zeit für die Lokalnachrichten war, drehte Magdalena die Lautstärke hoch. Das sechzehnjährige Mädchen war, wie der Reporter dort berichtete, immer noch nicht gefunden worden. Die Suche würde im Laufe des Tages fortgesetzt werden.

Nachdem Magdalena beide Zeitungen durchgeschaut hatte, fuhr sie den Computer hoch und schrieb rasch eine Mail an Bertilsson, den Nachrichtenchef bei der Zentralredaktion.

»Guten Morgen! Heute habe ich vor, mit den Klassenkameraden der vermissten Hedda Losjö zu sprechen. Die Eltern haben bisher noch nichts sagen wollen, aber sie überlegen es sich vielleicht noch anders. Versuche auch bei der Polizei herauszubekommen, wie es läuft. Ich melde mich!
Magda«

Als Barbro den Schlüssel ins Schloss steckte, trank Magdalena gerade den letzten Rest Kaffee.

Der Arbeitstag konnte beginnen.

Fredrik Anderberg war nicht an seinem Arbeitsplatz bei der Müllverwertung, und er hatte sich auch nicht krank gemeldet, wie sein Chef versicherte, dem es schwerfiel, seine Neugier zu verbergen, warum die Polizei da war.

»Kann natürlich sein, dass er einfach verschlafen hat. Das passiert ihm schon manchmal.«

»Das ist ja nur menschlich«, sagte Petra.

»Soll ich ihm etwas ausrichten?«

»Bitten Sie ihn einfach, auf dem Revier anzurufen«, sagte Christer. »Und vielen Dank für die Hilfe.«

Petra und Christer sahen sich fragend an, als sie zum Wagen zurückgingen.

»Dann sollten wir vielleicht mal bei ihm zu Hause nachschauen, oder?«, sagte Christer, wendete und fuhr vom Parkplatz.

Petra drückte mehrere Male auf die Klingel, aber es machte niemand auf.

»Es klingt aber so, als wäre jemand zu Hause«, meinte Christer und legte den Kopf an die Wohnungstür. »Ich meine, da ein Kind reden zu hören.«

Christer klopfte fest an die Tür und rief dann durch den Briefschlitz:

»Polizei. Machen Sie auf!«

Im Flur hörte man leise Schritte. Dann wurde die Tür vorsichtig geöffnet, aber nur eine Handbreit.

Camilla war kaum wiederzuerkennen. Ein großes Pflaster klebte auf der einen Augenbraue, und ihr linkes Auge war zugeschwollen.

»Fredrik ist nicht da«, sagte sie.

Hinter ihr stand ein Junge mit vom Schlafen zerzaustem Haar und einer hellblauen Schlafanzughose und starrte die Besucher mit großen Augen an.

Zum Glück haben wir keine Uniformen an, dachte Petra.

»Können wir reinkommen?«, fragte sie. »Wir müssten noch ein paar Dinge besprechen.«

Camilla, die einen anderen Collegepullover und graue Leggins trug, öffnete die Tür zögerlich.

Der Junge hielt ein grünes Plüschkrokodil in der Hand. Petra ging in die Hocke und sah ihn an.

»Hallo. Ich heiße Petra. Du bist Liam, oder?«

Der Junge antwortete nicht, sondern sah sie nur an und packte das Krokodil fest mit seiner pummeligen Hand.

»Er ist ein bisschen schüchtern«, sagte Camilla.

Nein, der ist nicht schüchtern, dachte Petra, der hat Angst.

»Können wir uns nicht hinsetzen und einen Augenblick ungestört reden?«, fragte Christer. »Liam kann ja vielleicht so lange etwas anderes machen.«

»Warten Sie in der Küche«, sagte Camilla und nahm den Jungen mit ins Wohnzimmer.

Petra sah Christer mit hochgezogenen Augenbrauen an und zeigte auf ihr Gesicht. Er nickte kurz. Camilla war schwer misshandelt worden. Sie gingen in die enge Küche und setzten sich nebeneinander an den Küchentisch. Während sie warteten, betrachtete Petra die Zeitungsausschnitte und Postkarten an der Kühlschranktür: das schwarzweiße Taufbild von Liam und eine Verlobungsanzeige, mehrere bunte Witzpostkarten, ein Rezept für Nusskuchen mit Karamellglasur und ein Zettel mit dem Logo der Krankenversicherung.

»Also, Fredrik ist nicht da«, sagte Camilla und ließ sich schwer auf einen der Küchenstühle fallen. »Er ist gestern von zu Hause weg.«

»Nachdem er das da gemacht hat?«, fragte Petra und zeigte auf ihr Auge.

Camilla nickte und sah aus dem Fenster.

»Er wurde sauer, als ich erzählt habe, dass Sie hier waren

und ich gesagt habe, dass er am Silvesterabend weg war, um Snus zu kaufen.«

»Hat er das schon öfter gemacht?«

Nach ein paar Sekunden nickte Camilla, das Gesicht immer noch zum Fenster gewandt.

»Sie sollten ihn anzeigen«, sagte Petra.

Camilla schüttelte den Kopf.

»Dann wird es nur noch schlimmer«, sagte sie mit leiser Stimme.

Petra wollte sie nicht drängen, sondern sagte stattdessen:

»Der Grund, warum wir hier sind, ist, dass sich herausgestellt hat, dass Fredrik und Hedda während der Weihnachtsfeiertage einander Mails geschickt haben, und das, obwohl Fredrik gesagt hat, er habe seit dem Herbst keinen Kontakt mehr zu ihr gehabt. Sie müssten selbst auch eine Mail von ihr bekommen haben.«

Camilla fuhr sich mit dem Daumen über die langen Strassnägel und antwortete schnell:

»Ich habe keine Mail bekommen.«

»Nein?«, fragte Petra.

Camilla schüttelte den Kopf.

»Wussten Sie, dass Fredrik und Hedda Losjö sich nicht nur kannten, sondern auch ein Verhältnis miteinander hatten?«

Camilla schüttelte wieder den Kopf.

Seltsam, dachte Petra. Als wir das letzte Mal hier waren, schien es so, als wüsste sie es, obwohl wir nichts gesagt haben.

»Und jetzt glauben Sie, dass Fredrik ihr irgendwas angetan hat?«, fragte Camilla und sah auf den Tisch hinunter.

Sie drückte zerstreut auf einer eingetrockneten Maisflocke herum, die auf der Tischplatte klebte. Kleine Stücke lösten sich und flogen weg.

»Das ist schwer zu sagen, aber wir müssten trotzdem ein paar Dinge mit ihm besprechen. Sie wissen nicht zufällig, wo er sein könnte?«, fragte Christer.

Camilla schüttelte immer noch den Kopf.

»Ich weiß, dass er im Sommer einen Wohnwagen am Nain stehen hatte. Ist der da noch?«, fragte Petra.

Camilla sah von ihrem kleinen Cornflakesprojekt auf und sagte: »Nein, im Winter ist er bei seinem Vater. Der hat ein großes Grundstück, auf dem alle möglichen komischen Sachen herumstehen, verrostete Autos, die nicht mehr anspringen und Traktoren ohne Räder. Das sieht bei dem aus wie ein Schrotthandel. Begreife nicht, wie man so leben kann. Eigentlich ist das nämlich ein schönes Grundstück mit Wiesen und Stall und so.«

»Verstehe«, sagte Petra. »Haut Fredrik immer ab, wenn Sie sich gestritten haben?«

»Das kommt vor. Aber normalerweise ruft er nach einer Weile an und bittet um Entschuldigung.«

»Könnte es sein, dass er zu seinem Vater gegangen ist?«, fragte Christer.

»Glaube ich nicht, aber was weiß ich?«

»Und ein anderer Ort fällt Ihnen nicht ein?«

Camilla schüttelte den Kopf.

»Bitte rufen Sie uns an, wenn Sie eine Idee haben. Es ist sehr, sehr wichtig«, sagte Petra und stand auf. »Und Sie sind ganz sicher, dass Sie keine Mail von Hedda Losjö bekommen haben?«

»Ganz sicher.«

Als Magdalena sah, wie vereist das Redaktionsauto war, beschloss sie, zu Fuß zum Älvstrands-Gymnasium zu gehen. Es war zwar kalt, aber wenn sie schnell ging, konnte sie in fünf Minuten dort sein. Sie zog sich den Schal über die Nase und ging, so schnell sie konnte. Trotzdem erschien ihr der Geijersholmsvägen unendlich lang.

Als sie endlich in der Schule ankam, schmerzten ihre Wangen von der Kälte, und auf der Innenseite des Schals hatte sich Eis gebildet.

Die Cafeteria der Schwimmhalle war voller Schüler, die Weihnachtsferien hatten. Magdalena musste beiseitespringen, um nicht in einen improvisierten Boxkampf zwischen zwei breitschultrigen Jungen in Eishockey-Pullovern zu geraten. Auf einer an der Wand befestigten Bank saß ein Mädchen mit knallgrünen Haaren, die so tief in ihr Handy versunken war, dass sie nicht auswich, als die beiden Streithähne vorbeikamen, und einen Ellenbogen in die Seite bekam.

»Verdammt, hört auf! Wie alt seid ihr eigentlich?«

Nach einem wütenden Blick auf die Jungen, die gar nichts merkten, widmete sie sich wieder ihrem Telefon.

Magdalena war plötzlich erleichtert, weil sie erwachsen war ein paar Entscheidungen bereits getroffen hatte. Zwar war nicht alles so gekommen, wie sie es sich erträumt hatte, aber dennoch. Allein hier in der Cafeteria zu stehen verursachte ihr ein unangenehmes Gefühl. So viele Möglichkeiten, so viel Unruhe.

»Entschuldigung«, sagte sie zu dem grünhaarigen Mädchen, »ich komme vom *Värmlandsbladet* und suche die Klassenkameraden von Hedda Losjö. Weißt du vielleicht, ob hier welche sind?«

Das Mädchen stand auf und ließ den Blick durch die Cafeteria schweifen.

»Die vier dahinten in der Ecke sind, glaube ich, in ihrer Klasse«, sagte sie und zeigte hin. Sie fuhr sich mit der Hand über einen Barbell in ihrer Augenbraue. »Aber sicher bin ich nicht.«

»Ich frage mal«, sagte Magdalena. »Vielen Dank.«

Die vier Mädchen sahen fast gleich aus, fand Magdalena. Sie hatten schmale Jeansbeine, die in Winterstiefeln steckten, und Kapuzenjacken in verschiedenen Farben. Drei von ihnen hatten einen Pferdeschwanz, keine trug Make-up. Aus irgendeinem Grund musste Magdalena an Haferbrei und grüne Äpfel denken.

Als sie sich näherte, verstummte das leise Gespräch der Mädchen.

»Hallo, ich bin Magdalena Hansson vom *Värmlandsbladet.* Geht ihr in die Klasse von Hedda Losjö?«

Alle nickten.

»Ich schreibe darüber, dass sie vermisst wird. Hättet ihr Lust zu erzählen, wie sie so ist, und wie es euch in diesem ganzen Trubel geht?«

»Kommen wir dann in die Zeitung?«, fragte eines der Mädchen.

Ihre Kapuzenjacke war blassrosa und hatte große schwarze Pepitakaros.

»Vielleicht«, sagte Magdalena, »kommt drauf an.«

»Es ist so schlimm, dass sie einfach weg ist«, sagte das Mädchen im grauen Pulli. »Was kann denn da passiert sein?«

»Wie gut kennt ihr Hedda?«, fragte Magdalena und holte Block und Stift aus der Kameratasche.

»Ziemlich gut; sie ist wirklich süß, etwas still vielleicht, aber total süß«, fuhr das Mädchen in Grau fort.

Von hinten waren trampelnde Schritte zu hören, es klang wie eine Elefantenherde, war aber nur eine sich nähernde Gruppe Jungs.

»Ohaohaoha! Ist das hier ein Interview oder was? Ich will auch dabei sein. Ich kann alle Fragen beantworten«, tönte ein leicht übergewichtiger Junge in schwarzer Adidasjacke und Kappe und drängte sich in die Mädchengruppe hinein, zog sich einen Stuhl an den Tisch und setzte sich rittlings darauf.

»Ich verspreche dir, dass du auch zu Wort kommen wirst, aber jetzt spreche ich gerade mit den Mädchen hier«, sagte Magdalena.

Ob Nils auch eines Tages so ein ungeschlachtes Wesen mit Schuhgröße 45 werden würde?, fragte sie sich schaudernd.

»Sie fragt nach Hedda«, erklärte das Pepitamädchen.

»Echt? Machen Sie auch Fotos?«

»Ja, ich werde auch ein paar Fotos machen, wenn du uns hier erst mal fertig reden lässt.«

Der Junge zuckte mit den Schultern und stand von dem Stuhl auf, und Magdalena wandte sich wieder den Mädchen zu.

»Ich finde es auf jeden Fall ganz schlimm, dass sie einfach so weg ist«, sagte das Pepitamädchen, das offenbar die Anführerin der kleinen Gruppe war.

»Wann habt ihr erfahren, dass sie verschwunden ist?«, fragte Magdalena.

»Ihr Vater hat mich kurz nach Silvester angerufen und gefragt, ob ich was von irgendeiner Party wüsste«, fuhr das Mädchen fort. »Aber ich wusste nichts. Und dann haben wir ihr Bild in der Zeitung gesehen.«

»Aber keine von euch hat während der Weihnachtsferien Kontakt zu ihr gehabt?«

Die Mädchen wanden sich ein wenig, sahen einander an und schüttelten dann die Köpfe.

Magdalena ließ sie noch mehr von ihrer Sorge erzählen und wie süß Hedda doch sei. Dann machte sie ein paar Fotos.

Als sie gerade alles wieder eingepackt und die Kameratasche über die Schulter gehängt hatte, kam der Junge wieder an.

»Darf ich jetzt reden?«, fragte er.

»Natürlich«, sagte Magdalena und lächelte müde. »Wie heißt du?«

»Felix«, antwortete er mit einem Schulterzucken. »Hedda ist ziemlich schwierig geworden.«

»Inwiefern?«

»Sie schneidet sich in die Arme, und das immer wieder. Ich hab die Wunden einmal in Chemie gesehen, und als sie gemerkt hat, dass ich das sehe, ist sie knallrot geworden und hat dann die Pulloverärmel so runtergezogen.«

Er zog seinen eigenen Ärmel über die Hand und hielt das Bündchen mit den Fingern fest.

Magdalena zog die Augenbrauen hoch.

»Und außerdem glaube ich, dass sie was mit Drogen zu tun hat«, sagte er. »Aber das weiß ich natürlich nicht sicher.«

»Warum glaubst du das?«

»Sie war irgendwie so abgedreht und abwesend, mit vernebeltem Blick. Wir gehen seit der Ersten in dieselbe

Klasse, und deshalb weiß ich, wie sie sonst war. Eigentlich ist sie ziemlich schlau, aber seit dem Herbst hat sie gar nichts mehr mitgekriegt, schreibt superschlechte Arbeiten und schwänzt echt viel. Sie ist nicht dieselbe wie früher.«

»Felix, kommst du?«, rief einer aus der Jungengruppe von der Tür.

»Klar«, rief er und wandte sich dann wieder Magdalena zu. »Das war alles.«

Ehe Magdalena antworten konnte, war er verschwunden.

Christer nahm Anlauf, um den steilen Berg vor Yngve Anderbergs Hof hinaufzukommen.

»Lange nicht hier gewesen«, sagte Petra, als sich der Wald öffnete.

Das Haus war ohne Charme gealtert, die Farbe blätterte von Fenstern und Fassade.

»Zum Glück«, fügte Christer hinzu.

Zwei Katzen, eine rot gestreifte und eine schwarze, hüpften auf die Treppe, als Christer an die gesprungene Glasscheibe in der Eingangstür klopfte.

Kaum hatte Yngve Anderberg die Tür geöffnet, schlüpften die Katzen hinein, schnell an seinen Füßen in Wollsocken vorbei und dann in die Küche.

»Aha, ja? Was wollen Sie?«

Anderberg fuhr sich mit den Fingern durch das zerzauste Haar. Er sah aus, als wäre er gerade aufgewacht.

»Wir suchen Fredrik Anderberg«, sagte Petra.

»Nun, hier ist er aber nicht, das kann ich mit Sicherheit sagen. Er kommt nur her, wenn er ein neues Schrottauto hat, um das ich mich kümmern soll. Ja, Sie sehen ja, wie es hier aussieht.« Yngve Anderberg zeigte zwischen Christer und Petra auf den vollgemüllten Hof. »Kommen Sie mal rein – die ganze Wärme geht ja aus dem Haus.«

Petra und Christer stiegen über einen umgefallenen Gummistiefel, der mit zwei Fahrradflicken repariert war, und folgten Yngve in die Küche, wo es nach Holz und Kochkaffee roch.

»Runter mit euch«, schimpfte der Hausherr und verscheuchte die Katzen, die auf der Spüle balancierten und von Stapeln ungespülten Geschirrs die Essensreste ableckten.

Petra und Christer blieben mitten in der Küche stehen.

»Also, wie gesagt, Fredrik ist nicht hier«, sagte Anderberg und setzte sich auf den einzigen Stuhl, der nicht mit Werbeprospekten und alten Zeitungen bedeckt war. »Darf man fragen, was er verbrochen hat?«

»Vielleicht haben Sie ja von dem sechzehnjährigen Mädchen aus Gustavsfors gelesen, das verschwunden ist«, sagte Petra. »Fredrik kannte sie. Und zwar gut.«

Anderberg lächelte in sich hinein und sagte:

»Sechzehn Jahre. Verdammte Hacke. Diesen Sinn für Frauen hat er von mir.«

Dann schien er in seinen eigenen Gedanken zu versinken.

»Sie ist, wie gesagt, als vermisst gemeldet«, sagte Christer mit Abscheu. »Das ist eine ernste Sache.«

»Ich hab's gehört, ich bin ja nicht taub.«

»Wir wollen, dass Sie uns anrufen, wenn Sie etwas von Fredrik hören. Es ist überhaupt nicht gesagt, dass er was gemacht hat, aber wir müssen wirklich etwas mit ihm besprechen.«

Yngve Anderberg nickte abwesend.

»Sechzehn Jahre«, sagte er. »Das waren noch Zeiten.«

»Fredrik Anderberg ist also abgehauen«, sagte Sven Munther und warf einen Blick über den Kaffeetisch im Aufenthaltsraum. »Erst hat er seine Lebensgefährtin geschlagen, und dann ist er abgehauen.«

»Das macht die Sache nicht besser«, meinte Petra.

»Heißt das, dass er schuldig ist?«, fragte Urban Bratt.

»Darüber können wir nur spekulieren, aber es ist auf jeden Fall ein etwas unkluges Verhalten seinerseits«, sagte Munther und angelte sich einen Weizenkeks aus einer der Blechdosen. »Die Frage ist nur, wessen er sich schuldig gemacht hat.«

»Was sagen wir der Presse?«, fragte Urban. »Sollen wir mit der Nachricht rauskommen, dass wir einen Verdächtigen haben?«

»Nein. Wenn Anderberg hört, dass wir einen verdächtigen Fünfundzwanzigjährigen haben, dann wagt er sich überhaupt nicht mehr raus«, sagte Munther. »Wir behalten es heute auf jeden Fall noch mal für uns. Und morgen entscheiden wir neu.«

Munther biss von dem Keks ab und kaute lange und gründlich, ehe er fortfuhr:

»Die Landwehr hat die Suche übrigens abgebrochen.«

»Schon?«, fragte Petra.

»Die Kälte setzt ihnen zu. Ich persönlich finde es ja auch ein wenig verfrüht, aber Göte Gustafsson, der Kommandant der Landwehr, meint, dass sie die wichtigsten

Gebiete durchsucht hätten, und dass er die Gesundheit seiner Leute aufs Spiel setzen würde, wenn er noch weitermacht.«

Viel können sie ja gar nicht geschafft haben, dachte Petra, sagte aber nichts.

»Sonst irgendetwas Interessantes aus Heddas Computer?«, fragte Munther.

Als Folke den Kopf schüttelte, wandte er sich stattdessen an Urban.

»Und die Lagereinbrüche, Bratt? Geht es voran?«

»Nun ja, ich hatte ja nicht so viel Zeit, aber wir haben von dem letzten Einbruch im CD-Laden Fußspuren gesichert, die mit denen von den Einbrüchen im Reifenlager und in der Tankstelle identisch sind. Wir haben es definitiv mit einer Gang zu tun.«

Munther sah zufrieden aus.

»Gut. Sehr, sehr gut!«

Er warf den Kopf in den Nacken und kippte den restlichen Kaffee hinunter, ehe er die Tasse in die Spülmaschine stellte und das Zimmer verließ.

Ich muss Heddas Eltern anrufen, dachte Petra. Die armen Leute.

Ernst Losjö legte auf und blieb im Sessel sitzen.

Alles, was Petra Wilander gesagt hatte, war so sonderbar und seltsam. Ob er gewusst hätte, dass Hedda im Herbst eine sexuelle Beziehung mit einem Fünfundzwanzigjährigen gehabt hatte, einem Mann, der eine Lebensgefährtin und ein Kind hatte?

Nein, das hatte er wirklich nicht gewusst. Was waren das nur für Dummheiten, zu kommen und so etwas zu behaupten, das hätte er am liebsten gesagt. Das war doch absurd!

Sexuelle Beziehung. Was für eine vollkommen unwahrscheinliche Kombination aus Wörtern im Zusammenhang mit seiner Tochter.

Sie hatte nicht sagen wollen, wer der Mann war, aber offensichtlich hatte man ihn verhört.

»Wer hat da angerufen?«, rief Gabriella von unten.

Ernst tat so, als habe er nicht gehört.

6

Ulrica Thellin fuhr an den Straßenrand und stellte den Motor ab.

»Ist ja gut, Farouk. Gleich kannst du raus.«

Der Schäferhund lief auf der Ladefläche des Kombis im Kreis, er jaulte und fiepte, während Ulrica aus dem Auto stieg und sich Handschuhe und Mütze anzog.

»Sitz!«

Widerwillig machte der Hund Sitz. Ulrica machte die Klappe auf, wartete ein paar Sekunden, um ihn auf die Folter zu spannen, und sagte dann das magische »Bitte schön«.

Sie lächelte. Er ist immer noch wie ein Welpe, dachte sie, als sie Farouk in einer Wolke aus Schnee davonstürmen sah. Sie schlug die Kofferraumklappe zu, steckte die Leine in die Tasche, stieg über die Schneewehe und folgte der Spur ihres Hundes.

Von der Nachtschicht brannten ihr immer noch die Augen. Der Vormittagsschlaf war nur kurz gewesen, denn sie wollte in ihrer Freizeit lieber wach sein.

Die Sonne schien immer noch, und das ungewohnt helle Licht machte sie leicht schwindelig. Langsam stieg sie zu der Hütte hinauf. Fünf freie Tage lagen vor ihr.

Farouk kam mit großen Sätzen vom See heraufgelaufen und sprang auffordernd an ihr hoch.

»Bist du bereit?«, fragte Ulrica und holte den Gummiball aus der Tasche.

Der Hund machte sich startklar und wedelte langsam mit dem Schwanz.

Ulrica warf den Ball und hielt die Hand über die Augen, um Farouks Jagd nach dem Wurfgeschoss zu verfolgen. Dann drehte sie sich wieder zur Hütte.

Es war ungewohnt, das Haus im Winterkleid zu sehen, mit schneebedeckter Treppe und Eisblumen an den Fensterscheiben.

Im März, wenn die Sonne schon wärmte, fuhren sie manchmal zum Angeln hierher, nahmen eine Decke, Kaffee und Würstchen mit und machten ein Feuer. Nun ja, hauptsächlich war es wohl Göran, der auf Barsche ging. Sie selbst begnügte sich damit, dazuliegen und in die Frühlingssonne zu blinzeln. Doch so zeitig im Jahr war sie noch nie hier gewesen.

Farouk kam mit dem Ball zurück, drückte ihn in ihre hohle Hand, und sie warf ihn wieder fort. Dann ging sie eine Runde ums Haus.

Im Sommer müssen wir die Fenster streichen, da gibt es kein Vertun, dachte sie.

Aus dem Augenwinkel bemerkte sie etwas, das nicht so war, wie es sein sollte: Die Tür zum Erdkeller stand offen. Nicht weit, ungefähr zehn Zentimeter. Sollten sie die so hinterlassen haben? Als sie näher kam, bemerkte sie, dass die Schneedecke hier dünner war als auf dem restlichen Grundstück. Ihr Herz schlug schneller.

Langsam näherte sie sich dem Türspalt und schaute hinein. Das Sonnenlicht fiel wie ein weißer Pfeil durch die Dunkelheit und auf einen ausgestreckten Arm. Schmale Finger zeigten zur Decke.

Da lag ein Mensch. Ein toter Mensch.

7

Magdalena holte die Kamera heraus und fing an, die Bilder von Heddas Klassenkameradinnen auf den Computer zu ziehen. Die Mädchen standen dicht gedrängt wie kleine Vogeljunge und sahen ehrlich verzweifelt aus. Felix war auf keinem Bild mit dabei, und sie hatte deswegen ein bisschen ein schlechtes Gewissen.

Schnell stellte Magdalena ein paar kurze Texte zusammen, den ersten mit dem Arbeitstitel: »Hedda Losjös Klassenkameradinnen: ›Wir machen uns solche Sorgen‹«, der zweite trug den Titel »Suche wegen Kälte abgebrochen« und enthielt Zitate von Göte Gustafsson und dem Polizeiobermeister Urban Bratt.

Eine halbe Stunde später war sie fertig.

Ob Hedda Selbstmord begangen hatte? Könnte es das gewesen sein? Und was war an der Sache mit den Drogen wirklich dran?

Magdalena lehnte sich auf ihrem Stuhl zurück und dachte an die Klassenkameradinnen und ihre völlig ungeschminkte Verzweiflung.

Wie lange es wohl dauern würde, bis Hedda wieder auftauchte? Bestimmt noch lange, jetzt, da nicht einmal mehr gesucht wurde. Zudem hatte Urban Bratt ziemlich wenig engagiert geklungen, was die polizeilichen Ermittlungen betraf.

Magdalena zog ihre Jacke an und schlang sich ihren Schal ein paarmal um den Hals.

»Ich gehe mal kurz raus«, flüsterte sie Barbro über den Tresen zu und zeigte auf die Tür.

Barbro hatte den Telefonhörer am Ohr und nickte ihr nur zu.

Magdalena trat auf den Dalavägen, ging am Rathaus vorbei und weiter zur Polizeistation. Der Wartebereich war leer, deshalb ging Magdalena gleich an die Rezeption.

»Hallo, ist Christer da? Christer Berglund?«

»Einen Moment, ich frage mal nach«, sagte die Rezeptionistin und griff zum Telefonhörer. »Wen soll ich melden?«

»Magdalena Hansson.«

Magdalena blieb am Tresen stehen.

»Er kommt«, sagte die Rezeptionistin nach einem kurzen Gespräch.

»Danke. Ja, ich sollte mich Ihnen vielleicht auch gleich vorstellen«, sagte Magdalena und streckte die Hand aus. »Wie gesagt, Magdalena Hansson, ich bin die neue Redakteurin fürs Lokale vom *Värmlandsbladet.*«

»Laila Ljung. Ach so, Sie sind also die Nachfolgerin von Åke?«

Magdalena nickte.

Kurz darauf erschien Christer im Türrahmen neben dem Tresen.

»Lange her.«

Magdalena konnte sich nicht entschließen, ob sie Christer umarmen oder ihm die Hand geben sollte, und ihm ging es offenbar ebenso. Am Ende wurde eine unbeholfene Umarmung daraus.

»Komm doch rein.«

Christer führte sie in einen Flur, vorbei an einem Schrank voller Medaillen und Pokale, in sein Büro.

»Ich hoffe, du hast Zeit«, sagte Magdalena. »Ich will nicht stören, sondern wollte nur mal vorbeischauen.«

»Kein Problem. Das hier ist meine kleine Höhle. Setz dich.«

Magdalena setzte sich in den Besucherstuhl, während Christer die Tür zumachte.

»Ja, so sieht es bei mir aus«, sagte Christer und machte eine ausholende Geste. »Kein übertriebener Luxus, wie du siehst, aber ich kann nicht klagen.«

Magdalena sah sich um. Den Ordnungssinn hatte er sich bewahrt, das konnte sie sehen. Der Schreibtisch war, abgesehen von einer Schreibunterlage und einem DIN-A4-Block, leer. Die einzige Dekoration bestand aus einem Kalender mit Aquarellbildern, der an der Wand neben dem Computer hing.

»Mutter hat erzählt, dass du an Silvester bei ihnen warst«, sagte Christer. »Sie fand das sehr schön.«

»Ja, es war so nett von ihnen, mich einzuladen. Und wer kann ihrem Essen schon widerstehen?«

Christer tätschelte sich den Bauch. »Eines meiner großen Bekümmernisse.«

Magdalena lächelte, wurde dann aber wieder ernst.

»Wie läuft es mit Hedda Losjö, habt ihr sie gefunden?«

»Nein, noch nicht.«

»Ich war heute Vormittag am Älvstrandsgymnasium und habe mit ihren Klassenkameraden gesprochen. Offensichtlich hat sie sich selbst Verletzungen zugefügt und sich in die Arme geritzt. Ein Mitschüler meinte auch, sie hätte was mit Drogen zu tun. Glaubst du, es könnte Selbstmord sein?«

»Schwer zu sagen. Wir arbeiten erst mal so, als wäre es keiner.«

»Okay. Habt ihr denn irgendwelche konkreten Spuren?«

Christer zögerte.

»Na ja, wir haben eine Person verhört, aber dazu kann ich im Moment nichts sagen. Willst du einen Kaffee? Ich glaube, er ist gerade frisch.«

Magdalena nickte.

»Komm mit«, sagte Christer und ging vor ihr her in einen großen Aufenthaltsraum. »Das hier ist übrigens der einzige Konferenzraum der Polizei in ganz Nordvärmland.«

Er zeigte auf einen langen Tisch, der vor einem schlampig abgewischten Whiteboard und einem Overheadprojektor stand. Am anderen Ende des Zimmers befand sich hinter einem fast ebenso großen ovalen Tisch mit gemustertem Wachstuch eine Spüle mitsamt Kaffeemaschine und Mikrowelle. Eine Polizistin, die Magdalena nicht kannte, goss sich Kaffee in eine Tasse, die das Logo des Schwedischen Jagdverbands zierte.

»Petra«, sagte Christer, »das hier ist Magdalena Hansson, eine ehemalige Schulkameradin von mir, die vor Kurzem aus Stockholm wieder hierhergezogen ist. Sie arbeitet jetzt für das *Värmlandsbladet.*« Magdalena streckte die

Hand aus. »Magda, das ist Petra Wilander. Ursprünglich stammt sie aus Göteborg, aber dafür kann sie ja nichts. Vor der musst du dich in Acht nehmen, vor allem, wenn du etwas Ungesetzliches getan hast. Sie schlägt jeden Mann hier im Haus im Armdrücken.«

»Glauben Sie bloß nicht alles, was er sagt«, meinte Petra. »Gegen Folke, unseren neuen Anwärter, habe ich nicht den Funken einer Chance. Soll ich euch auch einschenken?«

Magdalena nickte und hielt ihr die Tasse hin, die Christer ihr gegeben hatte.

»Arbeiten Sie schon lange hier?«, fragte sie.

»Mittlerweile seit fünfzehn Jahren«, erwiderte Petra. »Sie haben ganz frisch bei der Zeitung angefangen, oder? Ich habe Ihre Artikel über Hedda Losjö gelesen.«

»Vorige Woche war mein erster Tag. Aber ich war vor vielen, vielen Jahre schon mal als Volontärin beim *VB*.«

»Und nun haben Sie sich zurückgesehnt?«

»Ja. Oder besser gesagt, ich habe mich scheiden lassen, und brauchte ein paar neue Perspektiven fürs Leben.«

»Verstehe.«

Petra wollte noch etwas sagen, aber auf dem Flur waren eilige Schritte zu hören.

»Draußen vor Gustavsfors ist eine tote Frau gefunden worden, in einem Erdkeller!«, rief ein Mann, der wie dieser Bratt klang, mit dem sie zuvor telefoniert hatte. »Kommt! So schnell wie möglich!«

Magdalena musste sich zwingen, auf der schmalen, glatten Straße langsam zu fahren. Der Polizeifunk lief, und es fiel ihr nicht schwer, den Weg zu finden. Nach der Karte zu schließen, lag der Hof, der da genannt wurde, ganz in der Nähe der Sommerhütte ihres Großvaters, und da kannte sie sich aus.

Die Dämmerung fiel bereits, und sie hoffte, es würde nicht allzu lange dauern, bis der Fotograf aus Karlstad vor Ort sein würde. Während sie zur Redaktion zurückgerannt war, hatte sie schon in der Zentrale angerufen und Hilfe angefordert, da sie mit ihrer eigenen Fotoausrüstung im Dunkeln nicht sonderlich weit kommen würde.

Da kam endlich die Abzweigung. Magdalena fuhr langsamer und bog ab. Hier im Wald war es richtig finster. Ein paar Kilometer weiter musste sie das Auto anhalten und die Innenbeleuchtung einschalten, um die Karte richtig sehen zu können. Gut, noch ein paar Hundert Meter, dann die erste rechts.

Endlich sah sie zwei Streifenwagen am Straßenrand stehen. Aber keine weiteren Journalisten. *Yes!*

Als sie ausstieg, entdeckte sie Christer, der zwischen den Bäumen ein Absperrungsband spannte.

»Sorry, Magdalena«, sagte er und lächelte.

»Bitte!«

Magdalena legte den Kopf schief, aber auch das half nichts.

»Okay«, seufzte sie. »Kannst du wenigstens sagen, ob es Hedda Losjö ist?«

Sie holte den Block aus ihrer Tasche.

»Wir sind gerade erst hergekommen, also wissen wir noch nicht viel. Aber in dem Keller da liegt auf jeden Fall ein toter Mensch, so viel kann man schon sagen.«

Christer wanderte mit seiner Banderole weiter.

»Ermordet?«

»Kein Kommentar«, brummte Christer aus dem Dickicht.

Magdalena sah zu dem Erdkeller hinüber, und es schauderte sie. Es war viele Jahre her, dass sie einen Kriminalfall bearbeitet hatte. Beruflich gesehen war es in der letzten Zeit zumeist um Vliestapeten und Diäten gegangen. Jetzt merkte sie, dass ihr sowohl die Routine als auch die Distanz fehlten.

»Alter?«

»Keine Ahnung. Du musst später noch mal kommen.«

»›Kein Kommentar‹ und ›Du musst später noch mal kommen‹. Du klingst wie ein Politiker, Chrille, ist dir das klar?«, rief Magdalena ihm nach und schob den Block wieder in die Tasche.

Mann, war der widerspenstig!

Magdalena sah, dass die Tür zum Erdkeller offen stand und Petra Wilander vor der Hütte mit einer Frau sprach. Sie musste die Leiche gefunden haben, schloss Magdalena, nahm die Kamera zur Hand und machte ein paar Bilder.

Auf dem Display war hauptsächlich trübe Dunkelheit zu sehen. Ich muss versuchen, näher ranzukommen, dachte sie und stapfte am Absperrband entlang durch den harschigen Schnee. Nachdem sie ein Stück weit in den Wald hinaufgegangen war, hatte sie einen besseren Überblick über den Hof gewonnen und machte noch ein paar Bilder. Mit Hilfe des Zooms konnte sie auch die Frau, die Petra gerade verhörte, deutlich sehen.

Zwei Kriminaltechniker, die ihre Lieferwagen hinter Magdalenas Audi abgestellt hatten, kämpften sich mit schweren Taschen durch den Schnee. Kurz darauf leuchtete ein weißes Licht aus dem Erdkeller. Christer und einer der Techniker bauten schnell direkt vor dem Eingang des Kellers ein Zelt auf.

Das Verhör war jetzt offensichtlich beendet, und die Frau ging den Weg hinunter. Magdalena schloss sich ihr an.

»Hallo, ich heiße Magdalena Hansson und arbeite für das *Värmlandsbladet*. Offenbar waren Sie es, die die Leiche gefunden hat, nicht wahr?«

Die Frau sah bleich aus und schien unter der Daunenjacke zu zittern.

»Können wir uns einen Moment hinsetzen und etwas reden?«, fragte Magdalena und versuchte, ruhig und vertrauenerweckend zu wirken. »Ich glaube, in meinem Auto ist es immer noch warm.«

Die Frau antwortete nicht, folgte ihr aber dennoch, und als Magdalena die Tür aufmachte, setzte sie sich auf den Beifahrersitz.

»Uh, mir ist so kalt.«

Magdalena ließ den Motor an, nahm den Gang raus und drehte die Heizung bis zum Anschlag auf.

»Wir beginnen am besten mit Ihrem Namen«, sagte Magdalena.

»Ulrica Thellin. Aber in der Zeitung möchte ich anonym bleiben. Das geht doch, oder?«

»Natürlich. Erzählen Sie bitte noch mal, was passiert ist.«

Die Frau schob die Hände unter ihre Oberschenkel, um sie aufzuwärmen, und dachte nach. Dann zuckte sie mit den Schultern.

»Ich weiß gar nicht, wo ich da anfangen soll. Als ich

gesehen habe, dass draußen die Sonne scheint, bin ich mit dem Hund hierhergefahren, zu unserer Sommerhütte.«

»Wie spät war es, als Sie hier ankamen?«

»Weiß ich nicht genau. So kurz nach zwölf, würde ich meinen. Vielleicht halb eins. Ich bin ein wenig auf dem Grundstück herumgelaufen, und dann habe ich bemerkt, dass die Tür zum Erdkeller offen steht. Das kam mir komisch vor, denn wir achten sehr darauf, dass sie immer zu ist. Also bin ich hingegangen, und ...«

Ulrica verstummte und strich ihre Jeans glatt. Als keine Fortsetzung kam, versuchte Magdalena, den Satz selbst zu beenden.

»Und dann lag sie da.«

»Ja. Als ich in den Keller spähte, habe ich zuerst nur einen Arm und eine Hand gesehen. Es war so dunkel da drinnen. Aber ich habe ein bisschen Schnee weggeschoben und die Tür etwas weiter aufgeschoben ...«

Ulrica Thellin schauderte.

»Sie war so klein, dass ich erst dachte, es sei ein Kind. Das Gesicht war blutverschmiert. Vor Schreck hat sich mir gleich der Magen umgedreht.«

»Wie war sie gekleidet?«

»Sie war vollkommen nackt. Das alles war so unwirklich. Wer konnte sie nur dahingelegt haben? Und warum? Das kommt einem so durchdacht und geplant vor, und dann wieder gar nicht.«

Ulrica Thellin sah zur Hütte und dann zu Magdalena.

»Ich weiß nicht, was ich noch sagen soll. Jetzt muss ich gehen. Farouk sitzt schon im Auto.«

»Verstehe«, sagte Magdalena. »Haben Sie vielen Dank,

dass Sie sich die Zeit genommen haben. Passen Sie gut auf sich auf.«

Ulrica Thellin murmelte eine Antwort und machte die Autotür vorsichtig hinter sich zu. Magdalena blieb mit dem Block in der Hand sitzen. Sie wusste nicht, was sie von alldem halten sollte.

War es Hedda Losjö, die da in dem Erdkeller lag?

Magdalena schaute auf die Uhr im Armaturenbrett und warf noch mal einen Blick in den Rückspiegel. Es waren schon über zwei Stunden vergangen, seit sie die Zentrale angerufen und um einen Fotografen gebeten hatte, und jetzt war auch schon der Leichenwagen vor Ort. Warum brauchte der Fotograf nur so lange? Mordverdacht sollte doch wohl höchste Priorität haben. Jetzt fehlte nur noch, dass die *Länstidningen* mit einem ganzen Geschwader ankam, dachte sie und angelte das Handy aus der Jackentasche.

Kein Netz.

Magdalena ließ den Wagen an, fuhr an den Polizeiautos vorbei und wendete ein paar Hundert Meter entfernt an einer kleinen Abzweigung. Dann fuhr sie nach Gustavsfors zurück. Auf halber Strecke kam ihr der Reporter der *Länstidningen*, Linus Saxberg, entgegen.

»Scheiße, Scheiße, Scheiße«, murmelte sie vor sich hin.

Erst als Magdalena auf die Landesstraße eingebogen und fast den ganzen Weg nach Gustavsfors zurückgefahren war, erwachte das Handy wieder zum Leben und fing an zu summen. Vierzehn Anrufe in Abwesenheit.

Magdalena rief ihre Mailbox an.

»Hallo, hier ist Jens Sundvall, Fotograf. Ich habe versucht, der Wegbeschreibung zu folgen, die du mir gegeben hast, muss aber irgendwie falsch gefahren sein. Ruf mich an ... Hallo, noch mal Jens. Ich bin nach Gustavsfors zurückgefahren. Stehe auf einem Parkplatz bei irgendeinem aufgegebenen Laden. Ruf mich an ... Hallo, hier ist Jens ...«

Magdalena drückte die Nachricht weg, ging auf Unbeantwortete Anrufe, blätterte bis zur Nummer des Fotografen und rief ihn zurück. Ungefähr gleichzeitig entdeckte sie das Auto vom *Värmlandsbladet.* Sie fuhr gleichauf, hupte und gestikulierte, was hoffentlich als »bitte folgen« interpretiert werden würde, und fuhr dann schnell wieder auf die Straße zurück.

Magdalena kam hinter dem Auto von Linus Saxberg zum Stehen, riss die Autotür auf und eilte zu Jens zurück.

»Tut mir leid, ich hätte kapieren müssen, dass ich kein Netz hatte«, sagte sie und streckte ihm die Hand zur Begrüßung entgegen. »Magdalena Hansson, wie gesagt.«

»Jens Sundvall. Kein Problem, jetzt sind wir ja hier.«

Jens, der, wie Magdalena riet, wahrscheinlich knappe dreißig war, setzte sich eine Mütze auf das kurz geschnittene braune Haar und beugte sich über eine Tasche vor dem Beifahrersitz, kramte nach einem langen Teleobjektiv und schraubte es auf die Kamera.

»Ich glaube, wir werden es schaffen«, sagte Magdalena und sah über das Autodach zu dem Hof hin. »Aber wir müssen uns beeilen.«

Als Magdalena und Jens bis zur Absperrung gekommen waren, wurde drinnen im Zelt eine Bahre hochgehoben, die Zelttür wurde zur Seite geschlagen. Der Auslöser klickte.

»Das gibt saugute Bilder«, sagte Jens. »Verdammt gut.«

Neben ihnen stand Linus Saxberg und richtete seine kleine Kamera ins Dunkel.

Das Einzige, was man in der Küche hören konnte, war das langsame Kauen von Gabriella. Obwohl Ernst sie gedrängt hatte, etwas zu essen, machte ihn das mahlende Knäckebrotgeräusch jetzt so aggressiv, dass er den Raum verlassen musste.

In diesem Moment bog ein Auto auf den Hof und parkte vor der Eingangstür. Das musste Petra Wilander sein. Gabriella hörte auf zu kauen und legte langsam das halb gegessene Brot auf den Teller.

Als Ernst in den Flur trat, um zu öffnen, rauschte es in seinen Ohren.

»Haben Sie sie gefunden?«, fragte er und war selbst erstaunt, dass die Luft in seiner Lunge dazu ausreichte, dass überhaupt Wörter aus seinem Mund kamen.

»Wir wissen es noch nicht«, erwiderte Petra. »Können wir uns irgendwo setzen?«

Jetzt bleibt die Zeit stehen, dachte Ernst, während er in die Küche zurückging, wo Gabriella steif und mit aufgerissenen Augen dasaß. Von jetzt an ist nichts mehr so, wie es war. Wenn Hedda tot ist, werde ich nie wieder in diesem Raum sein können, werde ich nicht mehr leben können.

Petra setzte sich auf denselben Stuhl wie voriges Mal. Es dauerte ein paar Sekunden, bis sie die richtigen Worte fand.

»Wir haben ein junges Mädchen gefunden«, sagte sie schließlich. »Aber wir wissen nicht, ob es Hedda ist.«

Ernst wollte es nicht wissen, er wollte nicht da sein, aber die Frage kam trotzdem:

»Ist sie …?«

Verzweifelt suchte er in Petras Gesicht nach Hoffnung, aber es gab keine. Sie sah ihn nur schweigend an.

»Leider ist sie tot; ich meine das Mädchen, das wir gefunden haben.«

Aus Gabriellas Kehle kam ein lang gezogener heiserer Laut. Dann beugte sie sich vor und schlang die Arme fest um ihren Oberkörper.

»Wie gesagt, wir wissen nicht, ob es Hedda ist«, sagte Petra leise. »Aber ich wollte Ihnen so schnell wie möglich davon erzählen, damit Sie es nicht aus den Medien erfahren.«

»Werden wir sie identifizieren müssen?«, flüsterte Ernst.

»Nein, das ist nicht nötig«, sagte Petra. »Wir machen das mit der Zahnkarte.«

»Wie lange wird das dauern?«

»Kommt drauf an. Ich denke, ein paar Tage.«

Ein paar Tage, dachte Ernst. Wie oft werde ich in der Zeit daran denken müssen zu atmen?

»Möchten Sie, dass wir einen Geistlichen oder sonst jemanden anrufen?«

Ernst schüttelte den Kopf.

»Okay«, sagte sie und stand auf.

»Wo ist sie gefunden worden?«, fragte Ernst.

»Ungefähr zehn Kilometer entfernt von hier in einem Erdkeller«, antwortete Petra und zeigte nach Norden.

»In einem Erdkeller?«

»Viel mehr kann ich leider nicht sagen. Die rechtsmedizinische Untersuchung wird zeigen, was geschehen ist.

Ich werde von mir hören lassen, sowie wir etwas wissen, das verspreche ich Ihnen. Versuchen Sie durchzuhalten.«

Ernst Losjö machte sich nicht die Mühe zu antworten. Es gab nichts zu sagen.

Gunvor Berglund hörte auf zu stricken, glättete das Vorderteil auf ihrem Schoß und strich mit der Handfläche über die kleinen Schäfchen, die da im Ringelreigen marschierten. Dann zog sie ein wenig an den unteren Ecken und versuchte, sich Xerxes in dem fertigen Pullover vorzustellen. Doch, das war auf jeden Fall groß genug. Das Muster war für achtzehn Monate, und so zart wie er war, würde er den Pullover vielleicht sogar noch im nächsten Winter tragen können.

Gunvor machte mit Bleistift eine Markierung in der Strickanleitung, und dann strickte sie weiter, während sie immer mal wieder einen Blick auf die Nachrichten im Fernsehen warf.

Dass Christer aber auch kein nettes Mädchen fand, mit dem er sich mal zusammentun könnte, dachte sie. Das war doch schlichtweg unbegreiflich. Und das, wo er sowohl nett als auch pflichtbewusst und noch gut aussehend war. Dass er etwas rundlich gewesen war, hatte sich vollkommen verwachsen. Und eine feste Arbeit mit geregeltem Einkommen hatte er auch.

Inzwischen ging er ja nicht mal mehr zum Tanzen aus. Sie hatte durchaus schon versucht, ihn darauf hinzuweisen, dass man ja niemanden kennenlernt, wenn man nicht mal aus dem Haus geht, aber solche Bemerkungen fielen nicht gerade auf fruchtbaren Boden. Einmal hatte er ein Mädchen mit nach Hause gebracht, das er offensichtlich in den Parkhallen in Filipstad kennengelernt hatte, aber das war auch schon wieder viele Jahre her. Gunvor konnte sich nicht mehr so genau daran erinnern, wie sie ausgesehen hatte, wusste aber noch, dass sie keine Silberzwiebeln mochte.

Gunvor faltete die Strickarbeit sorgfältig zusammen und legte sie zuoberst in den Spankorb, der neben dem Sofa auf dem Fußboden stand.

Es wäre doch zu schön, ein paar Enkelkinder in der Nähe zu haben. Christer würde ein guter Vater sein. Und Bengt ein wunderbarer Großvater. Man musste lange suchen, um jemanden zu finden, der Kinder so gern mochte, dachte sie, angelte nach der Fernbedienung und stellte den Fernseher ein wenig lauter.

»Hallohallo, ich bin wieder da.«

Gunvor hörte, wie Bengt die Haustür hinter sich zumachte und abschloss.

»Das ist aber spät geworden«, meinte Gunvor.

»Es hat länger gedauert, als ich dachte. Warst du schon eingeschlafen?«

»Nein, keineswegs. Ich sehe mir einen Film an. Habt ihr das Auto in Gang gekriegt?«

»Ja, am Ende hat es geklappt. Aber wir mussten die Starterkabel ganz schön lange dranlassen.«

Gunvor hörte einen Bügel an der Garderobe klirren und Bengt leise ächzen, als er sich die Stiefel mit dem Stiefelknecht abzog.

»Willst du dich nicht hierhersetzen?«, fragte sie, als er an der offenen Tür vorbeiging. »Der Film hat gerade erst angefangen, ich kann dir die Handlung erzählen, wenn du willst.«

Bengt klopfte sich auf den Bauch.

»Ach, nein. Ich mache mir ein Brot, und dann lege ich mich ins Bett. Es war ein anstrengender Abend.«

Wie so oft in der letzten Zeit ließ er sie allein vor dem Fernseher sitzen.

Die Tür ging auf, und Sergej ließ den Mann ins Zimmer treten. Bevor er die Tür wieder zumachte, sagte er etwas zu dem Mann, dieser nickte.

Sie schluckte. *Er* war es wieder.

Der Mann schlich sich herein und setzte sich neben sie auf die Bettkante, ohne den Blick von ihr zu wenden. Ein eiskalter Schauer lief ihr den Rücken hinunter. Jetzt musste sie es schaffen, die Kontrolle zu übernehmen.

Er trug Jeans und einen dunkelblauen Pullover über dem klein karierten Hemd, wie beim letzten Mal. Sie versuchte, ihn anzulächeln, doch es zuckte nur seltsam in einer Wange.

Er starrte sie fortwährend an, beugte sich vor, hob ihr Hemd mit beiden Händen hoch und fing an, ihre Brüste zu kneten. Es tat so weh, dass sie am liebsten laut geschrien hätte.

Dann nahm er ihre Hände und führte sie zu seinem Hosenschlitz. Dieser Ablauf kam ihr bekannt vor, und sie flehte zu Gott, dass es diesmal besser klappen würde.

Er lehnte sich ein wenig zurück, verfolgte aber weiterhin jede ihrer Bewegungen; wie sie den Gürtel löste, den Knopf aufmachte und den Reißverschluss hinunterzog. Bevor sie ihn anfassen konnte, zog er ihr das Hemd aus und zeigte auf ihre Hose. Sie tat alles, was er wollte. Als sie auch die Unterhose ausgezogen und er sie eine Weile angeschaut hatte, zog er sich Jeans und Unterhose herunter und winkte sie zu sich.

Er war ebenso klein, weich und schlaff wie letztes Mal. Der Mann drückte ihren Mund darauf und packte sie fest an den Haaren. Aber was sie auch tat, es geschah nichts.

Guter Gott!

Plötzlich riss er ihren Kopf hoch und spuckte ihr ins Gesicht. Sie konnte nicht verstehen, was er sagte. Dann zog er sie im Bett hoch und stellte sie auf alle viere.

Obwohl sie wusste, dass sie keinen Widerstand leisten durfte, versuchte sie loszukommen, aber es ging nicht. Als sie den Kopf wandte, sah sie, dass er seine Knie über ihre Fußknöchel gestellt hatte und dabei war, die Hemdsärmel hochzukrempeln.

Nicht schreien. Ich darf nicht schreien. Ich darf nicht.

Der Schmerz war erst weiß wie ein blendender Lichtstrahl, dann rot.

Am Ende war alles nur Dunkelheit.

8

Sven Munther rieb sich das Gesicht, um seine Müdigkeit zu vertreiben.

»Ihr habt gestern gute Arbeit gemacht, und zwar alle, ohne Ausnahme«, sagte er. »Aber heute ist ein neuer Tag. Wir warten immer noch auf Antwort, ob das tote Mädchen Hedda Losjö ist oder nicht. Mit etwas Glück wissen wir heute Nachmittag schon, wer die Tote ist.«

Munther machte wie ein Lehrer der alten Schule eine kleine Kunstpause, ehe er fortfuhr:

»Wenn ich das richtig verstehe, haben wir bisher keine konkrete Spur, die wir verfolgen können. Irgendwelche interessanten Zeugenaussagen?«

Er sah sich fragend in der Runde um.

»Nein, niemand hat etwas von Bedeutung gesehen«, antwortete Urban Bratt. »Aber es ist auch schwer für die Leute, uns zu helfen, wenn wir nicht wissen, wann das Mädchen in den Erdkeller gebracht worden ist.«

»Stimmt«, sagte Munther. »Und obwohl wir immer noch nicht wissen, ob das Mädchen Hedda ist oder nicht, dürfen wir Fredrik Anderberg nicht vergessen.«

Was konnte eine fünfunddreißigjährige Frau nur an dem finden, dachte Christer und betrachtete seinen Chef. Schließlich war er sechzig Jahre alt. Er musste einen völlig unbekannten Charme oder ein heimliches Talent besitzen. Das war kein böswilliger Gedanke, sondern mehr ein stilles Rätseln. Christer mochte seinen Chef sehr, zumal dieser seit dem ersten Praktikum während der Ausbildungszeit sein Mentor gewesen war und zwischenzeitlich auch als so etwas wie ein Ersatzvater fungiert hatte. Als Munther von seiner unerwarteten Liebesgeschichte erzählt hatte, hatte Christer sich aufrichtig für ihn gefreut. Aber wundern durfte man sich ja trotzdem.

»Was meinst du, Berglund?«

Christer zuckte zusammen.

»Sitzt du hier und schläfst?«

Munther verzog keine Miene, aber Christer bemerkte trotzdem das wohlwollende Zwinkern in seinen Augen.

»Berglund und Wilander sind die Hauptverantwortlichen für die Mordermittlungen und die Jagd nach Zeugenaussagen. Bratt, du kannst die Sache mit den Lagereinbrüchen erst mal ruhen lassen und übernimmst zusammen mit Folke diesen Fredrik Anderberg. Ihr könnt damit anfangen, noch mal zu seiner Lebensgefährtin zu fahren um herauszufinden, ob sie etwas von ihm gehört hat, oder ob ihr möglicherweise was eingefallen ist, wo er sich versteckt halten könnte.«

Urban nickte, sagte aber:

»Kriegen wir das hier wirklich alleine hin? Ich meine, ist das nicht ein typischer Fall für die von der Mordkommission beider Überregionalen?«

»Wir fangen erst mal so an, dann sehen wir weiter. Die ganze Sache kann sich auch schneller und einfacher auflösen, als wir es jetzt gerade befürchten.«

Munther will vor der Pensionierung noch einen würdigen Abschluss hinlegen, dachte Christer, er will zeigen, dass wir das hier auch alleine stemmen, und dass wir nicht so inkompetent sind, wie die unten in Karlstad denken.

»Ich kümmere mich um die Rechtsmedizin und halte euch auf dem Laufenden«, fuhr Munther fort. »Auf geht's.«

Als die Kollegen vom Tisch aufstanden, hörte man nur das Scharren der Stühle, dann verließen alle das Zimmer.

Die Frage ist nur, dachte Christer, ob wir seine Erwartungen erfüllen können.

Magdalena legte beide Zeitungen vor sich auf den Tisch, nahm einen Schluck Kaffee und verglich die Artikel. Jens Sundvalls Bild, auf dem man die Leiche im Zelt auf der Bahre wie eine scharfe Silhouette sah, dominierte die erste Seite des *Värmlandsbladet*. Jens hatte recht gehabt.

Die *Länstidningen* konnte nicht viel bieten. Ihr Foto war so verschwommen, dass man kaum ahnen konnte, was darauf zu sehen sein sollte.

Magdalena grinste und blätterte schnell in der *Länstidningen* vor zum Artikel. Auch hier musste sich der Konkurrent geschlagen geben. Keine Zeugenbefragung, nur ein einziger kurzer Artikel, der hauptsächlich ein Konglomerat aus nichtssagenden Polizeizitaten war.

Sie war zufrieden.

Der Tag zuvor war erstaunlicherweise der beste Arbeitstag seit Jahren gewesen. Adrenalin und widerstreitende Gefühle waren auf Hochtouren gelaufen. Und jetzt durfte sie noch der *Länstidningen* auf die Finger klopfen. Genugtuung durchströmte sie.

Im Unterschied zu Linus Saxberg hatte Magdalena Christer noch dazu gebracht, Ulrica Thellins Information zu bestätigen, dass es sich um eine sehr junge Frau handelte, und dass sie nackt aufgefunden worden war.

Das Telefon auf dem Schreibtisch klingelte.

»*Värmlandsbladet*. Magdalena Hansson.«

»Bertilsson hier. Supergute Arbeit gestern, Magdalena. Verdammt gut. Ihr habt die *LT* knockout geschlagen.«

»Danke. Manchmal hat man halt Glück.«

»Tüchtige Reporter haben stets Glück, sage ich immer. Was läuft heute?«

»Noch nicht klar. Ich lasse von mir hören, sowie ich etwas weiß.«

»Tu das. Und wie gesagt, Hut ab vor eurem Einsatz gestern.«

Als Magdalena aufgelegt hatte, nahm sie ihr Handy und rief Jens Sundvall an.

»Ich wollte mich noch mal für gestern bedanken«, sagte sie nach ein paar einleitenden Höflichkeiten. »Verdammt, das waren echt gute Bilder, die du da gemacht hast!«

»Ich danke. Ja, das hat gut funktioniert, oder?«

»Allerdings«, bekräftigte Magdalena und lehnte sich im Stuhl zurück. »Bist du bei der Zeitung eigentlich fest angestellt?«

»Nein. Ich mache ein elfmonatiges Praktikum, das läuft aber in drei Wochen aus, und dann stehe ich wohl wieder im Regen.«

»Wie schade. Man hat selten mit so guten Fotografen zu tun. Ich hoffe, dass wir noch häufiger zusammenarbeiten können.«

»Danke.«

Jens klang fast ein wenig beschämt.

»Hast du was gehört, wer das Mädchen ist?«, fragte er nach einer Weile.

»Nein, noch nicht«, sagte Magdalena. »Das ist einer der Punkte auf meiner To-do-Liste von heute, der ich mich jetzt mal zuwenden werde. Mach's gut!«

Magdalena legte auf und schaute zur Redaktion der *Länstidningen* hinüber. Offensichtlich war ihre alte Arbeitslust wieder zum Leben erweckt worden. Und es war keineswegs nur die Kriminalreporterin in ihr, die sich rührte, auch der Wettkampfgeist, der so viele Jahre geschlummert hatte, war wieder erwacht.

Mach dich auf was gefasst, Saxberg.

Magdalena kaute an den Fingernägeln, während sie das Telefon klingeln ließ.

»Christer Berglund.«

»Hallo, Chrille, hier ist Magda. Alles klar?«

»Doch, danke, abgesehen davon, dass wir uns um ein totes Mädchen kümmern müssen.«

»Ist es Hedda?«

»Das wissen wir noch nicht. Die Gerichtsmediziner haben noch nichts von sich hören lassen. Kann sein, dass wir heute eine Antwort bekommen, aber das ist alles andere als sicher.«

»Wie ist sie gestorben?«, fragte Magdalena und malte kleine Blümchen in eine Ecke des Notizblocks.

»Darüber kann ich nichts sagen.«

»Jetzt hör aber auf, Chrille. Natürlich kannst du das.«

»Entschuldige mal, es weiß doch jeder hier, dass wir uns kennen. Das würde nicht gut aussehen.«

Magdalena wurde wütend. Christer und sie kannten sich seit Ewigkeiten, und jetzt machte er plötzlich alles so kompliziert.

»Warum musst du immer so korrekt sein?«

»Ich versuche nur, meine Arbeit zu machen. Wenn du das falsch findest, dann ist dir das unbenommen. Wenn die gerichtsmedizinische Untersuchung durch ist, können wir reden, dann kann ich dir vielleicht auch ein bisschen mehr erzählen, aber im Moment nicht. Das ist zu heikel.«

Magdalena knallte den Hörer auf die Gabel und fluchte. Immer der ganz korrekte Polizist, damals wie heute. Sie dachte einen Augenblick nach, dann nahm sie den Hörer wieder auf, wählte die Nummer der Polizei und bat, mit Petra Wilander sprechen zu dürfen.

Magdalena setzte sich an die lange Seite des Konferenztisches der Polizei, genau gegenüber von Linus Saxberg und einem Reporter von Radio Värmland. Es war das zweite Mal in zwei Tagen, dass sie im Präsidium war.

»Ja, dann erst mal herzlich willkommen.«

Der Polizeichef Sven Munther saß mit geradem Rücken am Kopfende des Tisches. Zu seiner einen Seite saß Christer Berglund und zu der anderen die Staatsanwältin Victoria Ceder in Blazer und ordentlichem Pferdeschwanz.

Munther räusperte sich.

»Ja, wie Sie alle wissen, ist gestern auf einem Hof außerhalb von Gustavsfors eine Tote gefunden worden. Vor ein paar Stunden haben wir von der Gerichtsmedizin in Linköping die Information erhalten, dass es sich bei der Toten nicht um die verschwundene Hedda Losjö handelt.«

Linus Saxberg warf Magdalena einen Blick zu und zog die Augenbrauen hoch. Offenbar hatte er ebenso wie sie fest damit gerechnet, dass die Tote Hedda Losjö war.

»Wer ist es dann?«, fragte Magdalena.

»Das wissen wir nicht. Es ist in unserem Bezirk niemand außer Hedda Losjö vermisst gemeldet.«

Der Polizeichef setzte sich seine Lesebrille weit vorn auf die Nasenspitze und beugte sich über ein paar Notizen in einem DIN-A4-Block.

»Die Frau, die gestern tot aufgefunden worden ist, ist circa ein Meter sechzig groß und schlank. Wahrscheinlich zwischen fünfzehn und siebzehn Jahren alt. Sie hat halblanges, hellbraunes Haar und grüne Augen.«

»War sie völlig nackt, als sie gefunden wurde?«, fragte Linus Saxberg, als wolle er den Wahrheitsgehalt von Magdalenas Artikel gegenprüfen.

»Ja, das stimmt«, antwortete Munther und sah sie über die Lesebrille hinweg an.

Magdalena hatte den Eindruck, als würde er ihr zuzwinkern.

»Wie ist sie gestorben?«

Saxberg beugte sich mit Block und Stift im Anschlag vor. Die weizenblonden Rastazöpfe fielen ihm über die Schultern.

»Dazu kann ich aus ermittlungstechnischen Gründen leider keinen Kommentar abgeben. Die gerichtsmedizinische Untersuchung wird wahrscheinlich morgen oder übermorgen abgeschlossen sein.«

Magdalena lächelte im Stillen.

»Ist sie sexuell misshandelt worden?«, fragte Saxberg.

»Bei der derzeitigen Lage können wir dazu noch nichts sagen«, beharrte Munther.

»Können Sie einen sexuellen Übergriff denn ausschließen?«

»Es tut mir leid. Ich verstehe, dass Sie ungeduldig sind, das sind wir alle. Aber wir können wie gesagt im Moment nichts bestätigen oder ausschließen.«

»Haben Sie Kontakt mit anderen Polizeibezirken aufgenommen?«, fragte Magdalena. In diesem Moment begann Munthers Handy vor ihm auf dem Tisch zu vibrieren.

»Das haben wir natürlich getan, wir arbeiten einen Bezirk nach dem anderen ab, aber auch das hat bisher leider nichts gebracht.«

Munther steckte das Mobiltelefon ein und erhob sich. Die Pressekonferenz war offenbar beendet.

Magdalena steckte Block und Stift in die Tasche und schob die Arme in ihre Jacke, die über der Stuhllehne hing. Das war sonderbar mit diesem Mädchen. Wer könnte sie sein? Und wo war Hedda Losjö? Eine tote Minderjährige, dazu noch ein Mädchen, das spurlos verschwunden war, und das alles in ein und derselben kleinen Gemeinde. Was war hier eigentlich los?

Sie konnte sich nicht erinnern, wie lange sie mit angezogenen Beinen und den Knien unter dem Kinn auf dem Bett gesessen hatte. Aus der unteren Wohnung drang leise Musik herauf, und durch die Wand konnte sie Kostas und Sergejs gedämpftes Murmeln hören. Die Angst zerrte und kratzte und wühlte in ihrem Brustkorb. Sie atmete in kurzen Stößen durch die Nase.

Sie war selbst erstaunt darüber, dass sie sich plötzlich erhob, die Tür aufmachte und barfuß in die Küche ging. Als sie bemerkten, dass sie in der Tür stand, unterbrachen Sergej und Kosta ihr Gespräch.

»Was willst du?«, fragte Kosta.

»Wann kommt Ana zurück?«

Sergej grinste, lehnte sich auf dem Stuhl zurück und zündete sich eine neue Zigarette an.

»Wieso denn?«, fragte er und blies den Rauch durch die Nase. »Ein Kunde wollte sie eine Weile behalten, und deshalb ist sie dageblieben.«

Er sieht aus wie der Teufel persönlich, dachte sie. Er *ist* der Teufel.

»Ich will einfach nur wissen, wann sie zurückkommt.«

»Fühlst du dich überarbeitet, wo du jetzt alles allein machen musst? Keine Sorge. Bald kommen noch mehr Mädchen. Dann kannst du dich wieder ein bisschen ausruhen.«

Kosta lachte.

»Genau. Aber die hier mit den kurzen Haaren sieht aus wie ein Junge. Guck mal.« Er griff aus dem Durcheinander auf dem Tisch ein Foto und hielt es ihr hin: »Was meinst du? Das müssen wir wohl etwas näher untersuchen, wenn sie kommt.«

Jetzt war Sergej an der Reihe zu lachen.

»Und wann kommt Ana?«

»Wenn der Kunde sie leid ist.«

Plötzlich waren alle Angst und alle Vernunft wie weggeblasen. Noch ehe sie sich besinnen konnte, war sie zu Kosta gestürzt, hatte ihm das Foto aus der Hand gerissen und ihn ins Gesicht geschlagen.

»Ihr Schweine! Ich hasse euch!«

Sie schrie so laut, dass ihr der Hals weh tat und hämmerte mit den Fäusten auf Kosta ein, sie schlug und schlug, bis Sergej sie sich schnappte und auf den Küchenfußboden warf.

Sie sah zu ihm hoch, sah seine aufgerissenen Augen, die Zigarette zwischen seinen Lippen, und die Hände, die sich ballten und öffneten, ballten und öffneten, als könnte er sich nicht entscheiden, was er machen sollte.

Der Tritt traf sie genau in den Bauch. Dann drehte Sergej sich zum Tisch um, drückte die Zigarette aus und begann, seinen Gürtel aus der Hose zu ziehen.

»Du miese kleine Hure«, flüsterte er. »Ich dachte, du wüsstest, worauf es ankommt. Aber scheinbar wirst du es nie lernen.«

Tore balancierte die Kartoffeln und das Hacksteak mit einem Löffel von der Plastikdose auf den Teller. An dem Essen auf Rädern gab es eigentlich nicht viel auszusetzen, auch wenn es natürlich nicht im Entferntesten mit dem verglichen werden konnte, was Wera gekocht hatte. Aber aus den Plastikdosen zu essen kam nicht in Frage, da würde er sich ja wie ein Hund vorkommen.

Er wusste aus Erfahrung, dass die Kartoffeln schwer aufzuwärmen waren, deshalb schnitt er sie in Stücke, ehe er den Teller in die Mikrowelle stellte und den Knopf bis zu dem roten Strich drehte, den Amanda, eine seiner kleinen Enkelinnen, mit einem Textmarker dorthin gemalt hatte.

Während der Ofen schnurrte, deckte er Glas, Besteck und eine Flasche Leichtbier auf.

Eigentlich sollte ich anfangen, zu packen und auszusortieren, dachte er. Aber wo soll ich bloß anfangen? Vielleicht kann Jeanette mal vorbeikommen und helfen. Außerdem sind ja vielleicht auch Sachen dabei, die sie gern haben wollte.

Seine Überlegungen wurden von dem grellen Klingeln der Mikrowelle unterbrochen. Vom Teller dampfte es ein wenig, aber um sicherzugehen, dass das Essen auch warm genug war, berührte er die Kartoffelstückchen mit den Fingern, ehe er den Teller auf den Küchentisch stellte und sich setzte.

Er erinnerte sich noch daran, wie er die Mikrowelle bekommen hatte, und wie seltsam er es gefunden hatte, dass der Teller nicht heiß wurde, sondern nur das Essen. Die reinste Hexerei. Inzwischen hatte er sich daran gewöhnt, aber trotzdem musste er manchmal noch darüber sinnieren, wie das wohl möglich war. Aber um so etwas zu kapieren, brauchte man wahrscheinlich Abitur.

Ehe Tore zu essen begann, drehte er das Radio lauter,

um die Wettervorhersage zu hören. Sie hatten jetzt einige Tage richtig anständiges Wetter gehabt, die Sonne hatte sogar geschienen. Jeden Nachmittag war er zu dem kleinen Laden gegangen und hatte ein paar Kronen auf Pferde gesetzt. Das tat er hauptsächlich, um ein bisschen unter die Leute zu kommen, Hoffnungen auf einen Gewinn machte er sich nicht.

Das Hacksteak war gut. Er nahm ein paar große Bissen, dann machte er das Bier auf und schenkte sich ein. Als er laute Stimmen aus der oberen Wohnung hörte, verlor er die Konzentration, und der weiße Schaum krabbelte über die Kante des Glases. Ein lauter Schlag war zu hören, dann schrie eine Frau.

Tore ergriff das Besteck, blieb aber sitzen. Der Schrei war anders als alles, was er bisher gehört hatte. Das war keine Wut, keine Erregung, sondern pure Angst.

Vielleicht sollte ich die Polizei anrufen, dachte er. Dann legte er sich beide Hände auf die Ohren.

Christer Berglund ließ sich in den Relax-Sessel fallen und zog am Hebel, sodass die Fußstütze unter seine Waden geschoben wurde. Gedankenverloren fing er an, zwischen verschiedenen Kanälen hin und her zu zappen und scrollte auf der langen Menüliste des Fernsehers rauf und runter, ohne etwas zu finden, was er wirklich sehen wollte.

Schließlich schaltete er den Fernseher aus und blieb in der Stille sitzen.

Die weißroten Buchrücken von Jan Guillous »Hamilton«-Reihe leuchteten im Dunkel von einem der Regalbretter im Glasschrank. Auf das Brett darunter hatte er alle Bücher von Stephen King gestellt, doch von denen konnte er nur einige Titel erkennen. Er las gern, auch wenn es lange her war, dass er sich wirklich hatte konzentrieren können. Inzwischen sah er meist Filme, um sich zu entspannen.

Es waren intensive und frustrierende Tage gewesen. Trotz der Aufrufe in Radio, Fernsehen und Zeitungen, hatte sich niemand auch nur mit dem kleinsten Hinweis gemeldet, wer das tote Mädchen sein könnte. Andere Spuren, die sie verfolgen könnten, gab es nicht. In Erwartung der Obduktionsergebnisse ging absolut nichts voran. Und Hedda Losjö war immer noch verschwunden. Unruhig stand er aus dem Sessel auf und trat ans Fenster.

Munther hatte nur noch etwa ein Jahr bis zur Pensionierung. Diese Ermittlung kann meine Chance sein, um zu zeigen, was ich kann, dachte er, um zu beweisen, dass ich wirklich kompetent bin und reif für mehr Verantwortung, als nur der Assistent des Chefs zu sein. Aber dann muss vorher noch etwas passieren, was uns wirklich weiterbringt. Und zwar ehe irgendein Kriminaler aus Karlstad kommt, der dann hier den großen Zampano gibt.

Neununddreißig Jahre und Polizeichef. Das wäre was.

Er liebte die Aussicht von seiner Wohnung, ganz Hagfors aus der Vogelperspektive. Keine richtige Kontrolle, aber zumindest Überblick. An schönen, klaren Tagen konnte er fast zehn Kilometer weit über die Berge sehen.

Magda. Dass sie zurückgekommen war. Das hätte er nie gedacht. Sie war richtig gut in ihrem Job, das konnte er spüren, aber es stresste ihn, dass sie die ganze Zeit anrief. Es war schwierig, professionell zu bleiben, wenn sie mit ihrer Art zu reden ankam. In den letzten Jahren hatte er fast vergessen, wie schön sie war.

Polizeichef. Doch, das wäre eine schöne Revanche.

Magdalena zog Nils die Decke bis zum kleinen Kinn, setzte sich auf die Bettkante und legte die Hand auf seinen Brustkorb.

»Hast du Lust, morgen zu Papa zu fahren?«

»Ja.«

Nils' Wangen waren rot nach einem langen Abend im Schnee mit Melvin. Sie musste sich einen anständigen Wäschetrockner anschaffen. Der Heizungskeller war zwar recht warm, aber es würde trotzdem nicht leicht werden, den Overall über Nacht trocken zu kriegen.

Plötzlich sah Nils besorgt aus.

»Du, Mama?«

»Ja, woran denkst du?«

»Wie lange werde ich Bus fahren müssen?«

»Ungefähr vier Stunden.«

»Wie lange ist das?«

Magdalena lächelte. Zeit musste immer erklärt werden.

»Na ja, wie soll ich sagen. Wie viermal Kinderstunde.«

»Das ist aber riesig, riesig, riesig lange.«

Magdalena sah, wie Nils feuchte Augen bekam.

»Warte mal ab, es wird ganz prima gehen. Der Busfahrer kümmert sich um dich, und wenn ihr ankommt, dann steht Papa da und wartet schon.«

»Aber wenn er zu spät kommt?«

»Das wird er nicht. Nicht wenn du kommst. Er hat sich doch so auf dich gefreut.«

Nils antwortete nicht, sondern blickte zur Decke. Magdalena sah, wie das Kinn zuckte, als kämen ihm die Tränen.

Plötzlich hatte sie ein schlechtes Gewissen. War Nils vielleicht doch noch zu klein für die langen Busreisen?

»Was wollt ihr denn am Wochenende machen?«, fragte sie, um ihn abzulenken.

»Weiß nicht. Vielleicht fahren wir zum Junibacken. Wenn Ebba Lust hat.«

»Okay. Dann hoffen wir mal, dass sie Lust hat, denn das klingt doch spaßig.«

»Ja.«

Wieder verstummte Nils und wurde nachdenklich.

»Du, Mama, ist unser Iglu noch da, wenn ich zurückkomme?«

»Aber natürlich. Du wirst schließlich nur zwei Nächte weg sein. In der Zwischenzeit wird Melvin sich darum kümmern.«

Magdalena strich ihm übers Haar.

»Mach dir keine Sorgen, um den Iglu nicht, und auch nicht wegen der Busreise. Das wird ganz prima gehen. Morgen kommt Opa und holt dich in der Tagesstätte ab, und dann fährt er dich nach Filipstad und winkt dir, wenn der Bus losfährt. Und am Sonntag komme ich und hole dich ab.«

Nils nickte schläfrig.

»Gute Nacht, mein Lieber.«

Magdalena beugte sich vor und küsste ihn sanft auf Stirn, Nase und Mund, das übliche Ritual. Dann schaltete sie das Licht aus.

»Ich hab dich lieb, Nils.«

Petra wälzte sich im Bett hin und her und konnte keine Ruhe finden. Die Gedanken kreisten von dem kleinen nackten Körper auf dem Kellerboden zu dem jämmerlichen Laut von Gabriella Losjö am Küchentisch und weiter zu Nellie hinter ihrem Computer. Dann wieder zurück zu dem Mädchenkörper.

»Kannst du nicht schlafen?«, fragte Lasse in der Dunkelheit.

»Nein.«

Petra schüttelte die Decke, um ein wenig Kühle zu bekommen, und legte sich auf den Rücken.

»Ist es die Arbeit?«

»Ja. Es fällt schwer loszulassen, wenn es um junge Mädchen geht. Das könnte unsere Nellie sein.«

»Sag doch so was nicht«, meinte Lasse.

»Aber es ist ja wahr. Heute Abend hat sie sich wieder mit dem Computer eingeschlossen. Da kann sie alle möglichen Geheimnisse haben, Treffen ausmachen, Nacktfotos von sich selbst einstellen, und wir haben keine Ahnung davon.«

Lasse suchte nach ihrer Hand auf der Decke und drückte sie leicht.

»Denkst du das nie?«, fragte sie.

»Nein. Das tue ich nicht. Es ist doch nur dumm, sich unnötige Sorgen zu machen. Nellie kommt schon klar. Das war schon immer so.«

Petra drückte seine Hand und schloss die Augen, doch es würde lange dauern, bis sie an diesem Abend einschlafen konnte.

9

»Ich habe eben das Protokoll aus Linköping bekommen«, sagte Sven Munther und wedelte mit ein paar Blättern, bevor er sich auf seinen angestammten Platz am Konferenztisch setzte.

Christer Berglund, Petra Wilander, Urban Bratt und Folke Natt och Dag hielten jeder ihren Notizblock bereit und warteten auf die Fortsetzung.

»Das Mädchen muss also, genau wie wir vermutet haben, um die sechzehn Jahre alt gewesen sein«, fuhr Munther fort. »Die Todesursache war, wie auch schon angenommen, ein Schuss in den Hinterkopf mit einer großkalibrigen Pistole, 11,4 Millimeter. Der Schuss muss aus nächster Nähe abgegeben worden sein. Der Körper des Mädchens weist aber noch andere Verletzungen auf: Blutergüsse an den Oberarmen und starke Rötungen an beiden Handgelenken. Sie muss um Neujahr herum ermordet worden sein. Entweder an Silvester oder am ersten Januar.«

Der Polizeichef schwieg.

»Können wir davon ausgehen, dass sie auf dem Hof vor dem Keller gestorben ist?«, fragte Christer Berglund.

»Ja. Die Techniker sagen, die Blutmenge würde darauf hinweisen; das ist also die These, mit der wir arbeiten.«

»Bei den überregionalen Ermittlungen ist nichts dabei, was man weiterverfolgen könnte, um die Identität des Mädchens festzustellen«, warf Petra ein. »Ich wollte jetzt mal bei Interpol nachsehen.«

Munther nickte.

»Haben diejenigen, die in der Nähe des Hofes wohnen, denn nichts Ungewöhnliches bemerkt?«

»Nein, nichts«, sagte Christer. »Wir haben in einem Umkreis von zehn Kilometern fast mit allen gesprochen. Es sind nur noch ein paar übrig, die wir heute aufsuchen wollen.«

»Okay«, sagte Munther. »Bratt, wie läuft es mit Anderberg? Zumindest wird jetzt nach allen Regeln der Kunst nach ihm gefahndet.«

Urban sah in seinen Aufzeichnungen nach.

»Die Lebensgefährtin hat ausgesagt, sie habe nichts von ihm gehört, und sie wirkt, ehrlich gesagt, auch nicht sonderlich traurig darüber. Sie hat auch keinerlei Ideen, wo er sein könnte.« Er sah zu Munther herüber. »Komisch ist nur, dass sie behauptet, sie habe niemals eine Mail von Hedda erhalten. Sie selbst vermutet, dass Fredrik vielleicht in ihre Mailbox gegangen ist und die Mails gelöscht hat.«

Munther runzelte die Stirn.

»Hat sie denn kein Passwort?«

»Anscheinend hat Fredrik ihr dabei geholfen, die Mail einzurichten, und sie hat sich bisher nicht die Mühe gemacht, das Passwort zu ändern, das er ihr gegeben hat.«

»Tja, bei dem Typen weiß man nicht.«

»Ich habe dann noch Anderbergs Kontoauszüge bei der Swedbank durchgeschaut«, fuhr Urban fort und klopfte auf zwei Ausdrucke, die vor ihm auf dem Tisch lagen. »An dem Abend, als er verschwunden ist, hat er auf der Köpmangatan fünfhundert Kronen abgehoben, aber seither hat er weder mit der Karte etwas gekauft noch an einem Automaten Geld geholt.«

»Gut, gut. Behalte das weiter im Auge«, sagte Munther. »Ja, wenn sonst niemand etwas auf dem Herzen hat, dann schließen wir die Sitzung jetzt ab und treffen uns heute Nachmittag noch einmal zum Informationsaustausch.«

Urban Bratt hob wie ein Schuljunge die Hand und sagte:

»Doch, ich habe noch eine andere Sache, die ich gern besprechen möchte.«

»Was denn?«

»Das mit den Lecks im Präsidium. Wie ihr wahrscheinlich gesehen habt, war heute im *Värmlandsbladet* ein ausführlicher Artikel, in dem steht, dass das Mädchen erschossen worden ist. Ich finde es besorgniserregend, dass eine solche Information nach außen dringen kann, vor allem, wenn wir selbst diese Information noch nicht einmal bestätigt bekommen haben.«

Munther nickte.

»Also, wie sollen wir gute Ermittlungsarbeit leisten, wenn eine so wichtige Information verbreitet wird?«, fuhr Urban fort und sah über den Tisch zu Christer.

»Beschuldigst du mich etwa, das weitergetragen zu haben?«, fragte Christer.

»Ich beschuldige niemanden, aber ich habe zumindest keine Journalistenfreundinnen, die hier im Haus ein und aus gehen.«

»Jetzt hör aber mal auf. Es stimmt, Magdalena Hansson und ich kennen uns seit Urzeiten, aber genau deshalb verhalte ich mich besonders professionell, wenn ich von ihr befragt werde. Ich lasse nichts, definitiv nichts, nach außen dringen.« Christer hatte einen roten Hals bekommen und hackte, während er sprach, mit seinem Stift auf den Block ein. »Das ist wirklich eine Frechheit!«

Urban blickte schweigend zum Polizeichef.

»Nun ja, Christer, nimm es mal nicht persönlich«, sagte Munther.

»Natürlich nehme ich es persönlich, wenn er hier suggeriert, ausgerechnet ich hätte Informationen rausgegeben. Was ich nicht getan habe.«

Munther ließ den Blick über die Runde schweifen.

»Wie auch immer, Bratt hat recht. Wir müssen nach draußen Stillschweigen bewahren. Und das gilt natürlich für alle.« Dann drückte er die Handflächen auf die Tischplatte und erhob sich. »So weit. Wir sehen uns heute Nachmittag.«

Christer Berglund verließ den Konferenztisch und ging, ohne mit jemandem zu sprechen, in sein Büro. Er bebte vor Wut. Urbans Spielchen war so mies und kindisch. Natürlich waren sie nicht immer einer Meinung, aber die Kollegen ganz dreist glauben zu machen, dass er vertrauliche Informationen habe durchsickern lassen, war doch mehr, als er ihm zugetraut hatte.

Als das Telefon klingelte, riss er den Hörer hoch und schrie fast seinen Namen.

Am anderen Ende holte eine Frau kurz Luft.

»Hallo, Chrille. Ich bin's, Magda.«

»Das höre ich«, sagte er kurz.

Am liebsten hätte er den Hörer gleich wieder aufgeworfen.

»Bist du sauer?«

»Du fragst, ob ich sauer bin?«, schnaubte er. »Ist dir klar, wie viel Ärger ich wegen deines Artikels und deiner Schnüffelei gekriegt habe?«

»Oje«, sagte Magdalena sanft. »Das wollte ich nicht.«

»Welch wunderbare Anteilnahme. Wirklich.«

»Es tut mir wirklich leid, wenn du für etwas, das ich gemacht habe, die Schuld in die Schuhe geschoben kriegst. Ist ja wohl klar, dass ich dir keinen Ärger einhandeln will.«

Sie schnurrt wie eine Katze, dachte er. Lernt man so was auf der Journalistenschule?

»Und wieso sollte mir das klar sein? Das Einzige, was dich derzeit interessiert, ist doch dein sogenannter Scoop. Kannst du nicht mal ein bisschen runterfahren und andere Menschen in Ruhe ihre Arbeit machen lassen? Es geht hier doch nicht nur um dich.«

»Aber Chrille.«

»Hör auf! Ich will kein einstudiertes Mitgefühl. Darf man fragen, von wem du diese Informationen hast?«

»Nein, das darf man nicht. Ich schütze ...«

»... deine Quellen, ja, genau. ›Warum musst du immer so korrekt sein‹ – waren das nicht deine Worte?«

»Entschuldigung.«

»Weißt du was, ich habe gerade überhaupt keine Lust, mit dir zu reden. Tschüs.«

Ehe Magdalena antworten konnte, hatte Christer aufgelegt.

Dann blieb er völlig regungslos auf seinem Schreibtischstuhl sitzen und starrte auf den Dalavägen hinaus. In der Nacht war es wärmer geworden, und der nasse Schnee lag schwer. Er dachte kurz daran, dass er am Wochenende seinem Vater helfen müsste, das flache Garagendach freizuschippen.

Dieser verdammte Urban, dass er es wagte, ihn zu beschuldigen. Verdammte Magda.

Als es an den Türrahmen klopfte, sah er auf. Die Tür wurde ungewöhnlich langsam aufgeschoben, und Petra steckte den Kopf herein.

»Darf ich reinkommen?«

Petra setzte sich auf den Besucherstuhl an der Wand.

»Wie geht's?«, fragte sie.

»Könnte besser sein.«

Einen Moment lang war es sonderbar still.

»Ich habe die Infos rausgegeben«, sagte Petra schließlich.

»Was sagst du da?«

Christer wandte den Blick von den Bäumen draußen ab und starrte seine Kollegin an.

»Entschuldige. Gott, es tut mir so leid. Das war superblöd von mir. Ich hätte wissen müssen, dass es dir angelastet werden würde. Magdalena ist verdammt gut darin, einen zum Reden zu bringen.«

Christer sagte nichts und starrte sie fortwährend an.

»Wir waren doch ganz sicher, dass das mit dem Schuss stimmt, und früher oder später würde es sowieso rauskommen. Und da habe ich gedacht, scheiß drauf. Dann soll lieber Magdalena die Info kriegen als jemand anders. Ich mag ihre Art, genau wie du.«

»Was soll das denn heißen, genau wie ich?«

»Ach, hör schon auf. Das sieht man doch sofort, dass du sie magst.«

Christer wich Petras Blick aus und wandte sich wieder der Aussicht auf den Dalavägen zu.«

Das sieht man doch sofort, dass ich sie mag?

»Es tut mir wirklich leid, Christer. Ich tu's nie wieder. Ich habe gemerkt, dass Urban dich reinzureiten versucht, sowie er eine Gelegenheit dazu findet, aber mach dir einfach nichts draus.«

»Du hast gut reden.«

»Ja, schon klar. Aber wie auch immer, ich bin sicher, dass du Munthers Job kriegen wirst. Er kennt dich und weiß ganz genau, welches deine Stärken sind.«

Christer sah noch immer aus dem Fenster.

Petra beugte sich vor und legte die Hand auf Christers Knie. Sie schien genauso erstaunt über die Geste wie er.

»Es wird nie wieder vorkommen, das verspreche ich.«

»Wir vergessen es«, sagte Christer. »Aber das habe ich wirklich nicht von dir erwartet.«

10

Magdalena faltete die Samstagszeitung zusammen und warf sie aufs Sofa. Sie war nicht zufrieden. Ganz und gar nicht. Sie hatte überhaupt keine neuen Informationen rausklopfen können, sondern hatte sich mit dem Wenigen begnügen müssen, was Sven Munther auf der kurzen Pressekonferenz am Freitagnachmittag preisgegeben hatte. Weder Christer noch Petra waren da gewesen, nur dieser Urban Bratt, und wie sehr sie es auch versucht hatte, war den ganzen Abend lang keiner von den anderen erreichbar gewesen.

Auf Christer als Informationsquelle hatte sie ohnehin nicht großartig gehofft, aber von Petra hatte sie doch ein paar mehr Details erwartet.

Magdalena trug das Frühstückstablett vom Couchtisch in die Küche.

Vergewaltigt, misshandelt, erschossen. Und völlig unbekannt. Wie sehr Magdalena es auch zu verdrängen versuchte – ihre Gedanken kehrten immer wieder zu dem seltsamen Mord zurück. Irgendjemand musste doch wissen, wer das Mädchen war. Gab es einen Zusammenhang mit Hedda Losjö? Das war alles sehr seltsam.

Magdalena räumte das schmutzige Geschirr in die Maschine, dann ging sie in Nils' Zimmer, zog seine Bettdecke ab und warf den Bezug auf den Wäscheberg auf dem Boden. Dann ging sie zu dem großen, alten Wäscheschrank von ihrer Großmutter auf dem Treppenabsatz und wählte den blauen Bettbezug mit weißen Wolken. Als sie das Bett bezogen und die Tagesdecke aufgelegt hatte, setzte sie ihre Aufräumarbeiten fort. In der Ecke neben Nils' Schrank stand immer noch eine unausgepackte Tasche, die er in Indien dabeigehabt hatte. Magdalena summte vor sich hin, machte den Reißverschluss der Tasche auf und holte ein Sommerkleidungsstück nach dem anderen heraus. Sie faltete Shorts und Hemden sorgfältig zusammen, und legte die Kleider auf das oberste Regalbrett im Schrank. Es würde lange dauern, bis die wieder gebraucht würden.

Unten im Wohnzimmer liefen immer noch die Morgennachrichten. Die Stimme von Lasse Bengtsson war wie ein schwaches Brummen in der oberen Etage zu hören.

Heute Abend also das Florenz, dachte sie. Sie hatte lange gezögert, weil sie nach der intensiven Arbeitswoche so müde gewesen war. Und etwas nervös war sie auch. Aber die Überredungskampagne von Jeanette war so massiv gewesen, und jetzt hatte sie sich entschieden. Erst eine Art ruhige Vorparty bei Jeanette und dann gemeinsam zum Florenz. Und irgendwo unter der Nervosität war auch etwas, das man als Vorfreude bezeichnen konnte.

Magdalena hielt Nils' Badehose mit den Haien hoch und lächelte. Doch, es würde schön sein, ein bisschen unter Leute zu kommen.

Ganz unten am Boden der Tasche lag ein dickes Fotokuvert mit englischem Text. Anscheinend waren das Urlaubsbilder, die irgendwo in einem Sofortlabor entwickelt worden waren. Magdalena setzte sich auf Nils' Bett, klappte das Kuvert auf und holte den Fotostapel heraus. Es waren hauptsächlich Bilder von Nils: Nils hinter einem großen Teller Spaghetti in einem Restaurant, Nils mit Schwimmflügeln an seinen schmalen Oberarmen in einem Pool, Nils, der Ludvig im Sand begraben hatte, sodass nur noch der Kopf rausguckte.

»Gut gemacht«, murmelte Magdalena und kicherte ein wenig. »Schade nur, dass er sich wieder losmachen konnte. Du hättest den Sand etwas fester klopfen müssen, mein Kleiner.«

Auf dem nächsten Bild waren Nils und Ebba in einem Liegestuhl unter einem Sonnenschirm zu sehen. Nils saß auf Ebbas Schoß, den Bademantel ordentlich zugeknotet, die Kapuze über dem nassen Haar. Er sah ernst aus, während die lächelnde Ebba in türkisfarbenem Bikini und mit auf die Stirn geschobener Sonnenbrille seine Hand auf ihren vorstehenden Bauch hielt. So sah sie also aus.

Magdalena wurde erst heiß, dann begann sie zu frieren. Mit zitternden Händen riss sie das Foto in lange, schmale Streifen, die sie auf den Teppich warf. Plötzlich war sie todmüde und rollte sich auf dem frisch gemachten Bett von Nils zusammen.

Ein paar Minuten später schlief sie tief und fest.

Magdalena spülte, klappte den Klodeckel runter und wusch sich die Hände. Dann setzte sie sich vorsichtig wieder auf die Toilette und sah sich in Jeanettes dekoriertem Badezimmer um.

Durch die Tür drang gedämpft »Forever Young« von Alphaville, aber die fröhlichen Stimmen von Jeanette und Lisa waren nicht mehr zu hören. Vielleicht waren sie in die Küche gegangen, um mehr Wein zu holen.

Magdalena schloss die Augen und atmete – ein, aus, ein, aus – und versuchte, sich so, wie sie es gelernt hatte, darauf zu konzentrieren, wie es sich anfühlte, wenn die Luft durch die Nase strich. Wenn sie Luft einsog, wurde es in den Nasenlöchern ein wenig kalt. Ein, zwei, drei … Der Druck auf der Brust ließ ein wenig nach.

Als Jeanette angerufen und sie geweckt hatte, musste sie über vier Stunden geschlafen haben. Sich wieder in die Wirklichkeit zurückzukämpfen hatte sich fast so angefühlt, als würde sie aus einer Narkose aufwachen. Langsam, auf zittrigen Beinen, hatte sie geduscht, sich geschminkt, die Haare geföhnt. Sie würdigte das Kleid mit dem Rückenausschnitt, das sie am Abend zuvor auf einen der Haken im Schlafzimmer bereitgehängt hatte, keines Blickes, sondern zog die ACNE-Jeans und das häufig getragene Filippa-K-Oberteil an. Plötzlich wollte sie überhaupt nicht mehr weggehen und am liebsten gar nicht gesehen werden.

»Magda, soll ich dir noch nachschenken?«, fragte

Jeanette von draußen. Sie klopfte leicht an die Tür. »Magda?«

»Ja, danke. Tu das. Ich komme gleich.«

Magdalena stand auf und betrachtete sich im Spiegel. Das geschminkte Gesicht überraschte sie, ja, sie war erstaunt, dass sie überhaupt zu sehen war. Sie fühlte sich so unsichtbar. Versuchsweise lächelte sie der Person gegenüber zu und versuchte etwas hinzukriegen, was wenigstens entfernt an ein Strahlen in den Augen erinnerte.

Sie dachte an das Foto von Ebba, an ihre gleichmäßige Bräune, das blonde Haar und die vollen Brüste. Dagegen war sie also ausgetauscht worden, so hätte sie aussehen müssen.

Scheiße aber auch, dass ich jetzt nicht arbeiten gehe, dachte sie. Es wäre alles so viel leichter mit einem Block, hinter dem ich mich verstecken könnte, und einem Stift als kleiner Waffe.

»Ich habe dein Glas da hingestellt«, sagte Jeanette, die gerade ein Teelicht in einem runden schmiedeeisernen Kerzenständer an der der Wand neben dem Ledersofa anzündete. »Nimm noch Käse und Cracker, ich muss hier nur ein paar Sachen fertig machen.«

»Du hast alles so schön hergerichtet«, sagte Magdalena und nickte in Richtung Tablett und dem aufwendigen Arrangement aus dicken Kerzen und runden Steinen in einem großen Glaszylinder.

Sie setzte sich mit hochgezogenen Beinen auf das Sofa, genau wie früher. Nach ein paar raschen Schlucken Wein fühlte es sich in ihrer Brust ein wenig ruhiger an.

Als Cindy Laupers »Girls just want to have fun« ertönte, drehte Lisa die Lautstärke hoch, nahm ihr Weinglas und machte ein paar Tanzschritte über das Parkett bis zur Sofagruppe.

»Keine Musik wird je so gut sein wie die der Achtziger, das ist einfach so«, sagte sie und setzte sich neben Magdalena in den Sessel.

Magdalena drehte ihr Glas und sah den Wein in Zeitlupe an den Rändern hochschwappen. Herum und herum und herum.

Bei »Only You« von den Flying Pickets flog Lisa wieder aus dem Sessel hoch.

»Gott, ich liebe diesen Song!«, rief sie und drehte die Lautstärke noch höher. »Jedes Mal wenn ich ihn höre, muss ich an Simon denken. Das ist doch total krank. Wir müssen in der Fünften gewesen sein, als wir dazu eng getanzt haben.«

»Kannst du's bitte etwas leiser machen?«, fragte Jeanette. »Die Nachbarin unter mir nutzt jede Gelegenheit, sich über mich zu beschweren.«

»Sorry.«

Lisa drehte die Lautstärke runter und setzte sich wieder in den Sessel.

»Prost, Mädels, heute Abend lassen wir es krachen!«

Jeanette hob ihr Glas, und Magdalena und Lisa taten es ihr nach.

»Ich hoffe, dass heute Abend genauso viel Zug drin ist wie letztes Mal, als Ante gespielt hat«, sagte Lisa. »Er hat ein paar Jahre in Los Angeles gelebt und in einer Menge Clubs gearbeitet, und dann war er Musikproduzent und alles Mögliche. Und das, wo er früher so ein Schlappschwanz war. Aber du solltest ihn jetzt sehen, Magda. Er ist superschick. Und offensichtlich auch steinreich. Fährt in einem BMW rum, und im Sommer hat er sich auf dem Grundstück in Uddeholm einen großen Pool mit Holzterrasse gebaut. Der muss wie blöd verdient haben da in Amerika.«

»Es ist einfach schön, dass was los ist«, sagte Jeanette und hielt ihnen noch mal den Tetrapack hin. »Und er ist auch kein bisschen überheblich geworden, oder so.«

Magdalena nickte und hielt ihr Glas hin, sodass Jeanette ihr einschenken konnte.

»Du auch nicht«, sagte Lisa zu Magdalena. »Du bist genauso wie immer.«

Magdalena versteckte sich in der Musik, sie tanzte, dass die Haare flogen. Zum ersten Mal seit mehreren Monaten dachte sie nichts. Ihr Körper fühlte sich leicht und weich an, und sie ließ ihn machen, was er wollte, machte einfach mit, schloss die Augen und verschwand. Als sie wieder aufsah, waren Jeanette und Lisa in der wogenden Menge nicht mehr zu sehen, aber das war ihr egal, sie machte die Augen wieder zu und tanzte weiter in dem kreisenden Glitzer von der Discokugel und dem Blinken der Spotlights.

Sie musste den Mädels zustimmen, Ante hatte wirklich Geschick, gute Musik auszusuchen und die Leute in Schwung zu bringen. So eine Stimmung hatte sie auf einer Tanzfläche seit vielen Jahren nicht mehr erlebt.

Nach einer Weile sah sie wieder auf und versuchte, jemanden zu entdecken, den sie kannte, aber vergebens. Doch, da war einer. War das nicht Hasse aus der Parallelklasse? Als ihre Blicke sich begegneten, lächelte sie, aber er verzog keine Miene. Ganz beiläufig drehte er sich stattdessen um, sodass er ihr den Rücken zukehrte.

Was war das denn jetzt?, fragte sie sich. Ob er sie nicht wiedererkannte? Denn er war es doch, oder?

Das Nachdenken brachte den Körper aus dem Takt, und sie merkte, dass sie müde und durstig war. Vorsichtig fing sie an, sich seitwärts durch die Menge zu schieben, herunter von der Tanzfläche zur Bar.

Während sie auf ihr Heineken wartete, streckte sie sich, um noch mal nach Jeanette und Lisa Ausschau zu halten, doch die schienen spurlos verschwunden zu sein. Vielleicht sind sie ja draußen und rauchen, dachte sie.

»Wie gefällt es dir in dem Haus? Ist es schön?«

Magdalena drehte sich zu der Stimme herum. Sie gehörte Hasse, der ein großes Bier in der Hand drehte.

»Supergut. Danke der Nachfrage.«

»Ja, es ist ein schönes Haus.«

»Ach ja?«

Was war denn mit dem los?

»Das Haus hat meinen Großeltern gehört. Wusstest du das? Sie haben es gebaut.«

»Nein, das wusste ich nicht.«

Magdalena nahm einen Schluck Bier und stellte die Flasche auf den Tresen zurück.

»Als Kind war ich fast jeden Tag nach der Schule dort. Als Großvater im Sommer gestorben ist, wollten Ann und ich das Haus übernehmen. Neunhunderttausend konnten wir bieten, aber damit war unsere Grenze erreicht. Mein Vater freute sich, dass das Haus in der Familie bleiben würde – es bedeutet uns sehr viel. Und eine bessere Lage kann man kaum finden, mit Grundstück zum See und Steg und allem. Aber meine Tante, diese verdammte geldgierige Alte, war nur an einer einzigen Sache interessiert, nämlich so viel Geld wie möglich rauszuschlagen. Die muss gejubelt haben, als du uns, zwei Tage bevor wir den Vertrag unterschreiben wollten, überboten hast. Mein Vater konnte nichts tun, um uns zu helfen.«

Wenn Hasse nicht so aggressiv geklungen hätte, dann hätte Magdalena größeres Verständnis für ihn gehabt. Sie wusste selbst, wie viel ein Haus einem bedeuten konnte, und erinnerte sich, wie traurig sie gewesen war, als ein paar Jahre zuvor das Sommerhaus ihres Großvaters in der Nordmark verkauft worden war.

»Davon hatte ich keine Ahnung, und ich kann verstehen, dass das schlimm für dich ist. Aber trotzdem, Hasse, was hat das denn mit mir zu tun?«

»Was das mit dir zu tun hat? Rein gar nichts. Es ist dein volles Recht, hierherzukommen wie irgendein verdammter Millionär und das Geld nur so herumzuwerfen und eine neue Küche reinzuknallen, ohne dir irgendwas dabei zu denken. Aber man kann nicht alles für Geld kaufen. Erinnerungen und Geschichte nämlich zum Beispiel nicht.«

»Ich finde, du bist ungerecht. Habt ihr wirklich geglaubt, dass sich nicht noch mehr Leute für dieses schöne Haus interessieren würden? Und die Küche war aus den Siebzigern.«

Langsam wurde Magdalena wütend. Worauf wollte er denn hinaus? Sollte sie sich dafür rechtfertigen, dass sie die Küche in ihrem eigenen Haus renoviert hatte?

Hasse kippte das halbe Bier hinunter, ehe er antwortete.

»Natürlich haben wir das nicht gedacht. Aber wir haben nicht damit gerechnet, dass kurz vor Schluss jemand kommen und uns überbieten würde, ohne auch nur das geringste Interesse an der Geschichte des Hauses zu zeigen.«

»Tut mir leid, aber ich möchte darüber jetzt nicht mehr reden.«

»Nein, und ich will das auch nicht, das sage ich dir. Jetzt hoffe ich nur, dass du dich in dem Haus ebenso wohl fühlen wirst, wie wir und unsere Kinder es getan hätten. Es ist eben doch so: Wer viel hat, der kriegt immer noch mehr.«

Ehe Magdalena antworten konnte, hatte Hasse den Rest seines Bieres hinuntergekippt und war in Richtung Toiletten verschwunden. Sie nahm auch noch ein paar Schlucke und blieb mit der Flasche in der Hand stehen.

Wer viel hat, der kriegt immer noch mehr. Jetzt wollte sie nur noch nach Hause.

Hagfors lag still und dunkel da, als Magdalena über die Brücke ging. Das Eis bedeckte fast den ganzen Fluss, nur ein schmaler Streifen in der Mitte war noch offen. Links sah sie den Zaun vom Eisenwerk und die großen, heruntergekommenen Gebäude, die hinter den Bäumen aufragten.

Sie war stolz auf dieses Industriegebiet, wo schon ihre beiden Großväter ihr Leben lang gearbeitet hatten. Und ehe der Niedergang kam, hatte auch ihr Vater da gearbeitet.

Magdalena versuchte, Hasses gekränkten Ton zu verdrängen. In der Erinnerung klang seine Stimme nicht mehr so garstig, aber ihr war klar, dass es mehrere Tage dauern würde, sie gänzlich zum Schweigen zu bringen.

Als Magdalena das Taxi vor dem Supermarkt stehen sah,

spürte sie plötzlich, wie müde sie war. Die Feuchtigkeit war in die hochhackigen Stiefel eingedrungen, ihre Füße waren nass, und sie fror. Als das Taxi auf die Brücke einbog, winkte sie und blieb auf dem Bürgersteig stehen, während der Wagen auf der leeren Straße einen U-Turn machte.

Mit einer raschen Bewegung machte sie die Tür auf und ließ sich auf den Beifahrersitz fallen. Erst nachdem sie die Tür hinter sich zugemacht hatte, bemerkte sie, wer da fuhr.

»Na, warst du aus und hast dich amüsiert?«, fragte Petter und lächelte.

Magdalena holte Luft und merkte, wie es im Bauch zu flattern anfing.

»Ja, man tut, was man kann«, sagte sie und suchte mit der rechten Hand nach dem Sicherheitsgurt.

Petter fuhr vorsichtig an.

»Und, hat es funktioniert?«

»Na ja. Ja und nein. Ich bin ein wenig eingerostet, was solche Vergnügungen angeht. Ich muss zum Stjärnsnäsvägen.«

»Nummer neun, oder?«

»Hm, und ich werde jetzt nicht fragen, woher du das weißt, denn es ist ja offensichtlich, dass du es weißt. Das nehme ich jetzt mal nicht persönlich.«

Das nehme ich jetzt mal nicht persönlich? Was rede ich hier eigentlich für einen Blödsinn, dachte Magdalena und verspürte plötzlich den Impuls, die Hände vors Gesicht zu schlagen.

»Entschuldige, ich habe heute Abend wohl etwas zu viel getrunken. Ist doch klar, dass du weißt, wo ich wohne, denn wie ich feststellen musste, wissen das alle. Im Florenz bin ich von Hasse Erlandsson beschimpft worden, weil ich ihm offensichtlich das Haus seiner Großeltern vor der Nase weggeschnappt habe.«

»Ach, ist er immer noch nicht darüber hinweg?«, meinte Petter.

»Machte nicht den Eindruck.«

Magdalena betrachtete Petter aus dem Augenwinkel, als er langsamer fuhr, runterschaltete und dann in den Bäckvägen bog.

Gott, der sieht wirklich gut aus, dachte sie. Dieser konzentrierte Blick. Und die Hände ... Ich hätte das letzte Bier nicht trinken sollen.

»Arbeitest du nicht als Maler?«

»Wenn die Mädchen bei Malin sind, verdiene ich an den Wochenenden ein bisschen dazu. Als wir uns getrennt haben, habe ich das Haus behalten können, aber das ist teuer. Und jetzt haben die Mädchen angefangen, in Uddeholm zur Reitschule zu gehen.«

Petter blieb am Bordstein vor ihrem Haus stehen. Das Taxameter stand bei achtundsechzig Kronen.

Magdalena zog sich mit den Zähnen die Handschuhe ab und holte die Geldbörse aus der Tasche.

»Ich lade dich ein«, sagte Petter.

»Sicher nicht«, erwiderte Magdalena und zupfte vier Zwanziger zwischen allen Quittungen heraus. »Bitte schön.«

Petter schloss ihre Hand mit seiner eigenen um die Scheine und sah sie an.

»Ich will kein Geld.«

In dem Augenblick klingelte im Fach neben der Handbremse sein Handy.

»Ja, hier Petter ... Aha ... Okay.«

Er drückte das Gespräch mit dem Daumen weg und legte das Telefon zurück.

»Ich habe eine neue Fahrt.«

»Was für ein Glück. Also, für dich. Gut, dass du Geld verdienst, meine ich.«

Magdalena machte die Autotür auf und stieg aus.

»Gute Nacht dann«, sagte sie und legte die Scheine auf den Sitz.

Ehe Petter antworten konnte, schlug sie die Tür zu.

Wie heiße ich? Ich habe meinen Namen vergessen.

Die Zeit existiert nicht mehr, nur noch Dunkelheit und Nacht. Ich weiß nicht, wo ich anfange und wo ich aufhöre.

»Jajja.«

Wer flüstert da?

»Jajja. Mein Mädchen.«

Großmutter. Großmutter sitzt auf dem Hocker im Schatten vor dem Haus und schält Kartoffeln. Die Schalen fallen in langen Locken in die Blechschüssel, die sie auf ihrem Schoß balanciert. Hin und wieder wischt sie sich mit der Hand den Schweiß von der Stirn.

»Komm und erzähle mir etwas. Erzähl mir, was ihr heute in der Schule gelernt habt, Sonya.«

Ich heiße Sonya.

Das darf ich nie wieder vergessen. Ich muss nach Hause finden.

11 Jeanette faltete das letzte Hemd zusammen, eine großblumige Angelegenheit in Braun und Orange mit langem, spitzem Kragen, und stopfte es in den Müllsack.

»Wir waren richtig fleißig, Opa. Jetzt haben wir uns aber eine Tasse Kaffee verdient.«

»Ja, du«, erwiderte Tore, »das wird schmecken.«

»Brauchst du Hilfe?«

»Nein, nein.« Tore machte eine abwehrende Geste und hievte sich, auf den Rollator gestützt, vom Bett hoch. »Bisher schaffe ich das noch gut.«

Er betrachtete die schwarzen Säcke, die vor dem großen Schlafzimmerschrank in einer Reihe standen. Mehrere Stunden lang hatten sie zusammen gearbeitet. Sie hatte ein Kleidungsstück nach dem anderen herausgeholt, und er hatte entschieden, ob es aufgehoben oder weggeworfen werden sollte. Das meiste war ohne große Sentimentalitäten in den Müllsäcken gelandet. Sogar die geblümten Kleider von Wera.

»Es ist wohl an der Zeit«, hatte er gemurmelt, als Jeanette sie von ihren Bügeln genommen hatte.

Was übrig blieb, passte in die beiden Schränke direkt am Fenster.

Jeanette ging voraus in die Küche und goss Wasser und Kaffeepulver in den Perkolator.

»Bevor ich heute hergefahren bin, habe ich Brownies gebacken«, sagte sie, machte den Deckel von einem alten Vorratsglas ab und legte ein paar Stücke auf einen Teller. »Das Rezept von Oma.«

»Es ist so lieb von dir, dass du mir so viel hilfst.«

Tore setzte sich auf seinen Platz am Tisch.

»Natürlich helfe ich dir. Ich habe doch nur einen Opa.«

Jeanette leckte die Schokoladenglasur ab, die an ihrem Zeigefinger klebte. Tore lächelte sie an.

»Und ich habe nur eine Nettan.«

»Wie fühlt sich das jetzt an mit dem Umzug?«, fragte Jeanette und stellte Tassen und Teller auf den Tisch.

»So so, la la. In der letzten Zeit denke ich öfter, dass es wohl ganz schön wird. Hier ist ziemlich viel los im Haus, mehr als früher, als hier noch richtige Leute wohnten. Und oben drüber ist viel Lärm.«

Tore zeigte zur Decke.

»Was meinst du? Laute Musik?«

Jeanette goss Kaffee ein, stellte den Perkolator auf die Spüle zurück und setzte sich.

»Nein, sie schreien und streiten inzwischen fast jeden Tag. Ich glaube auch, dass sie sich schlagen.«

»Vielleicht solltest du mal die Polizei rufen.«

Jeanette klang besorgt.

»Das habe ich auch schon gedacht, aber ich weiß nicht recht. Man will sich ja auch nicht unnötig einmischen. Und schließlich wohne ich allein hier.«

Jeanette hielt Tore den Kuchenteller hin, und er nahm sich.

»Aber wenn es so klingt, als würden sie sich schlagen, dann ist das ja wohl nicht unnötig.«

Tore sah aus dem Fenster und kaute bedächtig.

»Nein, du hast recht«, sagte er nach einer Weile. »Wenn ich das nächste Mal etwas Komisches von da oben höre, werde ich die Polizei anrufen.«

»Gut, Opa. Soll ich die Nummer für dich raussuchen?«

»Das wäre nett.«

Jeanette ging zur Arbeitsfläche, zog mit beiden Händen die lange Schublade auf und holte das Telefonbuch heraus, das da lag, wo es schon immer gelegen hatte, neben Plastiktüten und Gummiringen. Als sie die Nummer gefunden hatte, riss sie einen Zettel aus einem Notizblock in derselben Schublade und schrieb sie mit großen, deutlichen Ziffern auf.

»Hier ist die Nummer von der Polizei in Hagfors, Opa. Aber wenn es eilig ist, dann musst du die 112 anrufen.«

Jeanette legte den Zettel neben Tores Tasse, trank ihren Kaffee im Stehen aus und begann abzuräumen.

»Ich komme nächsten Sonntag wieder, und dann machen wir weiter. Sollen wir uns dann die Küche vornehmen, oder lieber den Wohnzimmerschrank?«

»Das kannst du entscheiden.«

Tore mochte gar nicht daran denken. Wenn es nur erledigt wurde, alles andere war egal.

Jeanette ging in den Flur und holte ihre Jacke, in die sie in der Küchentür schnell hineinschlüpfte.

»Kommst du klar?«

»Weißt du doch, weißt du doch.«

Er hätte so gern gehabt, dass sie noch ein Weilchen bliebe, aber sie hatte so viel zu erledigen.

»Dann sehen wir uns Sonntag. Ich lasse unter der Woche von mir hören. Und versprich mir, dass du die Polizei anrufst, wenn du noch mehr Streit hörst.«

»Das verspreche ich.«

Wenn es nur ruhig bleibt, dachte er.

Magdalena saß zusammengekauert auf dem Sofa, die Daunendecke um die Schultern und den Daumen im

Henkel der Teetasse. Durch das Fenster konnte sie Christer mit einer großen Schaufel oben auf Gunvors und Bengts Garagendach kämpfen sehen. Sie hatte ihm zugewinkt, aber er hatte nur kurz zurückgenickt.

Magdalena nahm einen Schluck Tee und sah auf die Straße hinaus. Der Iglu von Nils und Melvin war in der Nacht zusammengefallen, und im Laufe des Vormittags waren große Placken Schnee vom Hausdach gerutscht.

Sie nahm noch einen Schluck, stellte den Becher ab und schlang die Arme um die Beine. Ihr wurde übel vor Scham, wenn sie daran dachte, was sie im Taxi alles geplappert hatte.

Ich nehme das mal nicht persönlich ...

Ich habe noch mehr Kopfschmerzen verdient, als ich ohnehin schon habe, dachte sie und schlug die Stirn gegen die Knie.

Wenn sie daran dachte, wie Petter ihr in die Augen gesehen hatte und seine Hand um die ihre geschlossen hatte, als sie bezahlen wollte, durchfuhr sie ein Schauer.

Was ist bloß los mit mir?

Doch dann musste sie wieder an das Bild von Ebba mit ihrem runden Schwangerenbauch denken, die so selbstverständlich mit Nils zusammen unter dem Sonnenschirm gesessen hatte. Ihr kleiner Junge würde großer Bruder werden. Ludvig würde ihm ein Geschwisterchen schenken.

Das werde ich nie können, dachte sie. Wie soll ich es wagen, wieder jemandem zu vertrauen? Wie soll ich es wagen, noch einmal jemanden hereinzulassen?

Sie nahm so viel Shampoo, wie sie sich traute, und massierte es schnell ins Haar. Kosta wurde immer so wütend, wenn sie länger duschte. Die Beulen auf dem Hinterkopf taten weh, aber es kam kein Blut mehr heraus. Nicht einmal ein bisschen hellrotes. Den übrigen Körper rührte sie nicht an. Das Shampoo lief ihren Rücken hinab, sie nahm den Duschkopf und ließ die Wasserstrahlen vorsichtig über ihren Hintern und Unterleib spülen.

»Ich heiße Sonya«, murmelte sie leise. »Ich heiße Sonya, und es gibt mich nicht.«

Das neue Härtegefühl über dem Bauch machte ihr Angst. Sie hatte versucht, sich zu erinnern, wann sie das letzte Mal ihre Tage gehabt hatte, aber das war unmöglich. Die Nächte, die Tage, die Dunkelheit, die Männer – das ging alles ineinander über.

Ich muss nach Hause, dachte sie. Bei der nächsten Gelegenheit, die sich bietet, fackele ich nicht lange. Es ist alles egal. Am Ende werde ich sowieso sterben.

Das Zentrum von Filipstad lag im Sonntagabenddämmer. Magdalena hatte sich bei der Bushaltestelle an das hintere Ende des großen, leeren Parkplatzes zwischen dem Coop und dem Karlstadsvägen gestellt, sich aber entschieden, im Auto zu bleiben, bis der Bus aus Stockholm hielt.

An der Tankstelle hatte sie eine Tüte Süßigkeiten gekauft und sie gleich aufgemacht, nachdem sie den Motor abgestellt hatte.

Um auf keinen Fall zu riskieren, nicht rechtzeitig da zu sein, sodass Nils ganz allein auf sie hätte warten müssen, war sie extrem früh eingetroffen. Es war immer noch eine Viertelstunde bis zur Ankunft des Busses.

Ich sollte Nils ein eigenes Handy geben, dachte sie und steckte sich zwei Bonbons in den Mund. Falls etwas passiert.

Da kam der Bus.

Ehe sie ausstieg und das Auto abschloss, faltete Magdalena die Tüte zusammen und versteckte sie im Türfach. Dann lief sie schnell zur Haltestelle.

Nils stolperte die Treppe hinunter, er hatte die Jacke zugeknöpft, den Rucksack auf dem Rücken und warf sich in ihre Arme.

»Er war schon eine ganze Weile lang zum Aussteigen bereit«, sagte der Busfahrer, als er die Klappe zum Gepäckfach aufmachte und Nils' Tasche herauszog.

»Ist alles gut gelaufen?«

Die Frage richtete Magdalena sowohl an Nils als auch an den Busfahrer.

»Schon, aber es ist für einen Jungen in dem Alter doch eine ganz schön lange Strecke so allein«, meinte der Busfahrer.

Nils antwortete nicht, sondern umarmte sie nur noch fester.

»Ja, das ist es«, sagte Magdalena leise. »Vielen Dank.«

Nils klammerte sich an ihr fest.

»Schatz, sollen wir jetzt mal nach Hause fahren? Das Auto steht dahinten.« Magdalena versuchte, Nils dazu zu bringen, loszulassen. »Du musst allein gehen; ich kann nicht dich und die Tasche tragen.«

Widerwillig lockerte Nils seine Umklammerung und glitt auf den Boden. Er hatte immer noch keinen Laut von sich gegeben.

»War es nervig, so lange im Bus zu sitzen?«, fragte Magdalena, die jetzt die Tasche in der einen und Nils' Hand in der anderen Hand hatte.

Nils nickte.

»Du warst wirklich tapfer.«

Magdalena fühlte sich schlecht, weil der Busfahrer sie zurechtgewiesen hatte. Das Schweigen von Nils machte die Sache nicht besser.

»Willst du auf dem Nachhauseweg vorn sitzen?«

Sie hörte selbst, wie angestrengt fröhlich ihre Stimme klang.

»Von mir aus.«

Sonst liebte Nils es, vorn zu sitzen, und er quengelte oft deswegen. Jetzt schien es ihm völlig egal zu sein.

»Und ich habe auch Süßigkeiten im Auto.«

»Ich habe schon die Bonbons gegessen, die ich von Papa gekriegt habe.«

Magdalena hob die Tasche in den Kofferraum und legte Nils' Sitzerhöhung auf den Beifahrersitz. Nils stand mit hängenden Armen schweigend dabei.

Magdalena fuhr auf den Karlstadsvägen und bog dann auf die Straße nach Hagfors. Nils schaute geradeaus, und es fiel ihr schwer, seinen Gesichtsausdruck zu deuten.

»Wie war denn dein Wochenende?«

»Gut.«

»Was habt ihr gemacht?«

»Weiß nicht mehr.«

Magdalena lachte, als hätte Nils etwas sehr Lustiges gesagt.

»Du weißt es nicht mehr? Seid ihr zum Junibacken gefahren?«

»Nö.«

»Bist du deshalb traurig, weil ihr nicht hingefahren seid?«

»Nö.«

»Ich merke aber doch, dass du traurig bist. Was ist denn los?«

»Nichts.«

»Bist du vielleicht einfach müde?«

Magdalena grinste höhnisch über sich selbst. Wenn ich es nicht mehr aushalte, dann lege ich meinem Kind nicht nur Worte in den Mund, sondern suche mir auch noch die allereinfachste Möglichkeit aus. Und das, wo ich gehofft hatte, dass in Sachen Scheidung und Umzug das Schlimmste überstanden wäre. Geliebter Junge, dachte sie und schielte aus dem Augenwinkel zu Nils' verschlossenem Gesicht. Was habe ich dir da nur aufgebürdet?

Als Nils im Bett war und Magdalena die Kleider rausgesucht hatte, die er am nächsten Morgen anziehen sollte – gestreifte lange Unterhosen, Jeans und einen langärmeligen blauen Pullover mit einem großäugigen Hai auf der Brust –, setzte sie sich an den Küchentisch, machte den Laptop an und loggte sich auf ihrem Hotmailkonto ein.

Sie hatte eine neue Nachricht bekommen. Von Facebook.

»Du hast eine Freundschaftsanfrage von Petter Björkman.«

Magdalena starrte auf den Satz und las ihn wieder und wieder.

»Du hast eine Freundschaftsanfrage von Petter Björkman. Du musst bestätigen, dass du Petter kennst, damit ihr in Facebook Freunde werden könnt.«

Ob wir uns kennen?, dachte Magdalena und klickte auf den Facebook-Link. Doch, das konnte man wohl sagen.

Magdalena betrachtete noch einen Augenblick lang den Bestätigungs-Button. Dann klickte sie schnell darauf, geradeso, als hätte sie Angst, sie würde sich nicht trauen.

Dann war sie schnell auf Petters Seite gegangen und hatte den Profil-Reiter angeklickt. Geboren am 25. August. Wohnort: Hagfors, Sweden. Beziehungsstatus: Single.

Magdalena schluckte und kauerte sich vor den Bildschirm.

Single.

Es gab da auch drei Fotoalben. Das erste, das sie sich ansah, hieß »Sommer am Rådasjön«.

Seine Eltern besaßen tatsächlich immer noch die kleine Hütte am Seeufer. Sie erinnerte sich noch an die Wiese am Wasser, die harten Kiefernzapfen, die man einsammeln musste, ehe man sein Badehandtuch hinlegte, und das Geräusch von kleinen Motorbooten, die gelegentlich draußen auf dem See vorüberfuhren. Sie konnte sich nicht entsinnen, je so glücklich gewesen zu sein wie während der einsamen Tage, die sie dort zusammen verbracht hatten. Die Entenfamilie, die jeden Vormittag gleich nach dem Frühstück zur Veranda hinaufgewatschelt kam. Sonnenöl mit Kokosduft. Das späte Bad am Abend, wenn schon Nebelschleier über dem See hingen.

Und da stand er auf dem Steg mit der Wurfangel in der Hand und lächelte entspannt in die Kamera, während er die Schnur einrollte. Wer das Bild wohl gemacht hatte? Magdalena merkte zu ihrem eigenen Ärger, dass sie ein bisschen eifersüchtig war.

Schnell klickte sie auf das nächste Album, »Der Bau«, das Vorher-nachher-Bilder von einer umfangreichen Hausrenovierung enthielt. Da gab es Wände mit Außenisolierung und aufgerissene Fußböden, eine Küche ohne Spüle und Schränke.

»Die Mädchen« enthielt ein Dutzend Bilder von den Zwillingstöchtern in unterschiedlichen Altersstufen. Auf einem Bild lagen sie zusammen in einem Bett, wie kleine Bohnen in der Schale einander zugewandt, den Hosenbund unter den Achseln. Auf einem anderen saß jede auf ihrem Töpfchen, und sie lachten, dass die Mausezähnchen zu sehen waren. Auf einem dritten Bild lag Petter mit einer Tochter in jedem Arm in einer Hängematte. Er hatte dem Mädchen zur Rechten das Gesicht zugewandt, als würde er den beiden etwas erzählen. Beide sahen aus, als würden sie aufmerksam zuhören. Um den Hals trug er eine Kette aus bunten Indianerperlen.

Magdalena bekam heiße Wangen.

Nein, ich muss jetzt schlafen gehen, dachte sie. Schon Viertel nach elf! Während sie da zusammengekauert gesessen und eingehend die Bilder betrachtet hatte, war die Zeit davongelaufen.

Ehe sie den Computer ausschaltete, ging sie noch mal in ihren Mailaccount.

Eine neue Nachricht. Wieder von Facebook.

Petter Björkman hatte ihr Foto kommentiert. »Hübsches Bild!«

Ehe Magdalena den Computer ausschaltete, ging sie auf ihre Facebook-Seite und änderte zum ersten Mal seit mehreren Wochen den Status in »ist glücklich«. *Magdalena*

Hansson ist glücklich. Aber mit Punkt. Kein Ausrufungszeichen. Man musste ja nicht übertreiben.

Dann klappte sie den Laptop schwungvoll zu.

12

Als Magdalena am Montagmorgen die *Länstidningen* durchblätterte und dabei auf den großen Artikel von Linus Saxberg stieß, mit der Überschrift »Mädchen im Erdkeller sexuellen Übergriffen ausgesetzt«, wurde sie von einer Woge der Scham übermannt. Sie hasste es zu verlieren, und das hier war nichts anderes als eine Demütigung.

Der Text, der zwar lediglich auf einer Quelle in Polizeikreisen beruhte, war sowohl sachlich als auch strukturiert aufgebaut. Wie der Konkurrent vermeldete, hatte das tote Mädchen mehrere Verletzungen im Unterleib. Die meisten davon waren zum Teil schon verheilt, was darauf hindeutete, dass sie während einer längeren Zeit Übergriffen ausgesetzt gewesen war, wie die Quelle erklärte.

Magdalena las den Rest des Artikels quer und blieb sitzen.

Verdammt! VERDAMMT!

Wie sollte sie da wieder aufschließen? Und was für eine gesprächige Quelle hatte Saxberg da nur aufgetan?

Das Telefon klingelte und riss Magdalena aus ihren Überlegungen.

»*Värmlandsbladet*, Magdalena Hansson.«

»Hier Bertilsson.«

Muss der jetzt anrufen, wo ich noch nicht mal einen schlauen Plan habe?

»Das waren ja interessante Informationen in der *Länstidningen* über das Mädchen im Erdkeller«, sagte Bertilsson rasch. »Du hattest nichts davon gehört?«

»Nein.«

»Du hast doch recht gute Kontakte ins Präsidium, Magdalena. Bleib an der Sache dran; wir dürfen die von der *LT* nicht davonrennen lassen.«

Magdalena versuchte, Bertilssons Tonfall zu deuten, aber es war schwer zu sagen, ob er enttäuscht war. Wenn sämtliche Kommunikation per Telefon und Mail zu geschehen hatte, gingen die Nuancen leicht verloren, das war ein großer Nachteil.

»Was hast du sonst noch auf dem Schirm heute?«, fragte Bertilsson.

»Ich muss mal nachsehen.«

Magdalena rollte zum Hängeordner mit der Wiedervorlage und schaute in die Tagesmappe. Da lag ein Zettel. Magdalena las:

»Valter und Maja Aronsson feiern um ein Uhr zusammen mit Kindern, Enkeln und Urenkeln im Servicehaus in Råda ihren fünfundsiebzigsten Hochzeitstag. Ja, da sollte ich wohl mal vorbeischauen.«

»Das denke ich auch. Fünfundsiebzig Jahre! Alle Achtung, kann man da nur sagen. Das wird einen hübschen Artikel für die letzte Seite geben. Mach aber auch mit dem Mord weiter.«

»Natürlich.«

Magdalena legte auf. Ich muss mir etwas ausdenken, dachte sie. Das geht so nicht.

Ein Mädchen wird mehreren sexuellen Übergriffen ausgesetzt, dann wird sie erschossen und in einem Erdkeller abgelegt. Was konnte da nur geschehen sein? Ein schiefgelaufener Internetflirt? Inzest? Aber niemand wusste, wer sie war, niemand vermisste sie. Magdalena dachte nach. Konnte das mit Menschenhandel zu tun haben? Organisierte Prostitution? Nein, instinktiv schob sie den Gedanken weg. Nicht so weit draußen auf dem Land.

Aber was war es dann? Hatte jemand eine Frau importiert, mit der er dann nicht zufrieden gewesen war? Alle möglichen Gedanken schossen ihr durch den Kopf, einer erschien ihr noch absurder als der andere.

Ich kann auf jeden Fall mal damit anfangen, Petra Wilander anzurufen, dachte Magdalena. Die ist in Ordnung.

»Dieser Mord an dem Mädchen ist zwar nicht meine Baustelle, aber ich habe gerade einen Anruf erhalten, der was sein könnte«, sagte Urban Bratt, als er Sven Munthers Zimmer betrat.

»Lass hören«, sagte Munther und sah vom Bildschirm auf.

»Da war eine Dame am Telefon, die auf den Straßen bei dem Hof da oben ein unbekanntes Auto gesehen hat.«

Munther nahm die Brille ab und lehnte sich zurück.

»Es soll sich um einen dunkelblauen oder dunkelgrünen Volvo handeln, der am Silvesterabend höllisch schnell den Schotterweg unterhalb des Hauses, in dem das Mädchen gefunden wurde, heruntergefahren ist, und zwar so schnell, dass er auf die falsche Seite geriet. Die Frau musste ausweichen, und ehe sie sich's versah, saß sie mit ihrem Toyota in einer Schneewehe fest. Der Fahrer des Volvo machte sich allerdings nicht die Mühe anzuhalten, sondern raste mit unverminderter Geschwindigkeit weiter. Zum Glück hatte die Dame einen Wagen mit Vierradantrieb, und es gelang ihr, wieder freizukommen.«

Plötzlich sah Munther ein wenig frischer aus.

»Das müssen wir unbedingt verfolgen«, sagte er und setzte sich gerader hin. »Konnte die Frau etwas vom Nummernschild erkennen?«

»Leider nicht. Nur, dass es mit O, D oder möglicherweise G angefangen haben könnte.«

»O, D oder G. Was für eine außergewöhnliche Ansammlung von Buchstaben. Und nicht der kleinste Hinweis auf den Fahrer?«

»Nein. Sie war vollauf damit beschäftigt, ihr eigenes Auto zu lenken.«

»Verstehe«, sagte Munther. »Na ja, besser als nichts, sagt der Narr nach der Ohrfeige. Ich werde gleich mal bei der Zulassungsstelle anrufen und nachsehen, ob die auf dieser Grundlage was anleiern können. Dunkelgrün oder dunkelblau.«

Urban nickte, riss die Notizen zu der Zeugenaussage aus seinem Block und legte den Zettel auf Munthers Schreibtisch.

»Hier ist auch noch die Telefonnummer von der Frau.«

»Danke, Bratt«, sagte Munther, den Hörer schon am Ohr.

Magdalena nahm einen Stift aus der Box und wählte die Durchwahl von Petra Wilander.

»Hallo, Petra. Hier ist Magdalena Hansson vom *Värmlandsbladet*.«

»Hallo, wie geht es Ihnen?«

»Ach ja, eigentlich ganz gut dafür, dass ich eben von der *Länstidningen* plattgemacht worden bin. Stimmt das, was die da schreiben?«

»Ich bin nicht die Quelle, aber ich kann wohl sagen, dass es stimmt.«

»Es gibt noch etwas anderes, was ich an der Sache mit dem Mädchen in dem Erdkeller seltsam finde. Hat jemand ...«

Petra unterbrach sie mit einem Räuspern.

»Mit allem Respekt, wirklich, aber ich kann nichts sagen. Ich würde Ihnen gern helfen, aber wenn ich das tue, dann breche ich ein Versprechen, und das will ich nicht.«

»Kann ich nicht erst mal die Frage stellen?«

»Am liebsten nicht, nein.«

»Aber ...«

»Es tut mir sehr leid, aber ich kann nicht.«

Petra klang so aufrichtig, dass Magdalena ihr nicht einmal böse sein konnte.

Nachdem sie sich verabschiedet hatten, sank sie über dem Schreibtisch zusammen.

»Was für ein großartiger Start in die Woche«, murmelte sie in die Schreibtischunterlage.

Christer war sauer auf sie, und jetzt weigerte sich auch noch Petra, mit ihr zu reden. Stand sie vielleicht schon im ganzen Präsidium auf der schwarzen Liste?

Christer Berglund nahm die Faxausdrucke, die Sven Munther auf seinen Tisch gelegt hatte, und ging zu Petra.

»Hier sind alle grünen und blauen Volvos im Bezirk Värmland mit einem Kennzeichen, das mit O, D oder G beginnt. Direkt aus dem Fahrzeugregister.«

Er breitete die Blätter aus und beide fingen an, die Liste durchzusehen.

»Es scheint mir kein notorischer Schnellfahrer dabei zu sein, jedenfalls nicht, soweit ich das erkennen kann«, sagte Petra. »Aber wir müssen natürlich noch das Allgemeine Ermittlungsregister und das Verbrechensregister aus der zentralen Datenbank berücksichtigen.«

Christer nickte. Dann entdeckte er einen Namen, den er kannte.

»Guck mal, mein Vater ist auch dabei«, sagte er und zeigte.

»Ja. Es ist aber auch keine große Kunst, auf dieser Liste zu stehen. Was meinst du, an welchem Ende sollen wir anfangen?«

Christer dachte einen Moment nach und sagte dann:

»Wenn wir in diesen beiden Registern keinen Treffer landen, dann sollten wir die Namen hier mit zu Ulrica Thellin nehmen, die das Mädchen gefunden hat, und sie fragen, ob sie oder ihr Mann wissen, ob einer von denen je in ihrer Hütte war. Die liegt schließlich so abgeschieden, dass man davon ausgehen muss, dass der Täter das Haus und den Erdkeller kannte, ehe er dorthin gefahren ist.«

»Es kann allerdings auch jede Menge Leute geben, die wussten, wo die Hütte lag, ohne dass Thellins sie kennen«, meinte Petra. »Aber irgendwo müssen wir anfangen, und ich habe keinen besseren Vorschlag.«

Ulrica Thellin schaltete das Radio aus und setzte sich gegenüber von Christer und Petra an den Küchentisch. Sie kämmte mit den Fingern zerstreut die Fransen des gestreiften Tischläufers. Nur das Geräusch der großen Kühltruhe im Eingang und der Uhr im Wohnzimmer, deren Pendel vor und zurück schnurrte, waren zu hören.

»Was wollten Sie denn fragen?«, fragte Ulrica und legte die Hände in den Schoß.

»Wir haben von einem dunkelblauen oder dunkelgrünen Volvo gehört, der nachmittags, ein paar Tage bevor Sie die Leiche gefunden haben, sehr schnell durch die Straße unterhalb Ihrer Hütte gefahren sein soll«, sagte Petra. »Er fuhr so schnell, dass ein entgegenkommendes Auto von der Straße gedrängt wurde.«

»Hier haben wir alle Autobesitzer im Umkreis, deren Wagen auf die Beschreibung passen.«

Christer drehte den Papierstapel zu Ulrica, die hinter vorgehaltener Hand gähnte.

»Entschuldigen Sie bitte.«

Sie zog die braune Strickjacke enger um ihren Bauch und beugte sich über die Liste.

»Wir gehen davon aus, dass die Person, die die Leiche in dem Keller versteckt hat, Ihr Haus kannte, dass sie wusste, wo es liegt und wie es aussieht«, sagte Petra. »Und wir wüssten gern, ob Sie mit einem oder mehreren dieser Autobesitzer hier Kontakt hatten.«

Ulrica ging die Liste langsam durch.

»Ich werde mal Göran holen«, sagte sie nach einer Weile und verschwand im Flur. »Er ist draußen in der Garage.«

Bald hörte man eine Tür schlagen.

»Guten Tag, guten Tag«, sagte ein groß gewachsener Mann, der leicht vorgebeugt die Küche betrat, um sich nicht den Kopf am Türrahmen zu stoßen. »Womit kann einer wie ich Ihnen dienen?«

»Könnte jemand von den Autobesitzern auf dieser Liste in der Hütte gewesen sein und wissen, wie es da aussieht?«, fragte Ulrica und zeigte ihm die Ausdrucke.

Göran Thellin nahm die Mütze ab und setzte sich an den Tisch. Er knöpfte die karierte Filzjacke auf, behielt sie aber an. Christer, Petra und seine Frau warteten schweigend, während er las.

»Der Einzige auf dieser Liste, den ich kenne, ist Salmiak, also Ronny Salminen, wie er eigentlich heißt. Der ist aber nicht ganz richtig im Kopf.« Göran Thellin sah Christer über den Tisch hinweg an. »Falls diese Information den Ordnungshütern etwas bringt.«

Ulrica warf ihrem Mann einen Blick zu, sagte aber nichts.

»Wissen Sie, ob er mal in der Hütte war?«, fragte Christer.

»Er hat sich vor ein paar Jahren mal selbst zu einem Krebsessen eingeladen und ist dann in ein übles Handgemenge mit einem meiner Cousins geraten. Manchmal rastet der einfach total aus. Aber wer sollte so unglaublich dumm sein, einen Toten in einen Erdkeller zu legen? Ist es nicht viel zuverlässiger, eine Leiche zu vergraben? Aber ich habe schließlich nicht auf Kosten der Gesellschaft studiert, und deshalb bin ich sicher nicht die richtige Person, um solche Fragen zu beantworten; das ist Ihre Aufgabe.«

»Vielleicht ist es auch wie in all den Filmen, die man im Fernsehen sieht, dass am Ende derjenige der Mörder ist, von dem man es am wenigsten geahnt hat«, sagte Ulrica leise. »Das wird keine leichte Aufgabe für Sie hier.«

»Du guckst zu viele Krimis«, sagte Göran.

»Das sagst du immer.«

Petra und Christer warfen sich einen raschen Blick zu und verabschiedeten sich.

Der dunkelgrüne Volvo mit dem Kennzeichen OKS 944 stand poliert und gut in Schuss auf dem Hof. Petra parkte den Streifenwagen daneben und stieg aus.

»Er müsste zu Hause sein«, sagte Christer, nahm die frisch gewischte Treppe in zwei Sätzen und klingelte an der Tür.

»Klingt so, als würde hinter dem Haus jemand Holz hacken«, sagte Petra, als niemand öffnete.

Beide umrundeten die Hausecke, und Ronny Salminen stand im Lichtkegel eines großen Scheinwerfers und schwang die Axt über einem riesigen Birkenholzklotz. Als er die Polizisten kommen sah, hielt er mitten in der Bewegung inne.

»Verdammt, was ist denn jetzt los?«, fragte er und ließ die Axt sinken. Sein Blick flackerte zwischen den Beamten hin und her, und er wischte sich mit dem Handschuh die Nase ab. »Was wollen Sie?«

»Sie kennen doch Ulrica und Göran Thellin, oder?«, fragte Christer.

»Na ja, kennen ist übertrieben. Ich weiß, wer sie sind.«

»Sie haben eine Sommerhütte in der Nähe von Gustavsfors«, fuhr Christer fort.

»Ach. Wie schön für sie.«

»Sie waren schon einmal dort.«

»War ich das?«

Ronny Salminen sah ehrlich erstaunt aus.

»Auf einem Krebsessen vor ein paar Jahren«, erklärte Christer.

»Das ist durchaus möglich. Aber an Krebsessen pflege ich mich hinterher nur noch sehr undeutlich zu erinnern.«

Petra gab sich Mühe, nicht zu grinsen.

»Ah ja«, sagte sie.

»Ja, und wie ich das so einschätze, kann ich darüber auch nur froh sein. Aber ich habe mit dem Trinken jetzt aufgehört. Und mit den Krebsessen auch gleich. Jetzt bin ich mitten in meinem dritten Jahr ohne einen Tropfen Alkohol. Wenn mich die Sucht packt, komme ich hierher.« Er nickte zu dem hohen Holzstapel. »Das ist kein leichtes Match, aber noch liege ich vorn.«

»Gute Arbeit«, sagte Christer. »Wirklich.«

Ronny zuckte mit den Schultern.

»Ja. Aber was ist mit der Hütte?«

»Vielleicht haben Sie in der Zeitung von dem Mädchen gelesen, das tot in einem Erdkeller gefunden worden ist? Das war dort, auf dem Grundstück. Und in diesem Zusammenhang ist in der Nähe genauso ein Volvo wie Ihrer gesehen worden.«

»Jetzt soll ich also Mörder sein? Darf man fragen, warum gerade ich? Alle hier in der Gegend fahren Volvo!«

»Nicht ganz alle.«

»Jetzt hören Sie aber mal auf!« Ronny Salminen hielt die Hand wie ein Stoppschild hoch. »Als ich noch gesoffen habe, da habe ich mich durchaus manchmal wie ein Schwein verhalten. Aber seit ich aufgehört habe, kann ich nicht mal eine Kreuzotter mit dem Spaten zerteilen.«

Ronny verstummte, schwang die Axt und hieb den Birkenklotz in der Mitte durch. Dann beugte er sich langsam hinunter und nahm eine Hälfte auf.

»Wir würden uns gern mal Ihr Auto anschauen«, sagte Petra.

Wortlos hieb Ronny die Axt in den Hackklotz und ging vor ihnen her zum Auto.

»Schauen Sie es sich an, wenn Sie unbedingt müssen«, sagte er und machte die Fahrertür auf. »Aber wenn Sie ins Haus wollen, dann will ich erst noch ein paar andere verdammte Papiere sehen, klar?«

Ronny stand mit verschränkten Armen da, während Petra und Christer das Auto untersuchten. Innen sah es genauso ordentlich aus wie außen, das Armaturenbrett glänzte, und der Fahrgastraum roch nach Politur.

»Frisch gereinigt?«, fragte Christer mehr als Feststellung denn als Frage.

Ronny zuckte die Schultern.

Christer ging um das Auto und machte den Kofferraum auf. Auch hier herrschte vorbildliche Ordnung. Die Plastikmatte sah frisch geschrubbt aus, darauf lagen nur ein Benzinkanister aus Plastik und ein Spaten. Christer nahm den Spaten und wog ihn in der Hand.

»Klar weiß ich, dass ich einen beschissenen Ruf habe«, sagte Ronny. »Aber ich habe noch nie eine Frau geschlagen. Niemals. Im Unterschied zu Göran Thellin.«

Petra kroch rückwärts vom Beifahrersitz und sah Ronny über das Autodach hinweg an.

»Was meinen Sie damit?«

»Göran Thellin hat schon ein paarmal wegen Misshandlung von Frauen gesessen. Wussten Sie das nicht?«

Magdalena machte die Autotür auf, rückte Nils die Mütze auf dem Kopf zurecht und nahm seine Hand.

»Essen wir heute echt Pizza?«, fragte Nils. »Obwohl nicht Freitag ist?«

Mit großen Augen sah er auf das Schild über der Tür zur Pizzeria Florenz.

»Ja, ich finde, wir können uns mal ein bisschen was gönnen.«

Wir können uns ein bisschen trösten, wäre vielleicht zutreffender gesagt, dachte Magdalena.

Das Lokal war fast leer, abgesehen von einem Mann mit Kappe und dunkler Daunenjacke, der unter einem Fernsehapparat saß und auf seine Bestellung wartete, die Hände in den Hosentaschen vergraben.

»Ja, hallo, Magda. Ich habe schon gehört, dass du wieder in der Stadt bist. Wie geht's?«

Mit einiger Anstrengung gelang es Magdalena, Jörgen Engström in seiner Schürze und mit dem dünnen, grauen Pferdeschwanz hinter dem Tresen wiederzuerkennen.

»Danke, wunderbar. Und selbst?«

»Danke, gut. Kann nicht klagen.«

»Ich war am Samstag schon mal hier. Da war ein bisschen mehr los.« Magdalena nickte zum Lokal hin. »Großartige Stimmung.«

»Ja, das ist im letzten halben Jahr sehr populär geworden. Ah, und das hier ist Nils, wenn ich mich nicht täusche«, sagte Jörgen, lehnte sich über den Tresen und lächelte. »Ich habe schon gehört, dass du viel mit meinem Neffen Melvin spielst. Stefan sagt, die beiden Jungs würden die ganze Zeit zusammenkletten.«

Die Brüder Stefan und Jörgen waren bei den Mädchen

in der Schule beliebt gewesen. Wenn Magdalena sich recht erinnerte, war Lisa einen Sommer lang in Jörgen verliebt gewesen.

»Ja, was darf's denn sein?«

»Zwei Capricciosa, bitte. Eine für Kinder und eine für Erwachsene.«

»Sonst noch etwas?«

»Nein, das wär's.«

Die Kasse piepte.

»Das macht neunundsiebzig Kronen.«

Während Magdalena das Portemonnaie aufmachte, hielt Jörgen Nils eine Plastikschachtel mit kleinen gezuckerten Lutschern hin.

»Bitte schön. Aber du musst die Mama fragen, ob du ihn jetzt essen darfst oder bis nach dem Essen warten musst.«

Nils sah Magdalena fragend an, zog den einen Handschuh ab und steckte die Hand in die Schachtel.

»Du musst bis nach dem Essen warten. Aber länger nicht«, sagte Magdalena mit einem Augenzwinkern.

Nils' Miene erhellte sich.

»Ein ziemlicher Supertag heute, was?«

»Ja«, antwortete Nils. »Voll.«

Sie hatte wieder von Großmutter geträumt. Sie hatte ihr das dünne Mädchenhaar gekämmt und zu zwei kleinen Zöpfen geflochten. Sonya hatte die ganze Zeit schön still auf dem Hocker gesessen, genau wie sie es gelernt hatte, hatte sich überhaupt nicht bewegt und nicht mal den Kopf gedreht, wenn sie eine Frage von Großmutter beantworten wollte.

»Fertig. Willst du dich mal im Spiegel sehen?«, hatte Großmutter gefragt, als sie die Baumwollschleifen zu festen Rosetten geknotet hatte.

Sonya hatte den Kopf geschüttelt und war rausgelaufen, um nach Ana zu suchen. Es war Zeit zu gehen.

»Du bist ein braves Mädchen, Jajja«, hatte Großmutter gesagt. »Du schaffst alles.«

Als Sonya aufwachte, lag das Laken wie ein zerknülltes Bündel in ihrem Schoß, und das fleckige Kissen ohne Bezug war von Tränen und Rotz ganz nass.

Der Entschluss lag schwer auf ihrer Seele. Sie würde abhauen. Und sie würde es schaffen. Großmutter hatte es gesagt.

Nils hatte ein Stück Pizza auf die Gabel gespießt und wedelte damit in der Luft herum.

»Nicht mit dem Essen spielen, Schatz. Iss es lieber.«

Nils biss ein Stück Champignon ab und kaute gemächlich.

»Ich kann ja verstehen, dass du wegen dem Iglu supertraurig bist, aber man kann ihn doch wieder aufbauen. Ich verspreche es dir, es wird noch mehr Schnee kommen.«

»Aber es war einfach der tollste Iglu.«

»Ja, das war er wirklich.«

Nils wedelte weiter mit der Gabel.

»Hör jetzt auf damit, Nils. Hörst du nicht, was ich sage? Iss jetzt!«

»Hab ich nicht vor.«

»Was hast du nicht vor?«

»Essen.«

Aha, war es mal wieder so weit.

»Wann ziehen wir eigentlich wieder nach Hause?«, murmelte Nils, ohne von seinem Pizzakarton aufzusehen.

Magdalena legte die Gabel weg und sah ihn an.

»Was hast du gesagt?«

»Wann ziehen wir nach Hause?«

»Wir wohnen jetzt hier. Wir werden nirgendwo hinziehen.«

»Also, ich will jedenfalls nicht mehr hier wohnen.«

Nils sah Magdalena mit großen Augen an.

Der verdammte Ludvig. Jetzt hatte er Nils wieder eine Menge Flöhe ins Ohr gesetzt. Ein Wochenende, mehr brauchte er offensichtlich nicht, um das Gefühl von Zuhause, das sie sich endlich aufgebaut hatten, wieder kaputt zu machen.

»Warum willst du denn nicht hier wohnen?«, fragte Magdalena und versuchte, ruhig zu wirken.

»Weil ich es nicht will.«

»Das ist keine Antwort.«

»Doch.«

Am liebsten hätte Magdalena laut geschrien. Wohin sollte sie nur mit dieser Wut, die sie zu zerreißen drohte, während sie doch die ganze Zeit vor Nils vernünftig und sachlich bleiben musste?

Denken Sie immer daran, das Wohl des Kindes an die erste Stelle zu setzen.

Es ist wichtig, dass sie einander nicht mit Schmutz bewerfen.

Magdalena hörte in ihrem Kopf den schonischen Dialekt der Familientherapeutin und fragte sich unwillkürlich, ob diese kühle Person jemals selbst betrogen und verlassen worden war, um dann aufgefordert zu werden, so zu reden und zu handeln, als wäre nichts geschehen.

Sie versuchte, sich zu sammeln, und sagte:

»Ist denn irgendetwas Besonderes vorgefallen?«

»Ich habe Sehnsucht nach meinem Papa.«

Nils' Unterlippe fing an zu zittern.

»Mein Schatz ...«

Es ist wichtig, dass die Kinder traurig sein können.

Wieder diese Skåne-Stimme. Magdalena blieb auf ihrem Stuhl sitzen und sah zu, wie die Tränen auf Nils' Pizza tropften. Konnte das nicht irgendwann mal ein Ende haben?

»Willst du Papa anrufen?«

Nils nickte bedächtig.

In dem Moment, als Magdalena sich nach dem Handy auf der Arbeitsplatte ausstreckte, zeigte es mit einem Piepen eine neue SMS an.

»Ich denke viel an dich. Petter.«

Magdalena starrte auf das Display.

»Was ist los?«, fragte Nils, der von seinem Karton aufsah.

»Nichts Besonderes.«

»Du siehst superkomisch aus, total rot im Gesicht.«

Kaum dass Nils den Küchentisch verlassen hatte, klappte Magdalena zwischen Pizzaresten und Besteck den Laptop auf. Während der Computer hochfuhr, las sie noch einmal die SMS. Ihr war immer noch heiß im Gesicht.

Was sollte sie darauf nur antworten? Dass sie auch viel gedacht hatte? Dass sie bis zwei Uhr nachts wach gelegen und an ihre Sommer am Rådasjön gedacht hatte?

Nein, das würde sie auf keinen Fall antworten. Sie musste wieder zu Verstand kommen. Erst alles andere abschließen, ins Gleichgewicht kommen und sich selbst finden. Sich selbst finden ist ein höchst sonderbarer Begriff, dachte sie. Wie machte man das eigentlich?

Als sie sich bei Facebook eingeloggt hatte und den Daumen unter der Statuszeile »Magdalena Hansson ist glücklich« und den Text »Petter Björkman findet das gut« sah, musste sie lächeln.

Ihre ehemalige Kollegin Ann-Sofie hatte auch geschrieben:

»Wie schön, meine Liebe! Also geht es dir gut, da am Ende der Welt? Hier im Büro ist es öde ohne dich.«

Plötzlich verspürte Magdalena Sehnsucht nach Ann-Sofie. Die Wochen waren wie im Flug vergangen, und ein paar schnelle SMS waren der einzige Kontakt gewesen, den sie seit dem Umzug ausgetauscht hatten.

Rasch antwortete sie:

»Ja, wir haben es gut. Vermisse dich auch! Rufe demnächst mal an. Liebe Grüße.«

Dann schrieb sie eine neue Statuszeile:

»Magdalena Hansson denkt nach.«

Großmutter, ich habe dich im Stich gelassen. Verzeih mir. Ich habe dich so sehr im Stich gelassen.

Ich habe dir versprochen, auf Ana aufzupassen, aber jetzt habe ich den Wildfang, wie du sie immer genannt hast, verloren.

Es gibt so vieles, was ich dir gern erzählen möchte, wenn du noch zuhören magst. Magst du? Aber nicht einnicken, wie du es neben dem Radio machst, auch wenn da eine Sendung kommt, auf die du dich gefreut hast. Nein, ich weiß doch, dass du nicht einschläfst, wenn ich rede – ich mache doch nur Witze mit dir.

Die erste Zeit in diesem Café in Chişinâu war gut, auch wenn wir den ganzen Tag hart arbeiten mussten. Zu Anfang habe ich am liebsten gespült, doch nach einiger Zeit habe ich mich an die Gäste gewöhnt und war auch nicht mehr sonderlich nervös, wenn ich ihre Bestellungen aufnehmen sollte. Manchmal habe ich sogar etwas Trinkgeld bekommen.

Abends saßen wir meist in unserem Zimmer, das wir von der Frau gemietet hatten, der das Café gehörte, und träumten von der Zukunft. Manchmal haben wir auch Zeitungen mitgenommen, die die Leute liegen ließen. Aber rauszugehen trauten wir uns nicht, nicht einmal Ana.

Eines Tages kam ein hübscher Mann ins Café. Er trug einen Anzug und hatte eine schicke Frisur. Ana und ich fanden beide, dass er fast ein wenig wie ein Schauspieler aussah, und wir haben den ganzen Abend von ihm geredet.

Am nächsten Tag kam er wieder. Ich sollte seine Bestellung aufnehmen. Ich war ziemlich nervös und machte viele Fehler, aber er hat mir trotzdem Trinkgeld gegeben. Sehr viel Trinkgeld. Ana und ich warteten daraufhin mehrere Tage auf ihn, aber es dauerte eine Woche, ehe er wieder auftauchte. Ich war ebenso nervös wie zuvor, habe es aber wenigstens hingekriegt, alles richtig zu machen.

»Du hast ein Talent für die Arbeit hier«, sagte er.

Ich war so perplex, dass ich nicht wusste, was ich sagen sollte.

»Ich habe einen Freund, der hat ein Hotel in Deutschland. Ich weiß, dass er für das Restaurant dort Leute braucht. Wärest du interessiert? Es ist gut bezahlt.«

»Ich weiß nicht. Meine Cousine und ich arbeiten zusammen hier«, antwortete ich.

»Für sie gibt es bestimmt auch Platz«, sagte der »Schauspieler«. Oder Leonardo, wie Ana und ich ihn getauft hatten.

Da ich nicht wusste, was ich sagen sollte, fuhr er fort:

»Ihr könnt ja mal darüber nachdenken. Schaut mal hier herein, und dann könnt ihr euch einen Eindruck verschaffen.« Dann gab er mir ein kleines Heft mit vielen Farbfotos von dem Hotel.

»Ich werde in ein paar Tagen wieder hier sein.«

13

Barbro Holmgren sah von der *Länstidningen* auf, als Magdalena die Redaktion betrat.

»Na, was hast du denn für einen hübschen Lidschatten aufgelegt.«

»Danke, manchmal muss man sich eben etwas Mühe geben«, erwiderte Magdalena, setzte ihre Mütze ab und ging in ihr Büro.

Verdammt. Das mit dem Lidschatten war unnötig. Bestimmt sah man es ihr an.

Als sie die Jacke über die Rückenlehne gehängt hatte, holte sie ihr Mobiltelefon aus der Tasche und las die SMS noch einmal, sie wusste nicht zum wievielten Mal. »Ich denke viel an dich. Petter.«

Normalerweise hatte sie überhaupt keine Probleme, Antworten zu geben, sondern es fiel ihr leicht, kurze, freche Nachrichten zu tippen. Aber jetzt ging das nicht. Sie hatte die ganze Nacht nachgedacht.

Was glaubt er eigentlich, wer er ist?, dachte sie. Und was

glaubt er, wer ich bin? Bildet er sich etwa ein, dass man einfach so wieder anfangen kann, als ob nichts geschehen wäre? Aber irgendetwas muss ich ja antworten.

Ihre Hände zitterten so sehr, dass Magdalena mehrmals von vorn anfangen musste, ehe die Buchstaben in der richtigen Reihenfolge landeten. »So einfach ist das aber nicht. Magda.«

Und dann drückte sie schnell, bevor sie es sich anders überlegen konnte, auf »Senden«.

Danach schlug sie die *Länstidningen* auf.

Also wirklich, jetzt könnte er aber mal lockerlassen, dachte Magdalena, als sie den Artikel von Linus Saxberg sah. »Polizei sucht einen dunklen Volvo«. Wieder wurde die Quelle nicht genannt, und wieder war der Artikel sehr detailliert.

Wie macht er das nur?, fragte sie sich. Und was bin ich bloß für ein Loser.

Sonya saß mit dem Rücken an der Wand auf dem Bett. Aus der Küche war Kostas Telefongemurmel zu hören. Als sie den Kopf zur Seite drehte, sah sie unter Anas Bett etwas Glänzendes liegen. Kosta redete weiter, sie stand vom Bett auf, schlich leise durch das Zimmer und beugte sich hinab. Da lag eine Gabel. Um daranzukommen, musste sie sich auf den Bauch legen und den Arm, so weit sie konnte, unter das Bett strecken.

Ein Geschenk von Großmutter, dachte sie.

Jetzt wusste sie genau, was sie tun musste.

Vorsichtig hob sie Anas Bett hoch und schob die Gabel unter einen der Bettpfosten. Die Gabel wollte erst nicht nachgeben, aber als sie sich auf das Bett setzte und den

Griff ganz langsam nach oben bog, konnte sie eine der Zinken so verbiegen, dass sie von den anderen wie ein abgebrochener Finger abstand. Der Abdruck des Griffs verursachte tiefe, rote Druckstellen in ihrer Hand, und sie musste sich erst ein bisschen ausruhen, bis es ihr gelang, auch die anderen Zinken so umzubiegen, dass sie nach innen standen. Als sie fertig war, ähnelte die Gabel einem Haken.

Ein Schlüssel, dachte sie. Wenn sie Glück hatte, konnte sie damit die Tür zu ihrem Zimmer aufkriegen.

Sonya stemmte die Matratze hoch und legte die Gabel auf den Boden des Betts. Ihr Herz schlug wie wild, als sie sich wieder hinlegte.

Kosta telefonierte immer noch. Wahrscheinlich sprach er mit Sergej, denn er redete Russisch und nicht die andere Sprache.

»Wie sehen sie aus? ... Gut ... Doch, hier ist alles ruhig ... Dazu ist sie in zu schlechtem Zustand, also lasse ich es langsam angehen, bis ihr kommt. ... Was? ... Ja ... So gegen zwei Uhr morgen. ... Nicht früher? Okay.«

Dann wurde es ganz still, ehe der Fernsehapparat eingeschaltet wurde.

Kosta würde also die ganze Nacht über allein in der Wohnung sein.

Heute Abend, wenn er eingeschlafen ist. Dann.

Es fiel Magdalena schwer, sich auf die Unterlagen des Gemeinderates zu konzentrieren. Das trockene Bürokratenschwedisch war ermüdend, aber sie war gezwungen, sich vor der Sitzung am Abend durch das Pamphlet durchzuarbeiten. Um sich wach zu halten, unterstrich sie hier und da etwas mit einem Textmarker.

Als sie Christer ein paar Stunden zuvor angerufen hatte, hatte er sehr wichtig geklungen und von »gewissen Hinweisen« aus der Bevölkerung gesprochen, die möglicherweise die Ermittlungen voranbringen konnten. Allerdings war nicht aus ihm herauszukriegen gewesen, um was für Hinweise es sich handelte.

Barbro war wie immer um ein Uhr gegangen, und jetzt lag die Redaktion still und ruhig im Nachmittagsdämmer. Magdalenas Schreibtischlampe war der einzige helle Fleck, und aus dem Radio im Bücherregal ertönte leise Monica Zetterlund. Wie oft spielten sie bei Radio Värmland eigentlich diese alten Regionalhelden?, fragte sie sich träge, ehe sie versuchte, ihre Gedanken zu sammeln und weiterzulesen.

Piep.

Magdalena nahm das Handy, das neben ihr auf der Schreibtischunterlage lag.

»Könntest du mir nicht wenigstens eine Chance geben? Petter.«

Magdalena starrte auf den Satz.

Wenn ich nicht solche Angst hätte, könnte alles so einfach sein, dachte sie. Aber ich überlebe es nicht, noch einmal im Stich gelassen zu werden.

Und dann wollte sie nur noch weinen.

Sven Munther streckte den Kopf zu Christer Berglunds Büro hinein.

»Wie lief es bei den Thellins?«

Christer, der ganz konzentriert vor dem Computer gesessen hatte, fuhr überrascht auf dem Schreibtischstuhl herum.

»Wusstest du, dass Göran Thellin zweimal wegen Misshandlung von Frauen verurteilt worden ist?«

»Nein, das wusste ich nicht. Wann soll das gewesen sein?«

»Komm, sieh es dir selbst an.« Christer winkte seinen Chef zu sich heran und zeigte auf den Bildschirm. »Das erste Mal war 1993, und dann noch einmal 1998, aber da ist er mit einer Geldstrafe davongekommen. Damals hat er in Deje gewohnt.«

»Hat er seine jetzige Frau geschlagen?«, fragte Munther.

»Nein, das betraf zwei verschiedene frühere Beziehungen, aber ich habe auch nach Ulrica Thellin gesucht. Sie hat vor zwei Jahren eine Anzeige erstattet, hat die aber nach einer Woche wieder zurückgezogen.«

»So ein Schwein«, sagte Munther mit Nachdruck, als Ulricas Anzeige auf dem Bildschirm erschien.

»Ich denke, wir sollten ihn noch mal befragen«, sagte Christer.

»Ja, vielleicht. Aber Misshandlung von Frauen und Mord sind nicht dieselbe Sache.«

»Nein, das weiß ich. Trotzdem. Irgendwie ist der Typ komisch. Und sie auch. Es glaubt doch keiner, dass man so dumm sein könnte, in seiner eigenen Sommerhütte eine Leiche zu verstecken, und deshalb wäre es besonders schlau, genau das zu tun.«

Munther sah skeptisch aus, sagte aber:

»Ja, was weiß ich. Sprich auf jeden Fall noch mal mit den beiden, aber einzeln.«

Christer nickte.

»Wie läuft es mit Hedda Losjö?«, fragte er.

Munther schüttelte den Kopf.

»Da passiert leider überhaupt nichts. Und Fredrik Anderberg hält sich immer noch versteckt.«

Wenn dieser Ronny Salminen nun recht hatte, dachte Christer? Wenn es Göran Thellin wäre. Aber woher kommt das Opfer? Und was gibt es für ein Motiv?

Als Christer Berglund vor dem Haus der Thellins parkte, sah man in der Küche einen Schatten huschen, und noch ehe er auf die Klingel drücken konnte, wurde schon die Tür geöffnet. So wie beim letzten Mal hielt Ulrica den Schäferhund fest am Halsband. Sie ist kräftiger, als sie wirkt, dachte er.

»Sie sind es wieder.«

»Ja«, sagte Christer. »Ich müsste Sie noch mal ein paar Sachen fragen.«

»Aha. Nun, dann kommen Sie herein. Göran arbeitet heute Nachmittag.«

Wie gut, dachte Christer. Geradezu perfekt.

Nachdem Christer die Tür geschlossen hatte, ließ Ulrica den Hund los und befahl ihm mit einem bestimmten »Platz!«, sich auf eine Decke zu legen, dann ging sie in die Küche und setzte sich. Sie sagte nichts, sondern wartete mit verschränkten Armen auf das, was Christer fragen würde.

»Was haben Sie und Ihr Mann Silvester gemacht?«

Ulrica starrte ihn an.

»Was wir gemacht haben? Wird Göran jetzt plötzlich des Mordes verdächtigt? Dann verstehe ich jetzt gar nichts mehr.«

»Wir haben erfahren, dass Göran mehrmals wegen

Misshandlung von Frauen verurteilt worden ist«, sagte Christer. »Ist er immer noch gewalttätig?«

Ulrica schob das Kinn vor und sah ihm direkt in die Augen.

»Das hängt wohl etwas davon ab, wie man als Mensch so ist.«

»Wie meinen Sie das?«

»Göran ist launisch, das ist einfach so. Aber wenn man weiß, wo seine Grenzen liegen, dann ist das kein Problem. Es gibt allerdings Leute, die lieben es zu provozieren.«

»Das heißt, Ihrer Ansicht nach haben seine früheren Frauen ihn provozieren wollen und sich die Sache deshalb selbst zuzuschreiben?«

Ulrica zuckte mit den Schultern.

»Sie haben doch auch vor ein paar Jahren eine Anzeige erstattet, die Sie dann wieder zurückgezogen haben.«

»Ja, ich habe eingesehen, dass es mein Fehler war. Ich hatte ganz einfach etwas falsch gemacht.«

»*Sie* hatten etwas falsch gemacht?«

»Wenn man trinkt, kann es passieren, dass man das Urteilsvermögen verliert. Inzwischen trinke ich nicht mehr.«

Christer hatte plötzlich den Faden verloren.

»Aber was hat das alles mit diesem toten Mädchen zu tun?«, fragte die Frau, die Arme immer noch vor der Brust verschränkt. »Ich möchte ja nicht unverschämt wirken, aber ich finde, Ihre Vermutungen sind alle etwas weit hergeholt. Erst kommen Sie mit einer Liste von Hunderten von Autos, zu denen wir etwas sagen sollen, und jetzt das hier. Wenn ich das richtig verstehe, wissen Sie noch nicht einmal, wer das Mädchen ist. Sie hätten es vielleicht nicht ganz so wörtlich nehmen sollen, als ich gesagt habe, dass es gern mal der ist, von dem man es am wenigsten vermutet.«

»Was haben Sie an Silvester gemacht?«

»Wir haben meine Schwester und meinen Schwager in Lesjöfors besucht. Ich kann Ihnen die Nummer geben, falls Sie anrufen und das kontrollieren wollen.«

Noch ehe Christer antworten konnte, war Ulrica aufgestanden und hatte aus einer Schublade einen Notizblock geholt. Schnell hatte sie eine Nummer notiert, die sie Christer reichte.

»Sie sind herzlich eingeladen anzurufen, wenn es noch weitere Fragen gibt.«

Dann wandte sie ihm den Rücken zu.

Magdalena lief außer Atem die Treppe zu Melvin hoch, klingelte und trat ein, ohne darauf zu warten, dass jemand öffnete. Die Gemeinderatssitzung hatte sich unendlich lang hingezogen.

»Hallohallo!«, rief sie. »Tut mir leid, dass ich so spät bin. Meine Güte, die konnten heute Abend überhaupt nicht auf den Punkt kommen!«

Diana kam in einem blauen Trainingsanzug und mit einem Geschirrtuch in der Hand aus der Küche. Sie sah frisch geduscht aus, das nasse Haar hatte sie zu einem lockeren Pferdeschwanz gebunden.

»Das kann ich mir vorstellen. Politiker eben.« Sie verdrehte die Augen. »Haben sie denn auch was zustande gebracht, oder ist nur geredet worden?«

»Na ja, sie sind sich nicht wirklich einig über die neue Gesamtschule. Ist bei dir hier alles gut gelaufen?«

»Wunderbar. Die beiden verstehen sich so gut. Sie

haben den ganzen Nachmittag lang Tischtennis gespielt.«

Diana wedelte mit dem Geschirrtuch Richtung Kellertreppe. Von unten waren das unverwechselbare Pingpong und fröhliches Gejohle zu hören.

»Aber sag mal«, fuhr Diana fort, »weißt du was Neues über diesen Mord an dem Mädchen im Erdkeller?«

»Auch nicht mehr als das, was ich heute in der Zeitung geschrieben habe«, sagte Magdalena, machte den Reißverschluss der Daunenjacke auf und lockerte ihren Schal.

»Ich finde das so schlimm, dass ich schon Alpträume davon habe. Wenn ich aufwache, bin ich total nass geschwitzt. Manchmal musste Stefan schon aufs Sofa ausweichen, weil ich so unruhig schlafe, nicht wahr?«

Diana wandte sich ihrem Mann zu, der in weißem T-Shirt und Arbeitshose aus dem Keller kam.

»Was?«, fragte Stefan erstaunt.

»Ich habe Magdalena gerade erzählt, dass ich von dem Mord solche Alpträume habe, dass du aufs Sofa umziehen musst.«

»Ja, dich kann ich nicht neben mir liegen haben, wenn der Wecker um Viertel nach fünf klingelt.«

Stefan strich Diana über den Arm und verschwand in der Küche.

»Es scheint, die Polizei hat neue Hinweise, aber mehr weiß ich auch nicht«, sagte Magdalena. »Die im Präsidium sind ein bisschen wie Geheimniskrämer.«

Diana verzog das Gesicht.

»Ich kann mir gut vorstellen, wie Christer das macht. Hier trägt er die Nase ganz schön hoch; manchmal fragt man sich schon, ob er einen steifen Nacken hat oder so.«

Magdalena musste über den doch recht treffenden Vergleich lachen.

»Aber er ist auch kompetent«, beeilte sie sich zu sagen. »Gründlich und professionell. Ich bin sicher, dass sie den Fall lösen werden.«

Plötzlich hörte man aus der Küche lautes Gläserklirren.

»Zum Teufel! Muss das immer so verdammt ...«

Die Klappe der Spülmaschine wurde so fest zugeknallt, dass der ganze Inhalt schepperte. Magdalena zog erstaunt die Augenbrauen hoch.

Stefan ging durch den Flur, ohne sich umzusehen, und verschwand wieder im Keller.

»Er baut das Badezimmer um«, erklärte Diana den Ausbruch. »Es soll eine Entspannungsecke mit Sauna und Jacuzzi werden. Ich fand ja, dass wir uns einen Handwerker nehmen sollten, aber Stefan war da anderer Meinung. Und jetzt arbeitet er bis zum Umfallen.«

Dann beugte sie sich vor und flüsterte mit einem Seitenblick zur Treppe:

»Er ist nämlich handwerklich nicht so begabt, wie er glaubt. Ach, übrigens, warte mal kurz.«

Diana verschwand in der Küche und kam mit einem Katalog zurück.

»Ich wollte gerade ein bisschen was bei Jotex bestellen. Die haben superschöne Ostergardinen. Vielleicht möchtest du ja auch was. Schau doch mal rein. Ich kann diese Woche noch dort anrufen und bestellen.«

»Danke, das ist nett.«

Magdalena nahm den zerfledderten Katalog entgegen.

»Ja, stimmt schon, bei mir zu Hause fehlen immer noch

ein paar Gardinen. Nur gut, wenn ich da mal einen Tritt kriege«, sagte sie. Dann rief sie Nils.

Als Sonya aufwachte, war es still in der Wohnung. So leise sie konnte, stieg sie aus dem Bett, schlich zur Tür und legte sich auf den Bauch. Doch. Da draußen sah alles dunkel aus.

Jetzt, dachte sie. Jetzt ist es so weit. Guter Gott, hilf mir.

Sie zog sich Strümpfe an und den Pullover über das Nachthemd. Die dünne, braune Jacke und die Schuhe waren im Schrank. Nachdem sie sich angezogen hatte, hob sie die Matratze hoch und nahm die Gabel.

Ihre Hände zitterten, als sie den Haken ins Schlüsselloch steckte und versuchte, den Schlüssel hinauszuschieben. Obwohl sie nur ganz leichte Bewegungen machte, hatte sie den Eindruck, das Kratzen müsste bis in Kostas Zimmer zu hören sein.

Pling!

Nie hätte sie gedacht, dass ein Schlüssel so laut sein konnte, wenn er im Flur über den Fußboden glitt.

Sonya sprang ins Bett zurück und horchte. Ihr Herz schlug so schnell, dass ihr übel wurde.

Als sie nichts von Kosta hörte, zwang sie sich, erneut zum Schlüsselloch zu gehen. Wieder steckte sie den Haken in das Loch und unternahm ein paar Versuche, ihn darin herumzudrehen, aber irgendetwas bot Widerstand. Wie sehr sie sich auch bemühte, es ging nicht.

Ein paar Minuten später gab sie auf und setzte sich aufs Bett. Sie wog den Haken in der Hand und dachte nach. Es musste gehen. Es musste einfach. Vielleicht war der Winkel falsch.

Gerade als sie die Gabel unter den Bettpfosten gelegt hatte, um den Haken weiter umzubiegen, hörte sie es: ein dumpfes Stöhnen, dann Schritte im Flur. Sonya kroch wieder unter die Decke. Sie hörte, wie Kosta die Toilettentür schloss.

Sie faltete die Hände. Lieber Gott, mach, dass er nicht merkt, dass der Schlüssel nicht mehr in der Tür steckt, mach, dass er den Schlüssel auf dem Fußboden nicht sieht. Bitte. Bitte. Lieber, lieber Gott ...

Sie hörte Kosta auf der anderen Seite der Wand spülen. Dann wurde die Toilettentür aufgemacht. Schritte. Eins, zwei, drei, vier, fünf ... Und dann ein Knarren, als Kosta sich wieder ins Bett legte. Sonya bekreuzigte sich.

Lange Zeit lag sie völlig reglos da. Erst, als sie aus Kostas Zimmer wieder Schnarchgeräusche hörte, wagte sie, sich aufzusetzen und nochmals zu versuchen, den Haken in eine andere Form zu bringen. Als sie am Ende zur Tür schlich, sah die Gabel wie ein großer Angelhaken aus.

Schon beim ersten Versuch merkte Sonya, wie der Haken im Schloss griff und das Schloss sich einmal herumdrehte. So leise sie konnte, drückte sie die Klinke herunter und machte die Tür auf, dabei atmete sie langsam durch den Mund. Dann schlich sie auf Zehenspitzen in den Flur hinaus. Durch das Küchenfenster fiel schwaches Licht von einer Straßenlaterne und warf ein Viereck auf den Fußboden im Flur. Die Tür zu Kostas Zimmer stand einen Spalt breit auf. Weiterhin war gleichmäßiges Schnarchen zu hören.

Jetzt musste sie nur noch die Schlüssel von der Wohnungstür finden. Wo konnten die sein?

An einem Garderobenhaken hing Kostas schwarze

Lederjacke. Vorsichtig begann sie, die Taschen zu durchsuchen. Sie stieß auf zwei Kondomverpackungen und ein zusammengefaltetes Papier. Sonya drehte sich um und blieb stehen, den starren Blick auf Kostas Zimmertür gerichtet. Ich muss, dachte sie. Aber es dauerte lange, bis sie es über sich bringen konnte, hinzuschleichen und die Tür so weit aufzumachen, dass sie ins Zimmer schlüpfen konnte.

Kosta lag auf dem Rücken, den Mund halb geöffnet. Das T-Shirt war hochgerutscht und entblößte einen runden, weißen Bauch. Die schwarzen Jeans hatte er über die Bettkante geworfen.

Sonya ertastete die Hosentaschen. Der Schlüsselbund war mit seinen scharfen Kanten leicht auszumachen, Sonya hielt ihn, zwischen Daumen und Zeigefinger und fischte ihn heraus, während sie den schlafenden Kosta beobachtete. Wie kindlich er aussieht, wenn er schläft, dachte sie. Ungefährlich.

Sie hielt die Schlüssel fest und suchte noch nach der Brieftasche, die in der hinteren Tasche steckte. Widerwillig wandte sie den Blick von Kosta und blätterte durch das Geldscheinfach. Drei Scheine, auf denen eine 500 stand, steckte sie in ihre Jackentasche.

Da passierte es.

Der Schlüsselbund entglitt ihr.

Als er mit lautem Klirren aufschlug, warf sie sich am Fußende des Bettes zu Boden. Das Herz schlug ihr bis zum Hals. Kosta wurde wach und setzte sich im Bett auf.

Das hier ist nicht wirklich, dachte sie. Es ist nicht wirklich. Der Schlüsselbund lag unter dem Bett, einen halben Meter von Kostas Fersen entfernt. Sonya schloss die

Augen. Doch anstellte der befürchteten Schritte hörte sie nur, wie Kosta hustete und sich wieder hinlegte.

Ein paar Minuten später atmete er wieder regelmäßig, aber Sonya wagte nicht, sich zu rühren. Erst als sie so lange Staub eingeatmet hatte, dass sie meinte, zu ersticken, streckte sie die Hand aus und nahm den Schlüsselbund. Dann erhob sie sich langsam und schlich aus dem Zimmer.

Am Bund befanden sich mehrere Schlüssel, und Sonya machte zwei Fehlversuche, ehe sie endlich den erwischte, der zu dem Sicherheitsschloss passte. Kaum ein Geräusch war zu hören, als sie den Schlüssel herumdrehte.

Dann öffnete sie die Tür.

Mein Gott, hatte die wirklich schon immer so geklungen? Das laute Kreischen der Angeln hallte von den Wänden im Treppenhaus wider.

Jetzt war keine Zeit mehr zum Nachdenken. So schnell sie konnte, machte sie die Tür hinter sich zu und rannte die Treppe hinunter.

Als sie die Eingangstür aufdrückte und die nächtliche Kälte im Gesicht brennen spürte, bekam sie es mit der Angst zutun. Wie kalt es war! Wo sollte sie hin? Wie weit würde sie kommen, ehe sie erfroren wäre?

Anstatt in die Nacht hinauszutreten, hielt sie die Tür fest, eilte dann zur nächsten Wohnungstür und klingelte dort.

Tore warf sich im Bett herum und seufzte. Das Bettzeug war schon zerwühlt und warm, und ihm war klar, dass er sich geschlagen geben und wieder aufstehen musste.

Er hievte die Beine über die Bettkante und schob die

Füße in die Filzpantoffeln, die ordentlich aufgestellt vor dem Nachttisch warteten. Die Schlafanzughose schlotterte um seine dünnen Beine, als er über den Rollator gebeugt in die Küche schlurfte.

An der Wand tickte die Küchenuhr, sonst war alles still.

Tore lehnte sich ans Fenster und sah zum Himmel hoch. Es war vollkommen sternenklar. Über den Baumwipfeln im Hagforspark leuchtete der Große Wagen.

Eine Tasse Tee würde ihm vielleicht den Schlaf bringen können, überlegte Tore. So sollte es sein. Er holte einen kleinen Aluminiumtopf aus dem Schrank, ließ Wasser hineinlaufen und schaltete die Platte an. Als das Wasser kochte, nahm er eine Tasse und einen Teebeutel von denen, die er von Jeanette bekommen hatte. Zwar war das so ein Gesundheitskram, der »Ruhe und Harmonie« schenken sollte, und eigentlich glaubte er ja nicht an diesen Mist, aber er hatte ihr versprochen, es mal zu probieren.

Als das Wasser kochte, drehte er die Platte aus und füllte die Tasse.

In dem Augenblick klingelte es an der Tür.

Sonya drückte auf die Klingel und konnte drinnen das Summen hören. Als nichts geschah, drückte sie noch einmal.

»Bitte«, wisperte sie. »Bitte, jetzt mach schon auf.«

Sie hatte die Hand wieder gehoben, um noch einmal zu klingeln, als die Tür aufging, und der alte Mann, den sie so oft schon vom Fenster aus gesehen hatte, musterte sie.

»Hilfe, ich brauche Hilfe«, flüsterte sie und zeigte das Treppenhaus hinauf.

Der Alte sah sie verständnislos an, aber er wirkte nicht ängstlich, sondern eher erstaunt.

Endlich machte er einen Schritt zur Seite und ließ sie eintreten. In der Küche brannte Licht, und ein süßer Duft erfüllte die Wohnung.

»Danke«, sagte sie. »Danke.«

Als der Mann die Tür wieder zumachen wollte, sah Sonya, wie sich ein großer Fuß in den Türspalt schob. Im nächsten Augenblick wurde die Tür aufgestoßen. Der Alte ließ erschrocken die Klinke los, und Kosta stürmte in T-Shirt, Unterhosen und Schuhen an ihm vorbei in den Flur.

»Du kleine Hure!«, brüllte er und verpasste Sonya einen harten Faustschlag ins Gesicht.

Sie verlor das Gleichgewicht, stürzte und blieb auf dem Teppich liegen. Instinktiv machte sie sich klein und versuchte, den Kopf mit den Armen zu schützen.

Kostas Tritte hämmerten wie üblich willkürlich auf ihren Körper ein. Einer traf sie am Hinterkopf, einer ging ins Kreuz, mehrere ins die hochgezogenen Arme und das Gesicht.

Guter Gott ...

Dann war der Hagel aus Tritten vorüber, und Sonya sah vorsichtig auf. Das Schlüsselbein fühlte sich gebrochen an, und eine Auge konnte sie nicht mehr öffnen.

Kosta hatte sich jetzt dem alten Mann zugewandt und drückte ihn gegen die Wand. Die Schlafanzugjacke war verrutscht und entblößte eine weiße Schulter. Ein nasser Fleck breitete sich auf seiner karierten Flanellhose aus.

Kosta schrie den Alten an und starrte auf die Urinpfütze, in der er stand. Der Mann antwortete nicht, sondern rang nur nach Luft. Seine Lippen zitterten

Ich muss etwas tun, dachte Sonya. Vor einem kleinen Bord, das als Telefontisch diente, stand ein Hocker. Sie versuchte, dorthin zu robben.

»Und du bleibst still liegen«, zischte Kosta. »Wenn du dich rührst, schlage ich dich in Stücke.«

Der Versuch, sich zu bewegen, hatte sie so viel Anstrengung gekostet, dass ihr schlecht wurde. Der stechende Schmerz im Bein war kalt, der Rücken fühlte sich wie betäubt an. Jetzt weinte der alte Mann, und Tränen liefen über sein runzliges Gesicht.

Das hier ist auch meine Schuld. Alles ist meine Schuld.

Mit einem Mal schien der Raum dunkler zu werden und ihr Körper schwerer.

Kosta, der den Alten immer noch gegen die Wand drückte, sah sich suchend in der Wohnung um. Nach einem Blick in das Schlafzimmer des Mannes, wo eine kleine Wandlampe leuchtete, machte er plötzlich ein entschlossenes Gesicht.

Der Alte leistete keinen Widerstand, als Kosta ihn ins Schlafzimmer führte und ins Bett zwang, während er mit sanfter Stimme auf ihn einredete, als würde er ein kleines Kind ins Bett bringen.

Das Letzte, was Sonya sah, ehe sie in Ohnmacht fiel, war, wie Kosta ein Kissen nahm und es auf das Gesicht des Mannes drückte.

14

Magdalena schaltete den Motor aus und trat auf den schlecht geräumten Parkplatz. Das Mietshaus am Waldrand schien sie aus seinen schwarzen Fensterscheiben anzustarren. Die Straßenlaterne am Parkplatz war kaputt.

Wie konnte Tore sich nur trauen, hier allein zu wohnen?

In zwei Fenstern der unteren Wohnung brannte Licht, das war wahrscheinlich Tores Wohnung. Hinter den heruntergezogenen Rollos der Wohnung darüber schien auch jemand zu wohnen. Sonst war das Haus völlig leer.

Jeanette hatte sich eine Daunenjacke um die Schultern gelegt, stand vor dem Eingang und rauchte.

»Wie traurig. Es tut mir so leid für dich«, sagte Magdalena und nahm Jeanette in den Arm. »Der gute Tore.«

»Ja, es ist gar nicht zu begreifen«, sagte Jeanette und schniefte. »Er war ja schon alt und hatte seit langem Herzprobleme. Ich hätte darauf gefasst sein sollen, aber als der mobile Pflegedienst angerufen hat, war das wirklich ein Schock.«

Magdalena und Jeanette gingen in Tores Wohnung und setzten sich an den Küchentisch.

»Willst du einen Tee, oder ein Brot?«, fragte Jeanette und rieb sich mit den Händen das Gesicht. »Oder hast du es eilig?«

»Nein, nein, ich nehme gern eine Tasse, wenn du sowieso welchen kochst.«

Während das Wasser aufkochte, stellte Jeanette Knäckebrot, Butter und Kaviarcreme auf den Tisch.

»Den kleinen Käse und die Milch habe ich leider schon weggeworfen. Dies ist die letzte Mahlzeit bei Großvater.«

Magdalena beobachtete durch das Fenster, wie im Dunkeln ein Auto auf den Parkplatz fuhr. Der Fahrer, in brauner Lederjacke und schwarzen Trainingshosen mit weißen Adidas-Streifen, stieg aus und machte die Hintertür auf. Drei junge Mädchen stiegen aus. Der Fahrer zeigte auf das Haus, und das Trio begann, sich auf den Eingang zuzubewegen.

»Wer ist das denn?«, fragte Magdalena. »Kennst du die?«

Jeanette warf einen flüchtigen Blick aus dem Fenster und schüttelte den Kopf.

Keines der jungen Mädchen hatte eine Winterjacke an, bemerkte Magdalena, während Jeanette den Tee aufgoss. Zwei trugen Kapuzenjacken und Jogginghosen, das dritte eine dunkelblaue Jeansjacke, einen kurzen Rock und hautfarbene Nylonstrümpfe. Alle drei hatten Stoffschuhe an den Füßen.

»Das war ja sonderbar«, sagte sie.

Jeanette antwortete nicht, stellte nur den Topf auf den Herd zurück und setzte sich.

»Dann ist Tore also heute Nacht gestorben?«, fragte Magdalena.

»Ja, sie glauben, dass sein Herz einfach stehen geblieben ist. Auch wenn er allein war, ist es doch irgendwie gut, dass er so gestorben ist, einfach wie immer am Abend in seinen eigenen vier Wänden eingeschlafen.«

Magdalena nickte schweigend, doch der Gedanke an die drei Mädchen ließ sie nicht los.

Plötzlich hörte man von oben laute Männerstimmen. Sie verstummten so abrupt wieder, dass Jeanette irritiert war.

»Großvater hat gesagt, dass er von da oben oft Geschrei gehört hat«, sagte Jeanette. »Ich habe ihm gesagt, er solle die Polizei anrufen, wenn das nicht aufhört, aber ich glaube nicht, dass er das gemacht hat.«

»Was für ein Geschrei?«

»Er meinte, ein Paar würde sich streiten. Ja, ich weiß auch nicht. Aber er fand das jedenfalls unangenehm.«

»Hast du mal nachgeschaut, welcher Name an der Tür steht?«, fragte Magdalena.

Jeanette schüttelte den Kopf.

»Warte kurz. Ich bin gleich zurück.«

In Socken schlich Magdalena die Treppe hinauf.

An der Wohnungstür über der von Tore stand »G. LIND«. Von drinnen waren immer noch erregte Stimmen zu hören.

»G. Lind. Kennst du jemand, der so heißt?«, fragte Magdalena, als sie wieder am Küchentisch saß.

»Eigentlich nicht«, sagte Jeanette und fing an, in einem schwarzen Kalender zu blättern, der auf dem Küchentisch lag.

Plötzlich musste sie heftig weinen. Ihre Schultern zuckten, Magdalena beugte sich vor und strich ihr behutsam übers Haar.

Jeanette beruhigte sich wieder, riss ein Stück Haushaltspapier von der Rolle auf dem Tisch und schnäuzte sich.

»Was da oben wohl vor sich geht?«, sagte Magdalena.

Jeanette trocknete sich die Augen. Das schwarze Notizbuch hatte sie zugeklappt und beiseitegeschoben.

»Ich finde auch, dass mit diesen Mädchen irgendwas nicht stimmt. Ich würde mal vermuten, dass sie aus Russland kommen.«

Magdalena ging nicht darauf ein, sie musste stattdessen an den besonderen Geruch denken, der fast immer bei älteren Menschen zu Hause herrschte. Als würde das Leben selbst einen neuen Geruch annehmen, wenn es beschwerlicher und langsamer wurde.

Jeanette stand auf, spritzte Spülmittel in die Spüle und füllte sie zur Hälfte mit Wasser. Dann nahm sie ein frisches Geschirrtuch und fing an, den Kühlschrank auszuwischen, der nun leer war. Anschließend machte sie das Eisfach auf.

»Nein, das muss ich beim nächsten Mal machen«, sagte sie und schloss die Tür wieder. »Jetzt kann ich nicht mehr.«

»Fährst du nach Hause?«, fragte Magdalena.

Jeanette nickte.

»Ich muss nur noch zum Müll«, sagte sie und zeigte auf drei zugeknotete Tüten.

»Ich komme mit und helfe dir«, sagte Magdalena. »Oder weißt du was, ich glaube, ich bleibe noch ein bisschen im Treppenhaus. Was hier oben geschieht, lässt mir keine Ruhe.«

Sonya lag auf der Seite im Bett und starrte an die Wand. Als Kosta die Neuen ins Zimmer geschoben und die Tür zugeschlossen hatte, hatte sie nur den Kopf gedreht. Reden konnte sie nicht. Die drei Mädchen hatten sie entsetzt angestarrt. Sah sie so schlimm aus?

Der Kopf schmerzte, der ganze Mund tat ihr weh. Sie fuhr sich mit der Zunge über die beiden Lücken in der Zahnreihe.

»Was hast du dir bloß dabei gedacht? Kann ich nicht

mal einen Tag weg sein, ohne dass du Scheiße baust?«, schrie Sergej draußen in der Küche.

»Ich hatte keine andere Wahl!«, brüllte Kosta zurück. »Was hätte ich denn tun sollen? Sie ist abgehauen, und der Alte hat alles gesehen. Der hätte in jedem Fall die Bullen gerufen.«

Einen Moment lang war es still. Dann sagte Sergej:

»Jetzt ist es nur noch eine Frage der Zeit, bis die hier sind.«

»Glaube ich nicht«, erwiderte Kosta. »Ich habe da unten alles sauber gemacht. Als ich ging, sah es aus, als würde der Alte schlafen. Ich habe sogar die Tür hinter mir mit einem Schlüssel zugeschlossen, den ich in einem Schrank gefunden habe.«

»Ich kann nur für dich hoffen, dass du gute Arbeit gemacht hast, sonst ist es vorbei.«

»Die ist total durchgedreht«, sagte Kosta. »Wir müssen sie loswerden.«

Magdalena setzte sich weiter oben ins Treppenhaus, sodass sie die Tür zur Wohnung über Tores im Blick hatte, aber selbst nicht entdeckt werden würde. Es war kalt, sie zog die Knie hoch und schlang die Arme um die Beine. An der Wand leuchtete ein Lichtschalter, sonst war es stockdunkel.

Was mache ich hier eigentlich?, fragte sie sich.

Eine kurze Weile später schlug die Eingangstür unten zu, und Schritte näherten sich. Wer auch immer da kam, er hatte sich nicht die Mühe gemacht, im Treppenhaus Licht zu machen, worüber Magdalena froh war. Dann klopfte der Mann an der Wohnungstür, und als sie geöffnet wurde, schlüpfte er schnell hinein. Alles ging so schnell, dass Magdalena nichts von der Person sehen konnte, die ihm aufgemacht hatte. Dann hörte man aus der Wohnung tiefe Stimmen, die bald verstummten.

Ich hätte meine Kamera mitnehmen sollen, dachte sie. Andererseits würde es schwer sein, bei diesen Lichtverhältnissen brauchbare Bilder zu machen.

Plötzlich wurde die Tür wieder geöffnet. Magdalena hielt die Luft an, beugte sich vor und spähte durch die Sprossen des Treppengeländers. Ehe der Mann treppab verschwand, konnte sie einen dunklen Mantel und rote Hosen registrieren. Auch er machte kein Licht.

Ich sollte Nils bald abholen. Papa kann nicht den ganzen Abend auf ihn aufpassen, dachte sie. Nur noch ein bisschen. Eine Viertelstunde. Dann muss ich aber wirklich los.

Fünf Minuten später ging die Eingangstür wieder auf. Diesmal schien es ein jüngerer Mann zu sein, schlaksig, mit kurzen Haaren unter der Kappe. In dem Moment, als er an die Tür klopfte, fing Magdalenas Handy in ihrer Jackentasche an zu klingeln.

Scheiße!

Magdalena wühlte hektisch mit der Hand in der Tasche, aber sie war so nervös, dass sie das Telefon nicht zu fassen kriegte. Als die Tür aufging, klingelte es immer noch.

Ehe Magdalena reagieren konnte, war das Licht im Treppenhaus angegangen. Unten stand ein Mann und starrte sie rot vor Wut an.

»Was soll das hier?«, zischte er und kam die Treppe herauf.

»Nichts. Ich ...«

»Hau bloß ab, du Fotze.«

Der Mann packte Magdalenas Arm und riss sie mit einer solchen Wucht hoch, dass sie das Gleichgewicht verlor.

»Hörst du, was ich sage?«

Magdalena nickte und schluckte.

Er umklammerte so fest ihren Oberarm, dass sie vor Schmerzen keuchte, und schob sie vor sich her zum nächsten Treppenabsatz. Da gab er ihr einen Stoß, sodass sie gegen die Wand prallte und ein paar Stufen hinunterfiel.

»Hau ab! Und komm nie wieder.«

Magdalena wagte nicht, sich zu rühren, ehe sie die Wohnungstür zuschlagen hörte. Vorsichtig betastete sie ihre Stirn. Nein, kein Blut, aber sie tat weh. Und zwar richtig. Das würde sicher eine anständige Beule geben. Ein Knie schmerzte auch.

Langsam zog sie sich am Geländer hoch. Doch, sie konnte auch auf dem Bein stehen, aber es tat weh.

Magdalena hinkte über den Parkplatz zum Auto. Ehe sie sich einstieg, warf sie einen Blick zurück auf das Mietshaus. Die ganze Front war dunkel, abgesehen von der Wohnung über Tores, wo ein schwacher Lichtschein durch die heruntergezogenen Rollos drang.

Plötzlich ging das Rollo am Küchenfenster langsam hoch. Magdalena konnte deutlich zwei Männer erkennen, die in ihre Richtung schauten.

Was habe ich nur getan?, fragte sie sich, als sie die Autotür zuschlug und den Zündschlüssel drehte. Beim Zurücksetzen zitterten ihre Beine so sehr, dass sie den Motor abwürgte.

Die Männer standen immer noch da und sahen ihr nach.

Nils holte den Schlafanzug mit dem Spiderman-Aufdruck unter dem Kopfkissen hervor. Magdalena sah ihm zu, wie er das Oberteil über den Kopf zog und sich durch die Ärmel nestelte.

»Mama, was hast du denn an der Stirn gemacht?«, fragte Nils und zeigte auf die Beule.

»Ich bin nur hingefallen, nichts Schlimmes.«

Magdalena zog das Rollo herunter. Nils runzelte die Stirn.

»Tut es sehr weh?«

»Nein, ich spüre das gar nicht«, log Magdalena. »Jetzt spring mal ins Bett, Schatz. Es ist schon superspät.«

Nils kroch unter die Decke. Die Haare, zum Seitenscheitel gekämmt, waren nach dem Bad immer noch feucht.

»Oma wohnt im Himmel, oder?«, fragte er plötzlich.

Magdalena hatte schon angefangen, seine Kleider zusammenzufalten, und hielt inne.

»Ja, doch, das tut sie.«

»Kerstin sagt, Oma würde in ihrem Grab auf dem Friedhof liegen.«

»Das glauben alle Menschen unterschiedlich. Ich finde, es ist ein schöner Gedanke, dass sie oben im Himmel ist. Was meinst du?«

»Ich glaube auch, dass sie im Himmel ist«, sagte Nils und sah zur Decke hinauf. »Sieht sie alles, was wir machen?«

»Ja, das glaube ich.«

»Auch nachts, auch wenn es total dunkel ist – kann sie uns dann auch sehen?«

»Ich bin sicher, dass sie uns die ganze Zeit sieht. Auch nachts.«

Nils verstummte, den Blick noch immer an die Decke geheftet.

»Du, Mama.«

»Ja, was ist?«

»Wie alt warst du, als Oma in den Himmel gegangen ist?«

»Elf Jahre.«

Nils wandte den Blick von der Decke zu Magdalena.

»Dann warst du ja jünger als Amy Diamond.«

»Ja, ich war jünger als Amy Diamond.«

Nils dachte nach.

»Stirbst du bald?«

»Nein, mein Schatz, das werde ich nicht tun.«

»Wie kannst du das wissen?«

»Natürlich kann man das nicht wissen, aber ich finde, du sollst dir deswegen keine Sorgen machen.«

Magdalena strich ihm über die Wange. »Meinst du, du kannst jetzt schlafen?«

Nils nickte.

»Dann gute Nacht, mein Schatz.«

»Gute Nacht.«

Magdalena ging und lehnte die Tür an. All diese Fragen, die ohne die kleinste Vorwarnung auftauchten. Warum dachte Nils über so komplizierte Dinge nach, wenn die Zeit unpassend war, um darüber zu sprechen? Es war schon nach halb zehn und höchste Zeit für ihn zu schlafen. Sie sollte mit Nils mal zum Grab ihrer Mutter gehen und dann richtig über das alles reden.

Was für eine Angst ich gehabt habe, dachte sie, während sie Nils' Stiefel auf das Schuhregal stellte. Das muss eine Art Bordell sein. Warum gehen da sonst so viele Männer ein und aus? Und dann diese Mädchen ...

Sie sollte die Polizei verständigen.

Großmutter, ich war wie besessen von diesem Hotelprospekt, den Leonardo uns dagelassen hatte. In jeder freien Minute blätterte ich darin. Die Bilder waren magisch. Ana fand sie auch schön, am besten gefielen ihr die blauen Bassins und die weichen, geblümten Tagesdecken, die ganz glatt auf allen Betten lagen.

Aber Großmutter, ich war wirklich besessen. Wenn ich da arbeiten könnte! Ich stellte mir vor, wie schön ich in dem weißen Hemd mit doppelter Knopfleiste aussehen würde, während ich frisches Brot in die großen Körbe im Frühstückszimmer füllte, oder wie es sich anfühlen würde, auf dem weichen Teppich zu laufen. Und dann dachte ich an all das Geld, das wir dir würden schicken können.

Als Ana sagte, sie würde sich nicht trauen zu fahren, wurde ich fies. Ich habe die übelsten Dinge zu ihr gesagt, Worte, die ich noch nie zuvor ausgesprochen hatte.

Erst als ich sagte, ich würde auch ohne sie fahren, hat sie aufgegeben. Verzeih mir, Großmutter.

Ich wusste es nicht besser.

15 Magdalena legte nicht einmal die Jacke ab, setzte sich an den Schreibtisch und wählte Christers Durchwahl.

»Berglund.«

»Guten Morgen, Berglund. Hansson hier.«

»Hallo, Magda.«

Magdalena nahm die Mütze ab und legte sie auf den Zeitungsstapel.

»Ich habe einen richtig guten Tipp, aber bevor ich weitermache, will ich erst mal eine Sache klarstellen. Wenn du dir noch irgendwelche Garstigkeiten leistest, lege ich sofort auf und rufe stattdessen einen deiner Kollegen an. Urban Bratt zum Beispiel, der scheint ja kompetent zu sein.«

»Jetzt klingst du genau wie die Magda, die früher immer mit meiner Schwester auf die Rolle gegangen ist«, sagte Christer, und Magdalena konnte sich ein Lachen nicht verkneifen. »Tut mir ja leid, dass ich neulich etwas hart zu dir war. Was hast du auf dem Herzen?«

»Im Abbortorpsvägen scheint in einem der Häuser, die abgerissen werden sollen, ein Bordell in einer Wohnung zu laufen.«

Christer stieß einen leisen Pfiff aus.

»Verdammt. Woher weißt du das?«

»Hundert Prozent sicher bin ich natürlich nicht, aber es gibt einiges, was darauf hinweist. Der Großvater von Jeanette Modin ist gestern gestorben. Er hat im selben Haus im Erdgeschoss gewohnt. Jeanette hat erzählt, dass Tore oft Streit und Geschrei aus der oberen Wohnung gehört hatte. Und als ich gestern dort war, sind drei junge

Mädchen mit dem Auto gebracht worden, das von einem Mann gefahren wurde. Sie sahen nicht so aus, als kämen sie von hier. Also habe ich mich im Treppenhaus versteckt und gesehen, wie mehrere Männer in die Wohnung gekommen sind.«

Magdalena überlegte, ob sie erzählen sollte, dass sie die Treppe heruntergestoßen worden war, entschied sich aber dagegen.

»Das klingt ganz so, als ob wir da mal nachschauen sollten«, sagte Christer so freundlich wie seit Langem nicht.

»Das glaube ich auch«, sagte Magdalena. »Wie läuft es denn mit den Mordermittlungen? In der *LT* habe ich etwas von dunklen Volvos gelesen.«

»Tja, das war wohl leider eine Niete. Wir treten immer noch auf der Stelle.«

»Und Hedda? Habt ihr was Neues?«

»Nein.«

Magdalena hatte das Gefühl, dass Christer zögerte.

»Sicher? Gar nichts?«

»Du wirst es erfahren, sowie etwas geschieht. Das verspreche ich dir.«

»Danke, Christer.«

Christer legte auf. Magdalena war ja eigentlich ganz in Ordnung, wenn sie sich mal ins Zeug legte.

Christer nahm seine Notizen von dem Telefongespräch mit in die morgendliche Besprechungsrunde. Er war als Erster im Konferenzraum und setzte sich auf seinen angestammten Platz.

»Du siehst ja fit aus«, murmelte Petra müde und setzte sich neben ihn.

»Keine Ahnung, ob ich das bin, aber ich habe eben einen Tipp bekommen, dem wir nachgehen sollten.«

Christer hätte gern noch mehr von dem erzählt, was er durch Magdalena erfahren hatte, doch Sven Munther und Urban Bratt kamen herein.

»Aha«, sagte Munther. »Wie geht's uns denn heute? Haben die Volvos was ergeben?«

»Leider noch nicht«, antwortete Christer. »Aber ich habe eben den Tipp bekommen, dass im Abbortorpsvägen 12 in einer Wohnung möglicherweise ein Bordell betrieben wird.«

Munther sah ihn über seine Lesebrille hinweg interessiert an.

Christer fasste sein Telefongespräch mit Magdalena zusammen, und zum ersten Mal seit Langem war ihm Urban auf der anderen Seite des Tisches völlig gleichgültig.

»Interessant«, sagte Munther. »Das muss man sagen.«

»Warum wir aber auch noch gar nicht in die Richtung gedacht haben, dass das tote Mädchen vielleicht Prostituierte gewesen sein könnte«, sagte Petra.

»Tun wir das denn jetzt?«, fragte Munther und sah sie an.

»Ich finde, dass wir das auf jeden Fall in Erwägung ziehen sollten. Wenn sie Opfer eines Zuhälters ist, dann würde das zumindest erklären, warum niemand sie kennt, und sie nicht vermisst gemeldet worden ist.«

Munther nickte und sagte:

»Wie verfahren wir jetzt damit? Was meint ihr? Irgendwelche Ideen?«

»Was die Bordellgeschichte angeht, ist es wichtig, dass wir einiges in der Hand haben, bevor wir da hineinstürmen«, sagte Petra. »Die Zusammenarbeit mit minderjährigen Prostituierten ist nicht leicht, vor allem, wenn sie Opfer von Menschenhändlern sind. Sie haben oft Angst vor Rache und weigern sich auszusagen.«

Sie beugte sich vor und fuhr fort:

»Ich finde, wir sollten hinfahren und die Sache diskret sondieren. Wir könnten den Müll nach Beweisen durchsuchen oder ein paar Bilder machen.«

Christer stimmte ihr zu.

»Das können Petra und ich übernehmen. Wenn sich solange jemand anders um die grünen und blauen Autos kümmert.«

»In Ordnung«, sagte Munther. »Aber wenn was passiert, muss diese Bordellgeschichte warten – dazu haben wir einfach zu wenig Leute.« Er wandte sich an Christer. »Wie lief es mit Thellins?«

»Die waren über Silvester bei Verwandten in Lesjöfors. Ich habe da angerufen und das kontrolliert. Als Kuriosum kann ich noch erwähnen, dass Ulrica findet, Frauen, die misshandelt werden, seien selbst schuld, und sie wüssten offensichtlich nicht, wo die Grenze verläuft. Und dann durfte ich mir noch anhören, wie weit hergeholt die Dinge sind, um die wir uns kümmern. Ich denke, wir können Göran vergessen.«

»Okay, dann tun wir das«, sagte Munther und wandte sich Urban zu. »Und noch keine Spur von Fredrik Anderberg oder andere Tipps zu Hedda?«

Urban schüttelte den Kopf.

»Nix. Keine neuen Kontobewegungen, keine Anrufe nach Hause, gar nichts. Die beiden sind wie vom Erdboden verschluckt.«

Christer schloss den Müllkeller mit dem Schlüssel, den sie vom Hausverwalter ausgeliehen hatten, auf und betätigte den Lichtschalter. Beißender Gestank schlug ihnen entgegen.

»Manchmal hat unser Job rein gar nichts Glamouröses«, sagte Petra, als sie sich Gummihandschuhe anzog und den Deckel der erstbesten grünen Mülltonne hochklappte.

Die Mülltonnen mussten erst kürzlich geleert worden sein. In der einen Tonne lagen vier Tüten, in der anderen zwei.

»Aber es ist eben nicht die Menge, auf die es ankommt, sondern auf den Inhalt«, sagte Petra und fischte eine zusammengeknotete Coop-Tüte heraus.

Christer angelte auch nach einer Tüte und riss sie auf. Zuerst kamen ihm ein alter Käse und ein Teebeutel entgegen. Er wühlte noch weiter, fand aber nur Essensreste.

Er warf die Tüte in die Tonne zurück und nahm eine leichtere heraus.

»Hier«, sagte Petra, der es gelungen war, den Knoten einer weißen, kleinen Tüte zu lösen. »Bingo!«

Sie war voller Haushaltspapier und benutzter Kondome.

»Verdammt noch mal!«, rief Christer.

Vorsichtig legte Petra die benutzten Kondome in verschließbare Tütchen, auf denen sie mit Filzstift Fundort und Datum vermerkte.

Auch in Christers Lidl-Tüte fanden sich sowohl benutzte Kondome als auch leere Kondomverpackungen.

Christer hatte sieben von den Kondomen schon in Tüten verpackt, als er noch eine Medikamentendose fand, der Beschriftung zufolge hatte sie Blutdrucksenker enthalten. Auf dem Namensschild stand BENGT BERGLUND, samt Adresse und Personennummer.

Bengt Berglund.

Sein Vater!

Christer hörte, wie er ungewollt ein Keuchen von sich gab.

»Was ist?«, fragte Petra und sah mit dem Filzstift in der Hand auf.

»Ich habe mich geschnitten«, sagte Christer. »Kein Problem.«

Als Petra sich umdrehte, ließ Christer das Döschen in seine Hosentasche gleiten.

Sven Munther und Urban Bratt saßen jeder mit einem Kaffeebecher in der Hand einander am Mittagstisch gegenüber, als Petra und Christer ins Präsidium zurückkehrten.

»Wir haben zwei Tüten voll benutzter Kondome gefunden«, sagte Petra. »Kein Zweifel, dass es sich dabei nicht um den üblichen Haushaltsbedarf handelt.«

Sven Munther lehnte sich zurück und verschränkte die Hände im Nacken. Die Pose der Zufriedenheit. Wie Petra die schon vermisst hatte.

»Herrlich! Gute Arbeit. Da haken wir ein und dehnen die Ermittlungen aus.«

Urban räusperte sich.

»Ich will mich ja nicht einmischen, aber sollten wir uns nicht doch mehr auf den Mord konzentrieren? Ein Mord sollte eine höhere Priorität haben als so ein Bordell. Außerdem gibt es immer noch ein Mädchen, nach dem wir suchen.«

Petras Lächeln erstarb, und sie starrte ihn an. Warum musste er immer so unglaublich trocken klingen, wenn er etwas sagte? Sie bemühte sich, nichts Unfreundliches zu erwidern.

»Okay, ich weiß, was du meinst, und bin im Grunde deiner Ansicht«, sagte sie. »Aber was ist, wenn beides miteinander zusammenhängt? Es könnte doch sein, dass das Mädchen im Keller etwas mit diesem Bordell zu tun hatte.«

Urban zuckte mit den Schultern. Ihr Taktieren hatte offenbar keine sonderliche Wirkung.

»Tja, vielleicht, vielleicht auch nicht. Und was ist mit der verschwundenen Hedda Losjö? Ist sie auch eine Hure, oder was? Für mich ist der Zusammenhang nicht so offensichtlich.«

Petra wandte sich an Munther.

»Wir haben so gutes Beweismaterial sammeln können, dass ich finde, man kann nicht einfach alles auf sich beruhen lassen.«

Munther sah unentschlossen aus.

»Mein Vorschlag ist, dass wir uns heute Abend mit einer Kamera da hinsetzen und dokumentieren, wer in die Wohnung reingeht und wer rauskommt«, fuhr Petra fort. »Ich habe das Gefühl, als würden uns ein paar Stunden schon das bringen, was wir brauchen.«

»Okay, tut das«, sagte Munther schließlich. »Was meinst du, Christer? Kannst du heute Abend Überstunden machen?«

»Klar, kein Problem.«

Magdalena beugte sich über die Tiefkühltruhe und versuchte, sich zwischen den Fischeisklötzen zu entscheiden.

Köhler- oder Seehechtfilet. Wenn sie noch Eier kaufte, könnte sie Thunfisch mit Eisoße machen. Oder Seehecht mit Eisoße, genauer gesagt.

»Meine Mädchen essen Fisch nur, wenn er so aussieht.«

Magdalena, aus ihrer Essensplanung gerissen, sah auf.

Petter stand einen halben Meter von ihr entfernt und hielt ein Paket panierten Fisch hoch.

»Du hast mir nicht auf meine SMS geantwortet«, sagte er.

»Nein.«

»Warum nicht?«

»Ich konnte mich nicht entscheiden, was ich antworten sollte«, sagte Magdalena und beugte sich wieder über die Tiefkühltruhe.

Jetzt wusste sie nicht mehr, wonach sie suchte, aber die Luft von da unten kühlte ihr zumindest die heißen Wangen.

»Das sieht dir aber gar nicht ähnlich. Sonst hast du doch keine Schwierigkeiten, dich auszudrücken.«

»Vielleicht«, murmelte Magdalena zu der Tiefkühltruhe.

»Und wenn ich abends mal anrufen würde, gehst du dann dran?«

Magdalena sah auf.

»Kann schon sein, ja.«

»Du bist so rätselhaft. Wird man so, wenn man zu lange in der Großstadt lebt?«, fragte Petter und schob sich *genau auf diese besondere Weise* die Haare hinter das Ohr.

Die Stiefel von Nils kamen angetrampelt. Zwei Tüten Milch lagen wie Holzscheite in seinem Arm gestapelt.

»Hier, Mama. Und jetzt will ich noch mehr holen.«

Magdalena nahm ihm die Milch ab, tat sie in den Einkaufskorb und schaute auf die Liste.

»Danke, Schatz. Butter könntest du noch holen. So ein Paket, wie wir es immer zum Broteschmieren nehmen. Das findest auch dahinten bei der Milch.«

»Okay«, sagte Nils und stob davon.

Petter sah sie an.

»Bis später«, sagte er. »Ich werde versuchen, mal abends anzurufen.«

»Tu das«, erwiderte Magdalena und sah ihm nach.

Als Nils mit der Butter wiederkam, legte Magdalena sie in den Korb und beauftragte ihn, Tomaten zu holen. Das war der letzte Punkt auf der Liste. Nils rannte zum Gemüse. Magdalena schlich hinterher. Wohin war Petter verschwunden? Sie merkte, dass ihr heiß wurde, und sie machte den Reißverschluss der Jacke ein Stück auf.

Als Magdalena beim Gemüse ankam, hatte Nils schon vier Tomaten in eine Tüte gelegt und aus den dünnen Henkeln einen Knoten gemacht. Stolz hielt er seine Trophäe hoch.

»Wir sind jetzt fertig, wir können zur Kasse gehen und bezahlen«, sagte Magdalena.

Nils übernahm wieder die Führung, zog durch den Laden und stellte sich hinter einer Dame in die Schlange. Kein Petter weit und breit.

»Ja, hallo, Magda. Wir haben uns ja lange nicht gesehen.«

Die Dame vor ihnen hatte sich umgedreht – es war Magdalenas alte Lehrerin Ellen.

»Ich habe schon gehört, dass du wieder nach Hause gezogen bist. Wie schön.« Ellen begann, ihre Lebensmittel auf das Band zu legen. »Wenn du mal über etwas anderes als Mord und Elend schreiben willst, dann kannst du gern in die Schule kommen. Die Fünfte hat eine Klassenfahrt in die Berge gemacht; sie haben gezeltet und in Eisbächen gebadet und sind mit Schneeschuhen gewandert. Jetzt haben sie die Reise mit einer Ausstellung in der Aula dokumentiert. Einige haben Fotos gemacht, andere haben gemalt oder Gedichte geschrieben.«

»Ah, das klingt ja engagiert«, sagte Magdalena.

»Ja, wirklich. Es ist wichtig, dass wir die Kinder sehen. Aber das weißt du ja, schließlich hast du selbst ein Kind. Und es ist doch auch so schön, wenn in der Zeitung einmal nette Nachrichten stehen und nicht nur Trauriges, das sage ich ...«

»War das alles?«, fragte die Kassiererin und schob den Warentrenner in die Metallschiene.

»Ja, danke.«

Ellen holte ihren Geldbeutel aus der Handtasche.

Magdalena stieg ein schwacher Farbgeruch in die Nase und sah sich langsam um. Hinter ihr in der Schlange stand Petter, die Unterarme auf den Wagengriff gestützt.

»Ja, aber vielleicht kannst du ja vorbeikommen und ein paar Zeilen darüber schreiben«, sagte Ellen, ehe sie zum Ende des Bandes ging, um ihren Einkauf einzupacken.

»In Ordnung, aber ich kann nichts versprechen«, rief Magdalena und nahm Nils die Tomatentüte aus der Hand.

»Die Kinder würden sich freuen.«

Magdalena merkte selbst, wie versteinert ihr Lächeln wurde. So war das. Wie hatte sie das nur vergessen können? Als Reporterin war sie niemals privat unterwegs, und würde es auch nie sein, ganz gleich, ob sie in der Sauna der Schwimmhalle oder auf dem Elternabend in der Schule saß. Es würde immer jemand dabei sein, der sich *eine kleine Nachricht* über irgendetwas in der Zeitung wünschte.

»Was für ein Scoop«, flüsterte Petter hinter ihrem Rücken.

Magdalena sah ihn rasch an, während sie die restlichen Waren aus dem Wagen nahm.

»Wirklich, haltet sofort die Druckmaschinen an«, murmelte sie zurück.

Als Magdalena bezahlt und Nils die Waren in eine Tüte gepackt hatte und sie auf dem Weg nach draußen waren, konnte sie sich einen kurzen Blick auf Petter nicht verkneifen, ehe sie zum Auto eilten.

Nachdem Magdalena in der Garageneinfahrt geparkt hatte, öffnete sie Nils die Tür, und er kletterte von der Rückbank herunter.

»Darf ich mit Melvin spielen?«

»Kannst du ihn nicht fragen, ob er zu uns kommen will?«, fragte Magdalena und schlug die Autotür zu. »Ich möchte gern, dass du heute zu Hause isst.«

Magdalena sah ihm nach, als er über die Straße lief und nahm die Einkaufstüten aus dem Kofferraum.

»Sieht ganz so aus, als würde er sich wohlfühlen.«

Magdalena drehte sich um und sah Gunvor mit einem Besen auf der Treppe zum Haus stehen.

»Ja, er ist kaum noch zu Hause.«

Gunvor fegte mit schnellen Bewegungen die Treppe. Der leichte Puderschnee flog durch die Streben im Geländer.

»Du siehst auch so aus, als würde es dir gut gehen. Es tut dir gut, dass du wieder nach Hause gezogen bist.«

»Danke, ja, so ist es. Es geht mir zumindest viel besser als an Silvester.« Magdalena stellte die Einkaufstüten ab und machte den Kofferraum zu. »Ich schäme mich richtig für mein Benehmen.«

»Ach was. Du bist uns immer willkommen.«

»Du, ich habe mir etwas überlegt. Könntet ihr zwei nicht einen Hausschlüssel von mir nehmen? Ich wäre wirklich beruhigt, wenn jemand reinkann, falls was passiert.«

Gunvor stellte den Besen neben die Tür.

»Aber natürlich. Das ist doch klar. Wir sind inzwischen meist zu Hause, darauf kannst du dich verlassen.«

Magdalena hatte das letzte Geschirr in die Spülmaschine geräumt, als es an der Haustür klingelte.

Nils und Melvin hatten ihr während des Abendessens völlig unverständliche Bellman-Geschichten erzählt, was sie sehr genossen hatte. Auch wenn sie die Gedanken an das Bordell in der Wohnung nicht völlig hatte ausblenden können, sollte ihr neues Leben genau so aussehen: Sie wollte Zeit mit ihrem Sohn verbringen und gutes Essen kochen. Für Nils da sein.

Die Haustür war, wie inzwischen meistens, nicht abgeschlossen, und plötzlich stand Stefan in der Küche. »Ich bin auf der Suche nach meinem Sohn«, sagte er, »und ich habe so eine Eingebung, dass er hier sein könnte.«

»Wie kommst du denn darauf?«, erwiderte Magdalena und lächelte. »Sie spielen oben in Nils' Zimmer mit der Autorennbahn. Möchtest du einen Kaffee? Einen Latte vielleicht? Ich wollte mir gerade einen machen.«

Stefan sah aus, als würde er kurz mit sich selbst verhandeln, dann sagte er Ja.

Magdalena holte ein hohes Glas heraus, das sie unter ihre knallrote Espressomaschine stellte, während Stefan sich setzte, die Jacke aufmachte und sich in der Küche umschaute.

»Du hast es schön hier«, sagte er. »Jetzt ist es nur noch eine Frage der Zeit, bis Diana ankommt und auch eine neue Küche will. Mal wieder.«

»Aber ihr habt doch so eine schicke Küche«, sagte Magdalena und reichte Stefan sein Glas.

»Ja, ich bin auch ganz zufrieden, aber lass uns mal abwarten, ob ich recht habe«, sagte Stefan und sackte ein wenig auf dem Stuhl zusammen.

Wie erschöpft er aussieht, dachte Magdalena.

Aus alter Gewohnheit hatte sie Stefan immer sehr attraktiv gefunden. Er war zwei Klassen über ihr und ein sehr vielversprechendes Hockeytalent gewesen, jemand, von dem sie überhaupt nur zu träumen wagte, wenn sie abends allein im Schuljahrbuch blätterte. Eine kurze Zeit lang hatte Stefan sogar in der Mannschaft von Färjelag gespielt, wohin man ihn schon als Siebzehnjährigen abgeworben hatte. Das war damals in Hagfors eine ganz große Sache gewesen.

Jetzt saß er mit Augenringen an ihrem Küchentisch, und die einst so durchtrainierten Schultern hingen herab.

»Aha, bei dir trinkt man also Kaffee aus dem Glas«, sagte er und hob seines. »Na denn prost!«

»Prost.«

Magdalena nahm einen großen Schluck und wischte

sich mit dem Handrücken den Milchschaum von der Oberlippe.

»Will Nils nicht Hockey spielen?«, fragte Stefan und stellte das Glas ab. »Melvin hat gerade bei den Bambini angefangen; ich bin dort Trainer. Ich könnte ihn mitnehmen.«

»Ja, vielleicht«, sagte Magdalena. »Ich kann ihn fragen, ob er Lust hat.«

Im gleichen Augenblick stürmten Nils und Melvin in die Küche.

»Willst du auch Hockey spielen, Nils? Bei den Bambini, so wie Melvin?«

»Ja! Na klar!«

Nils und Melvin legten einander die Hände auf die Schultern und hüpften vor Freude.

»Sieht ganz so aus, als hätte er Lust«, lachte Magdalena.

Christer parkte den Saab der Zivilstreife neben dem überdachten Fahrradständer. Die nächste Straßenlaterne stand weit entfernt, und das Auto stand nicht in ihrem Lichtkegel.

»Das ist wunderbar«, sagte Petra begeistert. »Hier haben wir den kompletten Überblick. Wenn wir uns auf dem Rücksitz zusammenkauern, kann uns eigentlich niemand sehen.«

»Ja, das sollte gehen.«

Christer schaltete den Motor ab und kroch vom Fahrersitz auf den Rücksitz. Petra machte die Kameratasche auf und fing mit geübten Handgriffen an, die Videokamera zu installieren. Dann machte sie ein paar Probeaufnahmen.

»Perfekt«, sagte sie. »Man sieht bis in die Wohnung hinein.«

»Sehr gut.«

»Versuch mal, dich noch etwas kleiner zu machen.«

Christer nahm die Beine zur Seite und machte sich auf dem Sitz so klein, wie es ging. Das war unglaublich unbequem, und er würde einen Krampf im Oberschenkel bekommen.

»Du bist so schweigsam«, sagte Petra. »Was ist los? Ich dachte, du würdest das hier auch spannend finden.«

»Tue ich ja auch.«

»Okay. Ist es etwas anderes? Liebeskummer vielleicht?«

»Liebeskummer? Nein.«

Christer ließ den Blick über den leeren Parkplatz schweifen und hoffte, dass Petra nicht weiter nachbohren würde.

»Entschuldige, wenn ich so dreist frage, aber warst du mal mit Magdalena Hansson zusammen?«

»Wie kommst du denn da drauf?«

Petra lächelte.

»Ach, einfach so, ein Gefühl. Ich bin ziemlich feinfühlig in solchen Sachen.«

Christer antwortete nicht.

Petra sah aus, als wollte sie die Befragung fortsetzen, aber in diesem Moment kam ein Mann mittleren Alters in dunkler Jacke und gefütterter Kappe über den Parkplatz.

»Versteck dich«, zischte Petra und zoomte den Fußgänger ein.

»Jetzt geht er rein«, berichtete Petra hinter der Kamera. »Und eine Treppe rauf. Jetzt ist Bewegung in der Küche der Wohnung. Ein Mann steht auf und geht in den Flur.

Verdammt. So ein Mist, dass in dem anderen Zimmer die Rollos runtergelassen sind. Notierst du die Uhrzeit?«

Petra sank wieder im Sitz zurück und legte die Kamera in den Schoß. Es war halb neun. Sowohl Petra als auch Christer hatten vor der zusätzlichen Schicht noch schnell zu Hause vorbeischauen können.

»Also sagen wir mal so«, sagte Petra, »du würdest wahrscheinlich nichts dagegen haben, oder?«

»Wogegen?«

»Magdalena.«

»Jetzt hör aber auf, Petra.«

Nun kam der Mann wieder aus der Tür. Petra fuhr hoch und filmte wieder.

»Wie lange war er da drinnen?«, fragte sie.

Christer sah auf seinen Block.

»Er kam um 20.34 Uhr und ging um 21.11 Uhr. Wie viel ist das? Siebenunddreißig Minuten.«

Innerhalb der nächsten Stunden kamen drei weitere Männer an dem Auto vorbei, um dann im Eingang zu verschwinden. Sie alle blieben ungefähr eine halbe Stunde in der Wohnung. Christer kannte nur einen von ihnen, den Chef der Straßenmeisterei.

»Glaubst du, das, was wir jetzt haben, reicht für eine Anzeige?«, fragte Petra.

»Das müsste es eigentlich«, antwortete Christer.

»Tja, vielleicht«, überlegte Petra. »Meist finden wir ja noch bessere Beweise, wenn wir reingehen, vielleicht sogar eine Art Kundenliste. Der Film von heute Abend müsste der Staatsanwaltschaft jedenfalls genug an die Hand geben, um uns eine Hausdurchsuchung zu genehmigen. Victoria Ceder war schon sehr interessiert, nachdem ich ihr von unserem Botanisierungstrip in den Müllkeller erzählt habe.«

»Was denkst du, wie lange sollen wir noch bleiben?«, fragte Christer und sah auf die Uhr. »Wir haben doch schon sehr gutes Material beisammen.«

»Noch ein bisschen. Es ist nicht so einfach, im Dunkeln die Gesichter der Typen zu erkennen, wenn sie ihre Mützen und Kappen bis zur Nase runterziehen. Noch einen, dann hören wir auf.«

Christer waren die Beine eingeschlafen, und er konnte nicht mehr sitzen.

Was er am meisten von allem befürchtet hatte, geschah. Schon von fern sah er, wer jetzt die große Schneewehe am Eingang umrundete und zur Tür hinkte. Sein Vater.

»Siehst du, wir mussten gar nicht lange warten«, flüsterte Petra. »Waidmanns Dank! Und er trägt nicht mal 'ne Mütze. Mir kommt er irgendwie bekannt vor – dir nicht?«

»Auf die Entfernung ist das schwer zu sagen, aber nein ... Nein, ich kenne ihn nicht.«

Bengt zog die Eingangstür auf und stieg langsam die Treppe hinauf. Petra schob eine Haarsträhne beiseite, die ihr in den Mund geraten war, und widmete sich dann wieder der Kamera.

»Das hier ist wirklich supergut. Jetzt geht er in die Küche. Man sieht sogar, wie er seine Brieftasche aus der Innentasche zieht und bezahlt. Er scheint die Zuhälter zu kennen.«

Petra zuckte zusammen, als Christer die Autotür öffnete.

»Was machst du?«

»Ich muss pinkeln«, sagte Christer und stieg aus.

Er stolperte über den Schnee und schaffte es gerade noch bis hinter das Fahrradhäuschen, als sich ihm der Magen umdrehte und er sich vor der Holzwand übergab.

Magdalena hatte gerade den Fernseher ausgeschaltet, als das Handy klingelte. Ein Blick auf das Display verriet, dass Petter anrief.

Sie holte tief Luft und nahm das Gespräch an.

»Hallo, ich bin's«, sagte Petter. »Und du bist rangegangen.«

Plötzlich fror sie, als hätte sie Schüttelfrost.

»Ja, das bin ich.«

Magdalena ließ sich aufs Sofa fallen und schloss die Augen.

»Was machst du?«, fragte Petter.

»Nichts Besonderes. Hab ein bisschen ferngesehen.«

»Du hast ziemlich viel zu tun in der Redaktion, oder?«

»Ja. Natürlich habe ich nicht damit gerechnet, dass ich hier als Erstes über einen Mord berichten muss. Ich hatte mich mehr auf Gemeinderatssitzungen und Befragungen auf der Straße eingestellt. Über Windbeutel zur Faschingszeit und so.«

»Ich habe viel an dich gedacht, seit wir uns da in der Kyrkogatan getroffen haben.«

Magdalena überlegte kurz, schluckte und antwortete:

»Ich habe auch viel an dich gedacht.«

»Wirklich?«

Petter klang erstaunt.

»Aber einfach so wieder anzufangen ist nicht möglich«,

sagte sie. »Ich habe gerade eine Scheidung hinter mir, und es geht mir nicht sonderlich gut.«

»Das verstehe ich«, sagte Petter leise. »Vielleicht können wir uns auch einfach nur mal treffen. Und reden. Das kann ich inzwischen etwas besser als früher.«

»Ich weiß nicht.«

»Wir könnten einen Spaziergang machen oder so.«

Magdalena musste lachen. Petter mochte Spaziergänge noch nie.

»Ja, lach du nur. Wir könnten um den Värmullen gehen. Was ist denn daran so komisch?«

Magdalena dachte nach. Die Wahrscheinlichkeit, dort jemanden zu treffen, den sie kannten, war groß. Andererseits ...

»Okay«, hörte sie sich selbst sagen.

»Okay. Heißt das, du willst?«

»Ich glaube schon.«

Mein Gott, was mache ich hier bloß?

»Am Samstag? Was hältst du davon?«

»Ja. Doch. Das müsste gehen. Nils ist ja auch noch da, aber den kann ich zu Melvin rüberschicken. Er wohnt sowieso schon fast dort.«

»Melvin?«

»Dianas Jüngster. Die beiden kommen in eine Klasse und spielen sowieso immer zusammen.«

»Sagen wir, um zwölf Uhr auf der Brücke am Sund?«

»Ja«, hauchte Magdalena.

Als sie aufgelegt hatten, blieb Magdalena noch lange auf dem Sofa sitzen und hing ihren Gedanken nach.

Ja, wieso eigentlich nicht?

Christer starrte mit leerem Blick auf den Bildschirm. Er hörte, wie Petra die Tür zur Waffenkammer aufmachte, um die Videokamera dort einzuschließen, ebenjene Videokamera, auf der ganz deutlich sein eigener Vater auf dem Weg zu einem Bordell mit minderjährigen Mädchen zu sehen war. Jetzt wurde die Tür zugeschlagen und der Code der Alarmanlage eingegeben.

»Das haben wir gut gemacht.«

Petra streckte den Kopf zu Christer herein.

»In der Tat«, erwiderte Christer und sah vom Bildschirm auf.

»Eigentlich sollte ich heute noch die Bilder auf den Computer ziehen und durchschauen, aber da werden wir uns bis morgen gedulden müssen. Willst du noch lange hier sitzen?«

»Nein. Ich mache das hier nur noch fertig.«

Petra setzte ihre Mütze auf und zog ihre Fleecehandschuhe an.

»Alles in Ordnung, bist du sicher?«, fragte sie besorgt.

»Doch, doch. Ich weiß auch nicht, was das ist. Irgendwie habe ich das Gefühl, mir steckt was in den Knochen.«

»Bleib nicht mehr so lange. Fahr lieber nach Hause, und ruh dich aus. Ich wünsche dir eine gute Nacht.«

Als Christer hörte, wie Petras Schritte sich auf dem Flur entfernten, schaltete er den Computer aus. Dann ging er zur Waffenkammer. Schnell zog er seinen Mitarbeiterausweis durch das Lesegerät und gab den Code ein.

Ich sollte das wirklich nicht tun, dachte er, als er die Tür aufschob und in den Raum schlüpfte.

Er nahm die Videokamera aus der Tasche und wog sie in der Hand.

Wenn das jemand rauskriegt, verliere ich meinen Job.

Dann schaltete er die Kamera ein, suchte das am Abend eingespielte Material und löschte es komplett.

Es dauerte fünf Tage, bis Leonardo wiederkam. Da war die Hotelbroschüre schon völlig zerfleddert.

Als ich sagte, dass wir beide den Job annehmen wollen, erhellte sich seine Miene, er nahm meine Hand und schüttelte sie lange und kräftig.

»Gut«, sagte er. »Mein Freund wird sehr zufrieden sein.«

Ich hatte schon viel über die Reise nachgedacht, wie wir fahren würden, und was sie kosten würde. Weder Ana noch ich besaßen viel Geld, und wir hatten auch keine Pässe.

»Kein Problem«, versicherte Leonardo.

Das Hotel würde sowohl Pass als auch Reise bezahlen, und er selbst würde uns helfen, alles Praktische zu organisieren.

Ana sagte nichts.

16

Petra Wilander war eine halbe Stunde früher als sonst zur Arbeit gekommen, um genügend Zeit für die Vorbereitung einer kleinen Filmpräsentation bei der Morgenbesprechung im Konferenzraum zu haben. Jetzt drückte sie verzweifelt sämtliche Knöpfe der Videokamera und versuchte, die Einspielung vom Vorabend zu finden, aber vergeblich.

»Verdammt, das kann doch wohl nicht wahr sein!«

»Was ist denn los? Was kann doch wohl nicht wahr sein?«

Urban Bratt lehnte im Türrahmen.

»Der Film von gestern Abend ist weg. Und wir hatten so tolle Beweise. Jetzt ist alles weg. Alles!«

Urban sah skeptisch aus.

»Bist du sicher, dass du alles richtig gemacht hast, dass alles korrekt eingestellt war?«

Petra sah von der Kamera auf und starrte ihn an.

»Soll das heißen, dass ich nicht mit der Kamera umgehen kann? Habe ich das richtig verstanden? Hast du gedacht, ich habe wie irgend so ein Tourist vergessen, die Klappe von der Linse zu nehmen?«

»Also, so meine ich das doch nicht. Ich habe nur gefragt.«

Wortlos drängte Petra sich an ihrem Kollegen vorbei und steuerte mit bestimmten Schritten auf Christer Berglunds Büro zu.

»Falls du Christer suchst, der ist heute krank«, sagte Urban. »Grippe oder so was.«

Petra erstarrte und floh dann in die nächstgelegene Toilette auf dem Gang.

Ich darf jetzt nicht aufgeben, dachte sie, während sie sich kaltes Wasser über die Hände laufen ließ. Wir haben hier eine Spur, und ich werde dafür sorgen, dass wir auch Beweise beschaffen.

Petra war immer noch verärgert darüber, dass der Film verschwunden war, und sagte in der Morgenbesprechung nicht viel. Alle Energie vom Vorabend war verraucht, und sie fühlte sich nur noch müde. Wenn sie die Augen zugemacht hätte, wäre sie wahrscheinlich auf der Stelle eingeschlafen. Vielleicht wurde sie auch krank – womöglich hatte Christer sie mit angesteckt.

»Und das, was ihr aufgenommen habt, ist also weg«, sagte Sven Munther.

»Genau«, erwiderte Petra beschämt.

Sie hasste es, Fehler zu machen.

»Nun, das ist ja bedauerlich.«

»Gelinde gesagt, ja. Wir haben fünf Männer rein- und rausgehen sehen. Es besteht nicht der geringste Zweifel daran, was in dieser Wohnung geschieht.«

»Aber Beweise in Bildform haben wir nicht.«

»Nein, das ist es ja.«

Petra seufzte.

»Okay, wir können uns ja noch einen Abend auf die Lauer legen, aber das ist im Moment natürlich schwierig, weil Christer krank ist und wir mit allem anderen so hinterher sind«, sagte Munther. »Du und Urban, ihr macht heute mit den Volvos weiter. Das hat jetzt Priorität. Und nimm die Sache mit den Bildern bitte nicht persönlich, Petra. So etwas kann jedem mal passieren.«

Munther warf Petra einen resignierten, aber freundlichen Blick zu, und sie war dankbar dafür. Sie machte sich selbst schon genug Vorwürfe. Wie hatte sie sich nur so dumm anstellen können?

Obwohl sie schlecht geschlafen hatte, war Magdalena so fröhlich wie seit Langem nicht. Und sie wusste sehr wohl, dass Schlaflosigkeit und Freude dieselbe Ursache hatten. Sie tippte Christer Berglunds Durchwahl ein.

Nach mehreren Freizeichen hörte sie eine Stimme:

»Sie haben die Nummer von Christer Berglund gewählt. Er ist heute krank.«

»Okay. Können Sie mich dann bitte mit Petra Wilander verbinden?«

Wieder Freizeichen.

»Petra Wilander.«

»Magdalena Hansson, *Värmlandsbladet.*«

»Ja, hallo. Das war ein guter Tipp, den Sie uns da mit dem Bordell gegeben haben.«

»Ja, und deshalb rufe ich auch an. Ich habe versucht, Christer zu erreichen, aber er scheint krank zu sein. Eigentlich wollte ich mich nur erkundigen, wie es gelaufen ist.«

»Sie wissen ja, wie ich über Informanten und Lecks denke.«

»Klar, aber das hier war immerhin mein Tipp.«

»Das stimmt. Und deshalb mache ich auch eine Ausnahme. Das ist im Moment alles noch sehr, sehr heikel, und Sie dürfen keine Zeile darüber schreiben.«

»Darauf gebe ich Ihnen mein Wort.«

»Wir haben die Wohnung in verschiedenen Etappen observiert, und alles deutet darauf hin, dass es dort ein Bordell gibt. Genau, wie Sie vermutet haben.«

Magdalenas Herz schlug schneller. Sie hatte recht gehabt.

»Wirklich?«, fragte sie.

»Ja, aber im Augenblick treten wir ein wenig auf der Stelle, was die technischen Beweise angeht.«

»Jetzt sprechen Sie in Rätseln, Petra. Was meinen Sie?«

»Geht das absolut *off the record*?«

»Hundertprozentig.«

»Wir haben mit der Videokamera unglaublich gute, eindeutige Beweise gefilmt, aber die Filmaufnahmen sind leider zerstört. Deshalb müssen wir noch mal von vorne anfangen. Nichts von dem Beweismaterial, das wir derzeit haben, würde vor Gericht Bestand haben.«

Magdalena stöhnte.

»Ich weiß – mir geht es genauso«, sagte Petra. »Es ist unglaublich wichtig, dass Sie nichts darüber schreiben, ehe wir das haben, was wir brauchen.«

»Verstehe. Ich habe ja die Theorie, dass das Mädchen im Erdkeller mit diesem Bordell im Zusammenhang steht. Oder was meinen Sie?«

Petra schwieg einen Moment, dann sagte sie:

»Das ist natürlich schwer zu beurteilen, aber es ist nicht ganz unwahrscheinlich.«

Ich bin also nicht völlig allein mit meiner Idee, dachte Magdalena.

»Aber jetzt will ich Sie nicht länger stören. Danke, dass Sie sich die Zeit genommen haben, und viel Glück bei den Ermittlungen.«

»Danke, das können wir wirklich gebrauchen.«

Petra stieg im neunten Stock aus dem Fahrstuhl, suchte Christers Tür noch einen Stock höher und klingelte. Obwohl sie schon seit so vielen Jahren zusammenarbeiteten, war sie noch nie bei ihm zu Hause gewesen. Eigentlich seltsam, dachte sie.

Obwohl sie gern zusammenarbeiteten – noch mit keinem Kollegen hatte sie sich so gut verstanden – hatte keiner von ihnen bisher das Bedürfnis verspürt, sich auch privat zu sehen.

Als aus der Wohnung nichts zu hören war, klingelte sie noch einmal. Dann hielt sie die Klappe vom Briefkasten auf und rief.

»Chrille! Hier ist Petra. Ich muss mit dir reden. Der Film von gestern ist weg. Und jetzt muss ich mit Urban durch die Gegend fahren und einen ganzen Haufen unschuldiger Volvobesitzer besuchen.«

Aus der Wohnung waren Rascheln und Schurren zu hören, dann hustete Christer.

»Was sagst du da? Der Film ist weg? Wie ist denn das möglich?«

Seine Stimme kam aus dem hinteren Teil der Wohnung.

»Ich war so geschockt, ich hätte heulen können. Und Urban hat natürlich gemeint, ich hätte irgendwas mit der Kamera falsch gemacht.«

»Er ist ein Idiot. Du, mir geht es total dreckig. Magen-Darm-Infekt. Ich kann nicht aufmachen«, sagte Christer langsam und gequält.

»Ich habe schon mehrmals versucht, dich anzurufen.«

»Ja, habe ich gerade gesehen. Ich war im Bett und habe ein bisschen geschlafen.«

»Ich bin echt frustriert.«

»Ja, das verstehe ich. Aber es ist doch nicht deine Schuld. Hast du mal gecheckt, ob mit der Kamera irgendetwas nicht in Ordnung ist? Vielleicht sollten wir sie mal anschauen lassen?«

»Ja, vielleicht«, sagte Petra.

Es entstand eine peinliche Pause, die für die beiden ungewöhnlich war. Petra versuchte, das unangenehme Gefühl zu vertreiben, und sagte eine Spur zu forsch:

»Ja, dann sieh mal zu, dass du wieder gesund wirst. Bis bald!«

Petra stand auf. Das eigenartige Gefühl folgte ihr in den Fahrstuhl.

Es war Freitagabend, und Magdalena und Nils saßen mit einer Decke über den Schultern auf dem Sofa, eine Schüssel mit in Hagelzucker gerollten Schokoladenkugeln zwischen sich.

Nachmittags waren sie ins Schwimmbad gegangen. Nils konnte seit der Indienreise schon einigermaßen gut schwimmen. Auf dem Nachhauseweg hatten sie an einem Imbiss Hamburger gekauft. Nils hatte sie zwar nicht so gut wie das Happy Meal von McDonald's gefunden, aber fast.

Im Fernsehen fuhr ein kleiner Junge Einrad und jonglierte gleichzeitig mit drei Tennisbällen. Als die Zirkusnummer beendet war, wurde die Kamera auf seine Eltern und eine kleine Schwester gerichtet, die am Bühnenrand standen und stolz aussahen.

»Kannst du mir das auch beibringen?«

»Wenn du richtig viel übst.«

Es fiel Magdalena schwer, sich zu konzentrieren, aber Nils blickte wie gebannt auf den Bildschirm. Sie nahm einen Schluck Cola und schielte auf den Laptop, den sie neben sich auf dem Sofa aufgeklappt hatte.

Eine Viertelstunde zuvor hatte Petter seinen Facebook-Status mit »Petter Björkman freut sich auf morgen« aktualisiert.

Magdalena drückte auf »gefällt mir«. »Magdalena Hansson gefällt das.«

Ist das richtig?, fragte sie sich. Ihr war klar, dass sie erst ihre Scheidung verarbeiten musste, ehe sie für etwas Neues bereit wäre. Damit hatte sie noch nicht einmal richtig angefangen. Um die Wahrheit zu sagen, hatte sie eigentlich nur das Chaos hinter sich zurückgelassen und war geflohen, anstatt sich zu sortieren und Ursache und Wirkung in eine irgendwie geartete Ordnung zu bringen.

Aber es gelang ihr nicht, an den Dreikönigstag vor einem Jahr zu denken, an dem Ludvig ihr so widerlich ruhig und sachlich erklärt hatte, dass er eine andere kennengelernt habe und sich scheiden lassen wolle. Die Weihnachtsverpflichtungen waren abgeleistet, jetzt war es offensichtlich an der Zeit, die Karten auf den Tisch zu legen, eine nach der anderen hinzublättern und dann weiterzugehen. Vielleicht hätte sie trotz allem einen Ausbruch, einen Streit, eine richtige Szene vorgezogen. Diese klinische Feststellung gab ihr das Gefühl, sie sei nicht ganz bei Trost gewesen und habe in einer Phantasiewelt gelebt, in der alle nur so taten als ob.

Warum hatte er teure Weihnachtsgeschenke gekauft, wenn er sie sowieso verlassen wollte? Welchen Sinn hatte diese Armbanduhr? War das nur ein Witz gewesen? Eine Spitze, die sie nicht verstanden hatte? Am Weihnachtsabend hatten sie sogar noch miteinander geschlafen. Gewiss, die Funken hatten nicht gerade gesprüht, aber sie hatten es zumindest getan. Nur zwei Wochen später hatte Ludvig seine Taschen gepackt und ein Taxi gerufen.

Als er da im Flur gestanden hatte, war ihr das Leben vollkommen unwirklich vorgekommen. Als Kind hatte Magdalena einmal einen kleinen, bunt bemalten Gummiball mit einem großen Messer auseinandergeschnitten und dann das Innere nach außen gewendet. So fühlte sie sich jetzt, in diesem Moment. Als stünde das ganze Dasein kopf und wäre von innen nach außen gestülpt.

Magdalena spürte, wie ihr die Tränen – *diese verdammten Tränen* – in die Augen traten und über die Wangen kullerten. Sie blinzelte rasch die Tränen weg, dann nahm sie die größte Schokoladenkugel aus der Schale und schob sie sich ganz in den Mund.

Sie betrachtete Nils von der Seite und dachte daran, wie harmonisch, offen und redselig er den ganzen Abend über gewesen war. Die Wut vom Wochenende war wieder verflogen. Wenn sie ihm über den Kopf strich, zuckte er nicht mehr, sondern sah sie nur kurz an, ehe er sich wieder dem Fernsehprogramm zuwandte.

Morgen werde ich einen Spaziergang machen, dachte Magdalena. Es wird schon nicht so schlimm werden.

Als Petra nach Hause gekommen war, war sie so erschöpft gewesen, dass sie sich auf den Fußboden im Flur hätte legen können. Doch als sie den Zitrusduft wahrnahm und den feucht glänzenden Fußboden sah, die leere und blank gewischte Spüle und sogar einen Strauß Tulpen auf dem Küchentisch, war ihre Erschöpfung wieder verflogen.

Wir geben uns immerhin noch Mühe, dachte sie. Wir beide. Wir versuchen es. Eigentlich hätte sie putzen und Blumen kaufen sollen. In der letzten Zeit hatte Lasse die ganze Alltagslast getragen, während sie selbst nur gegen acht Uhr abends hereingekommen war und sich aufs Sofa fallen gelassen hatte. Zwar war es im Laden um diese Jahreszeit sehr ruhig, wenn das Weihnachtsgeschäft und der

Ausverkauf zwischen den Jahren vorbei waren, doch bestimmt war auch Lasse abends müde. Petra versuchte, die Schuldgefühle abzuschütteln, aber das wollte ihr nicht gelingen.

»Tschüs, ich gehe.«

Petra hörte, wie draußen im Flur ein Reißverschluss hochgezogen wurde.

»Wohin gehst du, Hannes?«

»Zu Ludde.«

»Aber wir wollen doch jetzt essen«, sagte Petra und nahm das Tacogratin aus dem Ofen.

»Er hat mich eingeladen, ich kann bei ihnen essen.« Hannes streckte den Kopf in die Küche. »Halb elf, wie immer?«

»Ja, klar. Viel Spaß.«

Die Tür wurde aufgemacht und wieder zugezogen. Als Petra Hannes am Küchenfenster vorbeigehen sah, zog sich etwas in ihrer Brust zusammen. Ihr kleiner Junge, der so groß geworden war. Sie hing ihren Gedanken nach und bemerkte nicht, dass Lasse hereinkam.

»Na, dann bleiben nur noch wir zwei übrig«, sagte er und legte die Arme um Petras Taille.

»Ja«, sagte Petra. »In der Tat. Hast du was von Nellie gehört?«

»Nein.«

»Ich auch nicht. Ich hoffe, sie ist gut angekommen.«

»Bestimmt. Sie ist doch nur nach Karlstad gefahren, da kann nun wirklich nicht viel schiefgehen.«

»Klar, aber trotzdem«, sagte Petra und reichte Lasse die Salatschüssel. »Kannst du die bitte mal auf den Tisch stellen?«

Petra nahm ihr Handy, um Nellie anzurufen. Sie meldete sich nicht, dann kam die Mailbox.

»Hallo, hier ist Nellie. Ich kann gerade nicht ans Telefon gehen. Sag was nach dem Piepton.«

»Hallo, Liebling, hier ist Mama. Ich wollte nur hören, ob du gut angekommen bist. Ruf bitte mal an. Hab dich lieb.«

Petra trug das Gratin und die Schale mit den Nachos ins Wohnzimmer, stellte alles auf den Glastisch und ließ sich neben Lasse auf das Sofa fallen.

Endlich Wochenende. Endlich!

Lasse lud sich mehrere Löffel Gratin auf seinen Teller.

Petra sah ihn abschätzend an.

»Hast du mal was von einem Bordell in einer ganz normalen Mietwohnung gehört?«, fragte sie.

Lasse hatte den Mund voll und machte große Augen. Als er fertig gekaut hatte, sagte er:

»Was? Hier? In Hagfors?«

Petra nickte.

»Das erzählen die Leute mir doch nicht. Schließlich wissen alle, mit wem ich verbandelt bin.«

»Da hast du auch wieder recht. Dir sind also nicht irgendwelche Gerüchte zu Ohren gekommen?«

»Nicht ein Wort.«

Petra war schon nach wenigen Bissen satt, und plötzlich wusste sie wieder, warum sie Lasses Leibgericht so lange nicht gemacht hatte. Es war einfach zu schwer.

»Wie geht's dir?«

»Gut. Ein bisschen müde.«

»Willst du nichts mehr essen?«

»Nein, danke. Ich hole nur eben mein Handy«, sagte sie und erhob sich schwerfällig.

Keine Anrufe in Abwesenheit, keine SMS.

Petra blätterte noch mal bis zu Nellies Nummer vor und ging zum Sofa zurück.

»Hallo, hier ist Nellie. Ich kann gerade nicht ans Telefon gehen. Sag was nach dem Piepton.«

»Hallohallo. Hier ist noch mal Mama. Ruf doch mal an, damit wir wissen, ob alles in Ordnung ist. Oder schick eine SMS. Hab dich lieb.«

Lasse schob den leer gegessenen Teller von sich.

»Komm«, sagte er und breitete die Arme aus.

Petra schmiegte sich an ihn, legte den Kopf an seine Brust und schloss die Augen. Was für eine Arbeitswoche war das gewesen.

Plötzlich merkte sie, wie Lasse ihre Schulter losließ und seine Hand ihren Rücken hinunter und unter ihre Strickjacke glitt.

»Tut mir leid, aber ich kann nicht mehr. Nicht heute Abend.«

Die Bewegung erstarrte.

»Morgen, ich verspreche es«, murmelte sie in sein T-Shirt.

Lasse wechselte schweigend den Fernsehkanal.

Drei Minuten später schlief sie.

Endlich kam der Tag, an dem Leonardo uns holen sollte. Ich hatte meine Kleider gewaschen und gebügelt und, so sorgfältig wie ich nur konnte, zusammengefaltet. Obenauf in die Tasche legte ich den Prospekt. Ana war den ganzen Morgen über schweigsam, und sie tat mir so leid, doch nicht einmal ihre Besorgnis konnte meine Vorfreude trüben.

Leonardos Auto war ganz und gar nicht so schick, wie ich es mir vorgestellt hatte. Es war zwar nicht rostig, aber sehr klein, und der Lack glänzte überhaupt nicht. Außerdem war es orange, wie eine Apfelsine.

Als wir auf den Rücksitz gekrochen waren, holte Leonardo unsere Pässe aus einem Fach und zeigte sie uns. Ich sah okay aus, fand ich, aber Ana mit ihren Korkenzieherlocken war wie immer besonders süß. Ich hätte unsere Pässe gern noch etwas länger angeschaut, aber Leonardo – eigentlich hieß er ja anders, aber wie, habe ich mir nie gemerkt – steckte sie in das Fach zurück und meinte, so sei es besser.

Noch ehe wir Chişinău verlassen hatten, wurde mir schlecht. Das ganze Auto roch nach Rauch, und die Sonne brannte auf die Scheiben. Ana hatte es auf ihrer Seite etwas kühler, doch auch sie sah blass aus.

Wir fuhren lange, den ganzen Tag und den ganzen Abend. Als wir Hunger bekamen, hielt Leonardo an einer Tankstelle und kaufte für jede von uns eine Cola. Ich kann immer noch keine Cola trinken, ohne dass mir schlecht wird.

Spät am Abend erreichten wir dann die polnische Grenze.

Dort wartete ein anderes Auto auf uns. Leonardo sagte, wir sollten sitzen bleiben. Er stieg aus, und wir sahen ihn lange mit zwei Männern reden, sie rauchten und lachten. Dann kam er zurück und holte unsere Pässe, doch anstatt sie uns zu geben, händigte er sie einem der beiden Männer aus. Damals wussten wir nicht, wie er heißt, aber jetzt weiß ich es.

Kosta.

17

Die Januarsonne lugte aus der dünnen Wolkendecke hervor. Magdalena stand vor Melvins Haus und wollte Nils umarmen.

»Lass das«, sagte er und wand sich aus ihrem Griff.

Magdalena lächelte. Am Morgen war er noch ein verschmuster kleiner Junge gewesen, aber jetzt war er der große, starke Sechsjährige.

»Bis später«, sagte sie, als Melvin aus dem Haus kam, und die beiden verschwanden Richtung Iglu in Melvins Garten.

Magdalena winkte Gunvor hinter ihrem Küchenfenster zu und machte sich auf den Weg. Der Schnee glitzerte in der Sonne, und sie sog die angenehm kühle Luft durch die Nase ein.

Worauf habe ich mich da nur eingelassen?, dachte sie. Doch dann schob sie die Frage beiseite. Ist mir egal. *Ich will.*

Und wie versprochen stand Petter da, an das Brückengeländer gelehnt, und wartete. Er trug eine grüne Daunenjacke, Jeans und braune Stiefel. Sein dunkles Haar lugte unter der Mütze hervor.

Er sah wirklich gut aus.

»Hallo«, sagte sie leise.

»Hallo.«

Petter sah sie aus zusammengekniffenen Augen fröhlich an.

»Sollen wir?«, fragte er und deutete mit dem Kopf auf den schmalen Weg. Magdalena sah ihn an, das vertraute Profil. Die Zeit hatte feine Fältchen um seine Augen eingegraben, und dennoch. Dasselbe. Genau dasselbe.

Eine Weile gingen sie schweigend nebeneinanderher.

»Warum bist du eigentlich wieder zurückgekommen?«, fragte Petter schließlich. »Das hätte ich nie gedacht.«

»Ich auch nicht, um ehrlich zu sein. Wahrscheinlich schätzt man viele Dinge wieder mehr, wenn man sie eine Zeit lang entbehrt hat. Es waren einfach zu viele Eindrücke in Stockholm, alles war so hektisch. Da verzettelt man sich leicht und vergisst, was wichtig ist.«

Petter lachte.

»*Man schätzt* und *entbehrt hat.* Wie sprachgewandt du geworden bist.«

Magdalena hatte gemerkt, dass ihr genau diese Wörter nicht so recht über die Lippen wollten, hatte sie aber nicht mehr aufhalten können.

»Ja, vielleicht«, sagte sie. »So ist das eben. Man passt sich an.«

»Das ist doch nicht schlimm, so meine ich das nicht. Es klingt nur ungewohnt.«

Die Wolkendecke hatte sich jetzt völlig zurückgezogen. Die Sonne glitzerte zwischen den Bäumen hindurch und malte Schatten auf den frisch geräumten Weg.

»Was für eine tolle Schlittenbahn«, sagte Petter.

»Ja, ich kann mich gar nicht mehr erinnern, wann ich das letzte Mal Tretschlitten gefahren bin. Nils hat das überhaupt noch nie gemacht.«

»Was? Er ist noch nie Tretschlitten gefahren? Dann musst du ihm einen kaufen. Bei Svanströms gibt es gute für Kinder. Oder, warte mal, vielleicht habe ich in meinem Schuppen noch einen kleinen von den Mädchen. Ich sehe mal nach.«

Als Petter nach Magdalenas Hand griff, ließ sie ihn

gewähren und spürte seine Wärme durch ihren Handschuh.

»Ihr seid geschieden?«, fragte Petter.

Magdalena versuchte, nicht an Petters Hand zu denken, auch wenn ihr das schwerfiel.

»Ja, das sind wir. Seit vorigem Winter. Aber ich glaube nicht, dass ich darüber reden kann, zumindest nicht jetzt. Das alles hat extrem an meinen Kräften gezehrt.«

»Das verstehe ich. Malin und ich sind seit vier Jahren geschieden, eigentlich fast fünf. Die Mädchen kennen das gar nicht anders. Wie hat Nils eure Trennung verkraftet?«

»Am schlimmsten war es wohl für ihn, dass wir aus unserem Haus in eine Stadtwohnung gezogen sind. Da hatte er es weit bis zu seinen Freunden, musste in eine andere Tagesstätte gehen und ... Ja, ich glaube, das war anstrengend für ihn. Für uns beide.«

»Und jetzt? Gefällt es ihm in Hagfors?«

»Mal so, mal so. Manchmal vermisst er seinen Papa sehr, aber verglichen mit der Zeit im Herbst ist er jetzt ein ganz anderer Junge, viel fröhlicher. Ich kriege ihn kaum noch zu Gesicht, er spielt einfach pausenlos.«

Sie näherten sich dem Wohngebiet am Hagälven, als Petter plötzlich stehen blieb. Er beugte sich vor und küsste sie, behutsam und schüchtern, als wäre es das allererste Mal. Magdalena trat einen Schritt näher und legte beide Arme um seinen Hals.

So war es, und so sollte es sein.

»Ich muss dich sehen können«, sagte Petter und stopfte seine Handschuhe in die Taschen.

Dann legte er die Hände auf ihre Wangen, strich vorsichtig mit den Daumen über die Augenbrauen, die Schläfen und streichelte ihr Haar.

»Du weinst ja«, sagte Petter und zog sie wieder an sich.

Magdalena schloss die Augen, sog seinen Duft ein und wollte in der Umarmung verweilen.

»Ich halte das nicht aus, noch einmal im Stich gelassen zu werden«, flüsterte sie. »Dann gehe ich kaputt.«

Roy hatte wie immer in der Scooterspur die Führung übernommen, seine gekringelte Rute wackelte hin und her. Petra hatte gehofft, dass ein langer Spaziergang sie auf andere Gedanken bringen würde. Nellie hatte den ganzen Vormittag nichts von sich hören lassen, und sie begann, sich langsam richtig Sorgen zu machen. Das sah Nellie so gar nicht ähnlich.

Es wäre viel logischer gewesen, wenn Hannes sein Handy verloren oder das Ladegerät vergessen hätte. Er hatte schon immer den Kopf ein bisschen in den Wolken, wie Lasse zu sagen pflegte. Er war nicht bewusst schlampig, sondern unkonzentriert und etwas zerstreut. Zudem war er wirklich vom Unglück verfolgt, schon seit frühester Kindheit litt er an Asthma. Dann kamen die Eiweißallergie dazu und das Ekzem, das jeden Abend und jeden Morgen eingecremt werden musste. Eine Zeit lang hatten sie befürchtet, dass er auch eine Tierhaarallergie habe, doch das hatte sich zum Glück nicht bestätigt. Lasse hatte es sehr bedauert, dass die Hockeykarriere des Sohnes schon nach kurzer Zeit ein Ende fand; er hatte dieses Bedauern aber tapfer verborgen, auch als er feststellte, dass sein Talent zum Skilaufen definitiv nicht vererbt worden war, ebenso wenig wie irgendeine Form von Wettkampfgeist.

Obwohl er in den letzten Jahren ein paar Freunde um sich geschart hatte, schien er doch immer noch am liebsten allein mit seiner Gitarre dazusitzen. Niemand wusste, von wem er das Interesse für Musik geerbt hatte.

Nein, Nellie war immer ganz anders gewesen, dachte Petra, von Anfang an so selbstbewusst und selbstsicher, immer überzeugt davon, dass die Welt ihr nur Gutes wollte.

Roy lief im Zickzack vor ihr her, er schien die Witterung eines Tieres aufgenommen zu haben. Einige Meter vor ihnen kreuzte tatsächlich die Fährte eines Elchs die Scooterspur. Petra packte das Lederhalsband mit beiden Händen und hielt den Hund fest.

»Nein, Roy, damit musst du noch bis zum Herbst warten, jetzt komm«, sagte sie und zog den bellenden Hund mit sich.

Als Roy wieder ruhig geworden war, versuchte Petra, die Stille und den Sonnenschein zu genießen, aber die Sorge ließ ihr keine Ruhe und pochte in ihrer Brust.

Bald wird Nellie aufwachen und merken, dass das Handy keinen Strom mehr hat, und dann wird sie anrufen, und es wird ein ganz gewöhnlicher Samstag wie immer, dachte Petra. Sie wird müde sein und ein bisschen lässig und verärgert klingen, das weiß ich schon, aber darüber werde ich hinwegsehen. Und dann, wenn sie merkt, dass ich nicht böse bin und ihr zuhöre, wird sie einlenken und mir erzählen, was sie gestern Abend gemacht hat.

Dann nahm Petra noch einmal das Handy aus der Jackentasche und rief, ohne zu wissen zum wievielten Mal, Nellie an. Das Telefon war immer noch abgeschaltet.

»Liebe, süße Nellie, lass doch von dir hören.«

Auf der obersten Stufe klopfte Petra den Schnee von ihren Stiefeln, dann machte sie die Tür auf. Eigentlich wollte sie gar nicht reingehen, aber es war immer kälter geworden, und sowohl Roy als auch sie selbst waren nach der zweistündigen Wanderung müde.

Sie machte Roys Halsband los. Er schüttelte sich und verschwand in der Küche, um zu trinken. Die Leine hängte sie an den Haken neben der Tür.

»Das war schön, nicht?«, sagte sie zu dem Hund, der wieder zurückkam und sich auf seinem braunen Fell in der Ecke zusammenrollte.

Roy antwortete mit einem zufriedenen Seufzer und schloss die Augen.

Lasse saß am Küchentisch und las das *Aftonbladet*. Petra ging zu ihm und massierte seine Schultern.

»Ist draußen in der Welt etwas geschehen?«, fragte sie und steckte das verwaschene Schild, das aus seinem T-Shirt schaute, zurück in den Kragen.

Lasse brummte ein »Nein, nicht wirklich« und blätterte um.

»Nellie hat nicht zufällig angerufen, oder?«, fragte Petra, so beiläufig sie konnte.

Lasse schüttelte den Kopf.

Er sagt nicht, dass ich mir keine Gedanken machen soll, dachte Petra. Jetzt ist er also auch besorgt, aber er will es nicht zugeben.

Diese Erkenntnis machte ihr Angst.

Nils lehnte sich über den Küchentisch, griff nach der Maisschüssel und lud sich drei gehäufte Löffel auf die Taco-Muschel. Dann nahm er sich von den Tomaten, die er selbst in passende Stücke hatte schneiden dürfen. Er war jetzt schon bei seiner dritten Portion und wirkte immer noch so hungrig wie am Anfang. Die frische Luft machte Appetit.

Magdalena hatte nur eine Portion gegessen und sich selbst dazu überwinden müssen. Sie fühlte sich fast ein wenig krank; immer noch schmeckte sie Petters Küsse und spürte seine Bartstoppeln an ihrer Wange kratzen.

»Mama!«

»Was denn?«

»Du hörst ja gar nicht zu.«

»Entschuldige, mein Schatz. Was hast du gesagt?«

»Die Käsecreme ist alle. Gibt es noch mehr davon?«

Magdalena stand vom Tisch auf, um im Kühlschrank nachzusehen.

»Ja, gibt es«, sagte sie und holte ein neues Glas heraus, das sie aufschraubte und Nils reichte.

Auf dem Tisch summte das Handy. Mit einem Schmunzeln griff Magdalena danach, so sicher war sie, dass es sich um eine neue Nachricht von Petter handelte. Doch die Nummer auf dem Display war ihr unbekannt.

»Misch dich nicht in Angelegenheiten, die dich nichts angehen. Wir wissen, wo du mit deinem kleinen Chinesen wohnst. Du wirst nur einmal gewarnt.«

Magdalena wurde schwindelig vor Angst, sie ließ sich auf ihren Stuhl fallen und versuchte, den Schock vor Nils zu verbergen.

»Was ist denn, Mama?«

»Nichts Besonderes, Liebling, ist nicht wichtig.«

Petra schüttelte ein weißes, gewaschenes T-Shirt aus, faltete es zusammen und legte es auf Lasses Stapel. Das hier ist mein einziges Hobby, dachte sie. Wie viele Stunden stehe ich nicht jede Woche hier?

Plötzlich stand Lasse in der Tür, in blauem Trainingsanzug und Hausschuhen.

»Musst du wirklich an einem Samstagabend hier stehen und Wäsche zusammenlegen?«

»Wann soll ich das denn sonst machen? Du siehst doch, was hier für ein Chaos ist!«

Der Ton war viel barscher, als Petra beabsichtigt hatte.

»Was soll das denn heißen?« Lasse verschränkte die Arme vor der Brust. »Willst du damit sagen, dass ich nichts tue? Ich koche fast jeden Tag, ich kaufe ein, und ich putze. Du hast versprochen, weniger zu arbeiten, aber davon hat in dieser Familie niemand etwas merken können. Ich habe auch einen Job. Der ist vielleicht nicht so wichtig wie deiner, aber wenn du es gestattest, dann möchte ich trotzdem am Samstagabend meine Ruhe haben. Wenn du gerne die Märtyrerin spielen willst – aber ohne mich.«

Verdammt!

Als Petra ins Schlafzimmer kam, hatte Lasse schon das Licht ausgemacht und ihr den Rücken zugekehrt, doch an seiner Atmung hörte sie, dass er noch nicht schlief. Ohne Licht zu machen, zog sie ihre Kleider aus und warf sie auf den Stuhl neben dem Nachttisch. Das Handy legte sie neben den Radiowecker, dann schlüpfte sie unter die Decke und rutschte auf Lasses Seite rüber.

»Tut mir leid«, sagte sie und legte den Arm um ihn. »Ich weiß, wie viel du hier machst, du hast ja keine Ahnung, wie dankbar ich dir dafür bin. Ich weiß nicht, was mich da vorhin geritten hat, aber ich glaube, es liegt daran, dass ich mir solche Sorgen um Nellie mache.«

Sie strich ihm über die Brust.

»Lasse? Es tut mir leid.«

Endlich drehte er sich um.

»Ich mache mir auch Sorgen. Wahrscheinlich bin ich deshalb so hochgegangen.«

Den ganzen Tag über hatte Petra nicht gewagt, die Frage zu stellen, sie hatte sich ihre Furcht nicht eingestehen wollen, weil sie solche Angst hatte, dass Lasse sie nicht beruhigen könnte. Aber jetzt flüsterte sie kaum hörbar in die Dunkelheit hinein.

»Was glaubst du, warum sie sich nicht meldet?«

»Ich wünschte, ich wüsste es. Das sieht ihr so gar nicht ähnlich.«

Lasse legte seine Hand auf ihre Wange, und Petra spürte, wie er sie an ihrem Hals hinunterwandern ließ, über die Schulter, die Brust, und dann beugte er sich vor und küsste sie.

Sie war erstaunt, wie heftig die Lust war und wie schnell sie aufflammte. Petra ließ sich fallen und genoss ihre Leidenschaft.

Als Nils eingeschlafen war, ging Magdalena von Zimmer zu Zimmer und zog alle Rollos herunter. Dann kontrollierte sie, ob die Haustür auch wirklich richtig verschlossen war. Dabei wurde ihr überhaupt erst richtig klar, wie unsicher diese Tür mit ihren drei getönten Glasscheiben war. Wenn jemand einbrechen wollte, müsste er nur die Glasscheibe zerschlagen und einsteigen. Mit dem Kellerfenster hätte er auch leichtes Spiel.

Magdalena hatte zu Hause niemals große Angst vor der Dunkelheit gehabt. Aber jetzt ging die Fantasie mit ihr durch und ließ ihren Adrenalinspiegel steigen.

Sie las noch einmal die SMS. *»Misch dich nicht in Angelegenheiten, die dich nichts angehen. Wir wissen, wo du mit deinem kleinen Chinesen wohnst. Du wirst nur einmal gewarnt.«*

Sie nahm den Laptop mit aufs Sofa und legte sich eine Decke über die Schultern. Obwohl sie schon wusste, dass das ein sinnloses Unterfangen war, gab sie bei der Rückverfolgung im Telefonbuch die Handynummer ein, von der die SMS abgeschickt worden war.

»Ihre Suche ergab leider keine Treffer.«

Bei anderen Suchmaschinen das gleiche Ergebnis.

»Ihre Suche ergab keine Treffer bei gesuchten Personen.«

Ich muss bei der Polizei Anzeige erstatten, dachte sie. Eigentlich sollte ich das jetzt gleich tun, aber ...

Plötzlich blinkte es unten am Bildschirmrand.

»Neue Nachricht von Petter.«

Magdalena klickte auf Facebook, und dort wartete im Chatroom ein kurzes »Hallo ...«

Sie antwortete schnell: »Hallohallo.«

Sie kaute auf ihrem Zeigefingernagel, während sie auf die nächste Antwort wartete.

»Was machst du?«

Ich sitze hier und fürchte mich zu Tode und starre die Terrassentür an und stelle mir vor, wie leicht man das Glas kaputtmachen könnte.

Schließlich schrieb sie:

»Nichts Besonderes. Nils schläft. Wir haben Robinson angeschaut. Und du?«

Die Antwort kam schnell.

»Hier sieht es ungefähr genauso aus. Danke für den Spaziergang. Du machst mich sehr glücklich.«

Magdalena verspürte wieder diese Wärme. Der Cursor blinkte und blinkte, wartete darauf, dass sie endlich etwas schreiben würde.

Das hier ist gefährlich. Ich weiß nicht ...

»Ich fürchte mich so.«

»Vor mir?«

»Vor meinen eigenen Gefühlen. Ich bin so wahnsinnig verletzlich, habe keinen Mut, noch mal jemandem zu vertrauen.«

»Aber wir werden doch aufeinander aufpassen, oder?«

Der Cursor blinkte.

Ehe Magdalena antworten konnte, ergänzte Petter:

»Du kannst dir gar nicht vorstellen, wie sehr ich dich vermisst habe, als du weggezogen bist. Alles war so verkehrt ...«

Magdalena schluckte, sie erinnerte sich an die Einsamkeit in der schäbigen Wohnung am Gullmarsplan, zur Miete aus zweiter Hand, und an das Gefühl, ständig völlig schwerelos in der Dunkelheit herumzuschweben, schwerelos und bedeutungslos, wenn die Angst sie nachts geweckt hatte. Die vielen Stunden nach der Arbeit, die sie totzuschlagen versucht hatte, die Wochenenden, die kein Ende nehmen wollten. Damals bin ich auch geflohen, genau wie jetzt, dachte sie.

»Bist du noch da?«

»Klar. Ich bin noch da.«

»Habe ich etwas Dummes geschrieben?«

»Nein, nein. Ich weiß nicht. Es geht so schnell. Vielleicht kann ich nicht ...«

Magdalena schrieb nicht weiter. Stattdessen loggte sie sich aus, klappte den Laptop zu und rollte sich unter der Decke zusammen.

18

Petra stieg aus dem Doppelbett und tastete nach ihren Kleidern auf dem Stuhl. Sie zog sich das T-Shirt vom Vortag über den Kopf, nahm die Jeans, den Fleecepullover und das Handy und schlich barfuß aus dem Schlafzimmer.

Sie machte die Tür, so leise sie konnte, hinter sich zu.

Es war noch nicht einmal halb sechs, aber sie war mit einem Ruck aufgewacht, als wäre sie von etwas geweckt worden, doch sie konnte nicht genau benennen, was es gewesen war. Ihr Herz schlug immer noch aufgeregt. Das wird bestimmt besser, wenn ich etwas frische Luft schnappe, dachte sie, schlüpfte in die Jeans und zog den Pullover über.

Roy kam ihr verschlafen im Flur entgegengewankt.

»Sollen wir ein bisschen rausgehen?«

Der Hund wedelte nur mäßig begeistert mit dem Schwanz.

»Ich hole mir nur ein paar Strümpfe.«

Petra ging in die Waschküche, wo immer noch die Wäschestapel auf der Arbeitsfläche lagen. Als sie in den Flur zurückkam, stand Roy schon startklar mit der Nase an der Tür bereit.

Draußen war es vollkommen still, keine Regung war aus den Häusern in der Straße zu vernehmen. Petra wäre gern wieder in den Wald gegangen, doch dazu war es viel zu dunkel, und so mussten sie sich an die beleuchteten Straßen im Wohnviertel halten. Sie hatte das Gefühl, die ganze Nacht nicht richtig geschlafen zu haben, eigentlich hatte sie nur dagelegen und zwischen Schlaf- und Wachzustand unruhig gedöst. Als sie das letzte Mal auf die Uhr geschaut hatte, war es kurz nach drei gewesen. Obwohl sie wusste, dass eine neue SMS sie geweckt hätte, hatte sie nach dem Aufwachen als Erstes die Hand nach dem Handy ausgestreckt. Aber nein, immer noch nichts.

Hirngespinste, dachte sie. Ich muss die Arbeit und den Mord und Hedda Losjö loslassen. Dass Nellie nicht ans Telefon geht, heißt definitiv nicht, dass sie verschwunden ist. Oder tot.

Aber wo war sie bloß?

In der Vormittagssonne wirkte der Schnee so blendend weiß, dass Hanna Wiik die Augen zusammenkneifen musste. Sie konnte die schartige Spur kaum erkennen, die Papas Ski vor ihr hinterlassen hatten.

»Papa, warte auf mich!«, rief sie. »Ich seh fast nichts!«

»Das wird gleich besser, wenn deine Augen sich daran gewöhnt haben«, sagte er irgendwo vor ihr, den Rucksack auf dem Rücken, mitten in all dem Weiß. »Wenn wir im Wald sind, wird es schattiger.«

Hanna machte ein paar vorsichtige Skating-Schritte, das ging gut, und schon bald hatte sie ihn eingeholt. Sie fuhren weiter über die Wiese, er vorweg und sie hinterdrein. Hanna hatte sich die ganze Woche schon auf diese Barsch-Tour gefreut. Allein mit Papa. Ohne dass die kleinen Geschwister wie kreischende Wilde um sie herumtobten. Als sie die kleine Abfahrt erreichten, die zum Wald hinunterführte, fing sie an sich abzustoßen. Das Gleiten ging einwandfrei, sie wurde gar nicht müde, sondern sauste auf dem Schnee nur so dahin.

Papa arbeitete sich im Scherschritt auf der anderen Seite des Grabens wieder hoch und fuhr dann in dem alten Birkenwald weiter. Hanna mochte diesen Teil des Waldes. Im Frühjahr wuchs dickes, hellgrünes Gras zwischen den Stämmen, und im Sommer grasten hier Schafe.

»Glaubst du, dass wir einen Fisch fangen?«, rief ihr Vater und warf einen Blick über die Schulter.

»Ja, auf jeden Fall werden wir einen kleinen fangen, den ich dann Weißnase geben kann, wenn wir nach Hause kommen«, antwortete Hanna.

»Das wird dem kleinen Fettwanst gefallen.«

»Er ist nicht fett!«

»Ah, doch, bald werden wir Diätpillen für ihn kaufen müssen«, neckte der Vater sie.

Sie glitten weiter durch den Wald. Nun gab es keine Birken mehr, sondern nur noch hohe Tannen, deren Kronen sich sanft im Wind wiegten. Diese Tannen mochte Hanna gar nicht. Zum Glück war Papa dabei. Falls die Wölfe kämen.

»Du fährst zu schnell!«, rief sie. »Warte!«

Hanna wusste, dass es Wölfe gab. Natürlich kamen sie den Menschen nur selten nahe, aber als es Herbst geworden war, hatten sie an drei Abenden hintereinander die Wölfe heulen gehört.

»Die Wölfe haben viel mehr Angst vor dir als du vor ihnen«, hatte Mama sie zu beruhigen versucht.

Mama sagte immer die Wahrheit, aber Hanna hatte

trotzdem schreckliche Angst. Sie stieß sich kräftig ab und schaute sich dabei ängstlich um. Fast jeder Stein, jede in die Luft ragende Wurzel schien sich auf den ersten Blick zu bewegen. Ihr Herz pochte laut unter dem Schneeanzug.

Endlich konnte sie die Schneefläche wieder zwischen den Bäumen hindurchschimmern sehen. Papa war schon am letzten Hügel, bevor das Eis kam.

»Warte!«, rief Hanna wieder.

Er blieb stehen und wartete auf sie.

»Das ist aber steil«, sagte Hanna und schaute hinunter.

»Das schaffst du mit Leichtigkeit. Versuch einfach, in den Knien weich und beweglich zu bleiben«, erwiderte ihr Vater und verschwand den Hügel hinab.

Hanna sammelte all ihren Mut. Doch, sie hatte das früher schon einmal geschafft. Wenn es ihr nur gelang, in der Spur zu bleiben.

»Eins, zwei und drei«, zählte sie und schwang sich auf die Bahn.

Der Fahrtwind ließ ihre Augen tränen.

»In die Knie, Hanna!«, rief Papa, aber es war schon zu spät.

Ein kleiner Baumstumpf mitten in der Spur – Hanna verlor das Gleichgewicht, und schon lag sie der Länge nach im Schnee. Als sie sich wieder aufrappelte, blieb ein Handschuh in der Schneewechte stecken.

»Ich habe meinen Handschuh verloren. Komm und hilf mir – ich kriege ihn nicht wieder raus!«

»Doch, das schaffst du auch allein«, rief ihr Vater ihr aufmunternd zu.

Hanna schaufelte wie wild mit der anderen Hand den

Schnee beiseite, das Loch wurde immer tiefer und breiter. Und sie entdeckte den Handschuh. Aber da lag noch etwas anderes.

War das ein Schal? Sie zog leicht daran. Als sie das blau gefrorene Ohr sah, schrie sie laut auf.

19

Petra hatte einen sauberen, frisch gebügelten Läufer auf den Küchentisch gelegt und zwei Kaffeetassen daraufgestellt. Lasse saß auf der Küchenbank und sah ihr zu.

»Also, wann sollte sie mit dem Bus ankommen?«

»Um fünf nach halb sechs«, sagte Petra und schenkte Kaffee ein.

Hannes schlurfte in die Küche und machte wortlos die Kühlschranktür auf.

»Willst du einen Kaffee?«, fragte Petra.

»Nee.«

Nach langem und intensivem Studium des Kühlschrankinhalts nahm Hannes Butter und Käse heraus, machte sich vier Brote, die er auf einen Teller legte und mit in sein Zimmer nahm.

Plötzlich spielte draußen im Flur Petras Handy die Dire-Straits-Melodie. Sie schoss hoch und stolperte zu ihrer Jacke, in der das Telefon seit ihrem Morgenspaziergang steckte.

»Ach, verdammt«, murmelte sie und suchte zwischen schwarzen Tüten für Hundekot und alten, eingetrockneten Leckerli nach dem Telefon.

Schließlich verstummte es.

Als Petra es endlich in der Hand hielt, sah sie, dass Sven Munther angerufen hatte.

Das Mobiltelefon summte. Eine neue Nachricht auf der Mailbox. Sie hörte die Nachricht ab:

»Hallo, Petra, tut mir leid, wenn ich am Wochenende störe, aber ich muss dich bitten herzukommen. Im Wald bei Gustavsfors ist ein totes Mädchen gefunden worden. Scheint so, als wäre sie ermordet worden. Ich habe Folke Dag och Natt oder Natt och Dag oder wie auch immer der heißt, verdammt noch mal, auch angerufen. Du kannst ihn mitbringen. Bratt und ich sind bereits vor Ort.«

Petra bekam eine Gänsehaut.

Nein, das darf einfach nicht wahr sein. Das ist nicht wahr.

Folke Natt och Dag stand vor dem Polizeirevier und sah fast glücklich aus. Normalerweise hätte Petra nichts dagegen einzuwenden gehabt, es war schließlich nicht lustig, ein Wochenende lang allein in einer Wohnung in Hagfors zu sitzen, doch jetzt ärgerte sie sich darüber.

Folke machte die Beifahrertür auf, stieg ein und brachte seine langen Beine im Fußraum unter.

»Ist es weit?«, fragte er, während Petra um die Blumenkübel herumkurvte, die den Verkehr beruhigen sollten.

»Nicht wirklich, ungefähr zwanzig Kilometer Richtung Norden. Ich weiß allerdings nicht genau, wo das Mädchen gefunden worden ist, deshalb müssen wir Munther oder Bratt anrufen, wenn wir uns der Gegend nähern.«

»Ich hätte ja nie gedacht, dass in diesem Bezirk so viel los ist«, sagte Folke. »Ich habe mir vorgestellt, dass ich hier zum Spezialisten für Sommerhauseinbrüche und

Bußgeldeintreiberei werde, aber nicht, dass ich innerhalb weniger Wochen in zwei Mordermittlungen gerate.«

»Das kann ich gut verstehen. Für uns ist das auch alles andere als gewöhnlich.«

Normalerweise kümmerte sie sich um die neuen Dienstanwärter, zeigte ihnen alles und versuchte, ihnen ein bisschen das Gefühl zu vermitteln, dass sie sich zu Hause fühlten. Aber der Mord an dem unbekannten Mädchen, das Verschwinden von Hedda Losjö und die Überwachung des illegalen Bordells hatten all ihre Zeit in Anspruch genommen. Jetzt wurde ihr klar, dass sie, seit Folke dabei war, kaum mit ihm gesprochen hatte. Deshalb versuchte sie, ihre schrecklichen Gedanken wegzuschieben und ein freundliches Gespräch unter Kollegen zu beginnen.

»Wo wohnst du eigentlich?«, fragte sie.

»Ich habe eine Zweizimmerwohnung am Tranebergsvägen. Man kann das Haus von hier sogar sehen ... Dahinten.«

Folke zeigte auf eines der dreistöckigen Häuser auf der linken Seite.

»Die Gegend ist nicht schlecht«, sagte Petra.

»Ja, aber es wäre nett, einen eigenen Eingang und eine kleine Veranda zu haben.« Folke betrachtete die gelben Arbeiterreihenhäuser, die sich auf der anderen Seite der Straße durch das ganze Wohngebiet zogen. »Aber die Gegend hier ist wohl recht beliebt. Trotzdem war es völlig unproblematisch, eine Wohnung zu finden.«

»Kennst du jemanden hier?«

Folke lachte.

»Nein, keine Menschenseele. Ein Kommilitone von mir macht sein Praktikum in Karlstad, und wir hatten natürlich vor, uns zu treffen, aber das ist doch weiter weg, als ich dachte. Also verbringe ich ziemlich viel Zeit vor dem Computer.«

Sie fuhren an Geijersholm vorbei und bogen dann nach Gustavsfors ab. Auf den Kahlschlägen, die sich zu beiden Seiten der Straße erstreckten, ragten bleigraue, tote Tannen wie Hochspannungsmasten in den Himmel.

»Warum lassen sie denn diese hässlichen Bäume stehen?«, fragte Folke und zeigte darauf. »Die sehen ganz schön deprimierend aus.«

»Ich habe gehört, wegen der Vögel. Viele Arten bauen nur in toten Bäumen ihre Nester.«

Petra wünschte, Folke würde einfach weiterreden, damit die Stille nicht so unerträglich war. Plötzlich sah sie aus dem Augenwinkel, wie Folke auf ihre Hände starrte, die das Lenkrad so fest umklammert hielten, dass die Knöchel weiß waren.

»Wie geht es dir?«, fragte er.

Petra holte tief Luft.

»Meine siebzehnjährige Tochter wollte zu einer Freundin nach Karlstad fahren, aber wir haben seit Freitag nichts von ihr gehört. Es klingt richtig lächerlich, wenn ich das jetzt so sage, ich höre es selbst. Aber nach dem toten Mädchen im Erdkeller, und ... Ja, man wird leicht etwas komisch, wenn man selbst Kinder in dem Alter hat.«

Folke nickte kurz.

»Aber, versuch trotzdem, dir keine Sorgen zu machen«, sagte er dann.

Petra versäumte es, vor der Kreuzung ausreichend abzubremsen, und der Wagen ragte beunruhigend weit in die rechte Fahrbahn hinein.

Als sie ins Dorf kamen, konnten sie vor dem aufgegebenen Dorfladen schon den Streifenwagen stehen sehen. Urban Bratt lehnte an der Tür und wartete.

»Fahrt hinter mir her«, sagte er. »Es sind noch ungefähr vier, fünf Kilometer. Und es ist ganz in der Nähe von der Stelle, wo das andere Mädchen gefunden wurde. Ich muss euch jetzt schon sagen, dass es kein schöner Anblick ist.«

Petra schloss die Augen.

Zwischen den Tannen war bereits ein kleiner Pfad ausgetreten, auf dem Petra hinter Folke und Urban herstapfte. Nach rund fünfhundert Metern konnte man die gestreiften Absperrbänder sehen. Petra fühlte sich völlig kraftlos, als wären ihre Beinmuskeln total übersäuert, und sie wusste nicht, wie sie noch länger durchhalten sollte.

Folke drehte sich zu ihr um.

»Geht es?«, fragte er.

»Schon okay.«

Sie versuchte, kontrolliert zu atmen. Folke sah sie immer noch beunruhigt an.

Hinter dem Absperrband standen zwei Techniker aus Torsby über etwas gebeugt, das einem dunklen, formlosen Kleiderbündel glich. Sven Munther hob die Hand zu einem müden Gruß und ging ihnen entgegen.

Das schaffe ich nicht, dachte Petra. Das schaffe ich nicht.

Langsam näherte sie sich dem Bündel und den gebeugten Rücken der Kollegen, ohne Folkes Blick länger wahrzunehmen.

Als sie noch etwa sechs Meter entfernt war, trat einer der Techniker zur Seite. Da lag kein Mensch, da lag ein

Kadaver. Wo das Gesicht gewesen war, waren nur vereiste Fleischfetzen zu sehen. Ein Ohr konnte man noch erkennen, außerdem ein paar blutige Haarsträhnen.

Haarsträhnen, die hellbraun waren, nicht knallgrün.

Petra sank auf die Knie in den Schnee. Sie spürte nicht, wie Folke ihr die Hände auf die Schultern legte.

»Ist sie es?«

Petra schüttelte den Kopf.

»Nein.«

Petra schluchzte.

Munther kam auf sie zugestapft, eine Sorgenfalte zwischen den Augen.

»Was ist los, Wilander?«

Rasch wischte Petra sich mit dem Handschuh über die Augen. Sie war noch nie zuvor an einem Tatort zusammengebrochen.

»Ich hatte befürchtet, dass ich hier meine Tochter finden würde«, schluchzte sie und versuchte aufzustehen, doch ihr versagten die Beine. »Wir haben das ganze Wochenende nichts von ihr gehört.«

»Und warum hast du mich nicht zurückgerufen und mir das erzählt? Wenn ich das gewusst hätte, hätte ich nie zugelassen, dass du dir das hier antust.«

Petra räusperte sich und versuchte, die Tränen aufzuhalten. Es war so unsäglich peinlich, vor seinem Chef im Schnee zu knien und zu weinen.

»Job ist Job«, entgegnete sie und kam schließlich mit Folkes Hilfe auf die Füße.

»Das mag zwar sein, aber jetzt schicke ich dich für den Rest des Tages nach Hause. Versuch mal, deine Tochter zu erreichen, und wir sehen uns morgen wieder.«

Munther wandte sich an Folke.

»Du fährst Wilander nach Hause, und dann kommst du gleich wieder hierher.«

Folke nickte.

»Danke«, sagte Petra.

Munther sah sie an, lächelte und schüttelte den Kopf.

»Kümmere dich jetzt erst mal um dich selbst.«

Petra und Folke arbeiteten sich schweigend durch den Schnee zurück. Hinter ihnen waren die Techniker zu hören, die ihre Scheinwerferstative aufbauten. Die nachmittägliche Dunkelheit sank allmählich zwischen den Bäumen nieder. Nach etwa hundert Metern begegnete ihnen Linus Saxberg von der *Länstidningen*. Er musste gemerkt haben, dass mit Petra etwas nicht stimmte, denn er wollte gerade den Mund aufmachen, um etwas zu fragen, sagte aber nichts und ließ die beiden weitergehen.

Ich sollte mich schämen, dass ich so furchtbar erleichtert darüber bin, dass die Tote die Tochter von jemand anderem ist und nicht die eigene, dachte Petra. Eines Tages werde ich meine gerechte Strafe bekommen.

Der Geruch von Zimt-Hefegebäck hing in der Küche, und die Fensterscheiben waren von der Hitze des Backofens beschlagen.

Als das Telefon klingelte, stellte Gunvor die Schale mit dem geschlagenen Ei auf die Spüle, wischte sich die Hände an der Schürze ab und nahm den Hörer des Wandtelefons ab.

»Berglund.«

»Hallo, hier ist Christer. Papa ist nicht zufällig da, oder?«

»Doch, der sitzt drüben und liest Zeitung. Einen Moment.«

Gunvor legte den Hörer aufs Fensterbrett und ging in den Flur.

»Bengt, Christer ist am Telefon. Nimmst du es da drüben an?«

»Okay.«

Gunvor kehrte in die Küche zurück und hängte den Hörer wieder ein.

Der hatte ja komisch geklungen. Die Stimme ganz heiser und so kurzangebunden. Ob er krank war?, überlegte sie und widmete sich wieder den beiden letzten Zimtkränzen, die sie mit Eigelb bepinselte. Obwohl sie inzwischen gar nicht mehr so viel Hefegebäck aßen, buk Gunvor immer noch aus alter Gewohnheit auf einen ganzen Liter Milch. Aber Schnecken machte sie nicht mehr, das war zu viel Arbeit. Geflochtene Kränze mussten reichen.

»Ich fahre mal kurz zu Christer rüber«, rief Bengt aus dem Flur.

»Dann kannst du gleich seine saubere Wäsche mitnehmen. Sie ist in der Tüte in der Waschküche.«

Bengt verschwand die Treppe hinunter, und Gunvor schob das letzte Blech in den Ofen, dann steckte sie einen von den fertigen Hefekränzen in eine Plastiktüte, die sie Bengt gab, als er zurückkam.

»Nimm das hier mit, und grüß ihn schön.«

Als Bengt den Autoschlüssel aus dem Schränkchen neben der Haustür nehmen wollte, fiel sein Blick auf einen Schlüssel, den er nicht kannte.

»Wohin gehört der denn hier?«, fragte er und hielt eine kleine Keramikfigur hoch.

»Zu Magda. Sie möchte, dass wir ihn verwahren.«

Bengt hängte den Schlüssel zurück und sagte:

»Ist sie verreist?«

»Nein, ich glaube nicht. Sie möchte einfach, dass wir einen Schlüssel haben, wenn mal etwas ist. Die Blumen werden wir wohl kaum gießen müssen, denn sie scheint keine zu haben. Und so wie ich das sehe, auch keine Gardinen. Ist das nicht ein wenig ungemütlich?«

»Wahrscheinlich ist sie einfach noch nicht dazu gekommen«, sagte Bengt, nahm die Plastiktüte mit der Wäsche und den Hefekranz und machte die Tür auf. »Du solltest dich nicht so viel darum kümmern, wie es bei anderen zu Hause aussieht. Hallo.«

Was soll das heißen, nicht darum kümmern, dachte Gunvor. Die Leute durften gern alles so machen wie sie wollten, aber man konnte nicht umhin zu bemerken, dass es bei Magda ziemlich unwohnlich aussah.

Lasse sah verwundert von der Zeitung auf, als Petra die Küche betrat.

»Du bist schon zurück?«

Petra sagte nichts. Ihre Gegenwart musste als Antwort genügen.

»Geht es dir nicht gut?«

Petra sank auf die Küchenbank.

»Ich habe es einfach nicht länger ausgehalten. Da lag ein Mädchen im Schnee, halb von irgendeinem Tier aufgefressen. Ich konnte nicht mehr. Aber zumindest war es nicht Nellie.«

Sie stützte den Kopf in die Hände und schloss die Augen.

»Hast du wirklich gedacht, sie wäre es?«

»Was soll man denn noch glauben?«

Petra fühlte sich plötzlich vollkommen kraftlos und leer. Es war schon anstrengend genug, nur da auf der Bank zu sitzen und nicht umzufallen.

Das Telefon klingelte.

Petra lehnte sich zurück und zog umständlich ihr Telefon aus der Jackentasche.

Nellie!

Als Petra die entspannte Stimme ihrer Tochter vernahm, verwandelte sich ihre Erleichterung in brennende Wut.

»Wo zum Teufel bist du das ganze Wochenende gewesen?«, schrie sie.

»Aber ...«

»Ist dir nicht klar, was Papa und ich uns für Sorgen gemacht haben? Ist dir das nicht klar? Heute ist ein totes Mädchen im Wald gefunden worden, und ich habe gedacht, das wärst du. Ich bin hingefahren und habe gedacht, dass ich dich da im Schnee finden würde.«

»Aber Mama, das Ladegerät ...«

»Jetzt hör aber auf! Es gibt ja wohl noch andere Telefone, von denen aus man anrufen kann! Das hätte ich nie von dir gedacht, Nellie. Niemals. Dass du einfach mehrere Tage nichts von dir hören lässt.«

Erst als sie Nellie schluchzen hörte, kam sie wieder zu Sinnen.

»Tut mir leid, Liebes. Ich habe solche Angst gehabt. Bist du jetzt im Bus?«

»Ja. Kann mich jemand abholen?«

»Papa holt dich. Und wir reden später noch mal drüber.«

Lasse, der jedes Wort gehört hatte, starrte Petra an.

»Verfluchtes Kind!«, sagte Petra und legte das Handy auf den Tisch. »Sie hat mich zu Tode erschreckt.«

Dann kamen die Tränen.

Christer zuckte zusammen, als es an der Tür klingelte. War sein Vater schon da? Dann musste er sich umgehend ins Auto geworfen haben. Als Christer vom Küchentisch aufstand um zu öffnen, war ihm richtig übel.

Bengt hielt eine Tüte in der einen und einen Plastikbeutel mit Hefegebäck in der anderen Hand und sah ihn erstaunt an.

»Bist du krank?«

»Es geht mir nicht gut, aber ob ich krank bin, weiß ich nicht. Auf jeden Fall ist es nichts Ansteckendes.«

»Brauchst du irgendwie Hilfe? Wolltest du deshalb, dass ich komme?«

Bengt schlüpfte auf der Fußmatte aus seinen Stiefeln und folgte ihm in die Wohnung.

Christer setzte sich auf den Stuhl, auf dem er schon den ganzen Tag gesessen und auf die Berge gestarrt hatte. Bengt sah ihn nachdenklich an, rückte den anderen Stuhl vom Tisch ab und setzte sich.

»Ich etwas passiert? Ich mache mir langsam wirklich Sorgen.«

Christer schob schweigend das Tablettendöschen quer über den Tisch, als wäre es eine Schachfigur auf einem Spielbrett.

»Meine Medizin, ja, meine Güte!«, sagte Bengt und nahm die Dose.

Als Christer immer noch nichts sagte, wirkte Bengt richtig verunsichert.

»Ja, und?«

Christer holte tief Luft.

»Weißt du, wo ich die gefunden habe?«

»Keinen Schimmer.«

»In einem Müllkeller im Abbortorpsvägen.«

Bengt warf einen raschen Blick aus dem Fenster und dann wieder auf die Tablettendose. Einen Sekundenbruchteil schien es, als wollte er sie von sich schleudern, doch stattdessen packte er sie nur noch fester. Eine dunkle Röte breitete sich über seinen Hals aus.

»Wir beobachten dort ein illegales Bordell«, sagte Christer leise. »Diese Dose hier lag in derselben Tüte wie eine Menge benutzter Kondome. Es gibt also keinen Zweifel. Jedenfalls nicht für mich. Und sicherlich auch nicht für einen Staatsanwalt.«

Bengt machte den Mund auf, um etwas zu sagen, doch er blieb stumm sitzen.

»Es war ein Dienstvergehen von mir, dieses Beweismaterial beiseitezuschaffen, das ist dir hoffentlich klar. Wenn das rauskommt, bin ich geliefert.« Christer schloss die Augen. »Das widert mich so wahnsinnig an. Seit ich diese Dose gefunden habe, habe ich keine Minute geschlafen. Mein eigener Vater rennt zu ...«

Christer konnte den Satz nicht zu Ende bringen.

Bengt räusperte sich. Die Röte war wieder verschwunden, aber seine Stirn glänzte feucht.

»Gunvor und ich ...«

Christer stand so abrupt auf, dass der Holzstuhl hinter ihm umfiel.

»Jetzt hör aber auf! Ich will nichts über Mutter hören. Nicht ein Wort, ist dir das klar?«

Bengt senkte den Blick. Von oben sah er so klein aus, dachte Christer, fast wie ein Schuljunge. Seinen großen, starken Vater zu sehen, wie er sich hier duckte und schämte, das tat mehr weh, als Christer erwartet hatte. Trotzdem konnte er sich nicht zurückhalten.

»Dir ist hoffentlich klar, dass das ein Straftatbestand ist! Das ist nicht nur ekelhaft, sondern du kannst dafür auch in den Knast gehen.«

Bengt antwortet nicht, sondern stand auf und schob die Dose mit ruckartigen Bewegungen in die Jacke.

Als die Haustür zuschlug, verbarg Christer das Gesicht in den Händen. Er zitterte am ganzen Leib.

Man kann seinen eigenen Vater nicht reinreiten, dachte er. Das geht einfach nicht.

Ernst Losjö stellte einen Teller Tomatensuppe, den er direkt aus einer Dose aufgewärmt hatte, auf den Couchtisch. Das klirrende Geräusch ließ Gabrielle aufsehen.

Manchmal beneidete er sie um ihre Fähigkeit, in diesem Dämmerzustand zu versinken, wenn die Wirklichkeit rundherum zu anstrengend wurde. Dann überließ sie alle Entscheidungen und Verpflichtungen den anderen. Ihm. Ihre Haare waren fettig und verfilzt und lagen wie ein Mopp über das Kissen ausgebreitet. Das letzte Mal hatte er sie vor knapp vier Tagen überreden können zu duschen.

»Du musst essen«, sagte er.

Langsam setzte sich Gabriella im Sofa auf. Als sie so weit war, die Beine gekreuzt und die Haare aus dem Gesicht gestrichen hatte, reichte Ernst ihr den Teller.

Da klingelte es an der Tür.

»Ich mache auf«, sagte Ernst und verließ das Wohnzimmer.

Draußen auf der Treppe stand ein Polizist, den Ernst nicht kannte.

»Mein Name ist Urban Bratt«, sagte er und streckte die Hand aus. »Darf ich einen Augenblick hereinkommen?«

Ernst wich in den Flur zurück. Jetzt passiert es, dachte er.

Ohne etwas zu sagen, steckte der Polizist die Hand in die Tasche und holte etwas heraus. Ein rosafarbenes Nokia, an dem mit einer Schnur ein kleiner, brauner Plastikaffe befestigt war. Heddas Handy.

Ernst musste dem Polizisten nur ins Gesicht schauen, um zu begreifen.

Jetzt lief die Zeit ab.

Ich glaube, als wir in Kostas Auto stiegen, hatte ich zum ersten Mal das Gefühl, dass irgendetwas nicht stimmte. Zu gern hätte ich Anas Blick gesucht, versucht, sie zu erreichen, aber ich war immer noch zu stolz, um zugeben zu können, wie ängstlich ich plötzlich war.

Die beiden Männer drehten sich um und sahen uns an, wie um uns abzuschätzen, dann ließ Kosta den Wagen an und fuhr los.

Das Herz schlug mir heftig in der Brust. Nicht einmal als ich die Hotelbroschüre aus der Tasche nahm, wich die entsetzliche Sorge. Schließlich schlief ich ein und wachte erst wieder auf, als das Auto vor einem ungestrichenen Holzhaus zum Stehen kam.

Die Sonne ging gerade hinter einer baufälligen Scheune unter. Auf dem Hof standen noch mehrere Autos.

»Sind wir jetzt in Deutschland?«, fragte ich leise.

Kosta lachte laut.

»Ja, wir sind da«, sagte er.

Das war kein Hotel, und Kostas Lachen passte überhaupt nicht zu seinem finsteren Blick. Nichts passte zusammen. Wo waren wir nur?

Als sie die Türen aufmachten, um uns rauszulassen, hatte ich solche Angst, dass die Beine mich kaum mehr trugen. Ich wollte wegrennen, konnte aber nicht.

Aber Ana konnte. Großmutter, du hättest sehen sollen, wie sie rannte. Wie ein Blitz fuhr sie aus dem Auto, über den Hof und hinaus auf die Straße. Ich habe sie noch nie so schnell rennen sehen.

Kosta setzte ihr nach. Obwohl er dick wie eine Kugel ist, konnte er auch rennen, und mit seinen langen Beinen holte er Meter um Meter auf. Ungefähr hundert Meter von dem Auto entfernt warf er sich mit einem Brüllen über Ana und fing an, ihren Kopf auf die Erde zu donnern.

Er schlug und schlug, bis der ältere Mann ihm zurief, er solle aufhören.

Ana lag ganz still auf dem Boden, so still, dass ich schon dachte, sie sei tot. Kosta warf sie sich über die Schulter, als wäre sie ein Sack Kartoffeln. Ihre Haare, die voller Lehm und Erde waren, wippten hin und her.

Der andere Mann schob mich vor sich in das Haus. Sie machten Dinge mit uns, Großmutter, von denen ich nie, nie, nie erzählen werde.

20

Magdalena sah sich gründlich um, ehe sie am Montagmorgen zum Briefkasten ging, doch dann blieb sie wie vom Donner gerührt mit der Zeitung in der Hand stehen.

Hedda Losjö tot aufgefunden. Verdacht auf Mord. Die Nachricht stand ganz oben auf der ersten Seite des *Värmlandsbladet*.

Hedda Losjö ermordet? Das konnte doch nicht wahr sein. Und wie war es möglich, dass sie das den ganzen Sonntag über verpasst hatte? Hatte sie wirklich weder die Nachrichten angeschaut noch Radio gehört?

Magdalena überflog den Artikel, während sie, ohne hinzuschauen, die Treppe hinaufstieg.

Zwei ermordete Mädchen in der Gegend um Gustavsfors innerhalb von wenigen Wochen. Eine völlig unbekannt, die andere ein scheinbar völlig normaler Teenager. Was war hier eigentlich los? Jetzt muss ich mich aber mal zusammenreißen, dachte sie.

Sven Munther baute sich mit einem roten Filzstift vor dem Whiteboard auf.

»Nun, meine Lieben, haben wir alle was zu beißen gekriegt. Zwei tote Mädchen.«

Er malte ganz oben auf die Tafel zwei Kreise nebeneinander. In den einen schrieb er »Hedda«, in den anderen machte er ein Fragezeichen.

»Zwei Mädchen, ungefähr im selben Alter. Beide in der Nähe von Gustavsfors gefunden, die eine bekleidet, die andere nackt. Die eine vermisst gemeldet, die andere von niemandem vermisst.«

Unter die beiden Kreise schrieb er einige Notizen.

»Wie hängt das zusammen? Hängt es überhaupt zusammen?«

Munther machte eine kleine Pause und ließ den Blick über die Kollegen am Konferenztisch schweifen.

Petra fühlte sich nach der Entladung am Vortag immer noch erschöpft, hatte aber, als sie ins Büro kam, die Fragen von Folke wie auch von Munther überhört. Mitleid konnte sie jetzt nicht ertragen.

Urban auf der anderen Seite des Tisches schien interessierter als gewöhnlich, während Christer immer noch krankgeschrieben war. Petra wollte gar nicht darüber spekulieren, ob es da vielleicht einen Zusammenhang gab.

»Heddas Leiche ist nach Linköping geschickt worden«, sagte Munther, »und in Anbetracht ihrer seltsamen Verletzungen denke ich, dass es eine Weile dauern wird, bis wir einen vollständigen Bericht von dort erhalten.«

»Doch es besteht kein Zweifel, dass sie es ist?«, fragte Petra.

»Nein. Sie hatte ein Handy in der Tasche, das ihre Eltern bereits identifiziert haben. Außerdem war in die Jacke ihr Name eingenäht. Offensichtlich handelt es sich um ein teures, gern gestohlenes Modell.«

»Wer hat die Eltern benachrichtigt?«, fragte Petra.

»Das habe ich gemacht«, sagte Urban.

»Verstehe.«

Eine Todesnachricht ist eine Todesnachricht und kann niemals etwas anderes sein, dachte Petra. Dennoch hätte sie Ernst und Gabriella Losjö etwas mehr Mitgefühl gegönnt. Wenn wenigstens Christer gesund gewesen wäre.

Munther räusperte sich.

»Es lässt sich nicht so einfach feststellen, wie Hedda

Losjö gestorben ist. Irgendein Tier, ein Fuchs oder ein Wolf, hat sie angefressen, was die Sache zu einer Herausforderung für die Kollegen von der Gerichtsmedizin macht.«

»Könnte sie auch erschossen worden sein?«, fragte Petra.

»Diese Frage stellen wir uns alle. Mal sehen, wie die Antwort lauten wird. Wie gesagt, hatte Hedda Losjö ein Handy in der Jackentasche. Das ist schon seit Langem entladen, aber vielleicht werden wir bald herausfinden, was darauf ist. Unser neuer Computerschlauberger Folke hat diesen ehrenvollen Auftrag erhalten.«

Folke rutschte verschämt auf dem Stuhl hin und her.

»Wir sollten uns auch da oben bei den Hütten ein wenig umhorchen«, sagte Munther. »Wilander, übernimmst du das?«

Petra nickte.

»Und wir müssen jetzt Fredrik Anderberg rankriegen«, fuhr Munther fort. »Tut, was ihr könnt.«

Magdalena saß an ihrem Schreibtisch in der Redaktion und las den Artikel noch mal gründlicher. Hedda Losjö war in der Nähe des Knon von einem Mann und seiner neunjährigen Tochter gefunden worden, die eine Skitour gemacht hatten.

Polizeichef Sven Munther war sehr einsilbig gewesen und hatte nicht kommentieren wollen, ob oder inwiefern die Polizei glaubte, dass zwischen den beiden Morden ein Zusammenhang bestünde. »Wir müssen abwarten, was die gerichtsmedizinische Untersuchung ergibt – vorher können wir keine Schlüsse ziehen«, hatte er laut Artikel zu Moa Axelsson gesagt, die an diesem Wochenende Dienst gehabt hatte.

Die armen, armen Eltern. Wie konnte man nach so einem tragischen Unglück überhaupt noch weiterleben? Wenn Nils etwas zustoßen würde ...

Magdalena hielt ihr Mobiltelefon in der Hand, aber die mysteriöse SMS wollte sie nicht noch einmal lesen. Darum würde sich die Polizei kümmern müssen.

Sie stand auf und holte ihre Jacke.

»Ich gehe zur Polizei«, sagte sie zu Barbro und schob die Eingangstür auf.

»Gibt es eine Pressekonferenz über den neuen Mord?«

»Nein, ich muss eine Anzeige erstatten. Ich habe eine total unangenehme SMS bekommen.«

Als Magdalena sich zu Petra Wilander an den Tisch setzte, bekam sie eine neue Nachricht.

»Liebste, du kannst nicht einfach nur schweigen. Kuss, P.«

Magdalena versuchte, möglichst unbeteiligt auszusehen, aber nach Petras Miene zu schließen, gelang ihr das nicht sonderlich gut. Rasch drückte sie Petters Nachricht weg und blätterte zurück.

»Darf ich mal sehen?«, fragte Petra und nahm ihr das Handy aus der Hand.

»Es ist vielleicht albern, aber ich habe es richtig mit der Angst zu tun gekriegt«, sagte Magdalena.

Schweigend las Petra, was auf dem Display stand.

»Wissen Sie, wer dahinterstecken könnte? Haben Sie Feinde?«

»Vor ein paar Tagen bin ich in eine ziemlich üble Sache am Abbortorpsvägen geraten. Das war am Abend, bevor ich Christer angerufen und ihm von meinem Verdacht erzählt habe, dass dort ein illegaler Bordellbetrieb läuft.«

Magdalena berichtete, wie sie vor der Wohnung gesessen hatte, entdeckt und die Treppe hinuntergestoßen worden war.

»Da habe ich mir eine anständige Beule geholt«, sagte Magdalena und nahm die Mütze ab, um sie zu zeigen.

»Oje«, sagte Petra und sah sie mitleidig an. »Sie müssen vorsichtig sein. Es ist nicht gut, so im Alleingang herumzuspionieren. Haben Sie das mit der Kopfverletzung angezeigt?«

Magdalena schüttelte den Kopf.

»Aber ich denke, ich sollte das tun. Haben Sie die Wohnung noch observiert?«

Petra schüttelte den Kopf, rollte mit ihrem Stuhl vor den Computer und öffnete ein neues Dokument, um die Anzeige aufzunehmen. Schnell tippte sie Magdalenas Personendaten, die Fakten über die SMS und die Misshandlung in das System ein. Magdalena bemühte sich um eine möglichst detaillierte Personenbeschreibung.

»Wir werden das in jedem Fall prüfen. Aber seien Sie vorsichtig.«

Magdalena nickte und sagte:

»Sagen Sie, was den Mord an Hedda Losjö angeht ...«

Petra lachte auf, lächelte dann und fuhr sich mit Daumen und Zeigefinger über den Mund, als würde sie einen Reißverschluss zumachen.

»Das müssen Sie mit Munther besprechen. Heute Nachmittag wird es eine Pressekonferenz geben. Ich glaube allerdings nicht, dass er viel zu bieten hat, aber die Klatschpresse hat natürlich Wind davon gekriegt, dass hier zwei tote Mädchen gefunden worden sind, da muss er schon mit irgendwas kommen.«

»Um wie viel Uhr wird das ungefähr sein?«

»Er wartet noch auf einen Bescheid von der Gerichtsmedizin, also glaube ich nicht, dass vor zwei Uhr etwas daraus wird. Und versuchen Sie, sich keine Sorgen wegen der Nachricht zu machen.«

»Ich werd's versuchen«, sagte Magdalena und stand auf.

Aber das ist leichter gesagt als getan, dachte sie und verließ das Zimmer.

»Sie waren für Silvester verabredet!«

Folke Natt och Dag stürmte in Sven Munthers Büro.

Sein Chef fuhr zusammen und sah vom Bildschirm auf.

»Oh, Entschuldigung«, sagte Folke, dem sein ungestümer Auftritt erst jetzt bewusst wurde.

»Kein Problem. Klingt, als hättest du etwas gefunden.«

»Allerdings!«, rief Folke und wedelte mit ein paar Ausdrucken. »Hedda Losjö und Fredrik Anderberg wollten sich am Silvesterabend um drei Uhr ›auf dem Parkplatz‹ treffen. Hier!«

Folke zeigte auf die gesendeten und empfangenen Nachrichten, damit Munther die Korrespondenz verfolgen konnte.

»Störe ich?«, fragte Petra .

»Nein, nein«, sagte Munther und winkte Petra herein. »Hedda und Fredrik hatten per SMS Kontakt, das hat Folke herausgefunden. Die beiden hatten sich am Silvesterabend verabredet.«

»Sieh mal einer an«, sagte Petra. »Du bist ja richtig gut, Folke!«

»Äh, danke schön.«

Dann wandte sie sich an Munther.

»Ist von Anderberg eine DNA-Probe registriert?«

»Würde mich wundern, wenn nicht. Ich rufe gleich mal in Linköping an.«

»Ich wollte eigentlich nur erzählen, dass Magdalena Hansson hier war und Anzeige wegen Bedrohung erstattet hat«, sagte Petra. »Sie hat eine SMS erhalten, in der ihr gedroht wird, dass es ihr und ihrem Kind schlecht geht, wenn sie nicht aufhört, sich in irgendwelche Dinge einzumischen. Sie selbst glaubt, das hat mit diesem Bordell zu tun. Verdammt, ich bin immer noch sauer wegen des Films!«

»Denk einfach nicht dran«, sagte Munther

»Wir sollten wirklich mal in der Wohnung zuschlagen, auch wenn wir mehr Beweise bräuchten«, sagte Petra. »Aber wenn man bedenkt, wie die Lage ist, also wenn nun die Zuhälter Magdalena bedrohen, dann stellt sich die Frage, ob wir nicht einfach loslegen sollen. Hier stehen wir im Moment sowieso nur rum und warten. Anderberg ist weg, und die Ergebnisse aus Linköping werden wahrscheinlich nicht vor Mittag kommen.«

»Da hast du recht«, sagte Munther. »Ich werde die Staatsanwältin anrufen. Sag Bratt gleich Bescheid, er soll mitkommen.«

Magdalena war nicht sonderlich beruhigt, als sie in die Redaktion zurückkehrte, aber jetzt hatte sie zumindest etwas unternommen. Sowie sie Zeit hatte, würde sie sich eine neue Haustür bestellen.

Sie zog sich die Jacke aus, nahm ihr Handy und las:

»Liebste, du kannst nicht einfach nur schweigen. Kuss, P.«

Dann antwortete sie:

»Ich bin hier. Aber ich muss nachdenken.«

Sie ging in die Teeküche, um sich eine große Tasse Kaffee einzuschenken, und versuchte, ihre Gedanken zu sammeln und ihren Arbeitstag zu strukturieren. Vor der Pressekonferenz könnte sie in die Stadt gehen und die Passanten über ihre Trauer und Sorge befragen. Die beiden toten Mädchen hatten große Bestürzung ausgelöst.

Als sie mit der Kaffeetasse wieder am Schreibtisch saß, klappte sie den Deckel der Kameratasche auf, nahm die Kamera heraus und schaltete sie ein. Die Batterie war fast leer.

Als sie die Batterie wechselte, summte ihr Mobiltelefon.

»War ja wohl klar, dass du nicht zur Polizei gehen solltest, du Idiotin.«

Magdalena erstarrte und fixierte das Display.

Was war denn das jetzt?

Hastig suchte sie im Netz nach der Seite von Secur, der Firma, die diese Sicherheitstür verkaufte, die sie haben wollte.

Sonya erwachte mit einem Ruck, als Kosta die Zimmertür aufriss und brüllte:

»Aufwachen. Zieht euch an, und sammelt eure Sachen zusammen. Alles!«

Langsam setzte sich Sonya im Bett auf und starrte ihn an.

Was sagte er? Wie spät war es?

»Kapiert ihr nicht? Schnell! Hoch mit euch!«

Kosta kam ins Zimmer und riss ihr die Decke weg.

»SOFORT!«, schrie er und zeigte auf Sonya.

Die anderen Mädchen, deren Namen sie gar nicht genau kannte – Dasha, Aljona und Jekaterina, oder? –, waren schon auf den Beinen und dabei, sich anzuziehen und ihre Habe in einer Plastiktüte zu verstauen.

Was war hier los? Wohin wurden sie jetzt gebracht?

Sonya schlüpfte in ihre Hose, als Sergej die Tür öffnete und ihre Schuhe und Jacken auf den Boden pfefferte.

Ana, wie wirst du mich jetzt finden?

Der Parkplatz vor dem Abbortorpsvägen war völlig leer, als Petra Wilander, Sven Munther, Urban Bratt und Folke Natt och Dag an der Längsseite des Hauses entlangeilten. Um von den Fenstern der Nummer 12 aus nicht gesehen zu werden, hatten sie ihre Wagen einige hundert Meter entfernt abgestellt.

»Da oben ist es«, sagte Petra und zeigte hinauf.

»Das ist doch wirklich ein netter Ort hier«, meinte Folke.

So leise sie konnten, schlichen sie durch die Tür und dann weiter die Treppe hinauf. Im zweiten Stock drückte Petra auf die Klingel. Nichts geschah. Sie klingelte wieder, lange. Immer noch keine Reaktion. Kein Laut war aus der Wohnung zu hören.

»Hier spricht die Polizei!«, rief Munther. »Öffnen Sie die Tür!«

Es blieb still.

»Dann müssen wir uns wohl selbst Zutritt verschaffen«, sagte er.

Das Holz splitterte, als Urban routiniert die Tür aufbrach und weit öffnete.

21

»Verdammt«, fluchte Petra und ging in der kahlen Dreizimmerwohnung von Zimmer zu Zimmer.

Im Wohnzimmer gab es ein altes Cordsofa und zwei Fichtenholzbetten, ein kleiner Fernsehapparat stand auf einer umgedrehten Getränkekiste aus rotem Plastik, im nächsten Zimmer standen zwei weitere Fichtenholzbetten desselben Modells. Zwei gestreifte Matratzen lagen auf dem Boden. In dem dritten, schmalen Zimmer gab es nur ein Bett ohne Bettzeug und einen kleinen, schwarzen Tisch mit einer Rolle Haushaltspapier.

Petra sah unter die Betten und machte die Tür zum Badezimmer auf, aber es war kein Mensch in der Wohnung.

»Wir müssen sie knapp verpasst haben«, sagte Munther aus der Küche. »Die Kaffeekanne ist noch warm.«

»Kommt mal her«, sagte Folke und hielt eine Plastiktüte auf.

In der Tüte lagen eine schwarze Lederpeitsche und zwei Dildos.

»Die lag ganz hinten im Schrank«, erklärte er.

»Ja, es besteht wohl kein Zweifel, was hier vor sich gegangen ist«, meinte Munther. »Ich rufe gleich die Technik an, dann kriegen wir Fingerabdrücke. Die sollen so viele Spuren sammeln, wie es geht. Und wir müssen herausfinden, wer diese Wohnung mietet. Wer ist G. Lind?«

Petra lehnte sich an die Wand und seufzte.

»Wo sind sie bloß hin? Und wer hat sie gewarnt? Das kann doch kein Zufall sein, dass sie abgehauen sind, kurz bevor wir hier auftauchen.«

»Ja, willkommen zu dieser kleinen Pressekonferenz«, sagte Sven Munther und ließ den Blick über die Journalisten schweifen, die sich um den Konferenztisch drängten. »Ich habe zwar nicht viel zu bieten, heiße Sie aber herzlich willkommen.«

Magdalena hatte sich zwischen einer Journalistin von einer Abendzeitung und einem Reporter von TV4 niedergelassen. Linus Saxberg hatte in gebührendem Abstand schräg gegenüber Platz genommen.

»Es sind also in der Nähe von Gustavsfors zwei halbwüchsige Mädchen tot aufgefunden worden«, fuhr Munther fort. »Weil wir im zweiten Fall noch keinen Obduktionsbericht vorliegen haben, ist es schwierig, Genaueres dazu zu sagen. Deshalb ist es einfacher, wenn Sie Fragen stellen, und ich versuche, nach bestem Wissen und Gewissen zu antworten.«

Die Journalistin von der Abendzeitung meldete sich.

»Haben Sie den Verdacht, dass wir es mit einem Serienmörder zu tun haben?«

»Auf den ersten Blick sind diese beiden Mordfälle sehr unterschiedlich«, antwortete Munther. »Die einzigen Gemeinsamkeiten sind das Alter der Mädchen und der Ort, an dem sie gefunden wurden. Wir wissen noch nicht, ob Hedda Losjö, die gestern gefunden wurde, eines natürlichen Todes gestorben ist.«

»Das erste Mädchen ist sexuellen Übergriffen ausgesetzt gewesen«, sagte Linus Saxberg. »Ist das auch bei Hedda Losjö der Fall?«

»Das zu beantworten, ist mir heute völlig unmöglich.«

»Gibt es etwas, das darauf hinweist, dass es so gewesen sein könnte?«, fuhr Saxberg fort.

»Nein.«

Magdalena räusperte sich, ehe der Kollege die nächste Frage stellen konnte.

»Gibt es schon einen Verdächtigen?«, fragte sie.

»Wir haben einen Verdächtigen, zumindest was den Fall Hedda Losjö angeht.«

Die anderen Journalisten erwachten zum Leben.

»Um wen handelt es sich?«, fragte Linus Saxberg.

»Das kann ich leider nicht sagen.«

»Und auf welche Indizien stützen Sie Ihren Verdacht?«, fragte die Frau von der Abendzeitung.

»Auch dazu kann ich zum jetzigen Zeitpunkt keinen Kommentar abgeben.«

Magdalena verlor allmählich die Geduld. Was machte es für einen Sinn, hier zu sitzen, wenn Munther doch nichts sagen konnte? Diese Frage schienen sich auch die anderen im Raum zu stellen, und nach ein paar weiteren, nichtssagenden Antworten, beendete Sven Munther die Pressekonferenz und folgte den Fernsehjournalisten nach draußen, um dort ein paar Einzelinterviews zu geben.

Magdalena steckte ihren Block in die Tasche zurück und zog ihre Jacke an.

Petra Wilander verließ das Präsidium ausnahmsweise durch den Haupteingang. Sie hätte das städtische Wohnungsamt genauso gut anrufen können, aber sie hatte das Gefühl, ein bisschen frische Luft gebrauchen zu können.

Sie nickte Munther kurz zu, der mit einem Mikrofon unter dem Kinn vor dem Polizeiwappen an der Wand stand, und ging über den Parkplatz.

»Das Wohnungsamt ist im zweiten Stock, Südwestflügel«, erklärte der Mann an der Rezeption und zeigte zur Decke hinauf.

Petra bedankte sich, durchschritt den großen Lichthof und stieg die Treppe hinauf.

Die Tür zum Wohnungsamt stand offen, und ein Mann mit schütterem Haar und Seitenscheitel sah sie über seine Lesebrille hinweg an, als sie klopfte.

»Guten Tag, ich bin Petra Wilander und komme von der Polizei.«

Petra streckte die Hand aus.

»Thorbjörn Hermansson. Und was kann ich für Sie tun?«

Der sieht aus, als wäre er zu heiß gewaschen worden und hätte dabei alle Farbe verloren, dachte Petra nach einem raschen Blick auf die blassen Finger und das dünne Haar. Dann berichtete sie von der Durchsuchung der Wohnung im Abbortorpsvägen und erkundigte sich, mit wem der Mietvertrag abgeschlossen worden war.

»Die Wohnungsnummer lautet 1132, im zweiten Stock in Nummer 12«, erklärte sie und setzte sich auf den Besucherstuhl vor dem Schreibtischs.

»Was war das für eine Durchsuchung?«

»Dazu kann ich nichts Näheres sagen.«

»Aha«, sagte Thorbjörn Hermansson und verzog leicht den Mund.

Dann trat er an das Regal und suchte den gewünschten Aktenordner heraus.

Petra nahm die Mütze ab und wartete. Thorbjörn Hermansson war offensichtlich ein Mann mit Zeit.

»1132 sagten Sie. Hier ist der Vertrag. Der lautet seit einem halben Jahr auf einen Soran.«

»Okay. Ich bräuchte bitte eine Kopie.«

Thorbjörn nickte stumm und verschwand aus dem Zimmer.

Als er zurückkam, sah Petra schnell die zwei Blätter durch, um festzustellen, dass sowohl Personennummer als auch Telefonnummer fehlten.

»Ist die Personennummer bei solchen Verträgen nicht obligatorisch?«, fragte sie.

Thorbjörn Hermansson wurde rot.

»Steht da keine Personennummer?«

»Nein, Ich dachte, Sie nähmen hier solche Sachen immer sehr genau.«

»Das tun wir auch. Sehr genau sogar. Da muss ein Fehler vorliegen.«

Petra sah ihn so lange an, dass er schließlich den Blick senkte.

»An der Wohnungstür steht G. Lind. Wissen Sie, ob die Wohnung untervermietet ist?«

Thorbjörn Hermansson schüttelte den Kopf und zupfte an seinen Hemdmanschetten.

»Nein. Ganz und gar nicht.«

»Okay«, sagte Petra zögernd. »Aber ich wüsste gern, wie die Miete bezahlt wurde, also von welchem Bankkonto das Geld überwiesen wurde.«

Thorbjörn schob den Ordner ins Regal zurück und setzte sich an den Computer.

»Da gibt es kein Konto, das Geld wird jeden Monat pünktlich am Dreizehnten bei der Bank eingezahlt«, sagte er nach mehreren Mausklicks. »Es gibt keinen Absender.«

»Hier in Hagfors oder wo?«

»Soweit ich das sehen kann, immer woanders. Manchmal ist es hier, manchmal in Munkfors oder in Filipstad. Ich kann die Daten auch für Sie notieren, wenn Sie möchten.«

»Gern«, sagte Petra und lächelte müde. »Ja, und dann sollte ich vielleicht noch erwähnen, dass die Wohnungstür kaputt ist.«

»Verstehe. Das Haus wird ohnehin in ein paar Monaten abgerissen, deshalb denke ich, dass das keine große Rolle mehr spielt.«

»Danke für Ihre Hilfe«, sagte Petra.

Sven Munther saß über eine rosafarbene Tupperschüssel und eine Zeitung gebeugt am Tisch. Petra machte den Kühlschrank auf, nahm ihr Hühnerfrikassee heraus und stellte es in die Mikrowelle. Dann lehnte sie sich an die Spüle und massierte ihre Schläfen.

»Kopfschmerzen?«, fragte Munther und sah auf.

»Kein Problem«, sagte Petra und blinzelte ein paarmal.

In Wirklichkeit hatte der pulsierende Schmerz schon das Kommando übernommen, und ihr war vollkommen schleierhaft, wie sie etwas essen sollte.

»Wie lief es auf dem Wohnungsamt?«

Petra berichtete von dem unvollständigen Mietvertrag und der Miete, die immer anonym bezahlt worden war.

»Kennst du Thorbjörn Hermansson?«, fragte sie, holte ihr Essen aus der Mikrowelle und drückte die Tür zu. »Das ist der Typ, der da arbeitet.«

Munther kniff die Augen zusammen und dachte nach.

»Thorbjörn Hermansson. Der Name kommt mir bekannt vor, aber mir fällt kein Gesicht dazu ein.«

Petra setzte sich Munther gegenüber. Von dem Currygeruch wurde ihr übel, aber sie beschloss, einen Versuch zu wagen und pikste ein Stück Hühnerfleisch auf die Gabel.

»Mit dem stimmt irgendwas nicht«, sagte sie. »Zuerst ähnelte er einem Charakter aus einem Martin-Beck-Film, ein einsamer Typ, der am Anfang des Films mit einem kleinen Hund unter einer Straßenlaterne steht und so verdächtig wirkt, dass man sofort denkt, er wäre der Mörder. Und dann war er total verzweifelt, als ich darauf hingewiesen habe, dass in dem Vertrag die Personennummer fehlt.«

Petra legte die Gabel beiseite. Ihr brach der Schweiß aus.

»Das klingt tatsächlich merkwürdig«, sagte Munther. »Wie geht es dir? Du siehst blass aus.«

»Ehrlich? Na ja, wie auch immer, ich glaube nicht, dass es da eine Spur gibt, die uns weiterbringt.« Petra nahm eine Serviette aus der Pappschachtel und wischte sich rasch den Mund ab. »Leider.«

»Das ist bedauerlich. Dann müssen wir mit dem Bordell noch zuwarten und uns auf die Mordermittlungen konzentrieren.« Munther wirkte erleichtert. Wahrscheinlich befürchtet er, dass seine Leute nicht beides schaffen, dachte Petra. »Aber wenn du dich nicht gut fühlst, geh nach Hause und ruh dich aus.«

»Ich komme schon klar«, sagte Petra und schluckte.

Magdalena blickte mit zusammengekniffenen Augen auf den Bildschirm und las sich ihren Text über die allgemeine Besorgnis der Menschen von Gustavsfors durch. Ach, was für ein oberflächliches Geschwafel, dachte sie und verschob den Artikel in den Nachrichtenordner.

Dann machte sie ein neues Dokument auf, um den Artikel über die Pressekonferenz zu schreiben. Wie sollte sie anfangen? Welches war die richtige Perspektive? Sie blätterte ihre Notizen durch, musste aber feststellen, dass sie überhaupt keine stichhaltigen Informationen aufgeschrieben hatte. Außer, dass die Polizei verwirrt war, und das konnte man wohl kaum für eine Nachricht verwerten.

Sie warf einen Blick auf die Uhr. Es war schon zehn vor fünf, sie würde den Artikel zu Hause schreiben müssen. Also nahm sie den Hörer ab und rief Sven Munther an.

»Da haben Sie aber Glück, ich wollte eben nach Hause gehen«, sagte Munther. »Wie geht es Ihnen? Wilander hat uns von der SMS erzählt.«

»Es geht.«

»Passen Sie auf sich auf. Mit solchen Typen ist nicht zu spaßen.«

»Wenn Sie nur diese Schweine erwischen und sich um die Mädchen kümmern, die sie in ihrer Gewalt haben, dann passe ich schon auf mich auf.«

Munther brummte zustimmend.

»Aber deshalb rufe ich nicht an«, fuhr Magdalena fort. »Ich würde gerne genauer wissen, was Hedda Losjö zugestoßen ist.«

»Das habe ich mir fast gedacht. Aber wie ich schon heute Morgen gesagt habe, wissen wir fast nichts.«

»Hieß es nicht, dass ein Tier die Leiche angefressen habe?«

»Genau. Aber ich finde, ehrlich gesagt, dass Sie das mit Rücksicht auf die Eltern nicht schreiben soll ...«

Munther verstummte plötzlich, Papier raschelte, und ein undeutliches »Vielen Dank« war zu hören.

»Sind Sie noch dran?«, fragte er.

»Klar.«

»Jetzt raten Sie mal, was ich hier gerade reingereicht bekommen habe. Einen vorläufigen Bericht von der Gerichtsmedizin in Linköping.«

Magdalena hielt den Atem an und wartete.

»Das Mädchen ist offensichtlich erdrosselt worden.«

»Erdrosselt?«

»Ja, anscheinend. Aber mehr kann ich jetzt nicht sagen. Wir müssen das in Ruhe durchgehen und dann sehen, wie wir weitermachen.«

»Was glauben Sie denn spontan? Denken Sie, dass es sich um denselben Täter handelt?«

»Spontaneität gehört nicht zu meinen starken Seiten. Deshalb kann ich das nicht weiter kommentieren. Und noch etwas: Es wäre mir sehr recht, wenn ich anonym bleiben kann, zumindest in der Ausgabe von morgen.«

Nils tauchte prustend aus einer Badeschaumwolke auf, seine schwarzen Haare klebten am Kopf, und das Wasser lief ihm in Rinnsalen übers Gesicht.

»Wie viele Sekunden?«, keuchte er und wischte sich mit den Händen den Schaum aus dem Gesicht.

Magdalena, die neben der Badewanne auf dem Toilettensitz saß, blickte ernst auf ihre Armbanduhr.

»Vier.«

»Noch mal. Jetzt werde ich den Rekord brechen. Sag du Achtung, fertig, los, Mama.«

»Bist du bereit?«

Nils nickte eifrig.

»Okay. Achtung, fertig ... Los!«

Nils füllte die Backen mit Luft und verschwand wieder unter dem Schaum. Wasserdampf hing im Raum, der Spiegel über dem Waschbecken war beschlagen. In der fünften Sekunde kam Nils wieder an die Oberfläche.

»Wie viel? Wie viele Sekunden?«

»Fünf!«

»Rekord!«, rief Nils und grinste breit, ohne sich um den Schaum zu scheren, den er in den Mund bekam.

»Sehr gut.«

Magdalena versuchte, sich auf das Spiel zu konzentrieren. Zuerst war sie seine Schwimmlehrerin gewesen und hatte ihm verschiedene Aufträge gegeben –, wie ein Fisch schwimmen, wie eine Kaffeemaschine blubbern, mit der Nase den Boden der Badewanne berühren – und dann war es Zeit für den Rekord im Luftanhalten gewesen.

Normalerweise machte es ihr keinen Spaß, in diese Rollenspiele gedrängt zu werden, aber heute Abend war es eine willkommene Möglichkeit, um auf andere Gedanken zu kommen.

»War ja wohl klar, dass du nicht zur Polizei gehen solltest, du Idiotin.«

Es hatte sich herausgestellt, dass die neue Tür zwei Wochen Lieferzeit hatte. Zwei ganze Wochen. Das kam ihr wie eine Ewigkeit vor.

Und Hedda Losjö war erdrosselt worden.

Nils' fröhliches Gesicht tauchte wieder auf, und sie hatte plötzlich ein schlechtes Gewissen.

Ich muss mich mehr bemühen, mir wirklich Zeit zu nehmen, mich auf ihn einzulassen und zuzuhören. Sie merkte, wie sehr die Scheidung und die beiden Umzüge ihre Beziehung zu Nils beeinflusst hatten, und wie sie im letzten Jahr oft mit den Gedanken woanders gewesen war. Das würde jetzt anders werden, gelobte sie sich.

Als Nils sich für einen weiteren Rekordversuch bereit machte, klingelte ihr Handy.

»Du kannst noch ein Weilchen baden, wenn du möchtest. Ich gehe nur eben ran.«

Magdalena schauderte, als sie die Tür aufmachte und ihr die kühle Luft entgegenschlug. Auf dem Weg in die Küche nahm sie den Strickschal mit, der auf der Sofalehne lag.

Es war Petter.

»Hallo«, sagte Magdalena und klemmte sich das Telefon zwischen Kinn und Schulter, während sie sich den Schal um die Schultern warf.

»Störe ich?«, fragte er.

Sag es mir, wenn ich störe, sagte er, als er kam, dann gehe ich sogleich. Du störst nicht nur, antwortete ich, du bringst meine ganze Existenz durcheinander. Willkommen.

Das alte Gedicht von Eeva Kilpi fiel ihr plötzlich wie aus dem Nichts wieder ein. Wie lange hatte sie es nicht gelesen?

»Nein, du störst nicht«, sagte Magdalena und setzte sich an den Küchentisch.

»Sicher?«

»Ganz sicher. Nils sitzt in der Badewanne. Er hat gerade den Rekord im Luftanhalten gebrochen. Fünf Sekunden.«

»Oha. Sieh mal einer an.« Petter lachte leise. »Ich werde mich auf jeden Fall kurz fassen. Hast du Lust, am Samstag zu mir zum Abendessen zu kommen?«

Magdalena schwieg. Abendessen? War das so eine gute Idee?

»Du kannst ja noch mal darüber nachdenken«, fuhr er fort, »während du gleichzeitig über all die anderen Dinge nachdenkst. Was immer es auch ist, worüber du grübelst.«

Magdalena schloss die Augen.

»Bist du noch dran?«, fragte Petter.

»Ja, ja, klar. Ich komme gern. Nils wird das Wochenende bei seinem Vater verbringen.«

»Das freut mich wirklich«, sagte Petter jetzt etwas lauter. »Ja, ich kann mir vorstellen, dass du um diese Uhrzeit einiges zu erledigen hast. Aber wir hören bald wieder voneinander.«

Magdalena sagte Hallohallo, legte auf und lächelte. *Samstag.*

Plötzlich ertönte ein Knall. Sie fuhr zusammen und sah sich um. Was war das? Es klang, als wäre der Lärm unten gewesen, direkt unter ihr. Ob ein Umzugskarton im Keller umgefallen war? Aber das konnte eigentlich nicht sein.

Die Angst schnürte ihr die Kehle zu.

War jemand im Haus?

Magdalena hatte den Blick fest auf die Kellertür im Flur geheftet. Gleich wird die Klinke heruntergedrückt, dachte sie. Gleich wird irgendein Wahnsinniger durch die Tür kommen.

Doch es geschah nichts. Und es war auch kein Geräusch mehr von unten zu hören.

»Mama!«

Magdalena räusperte sich und wollte antworten, aber Nils rief schon wieder.

»Maaamaa! Ich will nicht mehr baden!

Sie stand ungelenk auf und ging ins Bad. Sie vermied es

aber, an der Kellertür vorbeizuschleichen, und ging wie zuvor durchs Wohnzimmer.

Ich bilde mir das bloß ein, sagte sie sich. Ich rege mich völlig unnötig auf. So ist es.

Petra klopfte zaghaft an Nellies Tür. Während sie auf ein »Herein« wartete, betrachtete sie ärgerlich die zahllosen Reste von den alten Klebestreifen, mit denen Nellie stur ihre Tür tapeziert hatte. Die Poster waren seit Langem verschwunden, und die Tür war nie abgeschrubbt worden.

Als eine Antwort ausblieb, klopfte sie noch einmal, diesmal energischer.

»Ja, komm rein.«

Nellie klang müde. Vorsichtig öffnete Petra die Tür und versuchte, fröhlich und entspannt auszusehen.

»Darf ich kurz reinkommen?«

»Klar«, erwiderte Nellie, klappte den Laptop zu und lehnte sich an die Wand.

Petra setzte sich auf den Schreibtischstuhl.

»Wir haben noch gar nicht richtig über das Wochenende reden können.«

»Tut mir leid, dass ich nicht angerufen habe. Das war dumm von mir.«

»Das vergessen wir jetzt mal«, sagte Petra. »Es ist erledigt, und es ging ja gut. Wie war's denn?«

»Gut.«

Nellie bog ihre Finger einen nach dem anderen durch, bis die Gelenke knackten.

»Was habt ihr denn so gemacht?«

»Nichts Besonderes.«

»Aber irgendetwas müsst ihr doch ein ganzes Wochenende lang gemacht haben, wenn du nicht mal Zeit gefunden hast, zu Hause anzurufen.«

»Ist das hier irgendein Polizeiverhör, oder was?«, fragte Nellie säuerlich.

Was war eigentlich mit ihr los? Konnte sie nicht auf eine ganz gewöhnliche Frage antworten?

»Also habt ihr das ganze Wochenende über gar nichts gemacht.«

»So ähnlich.«

Nellie knackte noch einmal mit den Fingern, diesmal nicht mehr so laut.

Petra begriff, dass das Gespräch beendet war, und stand auf, warf Nellie jedoch einen letzten Blick zu in der Hoffnung, sie würde doch noch etwas sagen. Nellie griff wieder nach dem Laptop und klappte den Bildschirm auf.

»Mach nicht mehr so lange«, sagte Petra und schloss die Tür.

Als Nils eingeschlafen war, suchte Magdalena im ganzen Haus nach einem Schlüssel, der auf die Kellertür passte. Der einzige, den sie finden konnte, steckte in der Tür des kleinen Zimmers auf der Ostseite, das einmal Gästezimmer werden sollte. Dieser Schlüssel passte zu allen Schlafzimmertüren im oberen Stockwerk, aber nicht zur Kellertür.

Ich muss mich beruhigen, dachte sie. Ich muss. Nichts wird besser, wenn ich Angst habe und Nils damit womöglich noch verunsichere.

Ehe sie nach oben ging, klemmte sie jeweils einen Stuhl unter die Klinke von Haustür und Kellertür.

Nils lag auf dem Rücken und schlief, die Arme über dem Kopf gekreuzt, den Mund geöffnet.

Wie entspannt er aussieht, dachte Magdalena. Und so unbeschreiblich schutzlos.

Dann tat sie etwas, das sie noch nie zuvor getan hatte. Sie ging in ihr Schlafzimmer und holte ihre Decke, nahm sie mit in Nils' Zimmer, schob ihn ein wenig beiseite und legte sich neben ihn in das kleine Bett.

Aber zuerst schloss sie die Tür ab.

22

Petra stellte eine Kaffeetasse auf Christers Schreibtisch. Ihre Kopfschmerzen waren nicht mehr ganz so schlimm wie am Vortag.

»Wie schön, dass du wieder da bist«, sagte sie und lehnte sich an den Türrahmen. »Ich habe dich vermisst.«

Christer nahm einen kleinen Schluck Kaffee.

»Ja, und schon ist man wieder im Wespennest«, sagte er und betrachtete den Inhalt der Tasse.

Er sah immer noch nicht richtig fit aus.

»Stimmt es, dass Hedda Losjö erdrosselt wurde? Das steht heute im *Värmlandsbladet*«, sagte er schließlich.

»Ja«, erwiderte Petra. »Gestern Nachmittag haben wir den vorläufigen Bericht erhalten. Aber ich habe das nicht an die Zeitung weitergegeben, ich schwöre.«

Sie machte mit einer Hand eine übertrieben abwehrende Geste, um Christer ein wenig aus der Reserve zu locken.

Als er weiterhin stumm in seine Tasse starrte, fuhr Petra fort:

»Hast du gehört, dass wir gestern eine Durchsuchung

in diesem Bordell durchgeführt haben? Die Kaffeemaschine in der Küche war noch warm, als wir in die Wohnung kamen, aber es war kein Mensch dort.«

»Oh, so ein Pech.«

Oh, so ein Pech. War das alles, was er dazu zu sagen hatte?

»Sag mal, wie geht es dir eigentlich?« Petra versuchte, Christers Blick einzufangen. »Ist alles in Ordnung?«

»Doch, ja – was sollte denn sein?«

»Woher soll ich das wissen?«, meinte Petra. »Du bist irgendwie komisch. Aber schön, dass du wieder da bist. Sollen wir gehen? Die Besprechung beginnt gleich.«

Magdalena legte die *Länstidningen* auf den Schreibtisch und blätterte den ersten Teil durch.

Ha!, dachte sie. Endlich konnte sie diesen Saxberg in die Schranken weisen. Bei ihm stand kein Wort davon, dass Hedda Losjö erdrosselt worden war.

Ihre beiden Artikel gingen fast über eine ganze Doppelseite. Als das Telefon klingelte, meldete sie sich gut gelaunt.

»Ich bitte, zu dem Scoop gratulieren zu dürfen«, sagte Bertilsson.

»Danke«, erwiderte Magdalena. »Das hat sich doch noch gut gefügt, nachdem sich eine ganze Zeit lang offenbar alles gegen mich verschworen hatte.«

Bertilsson murmelte etwas Unverständliches.

»Zumindest hast du eine passable Revanche geliefert. Was hast du heute geplant?«

»Nun, ich werde auf jeden Fall die Ermittlungen in den Mordfällen weiter beobachten. Und dann habe ich einen seit Langem gebuchten Auftrag für die Ekshärad-Beilage nächste Woche, da geht es um diesen Keramiker in Edebäck. Jetzt ist das natürlich schlechtes Timing. Kriege ich dafür wie beantragt einen Fotografen?«

»Klar. Ich werde Jens Sundvall hinschicken. Ihr habt ja schon mal zusammengearbeitet.«

Magdalena freute sich.

»Das ist perfekt.«

»Gut, dann wär's das fürs Erste«, sagte Bertilsson. »Wir sprechen uns heute Nachmittag noch mal.«

Dass mir die Arbeit und ihre Herausforderungen immer noch so wichtig sind, dachte Magdalena. Dabei hatte ich geglaubt, dass ich auch ganz gut ohne die Kicks leben könnte, die der Job gibt. Aber da habe ich mich wohl getäuscht.

Die morgendliche Gesprächsrunde am Konferenztisch verlief schleppend und verstummte, als Sven Munther eintrat.

»Hedda Losjö ist erdrosselt worden«, sagte er und wedelte mit ein paar DIN-A4-Blättern. »Da gestern nicht alle hier waren, als der Bericht kam, möchte ich ihn noch mal durchgehen.«

»Das ist eigentlich nicht mehr nötig, nachdem wir das schon beim Frühstück in der Zeitung lesen konnten«, sagte Urban. »Fräulein Hansson ist wieder unterwegs. Oder Frau Hansson. Ist sie verheiratet?«

»Geschieden. Und was hat das mit der Sache zu tun?«, fragte Christer.

»Natürlich nichts. Nichts, was mich betrifft jedenfalls«, sagte Urban und in seinen Mundwinkeln erschien ein schwaches, hinterhältiges Lächeln.

Munther zog einen Stuhl heran, setzte sich und schob die Lesebrille auf die Nasenspitze.

»Das Losjö-Mädchen ist, ebenso wie das Mädchen im Erdkeller, an Silvester oder am Neujahrstag zu Tode gekommen. Die Tierbisse stammen wahrscheinlich von Wölfen. Vögel sollen auch dort gewesen sein und an der Leiche gepickt haben, ehe die Schneedecke zu dicht war.«

Petra sah wieder das entstellte Gesicht des Mädchens vor sich.

»Abgesehen von den Blutergüssen am Hals hat sie keine Verletzungen«, fuhr Munther fort. »Deshalb ist es sonderbar, dass an ihrer Kleidung so viel Blut war, vor allem am Rücken. Ferner hat man an ihren Händen, ihren Handschuhen und an ihrer Jacke Spermaspuren gefunden. Von wem die stammen, werden wir hoffentlich bald erfahren.«

Munther nahm die Brille ab und ließ sie an einem Bügel baumeln.

»Nun, was glaubt ihr?«, fragte er. »Haben wir ein und denselben Mörder, oder sind es zwei verschiedene? Hat Fredrik Anderberg beide ermordet, oder nur Hedda oder gar keine?«

»Fredrik und Hedda wollten sich am Silvesterabend treffen, so viel wissen wir zumindest«, sagte Petra. »Und er ist immer noch verschwunden. Aber ob er das Mädchen in diesem Keller erschossen hat? Also, ich weiß nicht.«

»Es muss eine Verbindung zwischen den Mädchen geben«, sagte Urban Bratt. »Einige von euch nehmen ja an, dass das Mädchen im Erdkeller etwas mit diesem Bordell zu tun hat, aber mir persönlich fällt es schwer zu glauben, dass Hedda Losjö etwas mit Prostitution zu tun gehabt haben soll.«

Munther legte die Brille beiseite und beugte sich vor.

»Soll das heißen, ihr meint, es würde sich um zwei verschiedene Mörder handeln?«, fragte er. »Was denkst du, Berglund?«

Christer sah von seinem Notizblock auf.

»Ich denke, dass wir alles daransetzen sollten, diesen Anderberg zu kriegen. Und wenn wir ihn haben, werden sich viele Fragen von selbst beantworten. Wenn ich die Sache richtig verstehe, gibt es zumindest im Fall von Hedda Losjö gutes DNA-Material.«

Munther nickte und wandte sich an Urban Bratt.

»Wie läuft es mit Anderberg? Kommt er immer noch ohne Geld klar?«

»Ja, das tut er«, antwortete Urban. »Ich habe eben bei der Bank nachgefragt. Er hat seit seinem Verschwinden kein Geld abgehoben.«

»Erstaunlich, dass man einfach so vom Erdboden verschluckt werden kann«, sagte Munther. »Und die Volvos?«

»Wir haben erst ein Drittel«, erklärte Urban, »aber wir machen heute weiter.«

»Da kannst du auch mitmachen, Christer.«

Christer nickte.

»Und du, Petra?«

»Ich habe mir überlegt, heute auf gut Glück bei der Nordea zu checken, ob sich jemand daran erinnern kann, dass fast jeden Monat am dreizehnten beim Wohnungsamt die Mietkosten bezahlt worden sind.«

»Ja, der Tag ist lang, und es kann noch viel geschehen«, meinte Munther. »Gutes Gelingen euch allen. Wir treffen uns dann direkt vor der Pressekonferenz heute Nachmittag wieder.«

Magdalena stieg zu Jens Sundvall ins Auto und schloss den Sicherheitsgurt. Das Interview war gut gelaufen, und es würde sicher eine gute Reportage geben – *nett* –, auch wenn es fast unmöglich war, sich auf Keramik zu konzentrieren, wenn die unaufgeklärten Morde an zwei Mädchen warteten.

»Na, das war doch gar nicht schlecht«, sagte Jens und legte beim Zurücksetzen den Arm hinter Magdalenas Kopfstütze.

»Wann hast du denn die Bilder fertig?«, fragte Magdalena und winkte zum Abschied aus dem Fenster.

»Morgen, denke ich. Reicht das? Die Beilage soll ja erst nächste Woche in trockenen Tüchern sein, und heute Abend gehe ich zum Hockey.«

»Das ist in Ordnung«, sagte Magdalena und kramte ihr Handy aus der Tasche.

Die Pressekonferenz im Präsidium, die sie verpasst hatte, müsste jetzt eigentlich beendet sein.

»Muss nur kurz telefonieren«, sagte sie und steckte sich den Kopfhörer ins Ohr.

Dreimal klingelte es, ehe der Anrufbeantworter mitteilte, Sven Munther sei in einer Besprechung.

»Ich werde nicht schlau aus diesen Morden«, sagte sie und beendete das Gespräch.

»Nein, das ist wirklich völlig unverständlich«, sagte Jens. »Die Polizei tappt ja wohl komplett im Dunkeln.«

»Ja, das kann man wohl sagen«, meinte Magdalena. »So wie es aussieht, sind sie noch kein Stück weitergekommen. Und jetzt, nachdem Hedda Losjö gefunden worden ist, sind die Leute in Aufruhr und reden von Serienmord und was weiß ich.«

»Was man ja verstehen kann«, sagte Jens und schaltete runter, als sie nach Bergsäng kamen.

»Außerdem scheint es in Hagfors ein Bordell in einer Mietwohnung zu geben«, sagte Magdalena.

»Machst du Witze?« Jens warf ihr einen erstaunten Blick zu.

Magdalena erzählte ihm kurz, wie sie spioniert hatte, die Treppe hinuntergestoßen worden war und dann die Polizei informiert hatte, die jedoch bei der Ermittlung versagt hatte.

Jetzt war Jens erst recht erstaunt.

»Und danach bin ich per SMS bedroht worden«, fuhr Magdalena fort und blätterte im Ordner für eingegangene Nachrichten.

»Das klingt ja so, als wären wir hier im Wilden Westen.«

»Allerdings. Aber die Polizei hatte wahrscheinlich keine Zeit, sich damit zu befassen, und muss sich um wichtigere Dinge kümmern.«

Magdalena las die beiden SMS vor und sagte:

»Vielleicht bin ich da ja auf einem ganz falschen Dampfer, aber ich habe das Gefühl, als hätte das Mädchen in diesem Keller mit dem Bordell zu tun.«

Jens sah sie fragend an.

»Und wieso glaubst du das?«

»Es wurde von niemandem vermisst. Und die drei Mädchen, die in die Wohnung gebracht wurden, während wir auf dem Parkplatz warteten, schienen im gleichen Alter zu sein wie das Mädchen aus dem Keller. Wie gesagt, nur so ein Gefühl.«

Jens dachte nach.

»Die berühmte weibliche Intuition? Tja, vielleicht hast

du recht. Aber jetzt bin ich neugierig geworden. Können wir nicht hinfahren?«

Magdalena zögerte.

»Zu dem Bordell? Ich weiß nicht.«

»Wo ist es?«, fragte Jens.

»Am Abbortorpsvägen, direkt beim Folkets Park.«

»Nur einen kurzen Blick darauf werfen«, bat Jens. »Komm und zeig es mir, bitte.«

Das sollte ich eigentlich nicht tun, dachte Magdalena. Aber sie freute sich so sehr, dass Jens Interesse zeigte, dass sie trotzdem Ja sagte.

»Ich steige aber nicht aus dem Auto.«

Als sie nach Hagfors kamen, an der alten Shell-Tankstelle vorbei und durch die Senke gefahren waren, zeigte Magdalena im Kreisel nach links.

»Ach, das kenne ich«, meinte Jens. »In dem Park war ich schon ein paar Mal, auch wenn das lange her ist.«

»Die Nummer 12 ist ganz am Ende der Straße.«

Es dämmerte. Das Haus mit seinen schwarzen Fenstern und verrosteten Fallrohren sah nicht sonderlich wohnlich aus.

Jens bog auf den verlassenen Parkplatz, stellte den Motor ab und blieb sitzen.

»Gemütlich, nicht wahr?«, sagte Magdalena.

»Allerdings.«

Jens sah zum Eingang von Nummer 12 hinüber, dann griff er nach der Kameratasche, die hinter dem Fahrersitz stand.

»Vielleicht ist es besser, nicht die große mitzunehmen, das fällt nur unnötig auf. Ich werde mir mit der hier behelfen«, sagte er und hielt eine Kompaktkamera hoch.

Magdalena nickte.

Jens steckte die Kamera in die Jackentasche, stieg aus und überquerte den Parkplatz. Magdalena sah ihn im Eingang verschwinden, und ihr wurde auf einmal mulmig. Man würde sie ja wohl nicht von den Fenstern im zweiten Stock aus sehen können.

Aber Jens trat kurz darauf wieder aus der Tür. Er lief zum Auto und machte eine resignierte Geste.

»Die Polizei war schon da«, sagte er und ließ sich auf den Fahrersitz fallen.

»Sie waren schon da?«

Wie kann das möglich sein, dachte Magdalena. Und warum hatte sie dann nichts davon erfahren?

»Die Tür war aufgebrochen und mit einem Polizeisiegel versehen worden«, fuhr Jens fort.

Noch ehe er ausgeredet hatte, steckte sich Magdalena den Kopfhörer ins Ohr.

»Ich muss sofort wissen, was passiert ist«, sagte sie und gab die Durchwahl von Petra Wilander ein. »Hallo, Petra, hier ist Magdalena vom *Värmlandsbladet.* Ich wollte mal fragen, wie die Durchsuchung des Bordells gelaufen ist.«

Petra schwieg ein paar Sekunden und fragte dann:

»Woher wissen Sie denn überhaupt, dass wir dort waren?«

»Na ja, da das Türschloss aufgebrochen ist und ein Polizeisiegel daneben klebt, nehme ich mal an, dass Sie da waren.«

Petra schwieg wieder.

»Jetzt mal ganz unter uns«, begann sie.

Magdalena horchte auf.

»Absolut. Sie können sich auf mich verlassen.«

»Die Wohnung war leer«, sagte Petra.

»Aber …«

»Aber es gibt Hinweise darauf, dass es sich um ein entsprechendes Etablissement handelt oder gehandelt hat; die Frage ist nur, wo die Zuhälter hin sind. Und warum sie so plötzlich kalte Füße gekriegt haben. Wir haben sie um höchstens eine halbe Stunde verpasst.«

»Wirklich?«, fragte Magdalena. »Und was machen Sie jetzt?«

»Natürlich müssen wir sie finden. Normalerweise hätten wir uns mit allen Kräften darauf konzentriert, aber Sie wissen ja, wie es bei uns aussieht.«

»Ja, das verstehe ich. Das ist wirklich nicht einfach.«

»Übrigens«, sagte Petra in barscherem Ton, »hatten wir nicht vereinbart, dass Sie vorsichtig sein sollen?«

»Ich bin vorsichtig. Aber es ist schwer, sich nicht mehr einzumischen, wenn man weiß, was da läuft. Wie geht es mit den Mordermittlungen voran?«, fragte Magdalena, um das Thema zu wechseln. »Immer noch keine Verdächtigen?«

»Wir gehen verschiedenen Spuren nach«, sagte Petra. »Rufen Sie doch Munther an, vielleicht kann er mehr bieten.«

Magdalena dankte und legte auf.

Jens ließ den Wagen an und rollte vom Parkplatz. Auf dem Parkvägen bog er links ab, fuhr am Lidl vorbei und auf den Dalavägen.

»Das ist wirklich zu blöd mit dem Bordell«, sagte Magdalena und stützte den Arm auf. »Ich möchte zu gern wissen, wer die gewarnt hat.«

Sie musste an die Mädchen denken, die sie an jenem

Abend gesehen hatte. Wo mochten sie jetzt sein? Ob man sie finden würde? Die Information, wohin sie gebracht worden waren, pflegte sich in Kundenkreisen ja schnell herumzusprechen. Wenn sie ein Mann wäre, könnte sie vielleicht vorgeben, ein Freier zu sein.

Sie warf einen raschen Blick auf Jens. Er war ein tüchtiger Fotograf und auch sozial engagiert. Vielleicht würde er ihr helfen.

»Hast du noch Zeit für einen schnellen Kaffee, ehe du wieder gen Süden reist?«, fragte sie, als er in die Köpmangatan einbog. »Ich würde gern etwas mit dir besprechen.«

Jens sah sie überrascht an.

»Was denn?«

»Ich habe mir überlegt, dass wir beide das Bordell finden und die Zuhälter mit einer versteckten Kamera filmen könnten.«

Jens sah sie an.

»Wagst du das wirklich?«, fragte er. »Nach diesen SMS?«

»Ich habe Angst, aber ich darf mich von ihr nicht abschrecken lassen.«

»Okay«, sagte Jens und lächelte. »Wenn du dich traust, bin ich dabei.«

»Es wird sicher nicht einfach, das Bordell zu finden, aber vielleicht können wir erst mal im Internet suchen. Irgendwie müssen die Kunden doch dorthin finden.«

Jens nickte.

»Hast du eine Videokamera?«, fragte Magdalena. »Aber ich nehme mal an, dass man etwas Besseres braucht als eine gewöhnliche Amateur-Videokamera.«

»Eine eigene Ausrüstung habe ich nicht, aber ich könnte eine ausleihen. Wir werden das schon hinkriegen, da habe ich keinen Zweifel.«

Das hoffe ich wirklich, dachte Magdalena. Ein Scheitern ist nicht ausgeschlossen.

Du wirst nur einmal gewarnt.

Der Auflauf mit Fleischwurst stand im Ofen, und Magdalena stellte drei Teller auf den Tisch. Sie hatte gute Laune, freute sich auf die Zusammenarbeit mit Jens und war mit ihrem Arbeitstag zufrieden. Nach einer kleinen Andeutung, wie interessant es wäre, ein paar Zeilen über den gescheiterten Zugriff auf das Bordell zu schreiben, hatte Sven Munther höchst widerwillig von einem »männlichen Bekannten« von Hedda Losjö berichtet, den die Polizei im Visier habe. Und so würde sie auch in der Zeitung von morgen einen ganz anständigen Artikel stehen haben.

»Jetzt klinge ich zwar wie Hasse, aber wie kannst du dir das eigentlich leisten, hier allein zu wohnen?«, rief Jeanette aus dem Wohnzimmer. »Und was für Bilder du hast! Das hier über dem Sofa ist allein schon größer als mein Badezimmer.«

»Immobilienkarriere!«, rief Magdalena zurück, während sie Besteck aufdeckte.

»Immobilienkarriere?«, fragte Jeanette und erschien in der Küchentür.

»Habe eine Einzimmerwohnung auf Södermalm für 700 000 gekauft und sie für 1,3 Millionen wieder verkauft, dann zusammen mit Ludvig eine Dreizimmerwohnung für 2,7 Millionen, die wir renoviert und für 3,4 Millionen wieder verkauft haben, und schließlich haben wir ein Haus in Bromma für 4,1 Millionen gekauft, von Grund auf renoviert und für knapp 7 Millionen verkauft.«

Jeanettes Augen waren mit den steigenden Beträgen immer größer geworden.

»Das ist ja Wahnsinn.«

»Ich weiß«, sagte Magdalena, goss das Wasser von den Kartoffeln ab und begann, sie mit dem Pürierstab zu zerteilen. »Das ist wirklich der helle Wahnsinn. Solange man in Stockholm wohnt, ist das ganze Geld in großen Krediten angelegt, das kommt einem vor wie Spielgeld, einfach nur Zahlen auf einem Papier. Aber jetzt, seit ich umgezogen bin, ist das plötzlich alles wirklich geworden. Natürlich musste ich dafür auch saftige Steuern bezahlen, aber das war nur mehr als gerecht.«

Magdalena goss warme Milch in den Topf und begann, die Kartoffelstückchen zu Mus zu verrühren. Jeanette zum Abendessen einzuladen war ein spontaner Entschluss gewesen, der aus einer Mischung aus schlechtem Gewissen, weil sie sich seit Tores Tod kaum gemeldet hatte, und dem akuten Bedürfnis nach erwachsener Gesellschaft am Abend entstanden war.

»Setz dich«, sagte sie. »Wie geht es dir denn?«

»Es wird besser, aber es ist immer noch schlimm. Ich war schon ein paar Mal drauf und dran, ihn anzurufen. Und erst, als ich den Hörer in der Hand hatte, wurde mir klar, dass er nicht mehr da ist.«

Magdalena nickte und strich Jeanette über den Arm. Dann rief sie Nils zum Essen.

Während Nils am Tisch saß, kreiste das Gespräch um seine Lehrerin Fräulein Frida, die Klassenkameraden aus der Vorschule und das Nintendo DS, das er von Ludvig bekommen hatte.

»Möchtest du einen Kaffee?«, fragte Magdalena, als Nils aufgestanden und zum letzten Teil der Kinderstunde verschwunden war.

»Gern einen Tee.«

Magdalena füllte den Wasserkocher und begann abzuräumen.

Es war, als ob es eine Verabredung zwischen ihnen gäbe, weder über die Trauer um Tore zu sprechen, noch über die Mädchenmorde zu spekulieren. Magdalena nahm an, dass Jeanette unter der Woche nicht viel anderes tat, als mit aufgeregten Kunden über die Morde zu sprechen.

»Rate mal, mit wem ich mich getroffen habe«, sagte sie grinsend.

Jeanette sah sie an und deutete das Lächeln auf Anhieb richtig.

»Nein! Machst du Witze?«

Magdalena schüttelte den Kopf, stellte zwei Teetassen und eine Blechdose mit Teebeuteln auf den Tisch.

»Wie kam das denn?«

Magdalena erzählte ausführlich von dem Spaziergang, der Taxifahrt und dem Treffen im Supermarkt.

»Bist du verliebt?«, fragte Jeanette.

Magdalena nahm einen Schluck Tee und lächelte über die Tasse hinweg.

»Du musst nicht antworten«, sagte Jeanette, »das sieht man schon von Weitem.«

Dann wurde sie plötzlich ernst.

»Aber geht das denn, einfach so wieder von vorn anzufangen? Nach allem, was war?«

Magdalena zuckte die Schultern.

»Weiß nicht. Aber ich muss es einfach versuchen – es geht nicht anders. Am Samstag bin ich bei ihm zum Abendessen eingeladen.«

Als sie das sagte, hatte sie das Gefühl, glühend rot zu werden.

»Zu ihm nach Hause? Nach Sunnemo?«

Magdalena nickte.

»Mein Gott! Das freut mich wirklich für dich, Magda. Und am Sonntag erwarte ich einen lückenlosen Bericht. Ich will alles wissen.«

Magdalena kippte den kalten Tee in den Ausguss und stellte die Tassen in die Spülmaschine.

Jeanette war bis nach halb zehn geblieben; sie hatte ferngesehen, während Magdalena Nils ins Bett gebracht hatte, dann hatten sie die Kerzen angezündet und auf dem Sofa gesessen, geredet und dabei die neueste CD von Lars Winnerbäck gehört.

Magdalena hatte den ganzen Abend lang weder auf seltsame Geräusche gehorcht, noch nach der Kellertür gesehen.

Als sie nun den Küchentisch abwischte und die Teedose ins Regal zurück stellte, klingelte das Telefon.

Ludvig. Oh nein!

Widerwillig hielt Magdalena das Handy ans Ohr.

»Magda.«

»Hallo. Wie geht's dir?«

»Danke, gut. Hast du was Besonderes auf dem Herzen? Ich wollte nämlich gerade ins Bett gehen.«

»Ja, das habe ich.«

Magdalena entging nicht, wie angespannt seine Stimme klang.

»Nils kann dieses Wochenende nicht zu uns kommen. Ebba hat heute Morgen Kontraktionen bekommen, und wir mussten in die Notaufnahme ...«

Ich will nichts hören, ich will nichts hören.

»... und jetzt ist es extrem wichtig, dass sie Ruhe hat und sich nicht anstrengt. Deshalb muss ich für dieses Wochenende absagen.«

Magdalena spürte die Wut in sich aufsteigen.

»Und was hindert Ebba daran, sich auszuruhen, während Nils bei dir ist? Schließlich soll er Zeit mit dir verbringen.«

»Es tut mir total leid, aber diesmal geht es nicht anders.«

»Du willst also deinen Sohn nicht sehen, oder was? Meinst du, ihn einfach so wegschieben zu können, wenn was anderes dazwischenkommt?«

»Jetzt hör aber auf! Solche Anschuldigungen will ich nicht hören. Wenn du Interesse daran hättest, dass ich ihn öfter sehe, dann hättest du ja nicht so weit wegziehen müssen! Wie gern hätte ich Nils jede zweite Woche bei mir gehabt, hätte ihn zur Schule gebracht und all das, das weißt du ganz genau. Er fehlt mir sehr.«

Magdalena drückte das Gespräch einfach weg und warf das Handy auf die Arbeitsplatte in der Küche. Dann stampfte sie ins Wohnzimmer und legte sich aufs Sofa.

Wie sollte sie Nils das am nächsten Tag erklären? Und das Abendessen mit Petter musste auch gestrichen werden, das war einfach so.

Wenn sie nicht ...

Magdalena schaute auf die Uhr: zwanzig nach zehn.

Nein, um die Zeit konnte man nicht mehr anrufen. Also nahm sie den eingeschalteten Laptop vom Couchtisch. Petter war online, rechts neben seinem Namen im Chatmenü leuchtete ein grüner Punkt.

Magdalena öffnete ein Chatfenster und schrieb:

»Hallohallo.«

Ihr Puls begann zu rasen, während sie wartete.

Schließlich kam Petters Antwort an.

»Hallo! Wie geht es dir?«

Magdalena schrieb schnell und hektisch:

»Im Moment total sauer. Ich kann am Samstag nicht kommen. Nils wird nicht zu seinem Vater fahren – er hat eben abgesagt.«

»Das ist ja schade. Habe mich schon so darauf gefreut.«

»Ich mich auch!«

Ehe Magdalena weiterschrieb, überlegte sie noch einen kurzen Augenblick, dass es eigentlich viel zu früh war, um Nils mit Petter bekannt zu machen.

»Willst du stattdessen herkommen? Vielleicht schon am Freitag?«

»Klar, gerne! Wann?«

»Komm so gegen sechs. Gute Nacht!«

Erst als Magdalena den Chat beendet hatte und auf dem Sofa sitzen blieb, merkte sie, wie still es im Haus war.

In einer Nacht fuhren wir mit dem Schiff. Kosta ging mehrmals mit Ana weg. Während der Zeit musste ich in meinem Bett warten. Ich glaube, sie fing an, ihre lockigen Haare zu hassen.

Als wir von Bord gegangen waren und wieder mit dem Auto fuhren, war es Morgen. Zuerst war die Landschaft flach, die Äcker dehnten sich nach allen Seiten aus. Manche waren so gelb, dass es in den Augen wehtat.

Ana sagte kaum etwas und schaute meist aus dem Fenster. Manchmal versuchte ich sie auf andere Gedanken zu bringen, indem ich auf irgendetwas zeigte, das konnte ein Haus oder ein Tier am Wegesrand sein, aber sie sah gar nicht hin. Nichts konnte sie aus dem Kokon holen, in dem sie sich verkrochen hatte.

Nachdem wir ein paar Stunden gefahren waren, hielt Kosta an einer Tankstelle an. Der Mann, mit dem ich auf die Toilette gehen musste, hatte eine Goldkette um den Hals und ganz viele weiße Haare auf der Brust. Da drinnen stank es nach alter Pisse.

Das nächste Mal hielten wir auf einem Campingplatz. Es waren viele hohe Bäume da, und es war Abend, aber immer noch hell. Einen kleinen See gab es auch.

Der Mann war diesmal etwas jünger, er hatte braunes, kurzgeschnittenes Haar und sah zuerst richtig nett aus, das war er aber nicht.

Als Ana sich ins Auto setzte, bemerkte ich, dass sie Schmerzen hatte. Ich hörte sie manchmal keuchen, aber sie wollte nicht darüber reden.

Als ich sie um Verzeihung bat, antwortete sie auch nicht. Es war, als würde sie nichts hören. Aber sie nahm meine Hand und drückte sie ganz fest.

Ach, Großmutter.

23

Als der Radiowecker ertönte, verzog Petra vor Schmerzen das Gesicht, und als auf Lasses Seite die Nachttischlampe anging, legte sie sich das Kissen über die Augen.

Sie hatte die ganze Nacht nicht richtig geschlafen, der Migräneanfall war langsam und schleichend gekommen. Im Schein der Lampe verwandelte er sich in eine rote Schmerzexplosion.

Sie bat Lasse um ein Glas Wasser, die Tabletten im Küchenschrank und das Handy. Nach einer kurzen SMS an Sven Munther und zwei Tabletten Migränin versuchte sie noch einmal einzuschlafen.

Das war wieder typisch, dachte sie. Warum ausgerechnet jetzt, wo sie überhaupt keine Zeit hatte, krank zu sein? So schlimm war es seit Jahren nicht mehr gewesen.

Der Vormittag verging in unruhiger Benommenheit. Bilder von Heddas verletztem Gesicht, die nackte Mädchenleiche im Erdkeller und Nellie, die über ihren Computer gebeugt auf dem Bett saß, tauchten vor ihrem inneren Auge auf und verschwanden wieder.

Als der Anfall endlich nachließ und Petra auf den Radiowecker auf dem Nachttisch sah, war es 11.28 Uhr. Sie fühlte sich, als sei sie nach einem Schiffbruch an den Strand gespült worden. Vorsichtig versuchte sie, sich im Bett aufzusetzen. Es ging, auch wenn ihr schwindelig war. Dann stand sie auf und wankte langsam auf unsicheren Beinen aus dem Schlafzimmer.

Als Roy hörte, wie die Tür zum Schlafzimmer geöffnet wurde, kam er aus dem Flur angetrottet und schob seine Nase in ihre Hand.

»Jetzt dusche ich erst mal, und dann drehen wir eine Runde.«

Als sie fertig geduscht und sich frische Sachen angezogen hatte, schrieb sie Lasse eine SMS.

»Ich kümmere mich um Roy, dann musst du nicht zum Mittag nach Hause kommen. Kuss!«

»Sollen wir los, alter Schwede?«

Magdalena blätterte in ihrer Kamera die Bilder durch, die sie in der Mühle von Stjernsfors gemacht hatte. Was auch immer sie versuchte, es gelang ihr nicht, das Gefühl einzufangen, das sie haben wollte. Der hohe Raum, die weiß gekalkten Wände, das Licht, das durch die Fenster fiel, das war einfach nicht herauszuholen. Das Ergebnis blieb nichtssagend. Peinlich nichtssagend.

Am Ende hatte sie ihre Arbeit mit einem Bild von dem bärtigen Künstler versehen, auf dem er neben einem seiner Gemälde stand, einem schwarz perlenden Bach in einer schneebedeckten Landschaft.

Magdalena legte die Kamera in die Tasche und stieg die schmale, steile Treppe hinunter.

»Wann kommt das denn in die Zeitung?«

»Ich werde heute etwas dazu schreiben, also wird es hoffentlich schon morgen erscheinen, aber versprechen kann ich das nicht. Ich wünsche Ihnen viel Erfolg bei der Vernissage am Samstag.«

»Danke, den kann ich gebrauchen.«

Magdalena verabschiedete sich und ging zum Auto, das sie oben an der Straße geparkt hatte.

Sie fuhr an der Reitschule, dem Herrensitz und dem kleinen Fluss vorbei und dann weiter den schmalen und gewundenen Fahrweg hinunter. Eigentlich wäre es viel schneller gewesen, wieder die große Straße durch Uddeholm zu nehmen, aber Magdalena hatte keine Eile.

Als sie den Hagälven erreicht hatte, entdeckte sie eine bekannte Gestalt. War das nicht Petra Wilander, die da mit einem Norwegischen Elchhund unterwegs war?

Als Magdalena auf ihrer Höhe war, hielt sie an und ließ die Scheibe herunter.

»Hallo!«

Petra überquerte die Straße und ging zum Auto.

»Haben Sie heute frei?«, fragte Magdalena.

»Nein, ich hatte einen Migräneanfall und bin gerade aufgestanden.«

»Uh, wie gemein. Sie sehen auch etwas blass aus.«

Der große Hund zerrte an der Leine und wollte weiter.

»Roy, warte«, sagte Petra und wandte sich an Magdalena.

»Haben Sie schon zu Mittag gegessen?«

»Nein«, sagte Magdalena und konnte ihr Erstaunen kaum verbergen.

»Ich wollte gerade nach Hause gehen und etwas aufwärmen. Es ist genug da, wenn Sie mitkommen möchten. Ich würde mich gern ein wenig mit Ihnen unterhalten.«

»Gern«, sagte Magdalena. »Warum nicht?«

»Ich wohne im Tjernevägen, das zweite Haus auf der rechten Seite. Sie können hinfahren und dort warten, ich werde in fünf Minuten da sein.«

Magdalena fand das Haus ohne Probleme und parkte vor dem gelben Ziegelsteinbungalow.

»Ja, hier wohnen wir also«, sagte Petra, als sie kurz darauf mit Roy zurückkam, und ging zur Eingangstür.

Im Flur machte Petra den Hund los, Magdalena zog ihre Jacke aus und hängte sie an die Garderobe neben Daunenjacken und Skianzüge.

»Haben Sie Platz gefunden? Die ist immer voll«, sagte Petra und verschwand in der Küche.

Was will Petra eigentlich von mir?, fragte Magdalena sich, setzte sich auf einen Hocker und machte ihre neuen Winterschuhe auf. Hatte sie das geplant? Es schien fast so.

Als Magdalena in die Küche kam, hatte Petra zwei Plastikdosen aus dem Kühlschrank genommen und füllte Reis mit einer Fleischsoße auf zwei Teller.

»Setzen Sie sich«, sagte sie und nickte zum Küchensofa.

Während das Essen warm gemacht wurde, holte Petra Besteck, ein Glas Rote Bete und zwei Wassergläser. Dann schnitt sie eine Tomate in Scheiben und stellte das Schneidebrett auf den Tisch.

Magdalena sah sich in der Küche um und merkte, dass sie sich hier wohlfühlte.

»Wie geht es mit den Mordermittlungen vorwärts?«

»Es geht überhaupt nicht voran, wenn ich ehrlich sein soll«, sagte Petra. »Ich werde daraus einfach nicht schlau. Hedda und dieses Mädchen. Beide sind tot, aber wir haben nichts, was die beiden miteinander verbindet. Ein seltsamer Zufall, oder?«

Sie stellte einen Teller mit dampfendem Hack vor Magdalena auf den Tisch.

»Bitte schön.«

»Danke. Das ist wirklich nett, dass Sie mich einfach so zum Mittagessen einladen.«

»Eine ganz spontane Idee. Vielleicht alles andere als

klug«, sagte Petra und lächelte. »Aber ich gehe davon aus, dass das, was wir hier besprechen, unter uns bleibt.«

»Natürlich«, sagte Magdalena und nahm einen Bissen von dem Essen. »Und was ist mit dem Bordell? Haben Sie da irgendwas?«

Petra schüttelte den Kopf.

»Vielleicht kam mein Migräneanfall doch nicht so ganz überraschend.«

Magdalena wusste nicht, was sie sagen sollte, denn sie wollte nicht aufdringlich wirken. Wenn man zum Mittagessen eingeladen wird, sollte man wenigstens einigermaßen die Form wahren, dachte sie.

»Wie gut kennen sie Christer?«, fragte Petra plötzlich.

Die Frage kam so unerwartet, dass Magdalena, die gerade eine Scheibe Rote Bete zerteilte, mit dem Messer in der Hand zuckte.

»Christer?«

»Ja, ich habe gehört, dass Sie sich kennen, aber ich weiß nicht, woher.«

»Ich war sehr eng mit seiner jüngeren Schwester Tina befreundet und deshalb oft bei ihnen zu Hause. Hing da rum, wie man heute sagt.«

»Aha. Und mehr war da also nicht?«

Magdalena dachte kurz an *das eine Mal* im Park, in jenem letzten Sommer, ehe sie nach Stockholm gezogen war, aber das konnte man wohl kaum mitzählen.

»Nein, mehr nicht. Darf ich fragen, warum Sie das wissen wollen?«

Petra trank einen Schluck Wasser, dann sagte sie:

»Ich arbeite schon sehr lange mit Christer zusammen, aber er war noch nie so sonderbar wie in letzter Zeit.«

»Was heißt sonderbar?«

»Normalerweise ist er immer sehr engagiert und gründlich. Ja, Sie kennen ihn ja und wissen schon, was ich meine. Er ist der tüchtigste Polizist, mit dem ich je zusammengearbeitet habe. Aber jetzt ist er abwesend, unkonzentriert, gereizt. Er ist ein ganz anderer Mensch.«

Petra sah aus dem Fenster und grübelte. Magdalena wartete darauf, dass sie fortfuhr.

»Vielleicht sollte ich das nicht erzählen, aber ... Ja, an einem Abend saßen Christer und ich im Auto und oberservierten dieses Bordell. Als wir ins Präsidium zurückkamen, habe ich die Kamera ins Lager geschlossen. Um da hineinzukommen, braucht man sowohl eine Codekarte als auch einen Zahlencode. Am nächsten Morgen war der Film nicht mehr da.«

»Stimmt, Sie haben erzählt, dass Sie Beweismaterial verloren haben. Aber glauben Sie, dass Christer etwas damit zu tun hat?«

»Ich weiß es nicht. Ich weiß es wirklich nicht! Aber es waren nur er und ich da, und ich habe keine andere Erklärung dafür. Und ausgerechnet in dem Moment, als wir diese Wohnung durchsuchen wollten, waren alle schon abgehauen. Ich kapiere nicht, was da passiert. Es ist wie verhext, offenbar sollen wir mit diesem Fall einfach keinen Erfolg haben.«

Magdalena hatte das Mittagessen beendet, legte das Besteck zusammen und fasste einen Entschluss. Sie würde Petra vertrauen, so wie Petra auch ihr vertraute.

»Mein Kollege Jens Sundvall und ich haben beschlossen, die Zuhälter mit einer versteckten Kamera zu filmen.«

Petra starrte sie an.

»Was sagen Sie da?«

»Nun, die Polizei hat ja so viel mit den Mordermittlungen zu tun, und wir können als Journalisten auch mal anders arbeiten.«

»Glauben Sie, das hier ist nur ein Spiel? Haben Sie denn nichts daraus gelernt, was im Treppenhaus passiert ist?«

Magdalena senkte den Blick, dann sah sie Petra an.

»Ich habe in der Tat eine Heidenangst, aber ich muss es einfach versuchen. Schließlich geht es hier um Menschen. Jens und ich können mit unserem Filmmaterial vielleicht einen echten Scoop landen und es sogar vor Gericht zum Einsatz bringen.«

Petra überlegte.

»Mir gefällt das nicht.«

Magdalena interpretierte ihre Antwort dennoch als Zustimmung.

Magdalena lehnte sich auf dem Küchenstuhl zurück. Sie sollte sich wirklich ein richtiges Arbeitszimmer einrichten, mit einem vernünftigen Stuhl und guter Beleuchtung. Jetzt hatte sie auf der Suche nach irgendeiner Information über ein Bordell in Hagfors mehrere Stunden lang herumgesurft, aber nichts gefunden.

Hängen die Zuhälter Zettel in der Stadt auf, damit die Kunden hinfinden?, fragte sie sich und gähnte. Oder läuft das alles über Mundpropaganda?

Diese Sex-Seiten hatten ihr Übelkeit verursacht. Jetzt konnte sie einfach nicht mehr. Es war schon fast elf Uhr.

War es richtig, die Spur dieser Verrückten überhaupt noch weiterzuverfolgen? Petras Reaktion hatte sie noch mehr beunruhigt. Den ganzen Abend lang hatte sie immer wieder aus dem Fenster gesehen und auf seltsame Geräusche gehorcht.

Ihr Nachtschlaf war in den letzten Nächten immer schlechter geworden. Nicht nur, weil sie das Bett mit Nils teilte, sondern weil sie bei dem geringsten Geräusch aufwachte. Wenn die Schaufel des Schneepflugs an den Bürgersteigkanten kratzte, fuhr sie hoch und saß kerzengerade mit klopfendem Herzen im Bett.

Magdalena stand auf und ging ins Wohnzimmer. Sie wollte den Fernseher einschalten, blieb aber mit der Fernbedienung in der Hand vor der verglasten Verandatür stehen. Eine dicke Schicht unberührter Schnee lag auf dem Holzgeländer, und die drei Tannen an der Grundstücksgrenze warfen im Licht der Straßenlaterne gezackte Schatten in den Garten.

Plötzlich klopfte es an der Haustür. Dreimaliges energisches Klopfen an die Glasscheibe.

Magdalena erschrak so sehr, dass sie den Atem anhielt und einen ganz trockenen Mund bekam.

Wer war das? Um diese Uhrzeit?

Sie schlich in den Flur. Draußen vor der Glasscheibe stand eine hochgewachsene Gestalt.

Wenn ich wenigstens eine Sicherheitskette hätte, dachte sie, während sie sich der Tür näherte, wenn ich ...

»Ich bin's nur, Stefan«, war durch die Tür zu hören.

Mit zitternden Händen drehte Magdalena den Schlüssel herum und öffnete.

»Habe ich dich erschreckt?«, fragte er.

»Ein bisschen.«

»Vor mir brauchst du keine Angst zu haben. Wir haben

gesehen, dass noch Licht brennt, aber ich wollte nicht klingeln, um Nils nicht zu wecken. Hier.« Stefan reichte ihr eine Plastiktüte. »Das sind die Gardinen, die du bestellt hast.«

Magdalena nahm die Tüte.

»Ach ja, die hatte ich fast vergessen«, sagte sie. »Ich weiß gar nicht, ob ich genug Geld dahabe.«

»Kein Problem, das geht in den allgemeinen Konkurs ein«, sagte Stefan und lächelte schief. »Mach das mit Diana ab.«

»Wie viel bin ich euch schuldig?«

»Das steht auf der Quittung in der Tüte. Und übrigens, Nils ist ein richtiges Talent auf dem Eis. Ist er schon viel Schlittschuh gelaufen?«

»Nicht sonderlich«, sagte Magdalena, »nur auf einer kleinen Bahn auf dem Spielplatz.«

»Na, ich wollte das nur mal sagen. Er ist wirklich gut. Ja, dann gute Nacht.«

Magdalena machte die Tür zu, schloss sorgfältig ab und lehnte sich an die Wand.

Bin ich dabei, den Verstand zu verlieren?

24

Magdalena hatte sich in der Vorschule von Nils verabschiedet, und als sie den Schulhof wieder verlassen hatte, setzte sie sich das Headset auf und rief Jens Sundvall an.

»Wie ist es gelaufen?«, fragte sie.

»Schlecht. Ich habe nichts gefunden.«

»Ich auch nicht. Ich weiß ja nicht, wie deine Pläne fürs Wochenende aussehen, aber vielleicht könntest du herkommen, abends weggehen und so tun, als wärst du ein Freier aus der Gegend. Undercover arbeiten, sozusagen. Im Internet werden wir wohl nicht fündig.«

Jens war offenbar draußen unterwegs; im Hintergrund hörte Magdalena eine Autotür zuschlagen und gedämpften Verkehrslärm.

»Das habe ich auch schon überlegt. Was meinst du, welcher Tag am besten wäre? Heute Abend oder morgen?«

»Morgen ist Disco-Night im Hotel Jonte. Da kommen immer ziemlich viele Leute, vor allem am Anfang des Monats.«

Jens dachte nach.

»Eigentlich habe ich dieses Wochenende schon was vor, aber ich denke, das kann ich verschieben. Bist du dabei?«

»Ich glaube, es ist besser, wenn du allein auf die Rolle gehst. Hier kennen mich alle, und ich glaube, die Leute werden sofort kalte Füße kriegen, wenn sie uns zusammen sehen.«

»Da hast du recht. Ich werde nur noch ein paar Sachen organisieren, dann melde ich mich wieder.«

Magdalena legte auf.

Gut, sagte sie sich. Jetzt muss endlich mal etwas passieren.

Magdalena schraubte ihre Mascara zu, steckte sie in das Schminktäschchen und betrachtete sich im Spiegel. Schon den ganzen Tag war ihr Gesicht flammend rot gewesen. Sie legte die Handflächen auf die Wangen. »Immer mit der Ruhe«, ermutigte sie sich. »Wir werden nur zusammen essen.«

Sie sah auf die Uhr. Viertel vor sechs. Die Rippchen waren im Ofen, der Salat stand gewaschen in einer Schale auf der Spüle. Drei Teller auf dem Tisch.

Es klingelte an der Tür.

»Ich mache auf«, rief Magdalena an der Treppe im ersten Stock.

Der Schlüssel glitt ihr aus dem Fingern.

»Hallo, bin ich zu früh?«, fragte Petter, der mit einem Strauß weißer Tulpen in der Hand auf der Treppe stand.

Den Firmenwagen hatte er auf der anderen Seite vor dem Haus geparkt.

»Macht nichts«, sagte Magdalena mit klopfendem Herzen. »Komm rein.«

Petter reichte ihr die Tulpen. Diesmal trug er keine Mütze, sondern hatte das volle Haar mit einem Gummiband im Nacken zusammengebunden.

»Magst du die weißen immer noch am liebsten?«, fragte er und umarmte sie zaghaft.

Magdalena wusste nicht recht, was sie sagen sollte. Petter schlüpfte aus den Schuhen, und als er sich wieder zu ihr drehte, wurde seine Miene plötzlich ernst.

»Was hast du da denn gemacht?«, fragte er und strich mit den Fingerspitzen über den blauen Fleck auf Magdalena Stirn.

»Ach, das. Ich bin hingefallen.«

»Du bist hingefallen?«

»Ja, aber es ist nicht schlimm.«

Petters Gesicht kam näher. Der sanfte, warme Kuss schmecke nach Vanille.

Als Magdalena hörte, dass Nils die Treppe herunterkam, ließ sie Petter los.

»Das hier ist Petter«, sagte sie und legte Nils den Arm um die Schultern.

»Aha«, sagte Nils.

»Hallo«, sagte Petter und zog die Jacke aus. »Wir haben uns neulich schon im Supermarkt gesehen. Du hast ja einen coolen Pullover. Magst du auch Super Mario?«

Nils nickte.

»Wie weit bist du?«

»Drittes Level in der fünften Welt.«

»Oha«, sagte Petter und hängte seine Jacke auf einen Bügel.

»Aber Melvin ist schon in der siebten Welt«, fuhr Nils fort.

»Dann könnte ich dir vielleicht ein paar raffinierte Tricks zeigen«, sagte Petter. »Wenn du möchtest.«

Nils nickte eifrig.

»Ja. Kannst du mir nicht helfen, zum Schalterpalast zu kommen?«, fragte er. »Ich will wissen, wie Bowser aussieht.«

»Na klar.«

Nils lief davon, um den Nintendo zu holen.

»Soso, du spielst also Super Mario«, sagte Magdalena und lächelte.

»Ich habe es für die Mädchen gekauft, aber inzwischen bin ich derjenige, der am meisten spielt.«

Petter sah sie an und griff nach ihrer Hand.

Ob er wohl dasselbe denkt wie ich?

Als Nils wiederkam, ließ Magdalena Petters Hand los.

»Spielt ihr mal ein bisschen, dann kümmere ich mich um das Essen«, sagte sie.

Nils hatte die Decke bis über die Nase hochgezogen, sodass nur seine dunklen, wütenden Augen zu sehen waren.

»Zieh doch mal die Decke weiter runter, damit ich dein ganzes nettes Gesicht sehen kann«, sagte Magdalena und zupfte an dem Bezug. Aber Nils hielt ihn fest.

Magdalena strich ihm übers Haar.

»Schatz, kannst du mir nicht mal erklären, warum du so wütend bist?«

»Seid ihr verliebt ineinander, Petter und du?«, war dumpf unter der Decke zu hören.

»Ich kann dich nicht verstehen«, sagte Magdalena.

Widerwillig schob Nils die Decke bis zum Kinn herunter. Seine kleinen Lippen waren fest zusammengepresst.

»So, jetzt noch mal, mein Lieber.«

»Seid ihr verliebt ineinander, Petter und du?«

Magdalena strich ihm wieder übers Haar und sagte:

»Ich glaube, ja.«

Nils presst die Lippen noch fester zusammen.

»Gefällt dir das nicht?«

Nils schüttelte energisch den Kopf, sodass seine Haare hin und her flogen.

»Und wieso nicht? Ihr hattet doch viel Spaß, als ihr zusammen gespielt habt.«

»Ich will jedenfalls nicht, dass er hierherzieht.«

»Da musst du dir keine Gedanken machen, mein Lieber. Aber ich werde dir etwas erzählen. Vor vielen, vielen Jahren haben Petter und ich schon mal zusammengewohnt.«

»Wann war das?«

Nils machte große Augen.

»Das war vor langer, langer Zeit, bevor ich Papa kennengelernt habe.«

»Ach so«, sagte Nils nachdenklich. »Habt ihr da hier gewohnt?«

Magdalena lächelte.

»Nein, nicht in diesem Haus. Wir hatten eine kleine Wohnung in einem von den hohen Häusern neben dem Coop.«

»Ach so.«

Aus der Küche hörte man Klappern, Porzellan wurde gespült, Besteck klirrte.

»Gute Nacht, mein Prinzchen.«

Magdalena küsste ihn, ging hinaus und machte die Tür zu.

Als Magdalena in die Küche kam, schaltete Petter die Neonröhre über der sauber gewischten Spüle aus.

»Ich war so frei«, sagte er.

Sie sahen einander an. Eine dunkle Haarsträhne hatte sich aus Petters Frisur gelöst.

»Schläft er?«

»Bald«, antwortete Magdalena.

Dann streckte sie die Hand aus.

»Komm.«

Jetzt gab es kein Halten mehr. Die Leidenschaft war wie eine rauschende Flut, wirbelnd, tosend, lebensgefährlich.

Magdalena zog das Gummiband aus Petters Haaren, grub mit den Fingern in seinen Locken, zog ihn an sich. Seine Hände auf ihrem Rücken, unter dem Pullover, auf dem Bauch, der Brust. Schwere Atemzüge an seinem Hals.

»Wie sehr habe ich mich danach gesehnt! Ich hätte nie gedacht ...«, flüsterte er und hob sie auf die Arbeitsplatte.

Magdalena schlang die Beine um seine Taille, schob seinen Pullover hoch und zog ihn ihm über den Kopf.

Plötzlich fiel ihr das Küchenfenster ein.

»Nicht hier«, keuchte sie.

Sie ließen sich auf den Küchenfußboden sinken, und ließen es dort geschehen, auf dem Flickenteppich bei laufendem Geschirrspüler.

25

Christer Berglund blätterte die Zeitung auf und überflog die erste Seite, während er sich ein Brot schmierte. Heute nichts über die Mädchen aus Hagfors, zumindest nicht auf der ersten Seite. Aber es gab auch nichts zu schreiben. Sie waren mit den Ermittlungen in keiner Weise weitergekommen.

Er blätterte weiter und las die Leserbriefe, dann die vermischten Nachrichten. Ab und zu nahm er einen Bissen von dem Brot, ohne dabei den Blick von der Zeitung zu wenden.

Da war sie. Magda. Obwohl sie jetzt schon über einen Monat hier arbeitete, hatte Christer sich immer noch nicht daran gewöhnt, morgens ihren Namen in der Zeitung zu finden. Heute war sogar ein kleines Bild von ihr dabei. Der Artikel, der von einer Kunstausstellung in der Mühle von Stjernsfors handelte, nahm eine ganze Seite ein. Und sie hatte drei schöne Farbfotos dazu beigesteuert.

Christer las den Artikel Wort für Wort und stellte sich vor, wie Magdalena am Computer gesessen hatte und wie ihre Hände über die Tastatur geflogen waren, als sie ihren Text geschrieben hatte. Die Hände mit den abgekauten Fingernägeln, die sich in seinen so klein angefühlt hatten.

Christer lehnte sich im Stuhl zurück, angelte die Kaffeekanne von der Spüle und schenkte sich noch einmal nach. Der ganze Samstag lag vor ihm. Womit sollte er sich die Zeit vertreiben?

Vielleicht sollte er mal wieder nach Hause zu Vater und Mutter fahren. Irgendwann musste er das schließlich tun.

Er blätterte die Zeitung durch, trank seinen Kaffee aus und musste feststellen, dass auch das Fernsehprogramm für diesen Abend nichts Unterhaltsames zu bieten hatte.

Dann holte er die große, blaue Ikea-Tüte aus dem Putzschrank und fing an, seine Schmutzwäsche einzusammeln. Mit einem Ruck zog er das Laken vom Bett ab und stopfte es in die Tüte, dann schüttelte er die Decke aus ihrem Bezug. Der Wäschekorb im Badezimmer war fast voll. Um alles zu verstauen, musste er noch zwei kleinere Plastiktüten aus der Küchenschublade nehmen.

Irgendwie werde ich dieses Wochenende schon rumkriegen, dachte er, trat ins Treppenhaus und schloss die Tür hinter sich ab.

Christer parkte vor Gunvors und Bengts Haus und blieb im Auto sitzen. Es graute ihm davor, hineinzugehen, den Vater treffen und der Mutter in die Augen sehen zu müssen. Ihm graute vor allem. Schließlich machte er doch die Autotür auf und trat auf die Straße.

In diesem Moment ging Magdalenas Haustür auf, und sie lief in einem hellblauen Morgenmantel zu ihrem Briefkasten. Die schlanken, nackten Beine ragten aus einem

Paar großer Fellstiefel, das Haar trug sie offen. Christer erstarrte.

Als Magdalena ihn über das Autodach hinweg sah, hielt sie inne und zog den Morgenrock enger um ihre Taille.

»Hallo«, sagte sie leise und griff mit der einen Hand in den Briefkasten, während sie mit der anderen dafür sorgte, dass der Morgenmantel nicht verrutschte.

»Hallo«, erwiderte er. »Du hattest heute einen guten Artikel.«

Magdalena drückte die Zeitung vor die Brust und sah ihn fragend an. Zum ersten Mal in diesem Winter hatte sie rote Wangen.

»Über Stjernsfors«, erklärte er.

»Ach, war der schon drin?«, sagte sie. »Das ist schön.«

Sie ist wirklich süß, dachte Christer. Die hellen, fast weißen Wimpern ließen sie wie eine Schneeprinzessin aussehen.

»Wie geht es dir?«, fragte sie und sah ihn an.

»Gut, danke.«

»Ich habe gehört, dass du krank warst. Bist du wieder fit?«

Christer nickte.

»Jetzt muss ich aber schnell rein – es wird kalt«, sagte Magdalena und sah auf ihre nackten Beine. »Wir sehen uns sicher bald. Ob du willst oder nicht.«

Sie feuerte ein breites Grinsen ab, ehe sie die Treppe wieder hinauflief und im Haus verschwand.

Christer sah ihr nach und spürte sein Herz pochen.

Wenn … Nein, er schob den Gedanken weg. Das war natürlich alles Einbildung. So verbrachte er seine Zeit. Mit Einbildungen.

Er zerrte die Tüten vom Rücksitz und ging zum Haus. Im Vorbeigehen spähte er verstohlen durch Magdalenas Küchenfenster, aber das Einzige, was er erkennen konnte, war der kahle Apfelbaum, der sich in der Scheibe spiegelte.

Wie immer trat er, ohne anzuklopfen, ein.

»Hallo?«

»Bist du's, Christer?«

Gunvor kam mit Schürze und Kartoffelschäler in der Hand in den Flur. Ihre Hände waren nass.

»Lange nicht gesehen. Stell die Wäsche dorthin, ich kümmere mich darum.« Sie zeigte mit dem Kartoffelschäler auf die übervollen Tüten. »Ich habe noch saubere Bettwäsche, die kannst du mitnehmen, wenn du wieder nach Hause fährst.«

Christer folgte seiner Mutter in die Küche und setzte sich auf seinen gewohnten Platz.

»Bengt ist einkaufen«, sagte Gunvor über die Schulter.

Christer atmete aus.

»Ist er zu Fuß zum Einkaufen gegangen?«

Christer schaute zwischen den Topfpflanzen auf dem Fensterbrett hindurch. Doch, der Volvo stand im Carport.

»Ja, stell dir vor. Er hat doch tatsächlich angefangen, diesen Schrittzähler zu benutzen, den er von Tina zu Weihnachten bekommen hat. Man soll's nicht glauben.«

Christer konnte sich nicht erinnern, seinen Vater jemals bei einem Spaziergang gesehen zu haben, zumindest nicht, seit sie Jeppe, den Hund, nicht mehr hatten, und das musste gut fünfzehn Jahre her sein.

»Übrigens«, sagte Gunvor, »könntest du mal mit unserem Auto in die Waschanlage fahren?«

Christer nickte. Es wäre schön, eine Aufgabe zu haben, dann würde die Zeit schneller vergehen.

»Du bekommst dann auch etwas zu essen, wenn du wieder da bist.«

»Mal sehn.«

Christer wusste, wie traurig seine Mutter war, wenn er nicht zum Essen blieb. Andererseits konnte er sich nicht vorstellen, mit den beiden an einem Tisch zu sitzen und irgendein Gespräch in Gang zu halten, wenn das Einzige, woran er denken konnte, sein Vater im Bett mit einem halbwüchsigen Mädchen war.

»Ich mache mich gleich auf den Weg«, sagte Christer, stand auf und holte den Autoschlüssel.

Magdalena nahm den Topf mit den Eiern vom Herd und hielt ihn unter den Wasserhahn.

»Nils, das Frühstück ist fertig!«, rief sie und stellte die Eier in die Becher auf dem Tisch: Das Ei für Nils kam in den Becher mit dem weißen Fuß und dem blauen Kaninchen, und ihres in den mit Streublümchen.

Zögerliche Schritte näherten sich.

»Ich habe keinen Hunger.«

»Aber sieh nur, wie viele gute Sachen hier stehen! Eier, Saft, und ich habe sogar deinen Lieblingsjoghurt gekauft. Komm und setz dich.«

Ohne sie anzusehen, zog Nils den Küchenstuhl ein winziges Stückchen vor und schob sich so darauf, dass sein Brustkorb gegen die Tischkante gepresst wurde.

Magdalena setzte sich ihm gegenüber, goss ihm ein wenig Saft ins Glas, schob zwei Scheiben Weißbrot in den Toaster und drückte den Schieber hinunter.

»Was möchtest du heute denn gerne machen?«

Nils rührte eine Runde nach der anderen in seinem Joghurtbecher.

»Wünschst du dir etwas Besonderes?«

Sie entschied, das beleidigte Rühren im Joghurt lieber nicht zu kommentieren. Als die Brotscheiben aus dem Toaster hüpften, schmierte sie sich beide selbst. Erst kam Marmelade darauf, dann Käse. Das war eine Unart, die sie Ludvig abgeschaut hatte. Zwei verschiedene Beläge auf ein und demselben Brot, das wäre in ihrem Elternhaus unmöglich gewesen. Was für eine Verschwendung!

»Ich hab Sehnsucht nach Papa«, sagte Nils und hob den mit Joghurt gefüllten Löffel aus dem Becher, um dann den Inhalt wieder hineintropfen zu lassen.

»Ja, das verstehe ich. Und er hat auch riesige Sehnsucht nach dir, das weiß ich.«

Jetzt sollte die Therapeutin mich hören, dachte sie.

Bei dem Gedanken an den Vorabend bekam Magdalena eine Gänsehaut. Sie rückte den Morgenmantel zurecht und band den Gürtel enger.

Nils sah aus dem Fenster und hatte die kleine Unterlippe schmollend vorgeschoben.

»Ich hab Sehnsucht nach meinem Papa.«

Plötzlich klingelte es an der Tür.

Magdalena fuhr sich mit den Fingern durchs Haar. Einen Moment lang vermisste sie Stockholm. Da klingelten die Leute an einem Samstagvormittag nicht einfach so ohne Vorwarnung an der Tür.

Draußen stand Melvin im Schneeanzug, die dicke Mütze ordentlich unter dem Kinn zugebunden. Hinter ihm stand Stefan.

»Kann ich mit Nils spielen?«, fragte Melvin und sah sie an.

»Klar, komm rein.«

Magdalena trat beiseite. Melvin ließ sich im Flur auf den Hintern fallen und begann, sich mit beiden Händen die Stiefel von den Füßen zu zerren.

»Ist es in Ordnung, wenn er für ein paar Stunden bleibt?«, fragte Stefan. »Wir wollten zum Baumarkt fahren; es geht um irgendwelche Sachen für den Keller, von denen Diana meint, dass wir sie unbedingt brauchen. Und Melvin geht genauso ungern dorthin wie ich. Letztes Mal ist er uns abgehauen, und wir mussten ihn über Lautsprecher ausrufen lassen.«

»Vielleicht solltest du diese Taktik auch mal anwenden«, schlug Magdalena vor. »Er kann gern hierbleiben, Nils und ich haben keine besonderen Pläne.«

Sie hatte schon fast vergessen, sich wegen des Morgenmantels und der zerzausten Haare zu schämen.

»Abhauen – keine schlechte Idee«, sagte Stefan.

Schläft er eigentlich nie?, dachte Magdalena. Ihr fiel auf, dass kleine Schweißperlen auf seiner Oberlippe standen.

»Wie geht es dir?«, fragte sie. »Alles in Ordnung?«

»Doch, danke, alles gut«, sagte Stefan und öffnete die Haustür. »Mir ist nur ein bisschen warm.«

»Fahr vorsichtig.«

Magdalena schloss die Tür ab und ging zum Frühstückstisch zurück. Die Toasts waren jetzt hart, der Käse war durchsichtig geworden und hing über die Brotränder. Die Jungs spielten oben.

Sie kippte den Kaffee in den Ausguss, schenkte sich

frischen ein und strich gedankenverloren über die Arbeitsfläche. Dann nahm sie das Handy aus der Morgenmanteltasche und schrieb eine SMS:

»Danke für gestern. Vermisse dich. Bis bald. Maggie«

Maggie. Keiner außer Petter hatte sie jemals so genannt.

Als sie die Nachricht weggeschickt hatte, stellte sie fest, dass sie eine ungelesene Mitteilung von Jens hatte.

»Heute Abend im Jonte. Ich melde mich.«

Christer drehte das Autoradio lauter. Seit er sein erstes Auto gekauft hatte, einen schwarzen Golf mit weißen Streifen auf der Motorhaube, war er mindestens einmal im Monat im Clean Park gewesen. Damals war nichts so befriedigend gewesen wie glänzender Lack, saubere Sitze und Gummimatten ohne jeden Kies und Schmutz. Manchmal hatten ihn seine Kameraden aufgezogen und gefragt, ob es in Ordnung sei, wenn sie die Schuhe anbehielten, ehe sie ins Auto stiegen, aber Christer hatte das nie etwas ausgemacht. Die sind einfach nur neidisch, pflegte er sich einzureden, während er mit seinen schaumbedeckten Schwämmen und den Wachstüchern agierte.

Jetzt füllte er einen Eimer mit heißem Wasser, holte den Entfettungsschwamm aus der Packung und tauchte ihn in das Wasser. Als er ganz weiß vor Schaum war, begann Christer, mit kreisenden Bewegungen das Autodach abzuwaschen. Die vertraute, monotone Tätigkeit beruhigte ihn.

Er spielte mit dem Gedanken, dass dieses Lächeln, das Magdalena am Briefkasten auf den Lippen getragen hatte, wirklich ihm gegolten hatte.

Und wenn er versuchen würde, mal mit ihr auszugehen? *Ausgehen.* Was hieß das eigentlich in Hagfors? So etwas tat man im Film und in Fernsehserien. Sollten sie sich etwa ins Florenz setzen und ein Steak essen? Wohl kaum. Und sie zum Abendessen nach Hause einzuladen, wäre wohl etwas gewagt.

Ob sie manchmal ausging? Das könnte er sie fragen, um zu sehen, wie sie reagierte. Es war schon einige Jahre her, dass er ausgegangen war. An Weihnachten ging er manchmal mit seiner Schwester ins Jonte. Seit sie nach Göteborg gezogen war, war das zu einer Tradition geworden, von der Tina selten abwich, aber Christer fühlte sich meist ausgeschlossen, wenn sie Bekannten und Freunden kreischend um den Hals fiel. Natürlich gab es auch alte Schulkameraden, die zu Weihnachten nach Hause gekommen waren und ihm um den Hals fielen, doch das fand er immer etwas unecht.

Auf den Ball der Rallye Sweden wäre er gern gegangen, doch da hatte er immer zusätzlichen Dienst schieben müssen.

Nun ja, fragen kann man ja, dachte er und fing an, das eingeschäumte Auto mit dem Wasserschlauch abzuspülen.

Als Christer die Fahrertür aufmachte und sich bückte, um die Fußmatten herauszunehmen, fiel sein Blick auf ein paar dunkle Flecken auf dem Fahrersitz. Zwei Stück waren es, der eine rund und so groß wie ein Fünfzig-Öre-Stück, der andere drei bis vier Zentimeter lang, mit zerlaufenen Rändern. Christer befeuchtete seinen Zeigefinger und rieb an dem runden Fleck. Die Fingerspitze wurde rot.

Er richtete sich wieder auf. Könnte das Blut sein?

Er beugte sich wieder über den Fahrersitz, um nach weiteren Flecken zu suchen. Sein Blick glitt über den Sitz und den Fußraum. Er riss die Matte unter den Pedalen heraus und betrachtete sie im Schein der Neonleuchte.

Mit derselben hektischen Energie ging Christer den gesamten Innenraum des Wagens durch. Er kniete sich auf den Rücksitz, untersuchte den Bezug und den Boden. Als er fertig war, öffnete er den Kofferraum.

Er nahm das Erste-Hilfe-Kissen und die Gummistiefel heraus und kroch auf die Ladefläche, befühlte mit den Fingern den schwarzen Teppich. Wonach suchte er eigentlich? Er glaubte doch wohl nicht …

Da sah er sie. Ganz hinten im Kofferraum lagen mehrere lange, lockige Haarsträhnen. Christer nahm sie in die Hand und betrachtete sie.

Was sollte er jetzt tun? Die Techniker anrufen? Die Staatsanwältin? Dafür sorgen, dass sein Vater des Mordes verdächtigt würde?

Mord.

Nein. Das konnte nicht sein. Das durfte nicht sein.

Ehe Christer die Kofferraumklappe schloss, legte er die Haarsträhnen zurück. Unter die Plastikmatte.

Wortlos machte Christer die Haustür seiner Eltern auf und hängte den Autoschlüssel in den Schrank zurück.

»Bist du schon fertig?«, rief Gunvor aus der Küche. »Das ging aber schnell.«

»Ja.« Christers Stimme drohte zu versagen. »Ich gehe jetzt. Ich melde mich.«

Noch ehe Gunvor in den Flur treten konnte, ging Christer aus der Haustür zum Auto.

Aus dem Augenwinkel sah er, wie bei Magdalena die Tür aufging.

War das nicht Petter Björkman, der da auf der Treppe stand? Und im Flur sah er Magdalena, die den Hals reckte und ihm einen Kuss auf den Mund gab.

Das war ein Schlag in die Magengegend. Natürlich war es nur Einbildung gewesen, natürlich war es von Anfang bis Ende nur Wunschdenken gewesen.

»Christer! Chriiister! Du hast deine Wäsche vergessen!«

Gunvor stand in Holzschuhen auf der Treppe, eine weiße Plastiktüte baumelte an ihrer ausgestreckten Hand.

Auch das noch. *Musste sie so schreien?*

Christer machte kehrt, nahm die Tüte entgegen, dankte leise und ging zurück in Richtung Auto.

Ich muss hier weg, dachte er. Ich muss weg.

Anstatt nach Hause zu fahren, bog Christer von der Storgatan links in Richtung Ekshärad ab. Er hatte keine Ahnung, wohin er unterwegs war, er fuhr einfach. Fuhr und fuhr. Er fuhr durch Bergsäng, ohne sich die Mühe zu machen, auf fünfzig runterzugehen, und dann weiter nach Norden.

Was war eigentlich los? Was machte sein Vater da?

»Christer! Chriiister! Du hast deine Wäsche vergessen!«

Was denke ich eigentlich, wer ich bin?, fragte er sich. Habe ich etwa gedacht, dass ich von allem verschont bleiben würde, nur weil ich Polizist bin? Habe ich geglaubt, meine Eltern zu kennen? Habe ich mir eingebildet, dass alles immer so bleiben würde, wie es immer war?

Und wie war es überhaupt gewesen?

»Christer! Chriiister! Du hast deine Wäsche vergessen!«

Wie waren diese sonderbaren Flecke und die langen Haare in das Auto seines Vaters gekommen?

Ich bin genauso dumm und lächerlich, wie alle immer

gedacht haben. Das wird sich nie ändern. Was ich auch tue, wie sehr ich auch versuche, mich selbst zu täuschen, ich werde dem nie auch nur ansatzweise entkommen. Die Leute werden hinter meinem Rücken über mich lachen, wenn mein Vater ... Und wenn ich meinen Job wegen eines Dienstvergehens verliere ...

Und Mutter ... Sie wird daran kaputtgehen. Arme Mutter.

Ohne eine Ahnung zu haben, wo er sich befand, stand Christer plötzlich auf einem schmalen Waldweg und weinte. Mütze und Handschuhe lagen im Auto. Als er die Arme unter die Achseln schob und den Kopf in den Nacken legte, schienen ihn die hohen Tannen lautlos einzukreisen.

Jetzt tanzen wir den Henkerstanz, der Henker ist fern der Tennen. Allen, die im Tanz sich drehn, die Herzen sollen brennen.

Und da tat Christer etwas, was er seit seiner Kindheit nicht mehr getan hatte: Er faltete die Hände und blickte durch die Tannenwipfel in den weißen Winterhimmel.

»Lieber Gott, was soll ich nur tun? Hilf mir.«

An der Bar im Jonte herrschte Gedränge. Magdalena hat recht gehabt, dachte Jens, als er versuchte, Blickkontakt mit dem Barkeeper aufzunehmen, der ein großes Bier nach dem anderen zapfte.

Als Jens sein Bier bekommen hatte, setzte er sich auf einen Barhocker und sah sich um.

Wie sollte er das einfädeln?

Am anderen Ende der Bar stand ein hübscher, blonder Typ neben einer kleinen Brünetten, die die ganze Zeit an ihrem Ausschnitt nestelte und ihre Haare hin und her warf. Der Blonde sah nur mäßig interessiert aus und ließ den Blick über das Gedränge zwischen den Tischen schweifen.

»Und wer bist du?«

Jens wurde von einer jungen Frau in Jeans und schwarzem Jackett aus seinen Gedanken gerissen.

»Ich habe dich hier noch nie gesehen; bist du neu hergezogen?«, fuhr sie fort und fing an, ihr halblanges, gelocktes Haar mit den Fingern zu drehen.

»Nein, ich bin nur zu Besuch«, sagte Jens und nippte an dem Bier.

»Wie schade. Ich heiße übrigens Anna-Lena.«

Sie gab ihm die Hand.

»Jens.«

»Hast du schon getanzt?«

»Das ist nicht so mein Ding.«

»Schade.«

Der Blonde war jetzt vom Tresen verschwunden, und seinen Platz hatte ein unförmiger Mann in Lederweste und weißem T-Shirt eingenommen. Mit ihm konnte man vielleicht mal reden, dachte Jens und ertappte sich dabei, seine Vorurteile zu belächeln. Warum sollte ausgerechnet einer mit Lederweste etwas über Bordelle wissen? Aber irgendwo musste er ja anfangen. Anna-Lena wäre als Quelle sicher nicht sehr ergiebig.

Ach ja, Anna-Lena.

Sie stand immer noch da, wirkte aber nicht mehr so begeistert.

»Wenn du deine Meinung über das Tanzen änderst, kannst du ja Bescheid sagen. Bis später.«

Sie schob sich zwischen zwei Mädels durch, die den Arm hochreckten, um zu bestellen.

Jens nahm einen Schluck Bier und stellte sich auf die Zehenspitzen, um das Lokal besser überblicken zu können. Der Blonde war weg.

»Na, Kumpel. Bin gespannt, ob ich heute Abend bei einer landen kann.«

Ein junger Mann, dessen gebügeltes Hemd ordentlich in ein Paar Chinos gesteckt war, hatte neben Jens die Tischkante gepackt und versuchte, ohne umzufallen auf einen Barhocker zu klettern.

»Und wie sind die Prognosen?«, fragte Jens.

»Hölle. Die reinste Hölle.«

Der Junge hatte schließlich den physikalischen Gesetzen trotzen können und sich auf den Stuhl gehievt, hielt sich aber sicherheitshalber nach wie vor am Tisch fest.

»Warum sind bloß alle Frauen so schwierig? Die wissen überhaupt nicht, was gut für sie ist.«

Jetzt heißt es mitspielen, dachte Jens und lehnte sich vertraulich zu seinem neuen Freund über den Tisch.

»Das war definitiv das Wort zum Sonntag. Die Weiber werden alle mächtig überschätzt. Aber eins können sie gut.«

Der im Hemd grinste.

»Sag mal, kommst du aus Torsby?«

Jens nickte. Er hatte bewusst seinen breitesten Dialekt rausgekramt.

»Dann haben wir ja weit gereisten, vornehmen Besuch.«

Der Mann mit der schwarzen Lederweste drängte sich zwischen die beiden, stellte sein Bier auf den Tresen und gab ihnen die Hand. Offensichtlich hatte er sich in seiner Ecke einsam gefühlt.

»Totta.«

Der Hemdenträger stellte sich mit Simon vor.

»Dann mal prost«, sagte Totta und stieß erst mit Jens und dann mit Simon an.

Wie sollte das hier eigentlich vor sich gehen? Jeder Satz, den er in Gedanken zu formulieren versuchte, klang völlig bescheuert.

»Wenigstens fängt bald die Rallye Sweden an«, sagte er. »Dann ist endlich mal was los.«

Das war ein Treffer. Die Mienen von Totta und Simon erhellten sich.

»Hoffen wir mal, dass die Kälte bleibt, und es nicht so wird wie in den letzten Jahren, wo sie auf Schotter gefahren sind«, sagte Totta.

Simon fuhr sich mit den Fingern durch die gepflegte Haartolle und nickte.

»Ja, das wäre ganz schön bitter, wenn die Rallye weiter nach Norden verlegt würde, wie es vor ein paar Jahren zur Diskussion stand. Irgendeinen coolen Event sollten wir hier schließlich auch haben.«

Jens wusste nicht so recht, was er dazu beisteuern sollte. Eigentlich gab es kaum etwas, das ihm gleichgültiger war als die Frage, wo die Rallye Sweden ausgetragen wurde. Vielleicht war es in Anbetracht der Tatsache, wie wenig er über die Fahrer und die verschiedenen Automarken wusste, dumm gewesen, sich auf dieses Thema einzuschießen. Aber dann fiel ihm ein, dass er gehört hatte, dass eine der neuen Spezialstrecken über den alten Slalomhügel führen sollte.

»Ist doch witzig, dass sie den Värmullsåsen runterfahren«, meinte er. »Das ist perfekt fürs Publikum.«

»Das ist wahr«, sagte Simon. »Obwohl ich für meinen Teil am liebsten mit dem Skooter auf irgendein Moor rausfahre, ein Feuer anmache und es mir gut gehen lasse. Das ist Leben. Und dann kann man noch eine nette bunte Pille einwerfen.«

Totta nickte.

»Was glaubt ihr, wer dieses Jahr gewinnt?«, machte Jens weiter.

Das lief doch wie am Schnürchen. Erwachsene Männer hatten doch noch gemeinsame Interessen.

»Ich hoffe ja auf P-G Andersson, aber das ging nicht so ohne Weiteres. Grönholm ist auch gefährlich.«

Simon war anderer Ansicht.

»Nach dem, was ich gehört habe, ist Grönholm überhaupt nicht in Form. Mein Insidertipp ist Hirvonen.«

»Und du?«, fragte Simon und wandte sich an Jens. »Wer ist dein Favorit für dieses Jahr?«

»Mein Favorit? Ja, also ... Ich glaube, auch Hirvonen«, brachte Jens gerade noch heraus.

Als Tottas Bier zur Neige ging, bestellte Jens die nächste Runde.

»Das ist wirklich schlossig«, sagte Totta und tauchte den halben Schnurrbart in den Schaum. »Man dankt.«

»Ja, ganz meiner Meinung«, stimmte Simon zu und prostete Jens zu.

Totta und Simon setzten ihr Gespräch über die Rallye fort. Jens begnügte sich damit, interessiert auszusehen, zu nicken oder den Kopf zu schütteln und an den Stellen, wo ihre Anekdoten das zu verlangen schienen, laut zu lachen.

Vielleicht ist es jetzt an der Zeit, dachte Jens. Die zwei Bier hatten ihm etwas von seiner Nervosität genommen.

»Hört mal«, sagte er und sah Totta und Simon eindringlich an. »Kommt mal etwas näher. Also, es ist so, ich habe gehört, dass man ... Ja, dass man hier in der Stadt Huren kaufen kann«, flüsterte er. »Wisst ihr zufällig was davon?«

Totta grinste, aber seine Augen wurden schmal.

»Was zum Teufel meinst du damit?«

»Ich dachte nur, dass ihr ...«

»Ich kann nicht für den hier neben mir sprechen, aber findest du vielleicht, dass ich wie einer aussehe, der fürs Ficken bezahlen muss?«

Das hier funktionierte überhaupt nicht.

»Nein, aber ...«, stammelte Jens. »Das meinte ich nicht. Ich habe nur gedacht ...«

Ehe Jens reagieren konnte, hatte Totta ihn gegen die Brust geboxt. Der Barhocker wackelte und fiel um.

Jens landete unsanft, ihm blieb die Luft weg, und ihm wurde schwarz vor Augen.

»Was soll das denn hier?«

Der blonde Typ, den er vorher schon gesehen hatte, stand neben ihm und schaute auf ihn herab.

Jens sah doppelt, blinzelte ein paarmal und holte tief Luft.

»Wo tut's denn weh?«, fragte der Blonde weiter.

»Ist schon gut. Mir ist nur ein bisschen schwindelig.«

Langsam setzte Jens sich auf.

»Hier«, sagte der Blonde und reichte ihm die Hand.

Jens packte die kräftige Hand und kam wieder auf die

Füße. Seine Schulter schmerzte, aber das erwähnte er besser nicht.

»Was ist eigentlich passiert?«

»Jemand muss an meinen Stuhl gestoßen sein«, sagte Jens.

Ihm war schon klar, dass es keine gute Idee wäre, die Wahrheit zu sagen.

»Ich heiße Folke«, sagte der Blonde.

Folke. Das passte überhaupt nicht zu ihm.

Inzwischen war das Gedränge an der Bar nicht mehr so dicht. An der Garderobe standen die Leute Schlange, um ihre Jacken abzuholen. Auf der Tanzfläche wurde der letzte Blues des Abends gespielt, und die Holzuhr an der Wand hinter dem Tresen, eine ausgesägte Karte von Värmland mit römischem Zifferblatt, zeigte fünf vor zwei.

Na, wunderbar, das habe ich ja ganz toll hingekriegt, dachte Jens selbstironisch.

»Ich bin zum ersten Mal hier«, sagte Folke.

»Ehrlich? Ich auch. Und, hat es dir gefallen?«

Die kleine Brünette mit dem Ausschnitt umkreiste Folke, doch er schien sie gar nicht wahrzunehmen. Er hob die Schultern.

»Ging so.«

Jens holte seine Brieftasche und das weiße Gummischild für die Garderobe heraus.

»Ja, danke für die Hilfe. Vielleicht sieht man sich nochmal.«

»Nicht ganz unwahrscheinlich«, erwiderte Folke grinsend.

26

Christer stand, nur mit einer Unterhose bekleidet, am Fenster und blickte auf den leeren Parkplatz vor dem Coop. Es war kurz nach acht, der Morgen war grau und diesig, und die großen Schneewechten um den Parkplatz waren grau von altem Grus.

Immerhin hatte er nach der langen, schlaflosen Nacht entschieden, was er tun würde.

Christer nahm das tragbare Telefon aus der Ladestation auf dem Fensterbrett und wählte die Nummer seiner Eltern. Bengt war am Apparat.

»Du rufst ja früh an«, sagte er. »Ist irgendetwas passiert?«

Christer hatte, seit er Bengt mit der Dose aus der Apotheke konfrontiert hatte, nicht mehr mit seinem Vater gesprochen. Das hier wird wahrscheinlich das letzte Mal für eine ziemlich lange Zeit sein, dass ich mit ihm rede, dachte er und sagte:

»Ja, kann man sagen.«

»Aha, und was ist los?«, fragte Bengt verunsichert.

»Mama hat mich gestern gebeten, euer Auto zu waschen.«

»Ja, und?«

»Ich habe auf dem Sitz Blutflecken entdeckt.«

»Was sagst du da?«

Christer hörte, wie Bengt nach Luft rang.

»Ich weiß nicht, ob dir klar ist, dass die Polizei im Zusammenhang mit dem Mord an dem Mädchen im Erdkeller nach eurem Automodell sucht.«

Bengt schwieg. Christer versuchte sich seinen Gesichtsausdruck vorzustellen. Ob Gunvor in der Nähe war?

»Du glaubst doch wohl nicht ...«

»Woher soll ich noch wissen, was ich glauben soll? Eines Tages muss ich feststellen, dass mein eigener Vater zu Prostituierten geht, dann finde ich Blutspuren in seinem Auto.« Die Stimme schlug ins Falsett um. »Ich kann damit nicht umgehen; ist dir das klar? Mach, was du willst. Entweder machst du das Auto sauber, oder du denkst mal darüber nach, wie diese Flecke da reingekommen sein könnten, und lässt die Polizei eine technische Untersuchung durchführen.«

Bengt schwieg noch immer.

»Wie gesagt, mach, was du willst«, sagte Christer. »Ich kann jedenfalls nicht mehr.«

Dann legte er auf.

Ich habe gar nichts von den Haaren gesagt, dachte er.

Magdalena saß im Schneidersitz in Nils' Zimmer auf der Erde. Nils hatte Lego-Tüte Nummer sieben aufgemacht und alle Teile ausgeschüttet. Petter saß konzentriert über dem Plan.

»Gut, dann gucken wir mal. Wir sollen mit so einer grauen Platte anfangen.« Petter zeigte auf das Bild im Heft. »Kannst du so eine finden?«

»Hier ist sie!«, rief Nils und hielt das Teil hoch.

Die große Polizeistation mit Garage und Gefängnis, ein Weihnachtsgeschenk von Opa, nahm langsam Form an. Magdalena zog die Knie unters Kinn, schlang die Arme um ihre Beine und sah einfach zu.

»Das nächste Teil ist so ein langer Achter hier«, fuhr Petter fort und zeigte darauf.

Nils kroch näher ran, um das Bild anzuschauen, eher er den Haufen mit den Bausteinen durchsuchte. Schnell fand er das richtige Teil.

»Perfekt. Das kannst du hier einsetzen«, erklärte Petter, strich sich die Haare hinter das Ohr und warf Magdalena einen Blick zu.

Sie lächelte.

Unten in der Küche klingelte ihr Handy, sie stand auf und lief die Treppe hinunter. Vielleicht ließ Jens endlich von sich hören. Sie hatte im Laufe des Vormittags schon versucht ihn anzurufen und ihm eine SMS geschickt, aber keine Antwort bekommen.

Ja, er war es.

»Hallosan. Wie ist es gestern gelaufen?«, fragte sie und machte die Tür hinter sich zu.

»Kein Erfolg.«

Jens klang erschöpft und enttäuscht.

Shit, dachte Magdalena. So ein Mist.

»Ich muss heute leider nach Hause fahren, aber ich versuche, in ein paar Tagen noch mal wiederzukommen. Wir kriegen das schon hin.«

»Klar kriegen wir das hin. Fahr vorsichtig! Wir reden morgen noch mal.«

Magdalena war enttäuscht. Aus irgendeinem Grund hatte sie angenommen, dass Jens schon etwas Brauchbares herausfinden würde.

Na gut, dachte sie und stieg die Treppe hinauf.

»Sieh mal, Mama, ein Gefängnis«, sagte Nils und machte zwei Gittertore auf und zu.

»Ja, tatsächlich«, sagte Magdalena und setzte sich wieder dazu.

»Hier müssen alle Verbrecher sitzen. Oder?«

»Doch, da müssen alle Verbrecher sitzen.«

Petra Wilander saß mit der Fernbedienung in der Hand und einer Decke um den Schultern in der Sofaecke und zappte durch die Programme. Sollte es wirklich auf keinem einzigen Kanal einen netten Film geben? Vielleicht eine romantische Komödie? Sie wollte dem Sonntagabend so viel Erholung und Energie abgewinnen, wie sie nur konnte.

Morgen ging es wieder weiter mit dem Stress und der Jagd nach dem Mörder.

Lasse kam frisch geduscht ins Wohnzimmer.

»Wie war's?«, fragte Petra.

»Doch, ganz gut. Ich bin ein bisschen nach hinten weggerutscht, aber die Loipen waren schön. Ganz neu gespurt.«

Er setzte sich neben sie aufs Sofa.

Ich sollte auch mal wieder was tun, dachte Petra. Nellie kam barfuß in ihrem alten, rot karierten Flanellschlafanzug an.

»Hallo«, sagte sie leise und setzte sich in den Sessel, der am weitesten entfernt stand.

»Hallo, Liebes«, sagte Petra. »Wie geht es dir?«

»Ich möchte etwas mit euch besprechen.«

Petra richtete sich aus ihrer halb liegenden Stellung auf.

Was war denn nun?

Lasse, der ebenfalls bemerkt hatte, wie angespannt Nellie wirkte, wandte den Blick vom Fernseher ab.

»Ist etwas passiert?«, fragte Petra.

Ob sie krank war? Oder schwanger?

Nellie machte den Mund ein paarmal auf und zu und kratzte an ihrem schwarzen Nagellack.

Liebe, süße Nellie, jetzt sag doch!

Schließlich holte sie Luft.

»Also, es ist so. Dass. Ich. Mädchen mag. Also, ich verliebe mich in Mädchen.«

»Aha«, sagte Lasse und wurde tiefrot im Gesicht. »Und wann bist darauf gekommen?«

Nellie zuckte die Schultern. Auch sie wurde rot. Die Ader auf ihrer Stirn, die immer sichtbar wurde, wenn sie aufgeregt war, schwoll an. Petra musste den Reflex unterdrücken, aufzuspringen, sie in den Arm zu nehmen und wie ein kleines Kind hin und her zu wiegen.

Die kleine Nellie. Wie lange hatte sie wohl schon versucht, das hier zu sagen?

»Ich weiß es einfach. Und ich weiß es schon lange.«

»Aha«, sagte Lasse wieder.

»Und ich hatte schon Angst, dass etwas Schlimmes passiert wäre«, sagte Petra.

Was sollte sie jetzt sagen? Herzlichen Glückwunsch? Wie schön? Was erwartete man von ihr in dieser Situation?

Kann mir mal jemand ein Drehbuch geben, dachte sie. Kann mir nicht mal jemand sagen, wie ich mich jetzt verhalten soll? Noch nie hatte sie sich in einer Situation so unsicher gefühlt.

»Uns ist es egal, in wen du dich verliebst. Entscheidend ist nur, dass es dir gut geht. Komm.«

Sie klopfte ein wenig auf das Sofapolster.

Sie hörte selbst, wie gekünstelt sie klang, aber Nellie

schien ihr das nicht übel zu nehmen, denn sie stand auf und ließ sich von Petra umarmen.

Wie sie zittert, dachte Petra. Geliebtes, liebes Mädchen.

»Soll ich mal einen Tee aufsetzen?«, fragte Lasse.

Der hat ja blöde Sätze zugeteilt bekommen, dachte Petra. Wann hat er überhaupt zum letzten Mal »Tee aufgesetzt«?

»Du hast hoffentlich nicht gedacht, dass wir böse sein würden, oder? So gut kennst du uns doch«, sagte sie und löste die Umarmung.

»Nein, aber trotzdem.«

Lasse kam mit einem Tablett mit Tassen und einer Teekanne zurück.

»Ich habe eine Freundin in Karlstad«, sagte Nellie und nahm sich eine Tasse.

»Ach so«, sagte Petra.

Eine Freundin. Das klang schon recht ernsthaft. Hatte sie deshalb das ganze Wochenende lang nichts von sich hören lassen?

»Wie heißt sie?«, fragte Petra so natürlich wie möglich.

»Matilda«, erwiderte Nellie und senkte den Blick. Sie wurde wieder rot, aber diesmal war die Gesichtsfarbe heller. »Sie geht in den Ästhetik-Kurs. Kommt aus Deje.«

»Und mit ihr chattest du immer abends.«

»Genau.«

Lasse ließ sich im Sessel nieder.

Für ihn ist das schwieriger als für mich, dachte Petra und versuchte, seine Miene zu deuten. Was ihm wohl durch den Kopf ging?

»Wir würden sie natürlich gern mal kennenlernen, stimmt's, Lasse?«

Lasse zuckte zusammen.

»Ja, natürlich. Auf jeden Fall.«

Lasse zog das Rollo herunter, schlüpfte aus Trainingshose und Strümpfen und legte beides auf den Schaukelstuhl im Schlafzimmer.

»Glaubst du, das geht wieder vorüber?«

Petra schlug die Tagesdecke zurück – ausnahmsweise hatte sie das Bett mal ordentlich gemacht – und sah ihn erstaunt an.

»Vorüber?«

»Ja. Sie ist doch noch so jung.«

»Ich glaube, da sollten wir uns keine Hoffnungen machen«, meinte Petra.

Lasse stellte den Wecker und kroch zu ihr unter die Decke.

»Du nimmst das scheinbar ganz locker«, sagte er. »Ich weiß ja, dass ich altmodisch bin, aber ich bin total geschockt.«

Petra schwieg und dachte nach. Hatte sie es *locker* genommen? Von außen betrachtet konnte das vielleicht so wirken, aber innerlich fühlte sie sich längst nicht so politisch korrekt und freisinnig, wie sie zu sein glaubte. Dafür schämte sie sich.

»Hast du das geahnt?«, fragte Lasse. »Ich jedenfalls nicht.«

»Ich auch nicht«, sagte Petra. »Das ist seltsam, nicht wahr?«

Petra drehte sich auf Lasses Seite und rückte ihr Kissen zurecht.

»Um ehrlich zu sein, bin ich gar nicht so modern, wie

ich dachte, und das stört mich sehr. Ich hoffe, dass sie es nicht so schwer haben wird. Schließlich behalten nicht alle so edelmütig ihre Vorurteile für sich wie wir beide.«

Lasse lächelte.

»Und dabei wollte ich so gern mal Großmutter werden.«

»Allerdings«, sagte Lasse und dachte nach. Dann fuhr er fort: »Aber Kinder kann man heute ja auf viele Arten kriegen. Vielleicht geht es ja trotzdem.«

»Ja, stell dir vor, unser Enkelkind hätte zwei Mütter und zwei Väter«, sagte Petra. »Und zwei Großmütter mütterlicherseits und zwei Großväter mütterlicherseits. Da kann man nur von Glück sagen, Großmutter Nummer eins zu sein.«

»Dann gibt es einen Kampf darum, wo Weihnachten gefeiert wird!«

Wenigstens können wir das mit Humor nehmen, dachte Petra.

Und dann musste sie an Nellies rosige Wangen denken, als sie von Matilda erzählt hatte. Sie hatte es erzählt, sie hatte ihnen vertraut. Das war schön. Nellie ging es gut, sie war verliebt. Und von jetzt an würden sie offen und ehrlich zueinander sein und sich nach der Heimlichtuerei hinter dem Laptop wieder näherkommen können.

One day at a time, dachte Petra. Ein Tag nach dem anderen.

27

Als Petra ins Präsidium kam, schenkte sie sich zuerst eine Tasse schwarzen Kaffee ein.

An Folkes Bürotür blieb sie stehen. Ich muss versuchen, ein bisschen sozial zu sein, dachte sie, und ich darf nicht zulassen, dass der Stress und diese Mordermittlungen eine schlechte Kollegin aus mir machen.

»Guten Morgen. Alles klar bei dir?«

»Aber ja«, erwiderte Folke und sah vom Bildschirm auf. »Und bei dir?«

»Doch. Habe heute Nacht nicht so toll geschlafen, aber sonst ist alles in Ordnung. Hast du am Wochenende etwas Interessantes unternommen?«

Sie schämte sich immer noch ein wenig für ihren Auftritt im Wald. Folke hatte sich so sehr um sie gekümmert, sie zum Auto zurückgebracht und sie sogar nach Hause gefahren.

»Ich war im Jonte.«

Die Mädels müssen außer sich gewesen sein, dachte Petra, setzt sich auf Folkes Besucherstuhl und nahm die Mütze ab.

»Und wie war's?«

»Doch, nicht übel. Ziemlich viele Leute.«

Plötzlich kam Urban aus seinem Zimmer gestürzt.

»Endlich! Endlich haben wir ein Lebenszeichen von Fredrik Anderberg! Gestern Abend hat er bei der Statoil in Munkfors seine Kreditkarte benutzt!«

Sven Munther kam den Flur entlang.

»Habe ich da gerade was von Fredrik Anderberg gehört?«

»Ja«, sagte Urban. »Nach seinem Kontoauszug zu schließen war er gestern bei der Statoil in Munkfors.«

»Weiter ist er nicht gekommen? Das klingt ja vielversprechend«, meinte Munther. »Druck mal sein Passbild in DINA4 aus, und verteil das in den Läden der Gegend. Sag den Leuten, sie sollen uns anrufen, wenn er wieder auftaucht. Und fahr sofort los, dann machen wir unsere Besprechung, wenn du wieder da bist.«

»Ich habe Neuigkeiten«, sagte Sven Munther und sah von seinem Notizblock auf. »Das Blut an Hedda Losjös Kleidung stammt mit großer Wahrscheinlichkeit von dem Mädchen im Erdkeller. Diese Nachricht kam gerade von der Gerichtsmedizin. Das heißt, da werdet ihr mir zustimmen, dass wohl derselbe Täter die beiden umgebracht hat. Zwar kann man noch nicht ganz sicher sein, aber es spricht vieles dafür.«

»Verdammt!«, rief Urban aus.

»Außerdem habe ich erfahren, dass Anderberg nie einen Speicheltest machen musste, und offensichtlich gibt es auch niemand anderen im DNA-Register, auf den die Daten der Spermaspuren, die man bei Hedda gefunden hat, passen.«

Munther nahm einen Schluck Kaffee.

»Berglund, du siehst aus, als würdest über etwas nachdenken«, sagte er.

»Nein, nein ...«, murmelte Christer.

»Welche Verbindung besteht zwischen diesen beiden Mädchen?«, fragte Petra schließlich. »Ich werde nicht schlau daraus. Irgendeinen Zusammenhang muss es doch geben.«

Alle schienen sich dieselbe Frage zu stellen.

»Wie lief es in Munkfors?«, fragte Munther, an Urban

gewandt. »Es ist jetzt natürlich noch wichtiger, dass wir diesen Anderberg finden.«

Urban begann:

»Also, der Typ von der Tanke, mit dem wir gesprochen haben, hat gestern nicht gearbeitet, aber er hat immerhin die Quittung von Anderberg rausgesucht, woraus hervorgeht, dass er Benzin, etwas Lebensmittel und Brennholz gekauft hat.«

»Brennholz?«

»Ja, vielleicht versteckt er sich irgendwo in einer Hütte.«

Munther nickte.

»Was meint ihr, kann man davon ausgehen, dass er sich hier in der Gegend aufhält?«

Christer blickte auf und sagte:

»Ich glaube schon. Wenn er direkt nach seinem Verschwinden in Munkfors eingekauft hätte, wäre er wahrscheinlich längst über alle Berge. Aber wenn er so nah bei Hagfors einkauft, dann heißt das doch, dass er ganz in der Nähe ist.«

Die anderen brummten zustimmend.

»Hat ihn denn jemand schon mal in Munkfors gesehen?«, fragte Munther.

Urban schüttelte den Kopf.

»Wir haben in allen Lebensmittelgeschäften und allen Tankstellen gefragt, aber es hat ihn niemand gesehen.«

»Na gut, jetzt hängt sein Foto dort aus. Hoffen wir mal, dass das Brennholz und die Lebensmittel nicht lange vorhalten. Ich denke, wir werden ihn bald haben, oder?«

Niemand in der Runde antwortete.

Magdalena drehte den Haustürschlüssel herum und rüttelte ein paar Mal am Knauf, um sich zu versichern, dass auch wirklich abgeschlossen war. Als sie auf die Straße trat, sah sie noch einmal zum Küchenfenster hoch und betrachtete ihr Werk.

Doch, das war ganz passabel. Die Kaffeehausgardine schützte sehr gut vor neugierigen Blicken. Das war das Wichtigste.

»Muss ich reinkommen?«, fragte Nils und sah von einem Schneehaufen am Straßenrand auf.

»Nein, ein bisschen könnt ihr noch spielen. Ich gehe kurz zu Melvins Mama.«

Diana hatte auch ihre neuen Gardinen aufgehängt, lila Stores mit aufgedruckten Schilfhalmen im Schlafzimmer. Magdalena drückte ein paarmal auf die Klingel und trat ein.

»Ich wollte meine Schulden bezahlen«, sagte sie, als Diana in den Flur kam.

Sie gingen in die Küche und setzten sich. Auf dem Tisch lag die Post, ein paar Inkassobriefe und einer vom Finanzamt. Diana schob die Umschläge schnell zusammen, legte sie auf die Arbeitsfläche und lächelte Magdalena an.

Magdalena erwiderte das Lächeln und nahm ein paar Scheine aus ihrer Brieftasche.

»Wie läuft es mit den Mordermittlungen?«, fragte Diana und nahm das Geld entgegen.

»Es scheint, als hätte derselbe Täter beide Mädchen umgebracht«, sagte Magdalena. »Die Polizei hat Hinweise, die beide Morde miteinander in Zusammenhang bringen, aber sie wollen nicht sagen, welche Hinweise das sind.«

»Schau dir das an – ich kriege schon eine Gänsehaut, wenn du nur davon redest«, sagte Diana, zog den Pulloverärmel hoch und zeigte ihr die hellen Haare auf ihrem Unterarm. »Ich hoffe, dass sie den, der das getan hat, bald kriegen. Eher kann ich nicht ruhig schlafen.«

»Ja, das ist wirklich zu hoffen«, sagte Magdalena und sah aus dem Fenster.

»Sag mal, willst du renovieren?«, fragte Diana.

Sie goss Wasser in die Kaffemaschine und drückte einen Kaffeefilter in den Halter.

»Nein«, sagte Magdalena. »Nein, das hatte ich eigentlich nicht vor.«

»Wie schade, und ich dachte, ich hätte am Wochenende das Auto von Björkman vor dem Haus stehen sehen. Der sieht ja ziemlich gut aus. Es wäre sicher nett, ihn ein paar Wochen im Haus zu haben.«

Diana lachte.

»Wenn ich Stefan nicht hätte, dann«, flüsterte sie gespielt vertraulich und stellte zwei Tassen auf den Tisch.

»Wage es nur nicht«, sagte Magdalena und versuchte, streng auszusehen.

Diana sperrte die Augen weit auf.

»Machst du Witze?«

Magdalena merkte, wie ihre Mundwinkel zuckten. Sie hatte noch nie ein richtiges Pokerface aufsetzen können.

»Das ist ja unglaublich!«, rief Diana.

So weit zum Thema Geheimhalten, dachte Magdalena. Zwei Tage hatte es gedauert. Aber es war sicher besser, die Karten auf den Tisch zu legen, ehe Nils anfing, von »Mamas neuem Freund« zu reden.

»Alte Liebe und so weiter«, fuhr Diana fort. »Du bist

doch gerade erst wieder hierhergezogen. Gott, ist das romantisch!«

Magdalena zog den Katalog, der auf dem Tisch lag, noch einmal zu sich heran und fing an zu blättern.

Plötzlich kamen ihr die Kaffehausgardinen viel zu klein vor.

Großmutter, wir sind umgezogen. Wie soll Ana mich jetzt finden? Unsere Matratzen liegen Kante an Kante auf dem Fußboden. In den Nächten ist es ganz schlimm kalt. Eine solche Kälte habe ich noch nie erlebt. Tagsüber hört man Lärm und Stimmen, und manchmal sehr laute Musik. Ich glaube, wir sind über einem Restaurant.

Die anderen Mädchen plappern die ganze Zeit, meist auf Russisch. Ich verstehe nicht, wie sie das machen, wie es überhaupt in einem Menschen so viele Worte geben kann. Vor allem eine von ihnen, Aljona, ist so. Unter uns gesagt, scheint sie mir ziemlich verrückt, ein bisschen wie Alessandra zu Hause. Sie hat kurze Haare, fast wie ein Junge, und wenn die anderen sich über sie lustig machen, versteht sie gar nichts, obwohl sogar ich die Witze verstehe. Aber sie lacht trotzdem. Sie klingt dabei wie eine kleine Ziege.

Ich selbst sage fast gar nichts mehr. Weil es mit der Sprache anstrengend ist, und weil es auch nicht mehr viel zu sagen gibt.

Ich rede lieber mit dir.

Großmutter, in meinem Bauch wächst etwas. Bitte, bitte, sei mir nicht böse. Ich bin jetzt ganz sicher. Ich habe schon versucht, mich selbst fest in den Bauch zu boxen, aber das hilft nichts. Es muss ein Monster sein, ein haariges, schreckliches Monster mit faltigem Gesicht und schleimigen Augen. Wie könnte es etwas anderes sein?

Es frisst mich auf. Es kaut und wächst.

28

Am Dienstagmorgen ließ sich Sven Munther mit zwei Kaffeetassen auf Petras Besucherstuhl sinken. Sie hatte noch nicht einmal den Computer hochgefahren.

Ihr Chef sah erschöpft aus, die weißen Haare standen über dem rechten Ohr wie eine Osterfeder hoch.

»Danke, das ist aber nett«, sagte sie und nahm einen Schluck Kaffee. »Wie geht es dir?«

»Ach, ich weiß nicht«, sagte Munther. »Alles nicht so einfach.«

»Mit den Morden, meinst du?«

Munther versuchte, die abstehenden Haare mit der Hand zu glätten, und sagte:

»Ja. Jetzt fangen auch noch die in Karlstad an zu unken, wir würden festsitzen und bräuchten Hilfe.«

Vielleicht wäre das ja auch das einzig Richtige, dachte Petra. Obwohl sie auch nicht begeistert war, wenn Externe dazukamen, die meinten, alles besser zu wissen, zweifelte sie immer mehr daran, dass sie es allein schaffen würden.

»Die kriegen wahrscheinlich Panik, weil die Abendzeitungen sich jetzt so auf die Sache gestürzt haben«, sagte Munther. »Sie nennen das jetzt die ›Waldmorde‹.«

Petra beschloss, von ihren pessimistischen Gedanken nichts verlauten zu lassen. Stattdessen sagte sie schnell:

»Wir wissen schließlich, dass Anderberg hier in der Ecke ist. Ich glaube, dass wir ihn bald finden.«

Munther zuckte die Schultern. Die Haare hinter dem Ohr standen schon wieder hoch.

»Vielleicht bin ich ja zu stolz, aber ich will den Typen aus Karlstad einfach nicht recht geben.«

Ehe er weiterredete, warf er einen Blick Richtung Flur.

»Und zu Hause ist Kajsa auf dem Kriegspfad. Die Mädchen hatten Windpocken. Nacheinander. Heute ist der elfte Tag, den Kajsa wegen der Kinder freinehmen musste. Sie ist total stinkig.«

Hab ich es doch geahnt, dachte Petra. Es war nicht nur der Job. Nichts konnte Munther so sehr aus dem Gleichgewicht bringen wie Probleme zu Hause. Aber sie konnte Kajsa verstehen.

»Da wäre ich auch stinkig«, sagte sie.

»Ja, ich weiß, und ich mache ihr auch keinen Vorwurf. Aber wir haben hier zwei Mordfälle zu lösen. Was soll ich denn machen?«

»Du«, sagte sie. »Ich weiß, dass es schwer ist, aber versuch heute mal rechtzeitig Feierabend zu machen, dann übernimmst du zu Hause die Kinder und gibst Kajsa ein bisschen Zeit für sich. Manchmal braucht es gar nicht viel.«

Wenn man sah, wie man sich abarbeitete, dann gab einem das ganz viel Kraft, während die Streitigkeiten darum, wer am meisten erschöpft und wer am meisten zu bemitleiden war, nur dazu führten, dass man noch wütender und erschöpfter wurde. Und noch stinkiger.

»Und noch etwas«, fügte sie hinzu: »Sag ihr, dass du verstehst, wenn sie erschöpft und wütend ist, aber erzähl nichts von der Arbeit. Im Augenblick ist Kajsa nämlich der Auffassung, dass es das reinste Zuckerschlecken ist, Mörder zu jagen, von Journalisten falsch zitiert und von der Landeskripo in Frage gestellt zu werden.«

Munther stand auf. Wenn Petra sich nicht täuschte, sah er schon wieder etwas besser aus.

»Besprechung in einer Viertelstunde.«

Jens Sundvall ließ die kleine Sporttasche im Hotelzimmer und ging ins Restaurant hinunter. Er war nervös. Heute musste er etwas erreichen, denn er konnte nicht jeden zweiten Tag zwischen Karlstad und Hagfors pendeln, ohne dass etwas dabei herauskam. Heute hatte er schon erfolglos ein Restaurant und eine Pizzeria ausprobiert.

Im Gegensatz zum Samstagabend war es fast leer im Lokal, nur zwei Männer saßen je an einem Fenstertisch mit Blick auf den Parkvägen.

Jens war nicht sonderlich hungrig, also setzte er sich an die Bar und bestellte ein Pils.

»Auf Arbeit hier?«, fragte der Barkeeper im schwarzen Hemd, während er die Flasche öffnete und auf den Tresen stellte.

»Ja.«

»Und was machen Sie?«

»Berater, derzeit bei Uddeholm Tooling«, sagte Jens und nahm einen Schluck von dem kalten Bier.

»Wohnen Sie das erste Mal hier?«, fragte der Barkeeper. »Ich kenne Sie gar nicht.«

Jens nickte und fing an, das Etikett der Flasche mit dem Zeigefinger abzufummeln.

»Was dagegen, wenn ich mich setze?«

Als Jens aufsah, hatte sich der Mann, der erst hinten im Lokal gesessen hatte, auf den Hocker neben ihn geschwungen. Er war um die fünfzig, trug Jeans und Jackett, das Hemd war aufgeknöpft. Das grau melierte Haar war kurzgeschnitten. Er hob den Zeigefinger.

»Das Übliche?«, fragte der Mann an der Bar und begann, ohne die Antwort abzuwarten, ein großes Starkbier zu zapfen.

»Aha, Sie sind Stammgast«, sagte Jens.

»Doch, in der letzten Zeit war ich jede Woche ein paar Nächte hier.«

»Und was machen Sie hier?«, fragte Jens.

»Computerausbilder für das Arbeitsamt. Ich heiße übrigens Tomas.«

Er streckte die Hand aus.

»Emil«, sagte Jens und schüttelte die Hand.

»Ich habe jetzt auch mit Kursen angefangen, wie man eine Bewerbung schreibt und so«, fuhr Tomas fort. »Und positives Denken. Das ist wichtig.«

»Das positive Denken?«

Mit Schaudern erinnerte sich Jens an einen sogenannten Kurs zur Arbeitssuche, den er vor einem Jahr zwischen zwei Vertretungsstellen hatte absolvieren müssen. Weder früher noch später hatte er etwas so Erniedrigendes erlebt.

»Ja, es ist wichtig, dass man sich nicht verachtet, nur weil man keinen Job hat. Man ist deshalb ja kein schlechterer Mensch.«

Das kannst du laut sagen, dachte Jens und sagte:

»Ich persönlich bin sicher, dass die Arbeitslosen zum Arbeitsamt kommen, weil sie einen Job suchen, und nicht, weil sie wollen, dass ihnen psychologische Hilfe aufgezwungen wird.«

Der Mann machte eine abwehrende Geste.

»Also, ich habe keine Ahnung. Das Arbeitsamt bucht mich und bezahlt mich auch. Ich bin ja froh, dass sie meine netten, kleinen Vorträge wollen, da bin ich wenigstens nicht arbeitslos.«

»Dann prost«, sagte Jens und schlug mit seiner Flasche an Tomas' Glas.

»Und selbst?«, fragte Tomas. »Was machst du?«

»Berater. Ich arbeite mit beschlussunterstützenden Lösungen.«

Nannte sein Schwager das nicht immer so?

»Beschlussunterwas ...?«

»Dabei geht es darum, dem Unternehmen zu helfen, seine eigene Tätigkeit kennenzulernen. Datenlager anzulegen. Und ungefähr an dem Punkt höre ich dann auch auf, über meinen Job zu reden.«

Tomas lächelte.

»Das kann ich verstehen. Das heißt, du bist auch ziemlich viel auf Reisen?«

»Ja«, sagte Jens. »Leider. Ich hasse das. Du nicht?«

»Sowohl als auch«, sagte der andere. »Manchmal ist es auch schön, wieder von zu Hause wegzukommen.«

»Hast du Familie?«

Tomas nickte.

»Dann bist du nicht so ganz der Richtige für meine Frage«, sagte Jens, »aber ...«

»Was denn?«

»Ich fühle mich einfach manchmal einsam, wenn ich so auf Reisen bin. Du hast nicht zufällig mal gehört, wo man hier in der Stadt ... Gesellschaft kaufen könnte? Versteh mich bitte nicht falsch, aber ich habe schließlich keine Familie, und ...«

»Sex?«, fragte Tomas. »Prostituierte? Ist das die Gesellschaft, auf die du hinauswillst?«

Jens versuchte seinen Gesichtsausdruck zu deuten. Gibt es jetzt wieder Schläge?, dachte er und nickte leicht.

Wortlos zog Tomas seine Brieftasche hervor und nahm eine alte Quittung heraus.

»Hast du einen Stift?«

Als Jens den Kopf schüttelte, stellte Tomas dieselbe Frage dem Barkeeper, der wortlos einen Stift vor ihn auf den Tresen legte.

Sollte es wirklich funktionieren?

Tomas kritzelte etwas auf die Quittung und flüsterte:

»Du musst in der Pizzeria Florenz anrufen und die Pizza Nummer 105 bestellen, eine Paradiso Spezial – ich schreibe das hier auf, damit du es nicht vergisst.«

Dann schob er Jens den Zettel rüber.

»Man kann sie sich auch liefern lassen.«

Als Jens anrief, lag Magdalena in Trainingsanzug und Wollsocken auf dem Sofa, den Laptop auf dem Schoß. Nils war gerade eingeschlafen.

»Ich habe es geschafft«, sagte er. »Es hat doch noch geklappt.«

»Ehrlich!«

Magdalena stellte den Laptop auf den Couchtisch.

»Ja, ich glaube, ich hab's«, sagte er.

»Das ist ja super. Erzähl!«

Jetzt saß sie kerzengerade im Schneidersitz.

»Ich habe heute Abend an der Bar im Hagfors Hotel gesessen. Jetzt bin ich gerade auf meinem Zimmer. Jedenfalls war kaum ein Mensch da, aber am Ende bin ich mit einem Typen zusammengekommen, der eine Art Coach beim Arbeitsamt ist, ein Handelsreisender in Sachen positives Denken.«

Magdalena grinste.

»Aber ich muss schon sagen, dass er dafür ziemlich uncharismatisch war. Ich hätte ja gedacht, dass diese Leute mehr Ausstrahlung hätten, mehr das Flair von einem Freikirchenprediger.«

Jetzt komm endlich zur Sache, dachte Magdalena.

»Du musst in der Pizzeria Florenz anrufen.«

Magdalena stand auf.

»Das Florenz? Ehrlich? Das kann nicht sein!«

Es war ja wohl nicht möglich, dass Jörgen etwas damit zu tun hatte.

»Hör zu. Du bestellst eine Paradiso Spezial«, fuhr Jens fort, »Nummer 105.«

Paradiso Spezial. Doch so simpel.

»Du bist wirklich verdammt gut!«

»Ach was«, sagte Jens, »manchmal muss man auch ein bisschen Glück haben.«

»Nein, das ist mehr als Glück. Das ist fantastisch.«

»Was meinst du, wie machen wir jetzt weiter?«, fragte Jens ungeduldig.

»Du musst die Pizzeria anrufen und das Gespräch aufnehmen«, sagte Magdalena. »Und wenn es funktioniert, dann musst du einen Termin mit einem Mädchen vereinbaren. Wann kannst du kommen und die Videoeinspielung machen?«

»Leider muss ich bis Freitag immer abends arbeiten, ich kann also nicht vor Samstag kommen.«

»Okay. Dann nehmen wir den Samstag.«

Magdalena sah auf die Uhr. Es war Viertel nach neun. Unter der Woche machte das Florenz um zehn Uhr zu.

»Aber anrufen kannst du heute Abend noch«, sagte sie. »Das Gespräch kannst du mit meinem Gerät aus der Redaktion aufzeichnen. Nils schläft jetzt, deshalb muss ich hierbleiben, aber wenn du vorbeikommst und dir den Schlüssel holst, kannst du allein hinfahren. Aber du musst dich beeilen, das Florenz macht in einer Dreiviertelstunde zu.«

»Ich mache mich gleich auf den Weg«, sagte Jens und drückte das Gespräch weg.

Nachdem Magdalena Jens den Schlüssel für die Redaktion gegeben hatte, konnte sie nicht mehr stillsitzen. Nervös lief sie von Zimmer zu Zimmer.

Ob er das hinkriegte? Was wäre, wenn er sich verriet? Wenn sie beide aufflogen?

Misch dich nicht in Angelegenheiten, die dich nichts angehen. Wir wissen, wo du mit deinem kleinen Chinesen wohnst.

Im Wohnzimmer hob sie eine DVD-Hülle auf und stellte sie an ihren Platz in dem kleinen, roten Metallschrank.

Um nicht tatenlos herumzusitzen, öffnete sie eine der drei Umzugskisten, die sich immer noch in einer Ecke stapelten, und stellte gedankenverloren ein Buch nach dem anderen ins Regal. Die alphabetische Reihenfolge war ohnehin schon durcheinandergeraten und spielte im Augenblick auch keine Rolle. Gitta Serenys »Albert Speer:

Sein Ringen mit der Wahrheit« wurde neben Göran Tunströms »Solveigs Vermächtnis« eingeordnet, Ulf Lundells »Ein Wolf auf der Suche nach seinem Rudel« landete neben Stig Dagermans »Gebranntes Kind«. Darum musste sie sich ein anderes Mal kümmern.

Als sie den zweiten Karton fast ganz ausgepackt hatte, klopfte es leise an der Tür.

Endlich!

Magdalena warf August Strindbergs »Sohn einer Magd«, ein Taschenbuch, auf dem hinten noch das rote Preisschild klebte, in den Karton zurück und eilte in den Flur.

Draußen stand Jens und hielt die kleine Kassette triumphierend zwischen Daumen und Zeigefinger.

»Bingo!«, sagte er mit breitem Grinsen.

»Hat es funktioniert?«

»Wenn du einen Kassettenrecorder hast, kannst du es dir anhören.«

Oje, wann hatte sie zu Hause das letzte Mal eine Kassette gehört? Ihre Stereoanlage hatte kein Kassettendeck, der CD-Spieler von Nils ebenso wenig. Das alte Radio in der Waschküche ginge vielleicht.

Magdalena hätte sich, wenn sie allein zu Hause gewesen wäre, um diese Zeit nicht mehr in den Keller getraut, aber jetzt war ja Jens da. Sie lief an der dunklen Garage und an der Tür zum Vorratskeller vorbei, die einen Spalt aufstand.

Als sie wieder zurückkam, hatte Jens sich an den Küchentisch gesetzt.

»So«, sagte Magdalena, stellte den Kassettenrecorder auf den Tisch und steckte den Anschluss in die Steckdose unter dem Fenster.

Jens sah sie verschmitzt an, steckte die Kassette ein und drückte auf *Play*.

Magdalena bekam eine Gänsehaut, als sie Jörgens Stimme hörte:

»Pizzeria Florenz?«

»Hallo. Mein Name ist Tommy, und ich möchte eine Paradiso Spezial bestellen.«

Magdalena nickte Jens aufmunternd zu.

»Okaaay.«

»Also, Nummer 105.«

»Ich verstehe. Für wann?«

»Samstagabend. Um acht Uhr, wenn es geht.«

»Das müsste gehen. Welche Adresse?«

»Vargbyn. Ich weiß noch nicht, welche Nummer, aber deswegen kann ich ja noch mal anrufen.«

»Natürlich.«

»Wie viel kostet das?«

»Fünfhundert Kronen eine halbe Stunde. Irgendwelche besonderen Wünsche?«

Hier verlor Jens offenbar etwas den Faden.

»Alter? Aussehen?«, fragte Jörgen.

»Ja, ich weiß nicht. Was habt ihr denn so?«

»Sie sind alle jung und frisch, kaum zwanzig. Eine hat lange blonde Haare, eine andere ist brünett mit halblangem Haar, eine hat kurze braune Haare und eine ist rotblond.«

Diese Beschreibung passte gut auf die Mädchen vom Parkplatz, dachte Magdalena.

»Die Haarfarbe spielt keine Rolle«, sagte Jens, »aber ich möchte eine mit richtig großen Brüsten.«

»Kein Problem.«

Als das Gespräch beendet war, drückte Jens auf die Stopptaste.

»Yes!«, rief Magdalena. »Wenn du nicht so ein begabter Fotograf wärst, solltest du dich auf der Schauspielschule bewerben.«

»Ja, allerdings«, sagte Jens und grinste. »Du kannst dir nicht vorstellen, wie nervös ich war.«

Magdalena blieb sitzen und starrte ungläubig auf den Kassettenrecorder. Hatte sie wirklich richtig gehört? Jörgen?

»Kannst du in Vargbyn eine Hütte mieten?«, fragte Jens.

Magdalena sah ihn an. Er sah erschöpft, aber froh aus.

»Natürlich. Samstag um acht Uhr. Und du kümmerst dich um die Ausrüstung.«

Jens nickte.

Du wirst nur einmal gewarnt.

»Das kriegen wir hin, oder?«, fragte Magdalena.

Plötzlich hatte sie schreckliche Angst.

»Natürlich kriegen wir das hin«, sagte Jens. »Darauf kannst du Gift nehmen!«

Kosta zeigte mit der Wodkaflasche auf Sergej und zog die Augenbrauen hoch.

Als der andere den Kopf schüttelte, schraubte er den Verschluss ab und füllte sein eigenes Glas zur Hälfte.

»Jörgen?«

»Ne, zum Teufel. Nicht bei der Arbeit. Weißt du doch.«

Kosta schraubte, ohne eine Miene zu verziehen, den Deckel wieder zu und stellte die Flasche auf den kleinen Tisch, der zwischen roten Getränkekisten und Pappkartons eingezwängt war. Aus dem Gastraum der Pizzeria drang schwaches Gemurmel. Es war ein ruhiger Abend.

»Was sollen wir mit der Schwangeren machen?«, fragte Sergej.

Kosta zuckte die Schultern.

»Abgesehen davon, dass sie was in der Röhre hat, ist ja auch kein Verlass auf sie. Immerhin ist sie nicht so schräg drauf wie die andere Fotze, aber gut ist sie auch nicht. Würde mich nicht wundern, wenn sie die Neuen da auch noch mit reinzieht.«

Kosta lehnte sich in seinem Stuhl zurück. Sein Bauch spannte unter der braunen Lederjacke, die er immer noch bis zum Hals zugeknöpft hatte.

»Sie abzurosten wäre reinste Verschwendung.«

»Daran hättest du mal denken sollen, bevor du sie fast totgeschlagen hast. Die kann man ja nicht mehr herzeigen. Keine Zähne mehr, wie ein verdammter Hockeyspieler.«

»Solange sie die Schnauze nicht aufmacht, ist das doch egal. Und sie soll ja nicht reden«, sagte Kosta und grinste. »Ein paar ausgeschlagene Zähne an der richtigen Stelle können da direkt von Vorteil sein.«

Sergej lachte.

»Auf jeden Fall ist sie schwanger«, sagte Kosta.

Jörgen, der über seine Papiere gebeugt dasaß und nur zugehört hatte, sagte:

»Da müssen wir eine Lösung finden.«

Gunvor Berglund zog das gestreifte Nachthemd an und betrachtete sich im Badezimmerspiegel.

Warum kann ich mich einfach nicht daran gewöhnen?,

dachte sie. Warum bin ich immer noch so erstaunt, wenn ich diese alte Frau, die offenbar ich sein soll, im Spiegel sehe?

Sie zupfte einen Wattebausch aus der Plastikdose im Regal über dem Waschbecken und sprühte das unparfümierte Gesichtswasser auf. Mit langsamen Bewegungen reinigte sie ihr Gesicht und folgte dabei zerstreut den Falten um die Mundwinkel, die bewirkten, dass sie schlecht gelaunt aussah, wenn sie sich entspannte. Anschließend schraubte sie die Dose von Clarins auf und nahm ein bisschen Creme auf den Zeigefinger.

Wieder betrachtete Gunvor ihr Gesicht.

Wie heißt es doch?, dachte sie, alt werden ist gar nicht so schlimm, wenn man die Alternative bedenkt. Oder so ähnlich. Ich sollte dankbar sein.

Als sie ins Schlafzimmer kam, lag Bengt auf seiner Doppelbettseite und löste Kreuzworträtsel.

»Hast du den Wagen an die Motorheizung angeschlossen?«, fragte sie und kroch unter die Decke.

»Ja.«

Als Gunvor lag, sah sie, dass Bengt kein einziges Kästchen in seinem Rätsel ausgefüllt hatte.

»Ist es schwer?«

»Ich bin müde, ich mache ein anderes Mal weiter.«

Er legte die Zeitung zuoberst auf den Stapel mit alten Ausgaben des *Hemmets Journal*, der im Regal unter dem Nachttisch lag. Dann drehte er sich auf die Seite.

»Gute Nacht.«

»Gute Nacht«, sagte Gunvor, nahm ihr Kreuzworträtsel zur Hand, das sie am Abend zuvor begonnen hatte, und setzte ihre Lesebrille auf.

»Kann erfrischen« mit drei Buchstaben.

»Gequältes Land«, vier Buchstaben.

Ihr fiel überhaupt nichts ein. Nein, ich bin auch zu müde, dachte sie und knipste die Lampe aus.

Nun war es pechschwarz im Zimmer. Sie hörte, wie Bengt seufzte und sich herumwarf im Schlaf.

Worüber er wohl die ganze Zeit nachgrübelt?, fragte sie sich. In der letzten Zeit war er ungewöhnlich zerstreut gewesen und hatte nur sehr kurzangebunden auf ihre Fragen geantwortet.

Vielleicht machte er sich wegen irgendwelcher Wehwehchen Sorgen, wie sie es von Zeit zu Zeit auch tat.

Manchmal war Gunvor fast erstarrt vor Angst, dass Bengt etwas zustoßen könnte. Wie würde sie dann zurechtkommen? Und wie würde es ihm ergehen, wenn er allein bliebe? Das wäre vielleicht noch schlimmer. Sie hatten geheiratet, als sie einundzwanzig und er sechsundzwanzig gewesen war, und im Laufe der Jahre hatten sie die Aufgaben des Alltags untereinander aufgeteilt.

Nein, das mit der neuen Gleichberechtigung, wo plötzlich alle die ganze Zeit alles machen sollten, das hatte Gunvor nie richtig verstanden. Beide sollten gleich viele Teller abspülen und immer abwechselnd den Rasen mähen. Sie konnte doch mit eigenen Augen sehen, wie sehr Tina und Mats kämpfen mussten, um Arbeit, Kinderabholen, Kochen und Putzen unter einen Hut zu kriegen.

Bengt wälzte sich immer noch herum.

»Machst du dir Sorgen?«, fragte sie.

Gunvor schob sich näher an ihn heran und legte eine Hand auf seinen Brustkorb, aber Bengt tat, als würde er es nicht merken, und drehte sich weg.

29

Magdalena ging mit der Kameratasche über der Schulter die Skolgatan entlang. Das EU-Projekt im Haus der Bildung war nicht sonderlich interessant gewesen, aber einen kleinen Artikel würde sie schon zusammenbekommen, auch wenn das Foto nicht spektakulär war: ein lachender Mann vor einem Computer. Wie viele hatte sie davon schon in ihrem Leben gemacht?

In der Jackentasche klingelte ihr Handy. Als Magdalena sah, dass Ludvig anrief, wollte sie das Telefon wieder zurückstecken. Jetzt sag nicht, dass Nils auch dieses Wochenende nicht kommen kann, dachte sie, ehe sie widerwillig den grünen Hörer drückte.

»Hallo, hier ist Ludvig.«

»Ich weiß«, erwiderte sie kurz.

Er klang nervös. Bitte nicht ...

»Kommt Nils morgen wie ausgemacht?«

Magdalena atmete aus.

»Ja, natürlich. Er sehnt sich sehr nach dir«, sagte sie.

»Ich habe auch Sehnsucht nach ihm.« Ein paar Sekunden war es still. »Ja, und sonst? Was macht dieser Serienmörder?«

Machen wir plötzlich Smalltalk oder was?, dachte Magdalena. Ich dachte, die Zeit der Höflichkeitsphrasen wäre vorbei.

»Ziemlich viel zu tun. Scheint, als hätten wir hier doch nicht nur über Rotkreuzversammlungen und Hundeausstellungen zu berichten.«

»Das habe ich auch schon gedacht«, meinte Ludvig, »aber offensichtlich hast du trotzdem noch Zeit, dich zu vergnügen.«

»Zeit, mich zu vergnügen?«

Was hatte denn das jetzt zu bedeuten?

»Ich habe gesehen, dass du dir einen Freund zugelegt hast.«

Drei Stunden nachdem ich meinen Beziehungsstatus auf Facebook geändert habe, ruft er mich an, dachte Magdalena.

»Ich dachte, wir wären geschieden, und du würdest jetzt ein Kind mit einer Siebenundzwanzigjährigen bekommen, oder habe ich da irgendwas falsch verstanden?«

»Ich denke hauptsächlich an Nils.«

»Ah, du denkst also an Nils«, sagte Magdalena. »Schon klar. Du spionierst nur wegen Nils auf Facebook hinter mir her.«

»Das wirkt schon ein bisschen – verzweifelt. Glaubst du denn nicht, dass das verwirrend für ihn ist?«

Magdalena seufzte laut, dann sagte sie:

»Ich verstehe, dass es unter deiner Würde ist zu fragen, um wen es sich handelt, und da werde ich mal so nett sein und es dir trotzdem erzählen. Es ist Petter.«

»*Der* Petter?«

»Ja. *Der* Petter. Wie du weißt, kennen wir uns ziemlich gut. Und jetzt lege ich auf, bevor ich richtig wütend werde.«

Magdalena drückte das Gespräch weg und steckte das Handy in die Tasche zurück.

Idiot!

Aber zum ersten Mal seit langer Zeit war die Wut nicht unangenehm und paralysierend, sondern fast schön.

Ich muss meine Facebookseite unzugänglich machen, dachte sie.

Nun stand sie vor dem Florenz, wo das Mittagsgeschäft

brummte. Alle Fenstertische waren von Gemeindebeamten und Geschäftsleuten besetzt, die Hamburgerteller und gebackene Calzone vor sich stehen hatten. Schlecht gelaunt beschleunigte Magdalena ihren Schritt.

»Hallo, Magdalena.«

Auf dem Bürgersteig vor der Pizzeria stand Jörgen und rauchte. Magdalena hätte ihn fast umgerannt, als sie um die Ecke bog.

»Hallo.«

»Du hast es aber eilig«, sagte er und blies den Rauch durch die Nase. »Einen Scoop auf der Platte?«

»Nein, mir ist nur ein bisschen kalt«, erwiderte Magdalena und schluckte.

Versuch jetzt, normal zu wirken.

Jörgen sah ihr schweigend in die Augen. Dann hob er den Blick.

»Hast du dich verletzt?«

Er zeigte mit besorgter Miene auf seine eigene Stirn.

»Nur ein kleiner Unfall. Nichts Ernstes. Also, ich bin in Eile.«

Magdalena lief weiter.

»Grüß Nils«, sagte Jörgen hinter ihr. »Einen netten Jungen hast du.«

Obwohl Magdalena sich zu beruhigen versuchte, rannte sie das letzte Stück zur Redaktion zurück. Sie fluchte leise, während sie, so gut sie konnte, den Eisflächen auf dem Bürgersteig auswich. Als sie endlich die Tür aufbekommen hatte, schlug ihr das Herz bis zum Hals.

Barbro hatte gerade ihren Mantel angezogen und sah sie erstaunt an.

»Ist irgendwas passiert?«, fragte sie.

»Nur ein bisschen Stress«, sagte Magdalena und lächelte angestrengt, während sie in ihr Büro ging. »Viel zu tun.«

»Du musst mal runterschalten. Es kann auf lange Sicht einfach nicht gut sein, so draufloszurasen. Wir sehen uns dann morgen.«

Magdalena saß am Schreibtisch und zog sich die Mütze vom Kopf. Es fiel ihr immer noch schwer, ruhiger zu atmen.

Grüß Nils. Einen netten Jungen hast du.

Jörgen zog das Gummiband aus dem Haar und schob es sich zwischen die Zähne, während er die grauen Strähnen zu einem neuen Pferdeschwanz sammelte. Dann setzte er sich zu Kosta an den kleinen Tisch und atmete durch.

»Was für ein Mittagsbetrieb«, sagte er.

»Wie meinst du das?«

Kosta riss Stücke von einem dreieckigen Pizzabrot ab, die er sich eins nach dem anderen in den Mund stopfte.

»Mittagsbetrieb. Viele Leute.«

»Ja, klar. Gut für Geld.«

Jörgen grinste und machte eine Flasche Leichtbier auf.

»Jetzt solltest du endlich mal Schwedisch lernen, du elender Polacke«, sagte er und trat Kosta auf den Fuß.

»Ich bin kein Polacke, verdammt!«

»Hab ja nur einen Witz gemacht.«

Kosta sah nicht sonderlich erheitert aus, rang sich ein künstliches Lächeln ab und nickte. *Jajaja.*

»Und rate mal, wen ich draußen getroffen habe«, sagte Jörgen und trank aus der Flasche.

Kosta schüttelte den Kopf.

»Die Tusse von der Zeitung. Wir müssen sie weiterhin beobachten.« Jörgen stellte die Flasche auf den Tisch und faltete die Hände hinter dem Kopf. »Und noch was. Ich habe eine Lösung für das Problemmädchen. Eine gute Lösung.«

»Dieselbe?«

»Nein, nein. Diesmal ist es ein Typ oben in Sysslebäck. Er ist etwas speziell.« Jörgen tippte sich selbst mit dem Zeigefinger gegen die Stirn. »Hat schräge Vorlieben und so. Er soll sie uns abkaufen. Und wenn er fertig ist, dann ... Ja, dann ist das Problem gelöst. Wir kriegen zehntausend für sie. Das ist ziemlich gut.«

»Wann soll sie da hin?«, fragte Kosta.

»Ich habe Samstag gesagt. Samstagvormittag.«

Petra konnte sich nicht erinnern, dass sie Sven Munther jemals so exaltiert gesehen hatte. Fredrik Anderberg war nicht nur an einer Tankstelle in Munkfors gesehen worden, sondern einer der Angestellten der Tankstelle »verfolgte ihn in diesem Augenblick mit seinem Auto«.

Christer Berglund trat das Gaspedal durch und raste weit über der Geschwindigkeitsbegrenzung durch Råda, während der Saftmischer auf dem Dach der Zivilstreife blinkte und tutete.

»Wo sind sie? Kommen!«, fragte Petra über Funk.

»Fast unten in Ransäter. Kommen!«

Da die nächste erreichbare Streife sich in Stöllet befand, hatte Munther Petra, Christer und Urban angewiesen, nach Munkfors zu fahren. »Denn zum Teufel, jetzt brennt es an allen Ecken!«

»Für wie gefährlich haltet ihr ihn? Ihr kennt ihn doch von früher«, fragte Urban vom Rücksitz.

»Meist war er in Schlägereien unter Alkoholeinfluss und Diebstahl verwickelt«, sagte Christer, »aber jetzt steht er unter Mordverdacht, da ist das schwer zu sagen.«

Petra spürte ihren Puls rasen. Wenn sie endlich, endlich diesen Fredrik fassten, würde sie es fast in Ordnung finden, für den zusätzlichen Wochenenddienst einzuspringen, zu dem sie verdonnert worden war. Beide diensthabenden Polizisten in Torsby hatten sich ein Magen-Darm-Virus eingefangen. Es stand allerdings noch nicht fest, mit wem sie arbeiten würde. Noch vor Kurzem hätte sie gehofft, dass es Christer sein würde, aber jetzt war es ihr egal. Dieser Gedanke machte sie traurig, und sie sah Christer verstohlen von der Seite an.

Worüber grübelte er nur die ganze Zeit nach?

Als sie durch Munkfors fuhren, rief Petra noch einmal die Landesfunkzentrale an und erhielt die Beschreibung, welchen Weg der Volvo genommen hatte.

»Und wer verfolgt ihn?«, fragte Urban.

»Einer, der bei Statoil arbeitet«, sagte Petra. »Hoffen wir mal, dass er den Ball flach hält, und nicht mehr als unbedingt nötig den Helden spielt. Da vorne muss es sein.«

Sie zeigte auf einen kleinen Zugweg, der fünfzehn Meter entfernt zwischen den Bäumen verschwand.

Christer bog ab.

Jetzt ging es langsamer vorwärts. Der Weg war so schmal und kurvig, dass man höchstens fünfunddreißig Stundenkilometer fahren konnte. Trotzdem musste Christer voll auf die Bremse steigen, als der Weg direkt hinter einer Kurve plötzlich von einem Autowrack blockiert war.

»Oh nein!«

Petra stieg aus und rannte zu dem Auto.

Auf dem Fahrersitz hockte ein junger Mann. Sein Gesicht war blutig, er zitterte.

»Wie geht es Ihnen? Wir sind von der Polizei.«

»I-i-ich komme nicht raus«, stotterte der junge Mann zähneklappernd. »Die Tür klemmt. Es ist so kalt.«

Petra winkte Christer und Urban zu sich. Dann wandte sie sich wieder dem Mann zu.

»Hat Fredrik Anderberg das getan?«

Der junge Mann nickte.

»Wie heißen Sie?«

»Malte.«

»Okay, Malte. Haben Sie große Schmerzen?«

»Ein bisschen, aber mir ist kalt.«

Während Christer und Urban die Tür aufbrachen und Malte halfen, rief Petra den Krankenwagen und ein Abschleppauto an. Malte würde es sicher wieder gut gehen, dachte Petra, wenn er bald in die Wärme kam und die Wunde versorgt würde. Aber wie sollten sie mit ihrem Wagen vorbeikommen, wenn der kaputte Opel im Weg stand?

»Urban, warte du mit Malte im Auto, bis der Krankenwagen kommt. Christer und ich gehen vor und sehen mal, ob wir Anderberg finden können.«

Urban sah sie wütend an, ohne zu widersprechen.

Christer, der den ganzen Tag kaum ein Wort gesagt hatte, schloss an Petras Seite auf und sie gingen an dem Autowrack vorbei den Weg entlang.

»Was ist das nur für ein Idiot«, sagte Petra.

»Urban?«

»Nein, Anderberg. Er muss extrem unter Druck stehen. Wir müssen auf der Hut sein.«

Im Wald war es vollkommen still. Schweigend stapften sie nebeneinanderher.

Nach einem Kilometer lichtete sich der Wald. Vor einem braunen Haus zwischen ein paar verwilderten Apfelbäumen stand ein schwarzer Volvo.

Petra und Christer wechselten einen raschen Blick.

»Bestimmt hat er uns schon gesehen«, sagte Petra. Christer nickte. »Sollen wir reingehen, oder sollen wir auf Verstärkung warten?«

»Wir können auf jeden Fall versuchen, mit ihm zu reden.«

Sie gingen noch ein Stück weiter. Dann rief Christer:

»Anderberg! Hier ist die Polizei! Kommen Sie raus!«

Wenn nicht so viel Schnee gelegen hätte, wären sie einmal um das Haus herumgegangen.

»Kommen Sie raus!«, rief Christer wieder.

Plötzlich bewegte sich etwas am Fenster. Ein paar Sekunden später ging die Tür einen Spaltbreit auf.

Petra und Christer sahen sich erstaunt an.

»Er kommt«, sagte Petra.

Anderberg stieß die Tür auf und betrat mit hängenden Armen und gesenktem Kopf die Veranda.

»Ich habe nichts getan«, sagte er.

»Stellen Sie sich mit dem Rücken an die Wand und bleiben Sie ganz still stehen«, forderte Christer ihn auf.

Nachdem Anderberg Folge geleistet hatte, stiegen Petra und Christer die Treppe hinauf.

»Ich sage kein Wort ohne meinen Anwalt, nur dass ihr's wisst«, sagte Fredrik Anderberg, als Petra ihm die Handschellen anlegte. »Kein Wort.«

30

Kennet Bäck, Fredrik Anderbergs Anwalt, nahm in zerknittertem Anzug und mit roter Lesebrille neben seinem Klienten Platz.

Als Petra bei der Polizei von Hagfors anfing, hatte sie es etwas seltsam gefunden, dass es im Haus keine richtigen Verhörzimmer gab, sondern dass alles, von der Anzeigenaufnahme bis hin zum Verhör von Straftätern, im eigenen Büro zu geschehen hatte. Inzwischen hatte sie sich daran gewöhnt, wenn es auch in manchen Fällen ein ungutes Gefühl war, dass die Familienbilder für alle sichtbar auf dem Schreibtisch standen. Schnell rückte sie die Fotorahmen zurecht, damit weder Fredrik Anderberg noch Kennet Bäck sie von vorn sehen konnten.

»So«, sagte sie und schaltete das Aufnahmegerät ein. »Das Verhör mit Fredrik Anderberg, verdächtigt des Mordes an Hedda Losjö. Heute ist Freitag, der 27. Januar, sechzehn Uhr zweiunddreißig. Das Verhör leitet Petra Wilander.«

»Mein Mandant plädiert für nicht schuldig«, sagte Kennet Bäck.

»Gut«, sagte Petra und versuchte, Blickkontakt mit Anderberg aufzunehmen, der sich die Baseball-Kappe tief in die Stirn gezogen hatte. »Wir haben in Heddas Computer eine Mail gefunden, die Sie ihr kurz vor Silvester geschickt haben. Folgendes steht darin: »›Hedda! Ich muss dir endlich mal sagen, dass ich alles, was du machst, ganz schön leid bin! Wenn du nicht aufhörst, mich zu verfolgen, dann weiß ich verdammt noch mal bald nicht mehr, was ich tue. Ist das klar?‹ Haben Sie das geschrieben?«

Kennet Bäck änderte seine Sitzhaltung und schlug die Beine übereinander.

»Ich wiederhole die Frage: Haben Sie das geschrieben?«

Anderberg nickte kaum merklich.

»Ja oder nein?«

»Ja«, flüsterte er.

»Das sind eindeutige Worte«, fuhr Petra fort. »Wir haben zudem eine SMS-Korrespondenz gefunden, aus der hervorgeht, dass Sie sich am Silvesterabend ›auf dem Parkplatz‹ verabredet hatten. Wo liegt dieser Parkplatz?«

Anderberg ballte in den Handschellen die Fäuste und schwieg.

»Wo wollten Sie sich treffen?«

»Vor der alten Schule.«

»In Gustavsfors?«

Anderberg nickte.

»Haben Sie sich immer dort getroffen?«

»Nein, das war das erste Mal. Aber ich habe nichts getan.«

Petra schwieg eine Weile und ließ Fredrik warten.

»Als Hedda gefunden wurde, hatte sie sowohl an den Händen als auch an ihrer Kleidung Spuren von Sperma. Wir werden einen Speicheltest mit Ihnen durchführen, dabei wird etwas Speichel auf ein Wattestäbchen gegeben und zur Analyse eingeschickt. Handelt es sich dabei um Ihr Sperma?«

Anderberg antwortete nicht.

»Ich habe sie nicht getötet«, sagte er leise und sah ihr zum ersten Mal in die Augen.

Es war ein schneller, schüchterner Blick, ehe er fortfuhr, seine Hände zu betrachten.

»Im Moment spricht ziemlich viel gegen Sie«, sagte Petra. »Sehr viel sogar.«

»Aber ich habe es trotzdem nicht getan. Verdammt, das ist die Wahrheit.«

»Erzählen Sie mal, was passiert ist. So, wie es jetzt aussieht, haben Sie nichts zu verlieren.«

Anderberg dachte nach, Petra wartete. Kennet Bäck rutschte auf seinem Stuhl hin und her.

Schließlich begann Anderberg zu reden, den Blick auf seine Hände geheftet.

»Wir haben uns auf dem Parkplatz getroffen, und wir hatten Sex. Dann habe ich gesagt, dass wir uns nicht mehr sehen sollten. Sie ist total durchgedreht. Sie hat angefangen, mich mit den Fäusten zu schlagen, und versucht, mich zu ohrfeigen. Ich bin sauer geworden und hab sie aus dem Auto geschubst. Dann hat sie gegen die Autotür getreten. Als ich losgefahren bin, ist sie über den Parkplatz und den Weg zum Kraftwerk reingelaufen. Danach habe ich sie nicht mehr gesehen.« Er fuhr sich mit dem Zeigefingerknöchel unter der Nase entlang. »Vielleicht glauben Sie mir nicht, aber so war es.«

Magdalena spießte ein Fleischbällchen auf die Gabel und sah auf die Uhr. Sie hatte für den folgenden Abend eine Hütte in Vargbyn gemietet und mit Jens gesprochen, der kurz zuvor die Aufnahmeanlage von einem Bekannten abgeholt hatte.

Zehn nach eins. Inzwischen musste Nils mit seinem Großvater nach Filipstad unterwegs sein. Sie war wirklich dankbar, dass ihr Vater sich auch dieses Mal sofort bereit erklärt hatte, Nils zum Bus zu fahren. Sie könnte sich nicht so ohne Weiteres jeden zweiten Freitagnachmittag freinehmen, um die knapp sechzig Kilometer zurückzulegen.

Am Morgen war Nils noch guter Dinge gewesen, aber als Magdalena ihn in die Schule gebracht hatte, wirkte er plötzlich verschlossen. Sie hatte nichts aus ihm herausbekommen können, vielleicht hatte es etwas mit der langen Busreise zu tun, vielleicht hatte er Trennungsangst, oder vielleicht war es auch etwas ganz anderes.

Magdalena fühlte sich immer völlig machtlos und war frustriert, wenn er sich so in sich zurückzog und nichts sagen wollte. Hoffentlich geht es ihm jetzt gut, dachte sie und kaute bedächtig auf dem Fleischbällchen herum.

Endlich war Freitag. Erst würde sie zum vielleicht hundertsten Mal diese Woche bei der Polizei anrufen, aber dann ... Abendessen bei Petter.

Die vergangenen Tage und Nächte hatten sie sich zahllose SMS geschickt, aber für ein Treffen war keine Zeit gewesen. Jetzt blieben noch drei Stunden und dreiundvierzig Minuten vom Arbeitstag, oder besser gesagt drei Stunden und zweiundvierzig Minuten, aber da Magdalena fast jeden Tag mittags nur schnell etwas am Schreibtisch gegessen und jeden Abend noch zu Hause gearbeitet hatte, konnte sie auch mal früher gehen. Sie streckte sich nach dem Telefon.

Drei Stunden, einundvierzig Minuten ...

Magdalena legte den Hörer auf und stieß einen Pfiff aus.

»Das ist ja der Hammer!«, flüsterte sie.

Ein Fünfundzwanzigjähriger festgenommen und des Mordes an Hedda Losjö verdächtigt. Sie hatte weder

Christer, Petra noch Sven Munther erreichen können, aber Urban Bratt hatte ihre Fragen ausführlich beantwortet und nicht wenig zufrieden geklungen, als er vom Polizeieinsatz bei Ransäter am Tag zuvor berichtet hatte und davon, wie der Verdächtige verfolgt und gefasst worden war. Er hatte sogar erzählt, dass der Fünfundzwanzigjährig und Hedda eine »enge Beziehung« gehabt hätten. Keine Frage, was das im Klartext bedeutete. Dass der Fünfundzwanzigjährige das Verbrechen leugnete, schien Bratt lediglich für eine Bagatelle zu halten.

Magdalena öffnete ein neues Dokument, und bevor sie zu schreiben begann, schickte sie Petter noch eine kurze SMS.

»Wird leider später als gehofft. Muss noch was fertig schreiben. Komme so schnell ich kann. Kuss, M.«

Die Antwort kam prompt:

»Ich warte. Und habe Sehnsucht.«

Magdalena stellte den Text, so schnell sie konnte, zusammen und verschob ihn in den Nachrichtenpool. Der Text war gut und enthielt viele Details. Etwas zu lang, aber Bertilsson hatte ihr freie Hand gelassen. Dann fuhr sie den Computer herunter und schaltete das Licht aus.

Als sie ins Freie trat, summte ihr Handy wieder. Diesmal war es eine Nachricht von Ludvig, die Magdalena gleich aufrief.

»Nils ist angekommen. Die Reise ist gut verlaufen. Nur, dass du Bescheid weißt.«

Magdalena merkte, wie ihr eine kleine Träne über die Wange rann. Sie war erstaunt, wie erleichtert sie war. Was habe ich mir nur gedacht?, fragte sie sich. Was lebe ich für ein krankes Leben?

Als Magdalena endlich zu Hause ankam, war es fast sieben Uhr. Sie hatte noch duschen und sich schön machen wollen, doch als sie das leere Haus betrat, verspürte sie ein derartiges Unbehagen, dass sie nur schnell ins Badezimmer ging und ein Necessaire mit dem Allernotwendigsten in ihre Handtasche packte. Dann lief sie ins Schlafzimmer und nahm aus der obersten Kommodenschublade eine frische Unterhose.

Und hier soll es sein?, überlegte Magdalena und lehnte sich über das Lenkrad, um sich das rote Holzhaus mit dem Mansardendach, den hohen Fenstern und der Veranda anzusehen, die fast über die ganze Vorderseite ging. Doch, an der Seite des Schuppens stand unter einem einfachen Carport der Firmenwagen.

Sie wusste nicht, was sie sich vorgestellt hatte, aber sicher nicht das hier.

Aus fast allen Fenstern im Erdgeschoss schien ein warmes Licht. Ehe sie auf die Klingel drücken konnte, ging die Tür auf.

Magdalena schluckte, als sie Petter in der Tür stehen sah, in heruntergerutschten Jeans, limettengrünem T-Shirt mit Aufdruck auf der Brust und zwei schmalen Lederarmbändern am Handgelenk.

»Endlich, ich habe dich schon kommen sehen«, sagte er und gab ihr einen Kuss.

Dann nahm er die Tasche von ihrer Schulter und stellte sie auf den Boden, ohne den Blick von ihr zu wenden.

»Verdammt, was habe ich mich auf dich gefreut! Was war denn so wichtig?«

Er führte sie in eine große Küche, in der es sowohl einen

alten Holzofen als auch einen Induktionsherd gab. Unterschiedliche Modelle von blau gestrichenen Sprossenstühlen standen um einen abgelaugten und eingeölten Holztisch.

»Die Polizei hat einen Fünfundzwanzigjährigen festgenommen, der unter Verdacht steht, Hedda Losjö umgebracht zu haben. Aber das soll uns jetzt egal sein.« Magdalena sah sich um. »Wie schön du wohnst.«

»Ja, für mich taugt es«, sagte Petter und hielt mit fragender Miene eine Weinflasche hoch.

Magdalena nickte. Sie konnte ihren Blick nicht von Petters Händen lassen, als er die Kappe abwickelte und den Korkenzieher einschraubte. Er füllte die Gläser zur Hälfte und gab ihr das eine. Dann legte er den Arm um ihre Schultern und führte sie in das Wohnzimmer, in dem ein Feuer im Kachelofen brannte.

Als sie sah, dass er vor dem Sofa bereits eingedeckt hatte, spürte sie Schmetterlinge im Bauch. Petter musste dasselbe empfunden haben, denn plötzlich stellte er das Weinglas auf den Tisch, faltete die Hände in ihrem Nacken und küsste sie.

Magdalena stellte das Weinglas ab, schob ihre Hände unter Petters T-Shirt und zog ihn mit sich zum Sofa.

31

Sonya fühlte Dashas heiße Stirn. Das dunkelbraune Haar klebte an ihren Wangen. Aljona und Jekaterina schliefen unruhig unter ihren Decken, und auch sie atmeten schwer mit offenen Mündern.

Wie hoch das Fieber wohl war?

Sonya stand leise auf, ging zu der abgeschlossenen Tür und klopfte vorsichtig. Nichts geschah. War denn keiner da? Sie legte das Ohr an die Tür und lauschte. Doch, irgendwo weiter hinten hörte sie die Holzschuhe von diesem Jörgen.

Das ist gut, dachte sie, um das etwas lautere Klopfen zu rechtfertigen.

Erst als sie mit beiden Fäusten an die Tür schlug, hörte sie das Klappern der Holzschuhe näher kommen.

Jörgen stieß die Tür auf und starrte sie an. Er zischte etwas, das sie nicht verstand.

Sonya trat zur Seite und zeigte auf die Mädchen auf dem Fußboden. Als Jörgen ein paar Schritte ins Zimmer gemacht und die fiebrigen Gesichter gesehen hatte, machte sie eine Geste, als ob sie Wasser aus einem Glas trinken würde, und zeigte auf die Schlafenden.

Jörgen schien zu verstehen.

Ein paar Minuten später kehrte mit drei Gläsern Wasser und einer Schachtel weißer Tabletten zurück. Dann ging er.

Die Tabletten waren in Reihen in silberfarbene Folie eingeschweißt, und man konnte sie mit dem Daumen in die Hand drücken. Fürsorglich half sie Dasha sich aufzusetzen, reichte ihr das Wasserglas und eine Tablette. Dasha sah sie so erstaunt an, als würde sie das alles nur träumen. Doch dann schluckte sie die Tablette und trank aus dem Wasserglas.

»Trink mehr«, sagte Sonya. »Das ist wichtig.«

Jetzt höre ich mich genauso an wie Großmutter, dachte sie.

Nachdem Dasha das Glas leer getrunken hatte und wieder in ihren Halbschlaf versunken war, machte Sonya das Gleiche mit Aljona und Jekaterina. Dann setzte sie sich neben die Mädchen auf die Erde und lehnte sich an die Wand.

Ich werde mich um euch kümmern, dachte sie. Und euch nicht im Stich lassen. Ich werde nie wieder jemanden im Stich lassen.

Als Magdalena aufwachte, wusste sie erst nicht, wo sie war, aber als sie neben sich Petters zerzausten Haarschopf auf dem Kissen sah und seinen schweren Arm auf ihren Bauch spürte, lächelte sie.

Petter schlief tief, den anderen Arm hatte er unter das Kissen geschoben. Magdalena drehte sich zur Seite, und Petters Arm rutschte nach unten und landete auf ihrer Hüfte.

Vargbyn, dachte sie. Heute ist es so weit.

Sie konnte sich nicht länger beherrschen und schob eine lockige Haarsträhne zur Seite, die über Petters Nase gerutscht war. Er wachte auf und sah sie verwirrt an, aber dann kam das Lächeln. Seine Augen waren klein und müde. Viel Schlaf hatten sie nicht gehabt.

Er küsste sie und sagte:

»Du kannst dir gar nicht vorstellen, wie froh ich bin, dass du wieder hier bist.«

Magdalena legte den Kopf auf seinen Arm und streichelte sanft seinen Bauch.

»Du, sag mal ...«, sagte sie zögernd. »Denkst du manchmal an Jonathan?«

Petter holte ein paarmal Luft.

»Oft«, sagte er dann. »Und ich habe auch viel darüber nachgedacht, was das mit uns gemacht hat.«

Die Trauer hat uns zerrissen, dachte Magdalena. Auseinandergerissen.

Das wird nie wieder geschehen.

Jörgen goss sich eine Tasse Kaffee ein und lehnte sich gegen das leere Backbrett.

»So eine Scheiße, dass sie ausgerechnet an einem Samstag krank werden müssen. Alle drei«, sagte er.

»Wie viel Geld geht uns auf diese Weise raus?«

Kosta zündete sich eine Zigarette an und lehnte den Kopf an die Wand.

»Was machen wir mit der, die verkauft werden soll? Soll ich jetzt gleich mit ihr fahren, oder was?«

Jörgen schüttelte den Kopf.

»Nein, das geht nicht. Die anderen werden uns heute überhaupt nix bringen. Wir lassen sie sich hier heute Abend den Arsch abarbeiten, und dann kannst du sie morgen nach Sysslebäck fahren. Ich rufe den Typen an und sag es ihm. Gut Ding will Weile haben und so.«

Kosta verzog keine Miene und blies langsam den Rauch aus der Nase.

»Okay. Was ist los mit ihnen?«

»Keine Ahnung. Sie liegen nur da. Und die eine, diese Sonya, donnert die ganze Zeit an die Tür und bittet um alle möglichen Sachen. Wasser und Medizin. Ich hab hier kaum arbeiten können, war die ganze Zeit nur eine Art Lakai.«

»Lakai?«

»Bediensteter. Sklave.«

Kosta aschte in ein Glas auf dem Tisch.

»Und wenn sie ins Krankenhaus müssen?«

»Müssen sie nicht«, sagte Jörgen und kippte den restlichen Kaffee.

Magdalena fuhr langsam an den Campinghütten von Vargbyn entlang, die zwischen den Tannen verstreut lagen. Es sah alles noch so aus wie früher, auch wenn die Hütten kleiner und verwitterter wirkten als bei den Badeausflügen in ihrer Kindheit.

Am Rand des Hüttendorfes entdeckte sie die Nummer 14. Jens war offenbar noch nicht eingetroffen. Nirgends war ein Auto zu sehen.

Wo soll ich parken?, fragte sie sich. Ich kann mich ja nicht direkt vor die Hütte stellen.

Sie bremste ab, fuhr an Nummer 14 vorbei und weiter zum Wasser, doch nur hundert Meter entfernt endete der Weg in einem kleinen Wendehammer.

Wo sollte sie das Auto verstecken? Sie fuhr wieder zurück und suchte nach geräumten Wegen, die sie nutzen konnte.

Der Vollmond leuchtete hell durch die Baumkronen. Das war ein Fehler in der Planung. Jens und sie hatten damit gerechnet, dass sie sich im Dunkeln verstecken konnten, aber jetzt war es fast taghell.

Der einzig brauchbare Parkplatz, den sie finden konnte, war vor Hütte Nummer sieben. Das war wirklich kein perfektes Versteck, aber sie hatte keine andere Wahl. Hoffentlich verschwindet der Mond in den nächsten Stunden hinter einer Wolke, dachte sie und schaltete den Motor aus.

Die Stille machte ihr Angst. Um sich abzulenken, rief sie Jens an. Doch kaum hörte sie das Freizeichen, sah sie auch schon sein Auto auf der Hauptstraße einbiegen, und sie brach die Verbindung ab, stieg aus dem Auto, schloss ab und winkte ihm zu.

Jens hielt an und ließ sie einsteigen.

»Bist du bereit?«, fragte Magdalena und sprang auf den Beifahrersitz.

Jens nickte und parkte neben der Treppe von Nummer 14. Während er den Kofferraum öffnete und die Kameraausrüstung auslud, schloss Magdalena die Tür auf und betrat die Hütte.

Die Einrichtung war einfach. In einer Ecke standen ein Couchtisch aus Kiefernholz, ein paar Stühle und ein Sofa mit kornblumenblauem Stoffbezug. In der anderen Ecke war eine Tür, die zu einer kleinen Küche führte, und von der langen Seite ging eine Tür zum Schlafzimmer ab. Zumindest hatte jemand die Heizung angestellt, die Temperatur war angenehm.

Jens stellte seine schwarze Tasche auf den Boden und machte die Tür zu.

»Was meinst du?«, fragte Magdalena. »Klappt das?«

Jetzt war sie richtig nervös. Und wenn es ihnen nicht gelang, etwas Brauchbares auf den Film zu bannen? Oder wenn sie aufflogen? Sie schluckte und sah auf die Uhr. Fünf nach sieben. Sie hatten eine knappe Stunde Zeit, um die Ausrüstung aufzubauen und sich einen sinnvollen Plan zu überlegen.

Jens zog seine Stiefel aus und unternahm eine schnelle Hausbesichtigung.

»Das ist perfekt«, sagte er und schob die Gardine noch

weiter zurück. »Ich habe zwei Kameras. Die eine kann man dahinter verstecken. Dann kriegt man die Haustür noch mit drauf.«

»Die andere sollte so stehen, dass wir das Sofa mit drauf haben.« Magdalena deutete. »Vielleicht können wir sie auf einen Stuhl stellen und etwas darüberlegen. Eine Decke oder einen Überwurf von einem Bett.«

Jens nickte.

»Sehr gut«, sagte er und trug einen Holzstuhl aus der Sofaecke auf die andere Seite des Raumes.

Dann nahm er die beiden Kameras aus der schwarzen Tasche und kontrollierte die Batterien und Speicherkarten in doppelter Ausführung.

»Das habe ich heute schon hundert Mal gemacht«, sagte Jens, »aber man kann mit solchen Details nicht gründlich genug sein. Das ist, als würde man ins Ausland reisen und andauernd nach den Tickets und dem Pass sehen, obwohl man weiß, dass sie in der Tasche stecken.«

Magdalena sollte sich draußen in der Nähe der Hütte aufhalten, um aufzupassen, um Bilder mit der einfachen Fotokamera zu machen und um die Polizei zu rufen, falls etwas schiefging.

Als Jens die Videokameras aufgestellt und installiert hatte, reichte er Magdalena eine schwere Canon mit Teleobjektiv. Sie sah wieder auf die Uhr. Es war zwanzig vor acht.

»Hör mal«, sagte sie, »ich lasse dich jetzt allein. Viel Glück.«

»Danke.«

Als Magdalena auf die Veranda trat, schlug ihr die Kälte

entgegen. Sie zog die Mütze über die Ohren, während sie sich umschaute. Wo sollte sie sich verstecken?

Am besten bei der Nachbarhütte, entschied sie, folgte dem geräumten Weg und ging auf Haus Nummer 12 zu. Das letzte Stück musste sie durch den Pulverschnee stapfen.

Hier hatte sie den Eingang und den Parkplatz gut im Blick, aber sie wollte ja nicht gesehen werden. Der Mond schien unverändert hell, und es gab keine Schneehaufen, hinter denen sie sich hätte verstecken können, weil der ganze Hof den Winter über nicht frei geschaufelt worden war.

Eilig begann sie, an der Hüttenwand den Schnee plattzutreten und eine Art Höhle zu bauen. Weil sie die Kamera in der Hand hielt, konnte sie nicht mit den Händen nachhelfen, sondern musste sich damit begnügen, mit den Stiefelsohlen zu stampfen. Sie kam richtig ins Schwitzen, und der Schweiß lief ihr den Rücken hinunter.

Da tauchten Autoscheinwerfer zwischen den Bäumen auf. Verdammt! Sie war noch gar nicht fertig, aber das war jetzt egal. Jetzt musste sie sich rasch in die Grube kauern.

Und das Handy! Das musste sie unbedingt noch stumm stellen!

Während Magdalena ihr Mobiltelefon aus der Tasche nestelte, fuhr das Auto vorbei und parkte neben Jens' Wagen. Sie schüttelte den Handschuh in den Schnee und drückte auf »lautlos«. Ausschalten wollte sie es nicht, falls ...

Sie atmete aus.

Schnell schlüpfte sie wieder in den Handschuh und spähte aus der Grube. Den Mann am Steuer erkannte sie sofort – er hatte sie die Treppe hinuntergestoßen. Das Mädchen auf dem Rücksitz hingegen erkannte sie nicht. Sie war damals nicht mit auf dem Parkplatz gewesen.

Magdalena hatte die Kamera im Anschlag und machte eine Bildserie: Wie der Mann ausstieg, dem Mädchen die Autotür öffnete, es vor sich her die Treppe hinaufschob und an die Tür klopfte.

»Jetzt sieh zu, dass du das hinkriegst, Jens«, flüsterte sie.

Ein paar Minuten später ging die Tür wieder auf, und Magdalena machte sich in der Grube so klein wie möglich. Als sie über die Kante lugte, stand der Mann noch draußen und starrte rauchend in die Dunkelheit.

Sie ging sofort wieder in Deckung. Ihre Beine schliefen langsam ein, aber sie wagte nicht, sich zu rühren, ehe die Autotür zugeschlagen wurde und der Motor ansprang.

Vorsichtig streckte sie die Beine aus und versuchte, ihre Füße zu bewegen. Die Kälte drang ihr bis ins Mark, und ihre Knie schmerzten. Wie lang konnte so eine halbe Stunde eigentlich sein? Als sie auf die Uhr schaute, stellte sie zu ihrer Verzweiflung fest, dass erst eine Viertelstunde vergangen war.

Wie es wohl in der Hütte lief?, fragte sie sich. Ob Nils es schaffte?

Endlich hörte sie wieder Schritte die Treppe hinaufgehen. Als der Mann und das Mädchen herauskamen, blickte Magdalena über den Schneewall. Der Mann schob das Mädchen vor sich her zum Auto. Nachdem er sie auf den Rücksitz gestoßen hatte, schlug er die Autotür zu.

Magdalena konnte kaum erwarten, dass das Auto endlich verschwand. Ihre Knie gaben nach, sie hatte einen Krampf im Oberschenkel und in den Zehen kein Gefühl mehr.

Schwankend trat sie auf den Weg und ging zur Hütte zurück. Als sie in die Wärme kam, schoss Jens vom Sofa hoch.

»Es hat geklappt!«, rief er und streckte triumphierend die Arme in die Luft. »Verdammt, Magdalena, es hat geklappt!«

Magdalena musste vor Erleichterung und Freude lachen.

»Ja, wenn bloß die Aufnahme was geworden ist, aber das wird sie wohl«, sagte Jens. »Du hättest das Mädchen sehen sollen.« Er nahm die Kamera aus dem Sessel. »Es sah aus wie ein Skelett. Ganz weiß und blass und mager. Nur der Bauch war dick. Ich frage mich, ob es vielleicht schwanger ist.«

»Meinst du?«, fragte Magdalena und setzte sich aufs Sofa.

»Sicher kann man da nicht sein, aber es sah seltsam aus. Ich habe diesen Zuhälter dazu gebracht, ein bisschen zu erzählen. Sie suchen nach einer neuen Wohnung, und im Moment haben sie vier Mädchen. Es geht alles über die Pizzeria. Ganz im Ernst, Magdalena, das hier hat alle Erwartungen übertroffen.«

Er setzte sich neben sie auf das Sofa und stellte die Kamera auf den Tisch.

»Wenn ich keinen unbefristeten Vertrag bekomme, werde ich deinen Rat befolgen und auf die Schauspielschule gehen«, sagte er. »Jetzt lass uns mal gucken.«

Jens hielt das Display so, dass sie beide sehen konnten.

Magdalena starrte mit zusammengekniffenen Augen auf den kleinen Bildschirm und sah Jens zum Sofa gehen und sich setzen. Bald darauf kam das Mädchen, völlig lautlos. Ohne ein Wort zu sagen, fing sie an sich auszuziehen.

»You don't have to«, sagte Jens.

Aber das Mädchen schien ihn nicht zu verstehen, sondern zog das Hemd über den Kopf. Obwohl sie so dünn war, war der Bauch unverhältnismäßig rund. Erst als Jens eine Hand hob und mit der anderen ihren Arm ergriff, hielt sie inne.

»Do you speak English?«, fragte er.

Das Mädchen, das jetzt mit nackten Brüsten vor ihm stand, sah nur verständnislos drein. Dann ging sie auf die Knie und begann, seinen Gürtel und seinen Hosenschlitz aufzumachen.

»No«, sagte Jens und nahm ihre Hände sanft beiseite.

Sie schwieg und sah ihn fragend an. Jens klopfte auf das Sofa, damit sie sich setzte, dann nahm er das Hemd und die Trainingsjacke, die am Boden lagen, und gab ihr die Kleidungsstücke.

Das Mädchen zog die Sachen wieder an und zuckte mit den Schultern.

Jens hielt den Zeigefinger vor den Mund – *schhh, nichts erzählen!* – und zeigte auf die Tür.

Dann nahm er ihre kleinen Hände in die seinen.

Ich will dir helfen.

Plötzlich glitzerte etwas in den Augen des Mädchens.

Jens schaltete den Film aus.

»Der Schluss ist das Beste. Der andere Film zeigt, wie das Geschäft abgeschlossen wurde.«

Magdalena war geschockt. Was für ein erbärmliches Wesen.

»Du bist wirklich gut!«

»Wir sind gut. Das war deine Idee, Magdalena, vergiss das nicht. Ich finde es irre, dass du das überhaupt machst.«

Magdalena ließ das unkommentiert und sagte stattdessen:

»Jetzt sehen wir uns den anderen Film an!«

Kosta fuhr los, aber er hatte kein gutes Gefühl bei der ganzen Sache. Als hätte er einen Traum gehabt, an den er sich zu erinnern versuchte, was ihm jedoch nicht gelang.

Irgendwas stimmte hier nicht, aber was?

Auf dem Areal waren alle Hütten unbewohnt und dunkel, nur in Nummer 14 brannte Licht. Aber da stand noch ein anderes Auto, ein schickes dunkelblaues. Ein Audi. Dass es hier leer war, war im Hinblick auf die Jahreszeit nicht verwunderlich. Wer wollte schon mitten im Winter hier wohnen?

Kosta bog auf die Hauptstraße, stellte das Autoradio auf volle Lautstärke und trommelte zerstreut mit den Fingern auf das Lenkrad. Die nächste Bestellung war eine halbe Stunde später im Rostbrännarevägen.

Ein dunkelblauer Audi!

Vor Schreck nahm Kosta unbewusst den Fuß vom Gaspedal und fuhr langsamer.

Die hatte doch einen dunkelblauen Audi gehabt, die Tusse, die im Treppenhaus gesessen und rumspioniert hatte, diese verdammte Reporterin.

Kosta stellte den Rückspiegel ein und reckte den Hals, um die Hure sehen zu können.

Verflucht! Sein Instinkt sagte ihm, dass er wenden und zur Hütte zurückfahren sollte, aber was sollte er in der Zwischenzeit mit der verdammten Fotze auf dem Rücksitz machen? Und außerdem waren sie vielleicht nicht nur zu zweit.

Kosta lehnte sich zurück und zog schließlich sein Handy aus der Hosentasche. Jörgen meldete sich nach dem zweiten Signal.

»Ich glaube, wir sind reingelegt worden!«, schrie Kosta.

»Wovon zum Teufel redest du? Jetzt beruhige dich mal!«

Im Hintergrund waren Gemurmel und Geklapper zu hören.

»Ich bin ziemlich sicher, dass ich das Auto von der Reporterin da gesehen habe.«

»Wie gesehen?«, fragte Jörgen verärgert. »Wo denn?«

»Wo wir waren. Bei dieser Hütte.«

Mit einem Mal klang Jörgen angespannt und schroff.

»Bist du sicher?«

»Nicht völlig. Aber es sah genauso aus.«

»Wo bist du jetzt?«

»In Uddeholm«, sagte Kosta.

»Du hättest rauskriegen müssen, ob sie es wirklich war, das ist dir hoffentlich klar. Du kannst doch nicht einfach was vermuten und dann wegfahren.«

»Es war ja noch ein Mann dabei, mit einem anderen Auto. Vielleicht sind sie zu mehreren.«

»Wieso denn – haben sie Bilder gemacht oder was?«, wollte Jörgen wissen.

Er klang beunruhigt.

»Weiß ich nicht.«

Kosta bog auf die stillgelegte Tankstelle ein und hielt an.

»Jetzt hör mir mal zu«, sagte Jörgen. »Wenn sie es war und sie uns reingelegt haben, dann musst du dich darum kümmern! Ist dir das klar? Sonst ist die Sache erledigt.«

»Ja«, sagte Kosta. »Aber die Fotze hier auf dem Rücksitz ist ein Problem. Ich weiß nicht …«

»Lös das hier, Kosta. Es ist mir scheißegal, wie du das machst, aber das muss geregelt werden«, sagte Jörgen. »Koste es, was es wolle.«

Als Magdalena auf die Hauptstraße gebogen war und den Saab von Jens in die entgegengesetzte Richtung, zurück nach Karlstad hatte fahren sehen, steckte sie das Headset von ihrem Bluetooth ins Ohr und wählte Petra Wilanders Handynummer. Sie hatte immer noch kein Gefühl in den Zehen. Petra ging nach dem dritten Klingeln ran.

»Wilander.«

»Hallo, Petra, hier ist Magdalena Hansson. Wir haben sie jetzt. Die Zuhälter.«

»Wirklich?«

Petra klang überrascht und etwas überrumpelt.

»Ja. Wir haben in einer Hütte in Vargbyn Kameras installiert.«

»Super! Herzlichen Glückwunsch zum Scoop!«

»Danke«, sagte Magdalena, aber der Scoop ist nicht das Wichtigste. Die Mädchen, es scheinen vier Stück zu sein, werden in der Pizzeria Florenz festgehalten. Ich denke, ihr solltet so schnell wie möglich dorthin fahren. Schicken Sie einen Kollegen, der Dienst hat.«

»Tatsache ist, dass ich heute Abend arbeite.«

Magdalena war erstaunt.

»Ach so, ich wusste gar nicht, dass Sie Streife fahren.«

»Ich musste einspringen, wir sind aber gerade in Ekshärad. Im Wermlandia ist Party. Da geht es ein bisschen drunter und drüber.«

Magdalena war ungeduldig und enttäuscht. Sie wollte, dass die Mädchen augenblicklich freikamen, sie hatten lange genug gelitten. Jetzt fuhr sie in Hagfors den langen Hügel beim TÜV runter zur Tankstelle.

»Wir haben hier noch jemanden, um den wir uns kümmern müssen, dann fahren wir«, sagte Petra. »Das ist wirklich unfassbar.«

»Ich wusste, dass ich mich auf Sie verlassen kann. Bis bald.«

Magdalena warf das Handy auf den Beifahrersitz und grinste, dann schaltete sie runter, um in die Storgatan einzubiegen.

Dass ein schwarzer Volvo sie verfolgte, bemerkte sie nicht.

Sonya begriff an Kostas Art, Auto zu fahren, wie wütend er war. In jeder Kurve musste sie sich am Türgriff festhalten, um auf dem Rücksitz nicht umzufallen. Zum Glück war ihr jetzt nicht mehr so übel.

Was war eigentlich los, und wohin waren sie unterwegs?

Der Mann in dem Holzhaus war so anders als alle anderen gewesen, denen sie in diesem schrecklichen Land begegnet war. Er hatte freundliche Augen gehabt, und auch wenn sie nicht alles verstand, was er sagte, hatte sie gespürt, dass er ihr irgendwie helfen wollte. Er hatte sie nicht so angesehen, als wäre sie ein Ding, sondern er hatte *sie* gesehen.

In der nächsten Kurve musste sie sich mit beiden Händen am Griff festhalten. Die Räder drehten im Schnee durch, und Kosta schlug wütend auf das Lenkrad.

Folgten sie dem dunklen Auto vor ihnen? Zumindest hatte Kosta sich darangehängt, seit es vor ihnen aufgetaucht war, und jedes Mal, wenn es abbog, bogen sie auch ab.

Plötzlich blieb es in einer schmalen Straße stehen. In einigen Häusern war Licht, und in einem davon sah sie zwei Kinder, einen Jungen und ein Mädchen, an einem Tisch sitzen und Brot essen. Was wäre, wenn sie die Autotür aufstieß, die Treppen hinauflief und klingelte? Würde Kosta sie einholen?

Noch ehe sie den Gedanken zu Ende denken konnte, fuhr Kosta langsam weiter. Das dunkle Auto hatte vor einem gelben Haus geparkt, und in dem Fenster rechts neben der Eingangstür sah Sonya eine Frau mit hellem, langem Haar durch das Zimmer gehen.

Kosta murmelte etwas Unverständliches, blieb hinter der nächsten Ecke unter einem großen Baum stehen und schaltete den Motor aus. Hier hatten die Häuser Vorgärten und standen nicht mehr so dicht nebeneinander.

Noch ehe Sonya reagieren konnte, war Kosta ausgestiegen, hatte ihre Tür aufgerissen und sie auf die Straße gezerrt. Er hielt sie mit einer Hand fest und machte den Kofferraum auf.

»Wenn du abzuhauen versuchst, dann bring ich dich um, ist das klar?«

Er hob sie über die Kante und schlug die Klappe zu.

Bengt saß mit einem Glas Leichtbier zwischen seinen großen Händen allein am Küchentisch. Im Wohnzimmer lief der Fernseher, und wenn er sich ein wenig zur Seite beugte, konnte er Gunvor auf dem Sofa sitzen sehen, wo ihr das Licht vom Fernseher das Gesicht erhellte.

Sie hatte ihn ein paarmal gefragt, ob er nicht auch zusehen wollte, schließlich könnte er doch nicht so allein in der Dunkelheit sitzen, aber er hatte Nein gesagt. Er schaffte es nicht mehr, einen ganzen Spielfilm zu verfolgen, und es war ihm immer peinlich, wenn Gunvor die Handlung kommentierte oder von einer Wendung sprach, und er dann keine Ahnung hatte, was sie meinte.

Dieses Blut im Auto, woher kam das?

Wenn er sich verletzt und geblutet hätte, würde er sich daran erinnern. An so etwas erinnerte er sich doch wohl noch. Er musste das Auto verliehen haben, das tat er gelegentlich. Aber an wen? Es wollte ihm einfach nicht einfallen.

Als Gunvor in die Küche kam, fuhr er zusammen.

»Was sitzt du denn hier und grübelst?«, fragte sie und legte ihm die Hand auf die Schulter. »Du bist doch nicht krank, Bengt?«

Bengt schaute schweigend in sein Bierglas.

»Ich mache mir Sorgen um dich.«

Gunvor setzte sich ihm gegenüber, nahm eine Apfelsine aus der Obstschale und begann, sie zu schälen. Die Schalen legte sie auf eine Serviette.

»Ich habe versucht, mich daran zu erinnern, ob ich in letzter Zeit das Auto ausgeliehen habe«, sagte Bengt.

»Warum denn?«

»Nur so. Nichts Wichtiges.«

Gunvor dachte nach und teilte die Apfelsine in Schnitze.

»Nein, soweit ich weiß, hast du es in letzter Zeit nicht ausgeliehen. Das letzte Mal war an Silvester, da hat Stefan es gebraucht.«

Magdalena schloss die Haustür ab und schaltete das Flurlicht an. Wie lange Petter heute Abend wohl noch arbeiten musste? Das Haus kam ihr größer und dunkler vor denn je. Es war ruhig und still.

Schnell versendete sie eine SMS:

»Bin jetzt zu Hause. Arbeit lief super. Wann kommst du? Hab Riesensehnsucht. Kuss.«

Dann zog sie ihre Stiefel und Daunenhose aus.

Das Handy summte.

»Viele Fahrten in Ekshärad. Komme so bald ich kann, aber das wird noch ein paar Stunden dauern. Liebe dich.«

Liebe dich?

Magdalena spürte einen Kloß im Hals. Ich darf Angst haben, dachte sie und schluckte, aber ich muss trotzdem etwas wagen. Ich muss mir den ganzen Weg noch einmal zutrauen.

»Liebe dich auch. Obwohl ich mich nicht so recht traue.«

Die Antwort kam drei Sekunden später:

»Doch, das tust du«, zusammen mit einem blinkenden Smiley.

Ein paar Stunden, dachte Magdalena und ging in die Küche, machte die Lampe über dem Tisch an, schaltete das Radio ein und füllte den Wasserkocher. Die Füße tauten allmählich auf, aber sie taten noch weh.

Sie wählte Jens' Nummer und ging ins Wohnzimmer.

»Na, wie schaut's aus?«, fragte sie und schaltete die Stehlampe neben dem Sofa ein.

»Könnte nicht besser sein, aber ich bin total erschöpft. Das ist wahrscheinlich die Anspannung, die sich jetzt löst. Und du?«

»Dasselbe«, sagte Magdalena. »Ich habe vom Auto aus die Polizei angerufen. In Ekshärad ist irgendein Fest, aber sie versuchen auf jeden Fall noch heute Abend ins Florenz zu kommen.«

»Das ist gut.«

Als Magdalena die kleinen Lampen an der Wand neben dem großen Holzschrank angemacht hatte, ging sie zum Fenster neben der Terrassentür, um auch dort die Lampe anzumachen.

In dem Moment sah sie einen Mann die Treppe hinaufrennen. Wie gelähmt blieb sie stehen, und es war, als würde alle Kraft aus ihrem Körper schwinden. Das Handy glitt ihr aus der Hand und landete krachend auf dem Parkett.

Sie hörte ihren erstickten Schrei, dann wurde die Glastür zerschlagen.

32

Magdalena konnte nicht denken. Von Panik übermannt, rannte sie in den Flur und dann in die Toilette.

Das ist nicht wahr, das darf einfach nicht wahr sein ...

Sie schloss die Tür hinter sich und sank auf die Toilette.

Jetzt hörte sie, wie die Terrassentür mit einem geräuschvollen Knarren geöffnet wurde, und dann hallten schwere Schritte durch das Wohnzimmer.

Nein ...

Er rüttelte an der Türklinke.

Ich habe nur eine einzige Chance.

Magdalena zog die Knie unters Kinn und hielt sich die Ohren zu. Auf dem Waschbecken standen die beiden weißen Porzellanbecher nebeneinander, in dem einen die kleine blaue Zahnbürste von Nils mit Spider-Man-Aufdruck, in dem anderen ihre graugrüne.

Ich werde heute Abend sterben, dachte sie. Er wird mich totschlagen.

Diese Erkenntnis nahm ihr fast den Atem.

Als sie wieder die beiden Zahnbürsten musterte, rannen die Tränen ihre Wangen hinab.

Nein, ich kann nicht länger hier rumsitzen – ich muss mich verteidigen. Sie sah sich um. Aber womit? Konnte sie hier irgendetwas als Waffe benutzen?

Die Stange vom Duschvorhang? Ein gezielter Schlag damit würde ihn vielleicht aus dem Gleichgewicht bringen.

Magdalena stellte sich auf die Toilette und packte die Stange, um sie loszumachen. Sie saß entschieden fester, als sie vermutet hatte.

Das Hämmern gegen die Tür hörte auf. Stattdessen verschwanden die Schritte die Kellertreppe hinunter.

Was macht er jetzt? Wenn hier wenigstens ein Fenster wäre, durch das sie nach draußen klettern könnte! Vielleicht sollte ich mich rausschleichen, während er weg ist, dachte sie, aber in dem Moment kamen die Schritte schon wieder zurück.

Sie hörte ein kratzendes Geräusch und erstarrte.

Er schraubt die Klinke ab!

Magdalena zerrte immer noch an der Stange und hängte sich schließlich mit ihrem ganzen Gewicht daran, aber sie saß fest.

Als die Tür aufflog, stand auf dem Badewannenrand und umklammerte die Stange.

Nein!

Der Mann stürmte herein, zerrte Magdalena herunter und zog sie in den Flur, wo der Inhalt ihrer Handtasche auf dem Boden verstreut lag.

Der Schrei blieb ihr im Hals stecken, kein Laut drang aus ihrer Kehle.

»Hast du Bilder von uns gemacht?«, fragte der Mann und setzte sich rittlings auf sie.

Magdalena antwortete nicht, konnte nicht.

Der Faustschlag in ihr Gesicht kam unerwartet. Der Schmerz schmeckte metallisch, nach Blut. Vor ihren Augen tanzten schwarze Schatten.

»Antworte!«

Magdalena rang nach Atem, aber sie bekam keine Luft.

»Wo ist die Kamera, und wo ist der andere Mann?«

Als Magdalena noch immer nichts sagte, gab er ihr mehrere feste Ohrfeigen, dann fing er an, ihren Kopf auf den Fußboden zu schlagen, fester und immer fester.

»Wo.«

Knall.

»Ist.«

Knall.

»Die Kamera.«

Magdalena spürte warmes Blut im Mund, das über ihr Kinn lief.

Plötzlich schlug der Gesichtsausdruck des Mannes von

Wut in Verachtung um. Er beugte sich über sie und flüsterte:

»Du miese kleine Fotze.«

Dann ließ er ihre Haare los und riss ihren Pullover hoch.

Jetzt kam der Schrei.

Magdalena schrie, so laut sie konnte, bis der Schlag über der Schläfe vor ihren Augen alles schwarz werden ließ.

Bengt nahm einen Schluck Leichtbier und sah Gunvor fragend an.

Stefan? Hatte er das Auto an Stefan verliehen? Wenn sie das sagte, dann war es wohl so. Gunvor hatte immer recht.

»Warum hast du dich das gefragt?«, meinte Gunvor und biss einen Apfelsinenschnitz in der Mitte durch.

»Ach, nur so.«

»Nur so?«

Bengt dachte nach. Könnte Stefan etwas mit der Sache zu tun haben? Was sollte er jetzt tun? Sollte er ihn fragen, ob er sich an Blutspuren im Auto erinnern konnte?

Ich muss Christer anrufen und ihm davon erzählen, dachte er. Das war sicher eine gute Entscheidung.

Gunvor faltete die Serviette mit den Apfelsinenschalen zusammen und erhob sich müde. Bengt sah ihr nach, als sie zur Spüle ging und die Serviette in den Müll warf. Gedankenverloren sah er zu, wie sie den vollen Beutel herausnahm und zuknotete.

»Kannst du den rausbringen?«, fragte sie.

Bengt erhob sich und nahm die Mülltüte entgegen.

Am Himmel stand ein heller Mond. Sein Licht war so weiß, dass Bengt an der Mülltonne stehen blieb und zu dem Vollmond hochsah, der tief über ihrem Haus hing.

Als er sich umdrehte, hörte er einen gellenden Schrei. War das ein Fuchs? Nein, das konnte nicht sein.

Da war es wieder. Es klang, als käme es aus Magdalenas Haus. Bengt lief die die Treppe zur Haustür hinauf, um einen besseren Überblick zu haben. In der Küche war Licht, auch im Wohnzimmer brannte eine kleine Lampe, aber die übrigen Fenster waren dunkel. Im Schnee waren frische Spuren zu sehen, die an der Hauswand entlang und um die Hausecke verliefen.

Da war er wieder, der Schrei. Er kam definitiv von dort. Die Panik und das Durchdringende an diesem Schrei erschreckte Bengt zu Tode.

Er riss die Tür auf.

»Gunvor, bei Magda drinnen schreit jemand. Wir müssen die Polizei rufen.«

Gunvor erschien im Flur.

»Was sagst du da?«

»Ruf die Polizei! Drüben bei Magdalena stimmt was nicht. Vielleicht ist da jemand eingebrochen. Ruf sofort an!«

Bengt eilte in den Keller.

Jetzt den Elchstutzen.

Auf der Treppe waren Gunvors Holzschuhe zu hören.

»Ich habe die Polizei angerufen! Aber, Bengt, du wirst doch nicht ...?«

»Das kann eine Stunde dauern, bis die Polizei hier ist«, sagte Bengt, drängte sich an ihr vorbei und rannte, so schnell er konnte, die Treppe hinauf. Oben riss er den

Schlüssel mit der kleinen Keramikfigur aus dem Schlüsselschränkchen.

»Lieber Bengt«, jammerte Gunvor. »Sei vorsichtig.«

Ohne ein Wort zu erwidern, machte Bengt die Tür auf und verschwand.

Im Kofferraum war es kalt, eiskalt und kohlrabenschwarz. Sonya klapperte mit den Zähnen. Ich werde erfrieren, dachte sie. Ich muss hier raus.

Sie wagte nicht, zu klopfen und zu schreien. Wenn Kosta sie hörte, wäre alles vorbei, das war ihr klar.

Wenn du abzuhauen versuchst, dann bringe ich dich um. Ist das klar?

Stattdessen fing sie an, sich in der Dunkelheit voranzutasten. Sie fuhr mit den Fingerspitzen über die geriffelte Gummimatte unter ihr, und dann weiter bis zu dem kalten Kofferraumdeckel. Erst war das Metall ganz glatt, dann beulte es sich ein wenig aus. Wo war das Schloss? Man musste es doch irgendwie aufbekommen. Aber wie?

Es gelang Sonya, sich auf den Rücken zu drehen. Hier musste das Schloss sein. Sie drückte an dem Schloss herum und versuchte, daran zu schieben und zu ziehen, aber es geschah nichts.

Lieber Gott, hilf mir.

Als sie die Hoffnung fast schon aufgegeben hatte, fanden ihre Finger einen Bowdenzug. Erst zog sie vorsichtig daran, doch nichts tat sich. Dann zog sie etwas fester.

Klick.

Der Kofferraum war offen. Das Geräusch ließ sie zusammenzucken.

»Danke«, murmelte sie. »Danke.«

Vorsichtig drückte sie den Deckel ein Stück weiter auf und spähte auf die schmale Straße.

Es war alles still. Wo war Kosta?

Schnell kletterte sie aus dem Auto.

Als Magdalena wieder zu Bewusstsein kam, lag sie auf dem Küchenboden, die Arme über dem Kopf verschränkt. Als sie sich zu bewegen versuchte, schmerzten die Handgelenke. Aus dem Augenwinkel konnte sie sehen, dass der Mann ihre Hände mit einem Lederriemen zusammengebunden und ein Bein vom Küchentisch zwischen ihre Arme gestellt hatte.

Neben ihr saß der Mann und sah sie an.

Ihre Versuche, nach ihm zu treten, ließen ihn nur grinsen.

Er sieht aus wie ein Kind, dachte sie, wie ein fieses Kind, das auf der Straße ein seltenes Insekt gefunden hat, und sich darauf freut, ihm die Beine oder die Flügel auszureißen.

Magdalena spürte, wie er ihr einen Strumpf auszog. Dann drückte er ihre Kiefer auseinander und schob den Strumpf in ihren Mund. Sie konnte den Würgereflex nicht unterdrücken und krümmte sich zusammen, aber der Strumpf füllte den Gaumen aus und drückte fest gegen das Zäpfchen.

Magdalena riss und zerrte weiter an dem Tischbein, warf sich von einer Seite auf die andere, trat wie wild um sich.

Nein, nein … Ich will nicht … Ich will nicht …

Als der Mann blitzschnell aufsprang und ihre Fußknöchel packte, gab sie auf. Und als er ihre Jeans aufknöpfte und von den Beinen zerrte, schloss sie die Augen.

Sie registrierte noch, wie kalt es ohne Unterhose auf dem Fußboden war, aber sie konnte keinen Widerstand mehr leisten, als er ihre Knie auseinanderdrückte.

Nein.

»Lass sie los!«

Was war das? Plötzlich lockerte sich der Griff, und Magdalena machte die Augen auf. In der Tür stand Bengt und zielte mit einem Gewehr.

Der Mann ließ von ihr ab und blieb vor dem Kühlschrank sitzen.

»Leg dich hin!«, schrie Bengt.

Er war kaum wiederzuerkennen, wie er mit dem Gewehr dastand. Dass er so wütend werden konnte!

Der Mann legte sich mit ausgestreckten Armen auf den Bauch.

Magdalena drehte sich auf die Seite, schaffte es, das Tischbein hochzudrücken und sich zu befreien. Sie merkte, dass sie rot wurde, weil Bengt sie so sah, wie sie mit nacktem Unterleib in der Hocke saß und mit verbundenen Händen den Strumpf aus dem Mund zog, der ganz blutig geworden war.

Die Tränen liefen ihr nur so übers Gesicht.

Gunvor ging in der Küche auf und ab. Wenn die Polizei nur schnell käme! Der bloße Gedanke an Bengt, der mit einem Elchstutzen bewaffnet war, erschreckte sie zu Tode. Bengt hatte seine Waffe noch nie zu Hause geladen. Was ging da bei Magdalena eigentlich vor? Warum hatte sie so geschrien?

Gunvor trat ans Schlafzimmerfenster und versuchte zu sehen, was dort geschah.

Plötzlich klingelte es an der Tür. Einmal, zweimal.

Auf der Treppe stand ein abgemagertes Mädchen mit Ringen unter den Augen, in viel zu dünner Kleidung und in Sommerschuhen. Ihr Blick flackerte zwischen Gunvor, Magdalenas Haus und der Straße hin und her. Die Hände hielt sie fest vor der Brust verschränkt.

»Aber liebes Mädchen, komm rein«, sagte Gunvor und ließ sie in den Flur. »Was in aller Welt ist denn geschehen?«

Das Mädchen antwortete nicht, sondern sah Gunvor nur mit aufgerissenen Augen an. Sie sah vollkommen verstört aus und zitterte am ganzen Leib.

Als Gunvor das Mädchen in die Küche führte, fing es an zu husten. Es war ein schrecklicher Anfall, der Husten stach in ihrer Brust, das Mädchen musste sich zusammenkrümmen und lange nach Atem ringen.

Kein Wunder bei den Kleidern, dachte Gunvor und setzte sie auf einen Stuhl. Sie horchte auf Geräusche von draußen. Wo um Himmels willen kam das Mädchen her? Was war hier eigentlich los?

Jetzt musste die Polizei aber bald kommen.

Magdalena wollte aufstehen, doch die Füße trugen sie nicht. Also kroch sie auf allen vieren an Bengt vorbei in den Flur. Da blieb sie an die Wand gelehnt sitzen.

Ich muss die Polizei rufen, dachte sie. Wo ist das Handy? Sie machte einen weiteren Versuch aufzustehen, der diesmal etwas besser gelang.

Die Terrassentür stand immer noch offen, und im Wohnzimmer war es eiskalt. Auf dem Boden zwischen den Glassplittern lag noch ihr Handy. Magdalena ging vorsichtig durch die Scherben und hob es auf.

»Wenn du dich rührst, schieße ich!«, schrie Bengt draußen in der Küche. »Und die Polizei ist schon unterwegs!«

Magdalena ging in den Flur zurück, sank wieder auf den Fußboden und schloss die Augen.

In der Ferne hörte sie, wie die Eingangstür geöffnet und geschlossen wurde, und spürte, wie ihr ein kalter Luftzug entgegenschlug.

»Wie geht es Ihnen?«

Als Magdalena die Augen öffnete, hockte Petra vor ihr auf dem Fußboden.

»Nicht so gut«, schluchzte Magdalena.

Die Lippen schmeckten nach Blut, und sie zitterte am ganzen Körper.

»Es ist vorbei«, sagte Petra und half ihr, die Hände von dem Ledergürtel zu befreien. »Wir haben ihn. Alles ist unter Kontrolle. Sie müssen keine Angst mehr haben.«

Dann sagte Petra etwas zu einem Beamten, der vorbeiging, aber Magdalena verstand kein Wort.

»Sie haben einen Schock, deshalb zittern Sie so«, sagte Petra. »Folke bringt Ihnen eine Decke. Soll ich jemanden für Sie anrufen?«

Petter …

Dann ging die Tür wieder auf, und Jens trat ein. Magdalena schlang die Arme um ihre Beine.

»Mein Gott!«

»Ich habe am Telefon ja gehört, dass etwas passiert ist. Dann habe ich sofort kehrtgemacht, aber ich war schon bis Ransäter gekommen.«

Jens kniete sich neben Petra, und Folke brachte die Decke vom Wohnzimmersofa. Magdalena schlang sie so eng um sich, wie es ging, aber sie schlotterte immer noch.

»Was machst du denn hier?«, sagte Folke zu Jens.

Als Jens zögerte, flüsterte Magdalena:

»Wir sind Kollegen.«

»Okay«, sagte Folke und verschwand in der Küche.

»Hier auf dem Fußboden ist es kalt«, sagte Jens zu Magdalena, als sie allein im Flur waren. »Soll ich dir aufhelfen? Ich kann dich ins Schlafzimmer bringen.«

Wortlos lehnte sich Magdalena vor und hob einen Arm, sodass Jens sie unter den Achseln greifen und ihr auf die Füße helfen könnte.

»Er stand auf der Terrasse, und dann hat er einfach – pang! – die Scheibe eingeschlagen«, sagte sie, als sie die Treppe hinaufgingen. »Ich habe noch nie solche Angst gehabt.«

Im Schlafzimmer kroch Magdalena mit der Decke unter das Federbett.

»Ich hoffe, dass mein ...«

Sie überlegte, welches Wort am besten passte.

»... dass mein Freund bald kommt. Kannst du noch ein bisschen bleiben? Ich möchte nicht gern allein hier sein.«

Jens nickte.

Magdalena schickte Petter eine SMS.

»Bitte, komm schnell. Es ist was passiert.«

Nachdem Bengt den Polizisten erklärt hatte, was passiert war, wie er die Schreie aus Magdalenas Haus gehört, seine Waffe geholt hatte und rübergerannt war, durfte er nach Hause gehen. Magdalena schlief, aber ihr Kollege wollte bei ihr bleiben.

Gunvor kam ihm im Flur entgegen. Sie war kreideweiß.

»Mein Gott, was habe ich mir für Sorgen gemacht! Ich habe gesehen, dass sie mit einem großen Mann zum Auto gegangen sind. Und hier drinnen sitzt ein Mädchen, das kein Wort Schwedisch kann.«

»Ein Mädchen?«, fragte Bengt.

»Ja, sie hat, kurz nachdem du gegangen warst, an der Tür geklingelt und war völlig verschreckt. Ich weiß nicht, woher sie kommt.«

Das konnte doch wohl nicht ...

»Auf jeden Fall habe ich ihr einen warmen Kakao gemacht und ein paar Brote, davon hat sie aber nur das eine gegessen. Sie muss aber hungrig sein, denn sie ist mager wie eine Bohnenstange.«

Gunvor führte Bengt in die Küche.

Auf einem Küchenstuhl saß ein Mädchen mit langen Haaren, die ihm über die Schultern fielen.

Sie war es.

Als Bengt über die Schwelle trat, zuckte sie zusammen und senkte den Blick.

Was habe ich nur getan?

»Ja«, sagte Gunvor, »ich weiß nicht, was wir machen sollen. Wer ist sie?«

»Ich werde Christer anrufen«, sagte Bengt.

»Hat er heute Abend Dienst?«, fragte Gunvor.

»Ich glaube nicht. Aber das Mädchen braucht Hilfe, und wir werden ihr helfen.«

»Maggie. Ich bin jetzt da.«

Als Magdalena die Augen öffnete, saß Petter auf der Bettkante und strich ihr übers Haar. Die kleine Lampe im Schlafzimmerfenster brannte.

»Dein Kollege hat mir alles erzählt. Verdammt, Magda ... Du hast mich zu Tode erschreckt.«

Langsam schob sie eine Hand aus dem Deckenberg und griff nach seiner.

»Komm«, sagte Magdalena und zog ihn an sich. »Ich habe so lange auf dich gewartet.«

33

Christer Berglund und Petra Wilander waren schweigend von der Polizeistation zum Stjernsnäsvägen gefahren. Es war ein sonniger und klarer Sonntagmorgen, ein perfekter Wintertag zum Schlitten- und Skifahren.

Durch das Fenster sahen sie Stefan und Diana mit ihren drei Jungs am Frühstückstisch sitzen.

Das hier gehört wohl mit zu dem Schlimmsten, was ich je in diesem Beruf erlebt habe, dachte Christer, als sie auf die Haustür zugingen.

Als Stefan sie kommen sah, hielt er mit dem Brot in der Hand inne. Aus dem Augenwinkel konnte Christer sehen, wie er ihnen mit dem Blick folgte.

Sie klingelten, Stefan kam an die Tür. Ohne die Beamten anzuschauen, nahm er seine Jacke von einem Bügel und zog sie an.

»Was ist denn los?«

Diana war ihm in den Flur gefolgt. Sie wirkte verwirrt und hektisch.

»Papa, wohin?«, fragte der jüngste Sohn und zupfte an Stefans Arm. »Wohin gehst du, Papa?«

»Ich muss mal ein bisschen weg«, flüsterte Stefan, stieg

in seine Stiefel und setzte sich eine Mütze von den IK-Vikings auf.

Das ging alles sehr langsam, wie ein Film, der in Zeitlupe abgespielt wird.

»Stefan! Was ist denn los?«, schrie Diana und packte ihn an der Jacke, damit er sich umdrehte und sie ansah.

Jetzt waren auch die älteren Söhne in den Flur gekommen und sahen ihre Eltern mit großen Augen an.

Langsam drehte sich Stefan um und warf Diana einen langen Blick zu.

»Verzeih.«

Stefan saß zusammengesunken auf dem Stuhl in Christers Büro. In regelmäßigen Abständen biss er die Kiefer so fest zusammen, dass Christer schon vom Hinschauen die Zähne wehtaten.

Er holte tief Luft und schaltete das Aufnahmegerät ein.

»Verhör mit Stefan Engström, Sonntag, den 29. Januar. Es ist zwölf Uhr einunddreißig. Zugegen sind neben Stefan Engström Christer Berglund, Petra Wilander und Engströms Anwalt Kennet Bäck.«

Kurzes Schweigen.

»Sie stehen unter Verdacht, ein unbekanntes halbwüchsiges Mädchen getötet zu haben. Der Mord ist an Silvester in der Nähe von Gustavsfors geschehen. Was sagen Sie dazu?«

»Ich gestehe.«

Christer spürte sein Herz hämmern.

»Warum haben Sie den Mord begangen?«

»Weil ich dazu gezwungen war.«

»Können Sie das näher erläutern?«, bat Petra.

Stefan sah auf, ließ den Blick von Christer zu Petra schweifen und wieder zurück, während er einen Entschluss zu fassen schien. Dann begann er, stockend zu berichten.

»Wir haben es in den letzten Jahren ziemlich schwer gehabt, Diana und ich, sowohl, was das Geld angeht, als auch mit – ja, mit unserer Beziehung. Aber hauptsächlich mit dem Geld. Wir haben schon mit den Schulden angefangen, als Oliver und Robin noch klein waren, es mussten neue Kinderwagen gekauft werden, und sie sollten hübsche Kleidung haben, immer gleich angezogen sein. Ich habe gearbeitet und gearbeitet, und sie hat den Geldbeutel weit aufgemacht.«

Stefan sah müde aus, aber er fuhr trotzdem fort:

»Nach einer Weile ging es nicht mehr, und wir fingen an, auf Kredit zu leben, mit diesen verschiedenen Karten. Ein paarmal haben wir richtige Krisen gehabt, da klopfte der Fiskus sozusagen schon an die Tür. In den Fällen hat mir mein Bruder Jörgen immer ausgeholfen. Vielleicht taten ihm die Jungs leid. Aber im Grunde weiß ich nicht, warum er das gemacht hat. Zu Anfang habe ich gar nicht begriffen, woher er sein ganzes Geld hatte, ich war nur froh, dass er uns wieder und wieder gerettet hat. Jetzt, kurz vor Weihnachten war wieder Krise angesagt. Eine richtig verdammte Krise. Das Finanzamt drohte mit Konkurs und Versteigerung des Hauses, wir hätten zehn, fünfzehn Jahre am Rande des Existenzminimums leben müssen. Jörgen war bereit, noch mal zu helfen, aber er wollte eine Gegenleistung.«

Stefan verstummte und verzog das Gesicht.

»Kann ich vielleicht ein Glas Wasser bekommen?«

Petra verließ das Zimmer und kehrte mit einem großen Glas zurück. Stefan trank es fast in einem Zug leer.

»Das heißt, Sie haben für Geld gemordet?«, fragte Petra.

»Es war so wahnsinnig viel Geld, ich wusste nicht, wie wir das jemals geschafft hätten.«

Stefan begann zu weinen, erst lautlos, dann schluchzend, das Gesicht in der Armbeuge.

Die armen Jungs zu Hause, dachte Christer.

»Jörgen hat gesagt, dass niemand das Mädchen vermissen würde«, sagte Stefan, als er sich wieder einigermaßen beruhigt hatte.

Seine Augenlider waren geschwollen, und an den Schläfen glitzerten Schweißperlen.

»Und da machte es nichts aus, fanden Sie?«, fragte Petra.

Stefan antwortete nicht.

»Warum sollte sie denn sterben?«, fragte Petra weiter.

»Jörgen hat gesagt, sie sei widerborstig, unzuverlässig.«

»Sie war widerborstig?«

Stefan schluckte. Die Tränen liefen wieder.

»Mal aus Neugier gefragt«, begann Christer, »warum haben Sie die Leiche dann in den Erdkeller gelegt?«

Stefan wischte sich mit dem Handrücken die Nase ab und sah aus, als hätte er die Frage nicht gehört.

»Mir ist in dem Moment nichts Besseres eingefallen. Es war so kalt, massenhaft Schnee, und ich dachte, ich könnte sie später besser verstecken.«

»Aber warum ausgerechnet dort?«

»Ich weiß nicht, ob du dich daran erinnerst«, sagte Stefan, »aber meine Mutter war ein paar Jahre mit Göran Thellin zusammen, als wir klein waren.«

Christer schüttelte den Kopf. Als wir Kinder waren, wolltest du nie etwas mit mir zu tun haben, dachte er. Woher soll ich das wissen?

»Der war so verdammt fies und hat Mutter beim kleinsten Anlass geschlagen. Und dann so ein wahnsinniger Pedant. Wir sind damals ziemlich viel in der Hütte gewesen. Ich weiß auch nicht, vielleicht fand ich, dass ich mich so ein bisschen rächen könnte. Aber das andere Mädchen war ein Versehen.«

Stefan holte Luft und fuhr sich mit der Hand übers Gesicht.

»Als ich wieder zum Auto gehen wollte, habe ich sie plötzlich entdeckt. Wo war sie hergekommen? Diese Frage stelle ich mir immer wieder. Sie muss mehrere Kilometer diesen Schotterweg entlanggelaufen sein. Einfach unbegreiflich. Sie stand völlig regungslos unter einer Tanne, und wenn sie nicht diese rote Jacke angehabt hätte, wäre sie mir wahrscheinlich nicht mal aufgefallen.«

Stefan schluchzte.

»Als sie merkte, dass ich sie gesehen hatte, fing sie an zu rennen. Sie hatte einen ziemlich guten Vorsprung, aber ich habe mich ins Auto gesetzt und bin hinter ihr hergefahren. Im Lichtkegel der Scheinwerfer sah sie aus wie ein Tier. Verdammt, was ist sie gerannt! Aber dann kletterte sie über die Schneewechte und lief in den Wald. Ich bin voll in die Eisen und hinterher. Habe Panik gekriegt. Ich ...«

Stefan unterbrach sich und sank mit der Stirn auf den verschränkten Armen über dem Tisch zusammen. Sein Körper bebte.

Mehrere Minuten verstrichen.

»Ich muss zu Hause anrufen dürfen«, flüsterte Stefan in die Tischplatte. »Ich muss einfach.«

Als Magdalena aufwachte, hatte sie das Gefühl, im ganzen Körper Muskelkater zu haben.

»Wie geht es dir?«, fragte Petter.

Er musste lange auf ihrer Bettkante gesessen und ihr beim Schlafen zugesehen haben. Plötzlich genierte Magdalena sich. Wie sie wohl aussah? Wenn sie an das dachte, was geschehen war, konnte sie eigentlich keinen schönen Anblick abgeben.

»Schon okay.«

Sie versuchte ein Lächeln.

»Sollen wir zum Arzt fahren?«, fragte er und strich mit seinem Daumen über ihre Wange.

Magdalena zog schon bei dieser sanften Berührung eine Grimasse.

»Nein, nein, das geht schon wieder vorüber.«

»Warum hast du mir nicht erzählt, was ihr da vorhattet? Du kannst dir gar nicht vorstellen, was für eine Angst ich gestern gehabt habe.«

»Ich wusste, dass du versuchen würdest, mich daran zu hindern. Tut mir leid.«

»Aber du musst solche Sachen erzählen, das ist doch wohl klar.« Petter ordnete Magdalenas lange Haarsträhnen. »Dir darf doch nichts zustoßen.«

Magdalena senkte den Blick. Was hatte sie sich eigentlich dabei gedacht?

»Wie spät ist es?«, fragte sie.

»Halb eins.«

»Halb eins? Ich habe ja ewig lange geschlafen.«

Sie versuchte, sich im Bett aufzusetzen, hatte aber solche Kopfschmerzen, dass sie gleich wieder auf das Kissen zurücksank.

»Ich muss Nils in Filipstad abholen«, sagte sie und schloss die Augen.

»Heute fährst du sicher nicht Auto. Ich komme mit dir. Hast du Hunger?«

Magdalena überlegte. Nein, eigentlich nicht.

»Komm«, sagte Petter und half ihr, sich auf die Bettkante zu setzen.

Dann holte er ihren Morgenmantel, legte ihn um ihre Schultern und half ihr, in die Ärmel zu schlüpfen.

Magdalena war schwindelig.

Vielleicht habe ich eine Gehirnerschütterung, dachte sie, griff nach Petters Arm und erhob sich mühsam.

»Wir machen alles ganz langsam und vorsichtig«, sagte er.

Im Wohnzimmer waren fast keine Spuren von der vorangegangenen Nacht zu sehen. Die Glassplitter waren weggefegt. Das Einzige, was an den Eindringling erinnerte, war die Pappe, die jemand über das Loch in der Terrassentür geklebt hatte.

»Willst du einen Kaffee?«, fragte Petter, als sie in die Küche kamen.

Magdalena nickte.

»Ich muss dir etwas erzählen«, sagte Petter, und schenkte ihr einen Kaffee aus der Maschine ein.

Er klang so ernst, dass Magdalena es fast mit der Angst bekam.

»Vor ein paar Stunden ist die Polizei gekommen und hat Stefan abgeholt.«

»Stefan?«, fragte Magdalena und sah aus dem Küchenfenster. »Was heißt abgeholt?«

Das Haus auf der anderen Straßenseite lag still da. Sogar die kleinen Lampen auf dem Fensterbrett in der Küche brannten nicht.

»Christer und eine Beamtin sind gekommen und haben geklingelt, und ein paar Minuten später kamen sie mit Stefan wieder heraus. Diana war völlig aufgelöst, und der Sohn, der Freund von Nils ...«

»Melvin.«

»Ja, Melvin stand barfuß auf der Treppe und hat geweint.«

Stefan!

Plötzlich klingelte das Telefon in der Morgenmanteltasche. Während Petter Milch in den Kaffee goss und die Tasse auf den Tisch stellte, fischte Magdalena es heraus.

»Magdalena Hansson.«

»Hallo, Magda, hier ist Christer. Wie geht es dir? Ich habe von gestern gehört.«

»Na, geht so.«

Christer hüstelte.

»Ich hätte dir jetzt was zu erzählen.«

Magdalena hörte, wie Nils den Sicherheitsgurt losmachte, sobald Petter den Motor abgestellt hatte.

»Darf ich mit Melvin spielen?«

Magdalena schluckte immer wieder, aber sie konnte die Tränen nicht aufhalten und wischte sie sich schnell ab. Sie räusperte sich.

»Du, Liebling, ich glaube, Melvin ist nicht zu Hause.«

»Aber dann später, wenn er nach Hause kommt?«

Wieder räusperte Magdalena sich.

»Ihr könnt ein anderes Mal spielen, Nils. Du musst schließlich auch noch baden.«

»Okay«, sagte Nils und machte die Autotür auf.

Den ganzen Tag über hatte Magdalena an das denken müssen, was Petter erzählt hatte. Wie Christer und Petra Stefan zum Auto geführt, und wie Diana auf der Treppe gestanden hatte. Und dann Melvin, der nach seinem Vater gerufen hatte.

Was soll ich sagen?, fragte Magdalena sich. Wie soll ich damit umgehen? Man kann so viele Fehler machen, aber gibt es auch etwas, das man richtig machen kann?

Sie hatte versucht, die blauen Flecke im Gesicht zu überschminken, aber die Schwellung war in jedem Fall zu sehen. Als Nils gefragt hatte, was ihr passiert war, hatte sie gelogen und gesagt, sie sei auf der Straße hingefallen. Nils hatte misstrauisch ausgesehen, sich aber damit zufrieden gegeben. Die Frage war jetzt, wie lange er sich damit abfinden würde, dass Melvin »mal weg« war.

Und sein Vater ebenfalls.

Petter holte Nils' Tasche aus dem Kofferraum, und Magdalena versuchte, so aus dem Auto zu steigen, dass Nils nicht merkte, wie weh ihr das tat.

Ernst Losjö setzte sich auf Heddas Bett, in dem Gabriella lag, Heddas Kissen im Arm. Ihr schmaler Körper zeichnete sich wie ein S unter der Decke ab.

Ich brauche die Gerüche, hatte sie erklärt. Das ungewaschene Nachthemd von Hedda war zu einem Schmusetuch geworden, das sie immer wieder unter ihrer Nase hin und her rieb.

Jetzt nahm sie das Hemd vom Gesicht und sah ihn fragend an.

»Ein unglücklicher Zufall?«

Ernst nickte.

»Petra Wilander hat berichtet, dass Hedda zufällig Zeugin des Mordes an dem Mädchen im Erdkeller geworden ist. Weiß der Himmel, was sie da gemacht hat. Und dass der Mörder sie dann durch den Wald gejagt hat und ... Er hat heute alles gestanden.«

Ein unglücklicher Zufall. Als ginge es um einen Blitzeinschlag oder einen Autounfall.

»Das heißt, es war nicht dieser Fünfundzwanzigjährige?«

»Nein.«

Gabriella drückte das Kissen noch fester an ihre Brust.

»Ich verstehe das nicht«, wisperte sie. »Ich verstehe nicht, wie das passieren kann, und wie wir das aushalten sollen. Wir müssen uns gegenseitig beistehen, Ernst. Nicht wahr?«

Gabriella setzte sich im Bett auf.

»Du wirst mich doch nicht verlassen, Ernst? Das wirst du doch nicht tun.«

Ernst Losjö vermochte nicht zu antworten und streichelte nur ihre Hand. Dann verließ er das Zimmer.

Christer Berglund sank auf das Küchensofa. Was war das für ein Tag gewesen! Jetzt war er so müde und hungrig, dass er Gunvors Angebot, bei ihnen zu essen, nicht mehr ablehnen konnte.

Bengt wich seinem Blick aus und sah aus dem Fenster, als er sich setzte.

»Jetzt hat es schon wieder angefangen zu schneien«, sagte er. »Dabei war das doch erst für heute Nacht angesagt.«

»Hm«, brummte Christer.

Bengt stand auf, und Christer beobachtete erstaunt, wie er zum Küchenschrank ging und anfing, Teller und Gläser herauszuholen. Auch Gunvor, die im Eisentopf auf dem Herd rührte, sah ihn fragend an, als Bengt etwas ungeschickt den Tisch zu decken begann.

»Es gibt nur Reste«, sagte sie. »Ich habe noch etwas Chili con carne in der Tiefkühltruhe gefunden.«

Dann wurde es, abgesehen von Bengts Besteckgeklapper, wieder still in der Küche.

»Ja, dann guten Appetit«, sagte Gunvor und stellte den Topf auf den Tisch.

Sie setzte sich auf den Stuhl, der dem Herd am nächsten war, und ließ zuerst Bengt und Christer nehmen, ehe sie sich selbst eine Portion auf den Teller tat.

»Was glaubst du, wann wir das Auto zurückbekommen?«, fragte Bengt.

»Einen Tag wird es wohl noch dauern, bis die Techniker fertig sind«, meinte Christer.

Gunvor machte keine Anstalten, mit dem Essen anzufangen, und hatte die Unterarme auf den Tisch gelegt.

»Ich kann nicht aufhören, an Stefan zu denken«, sagte sie. »Das hätte man doch niemals von ihm gedacht. Wo er immer so nett zu uns war. Und dann Diana, das arme Mädchen. Dass Menschen, die man zu kennen glaubt, solche Geheimnisse haben.«

Christer meinte zu spüren, wie Bengt neben ihm erstarrte, aber vielleicht bildete er sich das auch nur ein.

»Ja, das ist wahr«, sagte er. »Leute, denen man vertraut, können richtige Schweine sein, das stimmt. Und doch ist man jedes Mal wieder vollkommen überrascht, wenn es wirklich passiert.«

Das musste jetzt einfach mal sein.

»Kann ich mal das Salz haben?«, fragte Bengt.

Sowohl Gunvor wie Christer griffen nach dem Salzstreuer, aber Christer war schneller.

»Bitte schön«, sagte er und sah Bengt zum ersten Mal seit langer Zeit in die Augen.

Petra verließ das Präsidium und warf einen Blick zur Pizzeria Florenz, ehe sie sich auf den Heimweg machte.

Das Bordell war tatsächlich auf der anderen Straßenseite gewesen.

Aber jetzt war das alles vorbei. Endlich.

Trotz der Erleichterung war sie enttäuscht. Wie war es nur möglich, dass ein ganz gewöhnlicher Familienvater, der Arbeit und ein Haus hatte, ein Mann, der sie in so vieler Hinsicht an Lasse erinnerte, ein Doppelmörder war? Wie groß musste die Verzweiflung sein, die ihn dazu brachte, den Auftrag auszuführen, ein halbwüchsiges Mädchen mit einer alten Wettkampfpistole hinzurichten? Die armen Kinder. Und seine Frau. Hatte sie nichts geahnt?

Und was waren das für Männer, die von diesen kleinen Mädchen Sex kauften? Dass die ganz normal aussahen, das hatte sie ja schon bei der Überwachung der Wohnung im Abbortorpsvägen feststellen können.

Nein, ich muss auf andere Gedanken kommen, dachte sie, als sie in ihre Straße einbog. Jetzt haben wir endlich Zeit, die Lagereinbrüche aufzuklären.

Petra klopfte sich auf der obersten Treppenstufe den Schnee von den Stiefeln und öffnete die Tür.

»Hallohallo«, rief sie etwas lauter als gewöhnlich, als sie eintrat. »Bin jetzt zu Hause.«

Magdalena stellte den Laptop auf den Küchentisch und klappte ihn auf. Das Haus von Stefan und Diana lag im Dunkeln. Lange saß sie da und betrachtete es.

Es hatte zu schneien begonnen. Die Flocken wirbelten im Schein der Straßenlaterne.

Konnte es wirklich sein, dass Stefan für Geld gemordet hatte? Das hatte Christer behauptet, aber es schien völlig unwahrscheinlich zu sein.

Sie fuhr den Computer hoch, nahm die Notizen von dem Interview zur Hand und begann zu schreiben.

39-jähriger Mann in Hagfors wegen Doppelmordes verhaftet – Polizei: »Er ist geständig«

»Am Sonntagvormittag ist ein 39-jähriger Mann in seinem Haus in Hagfors festgenommen worden.

Er steht unter Verdacht, das halbwüchsige Mädchen, das in einem Erdkeller bei Gustavsfors gefunden wurde, ermordet zu haben.

Der Mann hat überdies gestanden, Hedda Losjö ermordet zu haben, die seit Silvester vermisst wurde.

›Das ist natürlich eine große Tragödie für alle Beteiligten‹, sagt Christer Berglund, stellvertretender Polizeichef in Hagfors.«

Magdalena schrieb langsam, löschte und änderte immer wieder. Eigentlich sollte ich das hier nicht selbst schreiben, dachte sie. Artikel Nummer zwei bekam die Überschrift: »Das Mädchen im Erdkeller war Opfer der Zwangsprostitution aus Moldawien – drei Männer wegen Zuhälterei angeklagt.«

»Das Mädchen, das tot in einem Erdkeller lag, war seit seinem Auffinden ein Rätsel für die Polizei gewesen. Inzwischen ist es erwiesen, dass das Mädchen (16) zusammen mit Gleichaltrigen zur Prostitution gezwungen worden war. Die Minderjährigen sind seit vergangenem Sommer an Sexkunden in Nordvärmland verkauft worden.
Am Samstagabend hat die Polizei aufgrund eines Tipps vom *Värmlandsbladet* eine Razzia in einem Bordell im Zentrum von Hagfors durchgeführt.
›Mit Hilfe eines Dolmetschers haben wir die Mädchen bereits verhört, doch steht noch einiges aus, um sich ein Gesamtbild über das Netzwerk zu verschaffen‹, sagt Petra Wilander, Polizeibeamtin in Hagfors.«

Jens Sundvall hatte rund zehn Standbilder von den Filmaufnahmen aus Vargbyn gemailt. Aus journalistischer Sicht waren die Bilder fantastisch, dennoch verspürte Magdalena bei der Durchsicht eine unendliche Leere.

Hier wird das sechzehnjährige Mädchen bei dem Fotografen des Värmlandsbladet abgeliefert.
»Mit Hilfe einer versteckten Kamera konnte das Team vom *Värmlandsbladet* den organisierten Bordellbetrieb enttarnen.«

Und dann der letzte Artikel, über Tore.

Polizei nimmt Fall nach neuen Zeugenaussagen auf
»Mitte Januar wurde ein 89-jähriger Mann tot in seiner Wohnung am Abbortorpsvägen gefunden. Damals gab es keinen Zweifel, dass er eines natürlichen Todes gestorben war. Im Zusammenhang mit der Anklage wegen Zuhälterei sind jetzt neue Zeugenaussagen aufgetaucht, die darauf hinweisen, dass der Mann ermordet worden sein könnte. ›Wir haben eine Voruntersuchung eingeleitet‹, sagt Christer Berglund, stellvertretender Polizeichef in Hagfors.«

Als Magdalena endlich alle Artikel, Bilder und Bildunterschriften an die Zentralredaktion auf den Weg gebracht hatte, war es kurz vor zehn. Nachdem sie rasch den Chef vom Dienst während der Nachtschicht angerufen und müde und gleichgültig eine Antwort auf das überschwängliche Lob gebrummt hatte, fuhr sie den Laptop wieder herunter und klappte ihn zu.

Draußen schneite es noch immer, jetzt waren die Flocken dicker und dichter, und die Garageneinfahrt von Stefan und Diana war von einer gleichmäßigen Schicht bedeckt.

Magdalena schob die Pulloverärmel hoch und betrachtete ihre Handgelenke mit den Scheuerwunden von dem Lederriemen.

Wieder wanderte ihr Blick zu dem steten Schneefall draußen vor dem Fenster.

Plötzlich erblickte sie eine Gestalt, die die Straße überquerte und auf Stefans und Dianas Haus zuging. Es war Bengt.

Er ging leicht gebeugt und stieg die Treppe hinauf, um den Schneeschieber zu holen, der dort an die Wand gelehnt stand. Dann begann er zu schaufeln.

Sie ist tot. Unsere Ana ist tot. Eigentlich habe ich es die ganze Zeit gewusst, und dennoch war es, als würde tief in mir etwas zerbrechen, als die Polizisten es mir erzählt haben. Vielleicht ist mein Herz gebrochen. Großmutter, ich habe Bilder von ihr gesehen. Sowie ich die Augen schließe, sind sie wieder da.

Ich habe auch im Krankenhaus gelegen. Das Monster in meinem Bauch ist jetzt weg. Es war ein schöner Schmerz, der ein bisschen im Bauch gepikt hat, wenn ich an den ersten Tagen herumgelaufen bin.

Morgen beginnt das Gerichtsverfahren. Ich habe schreckliche Angst davor, auch davor, Kosta und Sergej zu sehen. Doch alle versuchen, uns zu beruhigen, und sagen, dass alles gut gehen wird und dass uns nie wieder jemand wehtun wird. Ich werde es schaffen. Wenn ich all das andere geschafft habe, dann werde ich das auch schaffen.

Und dann kommen wir nach Hause, Ana und ich.

Ich hoffe, du kannst mir verzeihen.

Nachwort und Dank

Im Herbst 2001 ist ein Mann wegen Zuhälterei verurteilt worden, nachdem er vier halbwüchsige Mädchen aus Moldawien nach Hagfors gebracht und sie zur Prostitution gezwungen hatte. Ich habe als Nachrichtenredakteurin beim *Expressen* das Gerichtsverfahren in Karlstad verfolgt und die Mädchen zweimal mit Hilfe eines Dolmetschers befragt. Eines der Mädchen hieß Sonya. Davon abgesehen ist mein Roman eine erfundene Geschichte.

Hagfors ist Hagfors, aber manchmal habe ich mir die Freiheit genommen, die Wirklichkeit ein wenig zu verändern. Alle möglichen Ähnlichkeiten mit lebenden Personen sind reiner Zufall.

Zu schreiben ist eine einsame und Geduld fordernde Tätigkeit. Deshalb war alle Hilfe unbezahlbar. Dieses Buch wäre ohne die folgenden Menschen nicht möglich gewesen.

Danke …

… Eva Fallenius, die den ersten Teil meines Manuskripts »sehr begeistert« las und im Frühjahr 2009 einen Buchvertrag mit mir abgeschlossen hat. Dieses Telefongespräch werde ich nie vergessen.

… Karin Linge Nordh, die nicht nur meine Lektorin war, sondern auch als diensthabende Psychologin fungierte, wenn meine Zweifel am stärksten waren. Ohne deine Ermutigung hätte ich das nie geschafft.

… John Häggblom, meinem klugen Redakteur, für das gemeinsame Lachen, die wertvollen Treffen und die geduldigen Antworten auf meine immer wiederkehrenden Angstmails. Du bist eine wunderbare Kombination aus direkt und warmherzig.

… Ann-Helen Laestadius, Lena Karlsdotter Lindehag und Kristin Gunnarsson, weil ihr nicht nur einmal, sondern viele Male euch die Zeit genommen habt, zu lesen, eine Meinung zu haben und zu ermuntern.

… Håkan Karlsson und Monica Gustafsson, die auch gelesen und die Fehler gefunden haben, die den anderen entgangen waren.

… Eric Bengtsson, Redakteur in der Redaktion des *Värmlands folkblad* in Hagfors, der mir mitten in der Nacht über Facebook dringende Fragen beantwortet hat.

… Kajsa Wahlberg, Expertin für die Bekämpfung von Menschenhandel bei der Bundeskriminalpolizei, für das lange und ausführliche Interview.

… Dennis Byberg, Chef von der Kripo Hagfors, und alle seine Kollegen, die mich mit offenen Armen willkommen geheißen und mir an einem grauen Novembertag alles gezeigt haben.

… Niklas, weil du mich nicht nur ausgehalten hast, als ich einen ganzen Winter lang in eine Decke gewickelt und mit Mütze vor dem Computer saß, sondern in der Zwischenzeit auch noch geputzt und Wäsche gefaltet hast.

… Mama und Papa, weil ihr mich immer unterstützt habt, egal, was ich getan habe. Ich liebe euch.

Danke allen!

Und wie es in solchen Zusammenhängen immer so schön heißt: Mögliche Fehler stammen natürlich ausschließlich von mir.

Ninni Schulman